KB272091

오래된 시, 사람의 무늬

오래된 시, 사람의 무늬

10개의 문화 코드로 읽는 옛 시인의 노래

초판 1쇄 발행   2026년 4월 15일

지은이 | 류수열

펴낸곳 | (주)태학사
등록 | 제406-2020-000008호
주소 | 경기도 파주시 광인사길 217
전화 | 031-955-7580
전송 | 031-955-0910
전자우편 | thspub@daum.net
홈페이지 | www.thaehaksa.com

편집 | 조윤형 여미숙 김태훈
마케팅 | 김민선

값 22,000원

ISBN 979-11-6810-398-6 03810

책임편집 조윤형
북디자인 임경선

※ 이 저서는 2022년 대한민국 교육부와 한국연구재단의 지원을 받아 수행된 연구의 결과물임
  (NRF-2022S1A6A4046463)

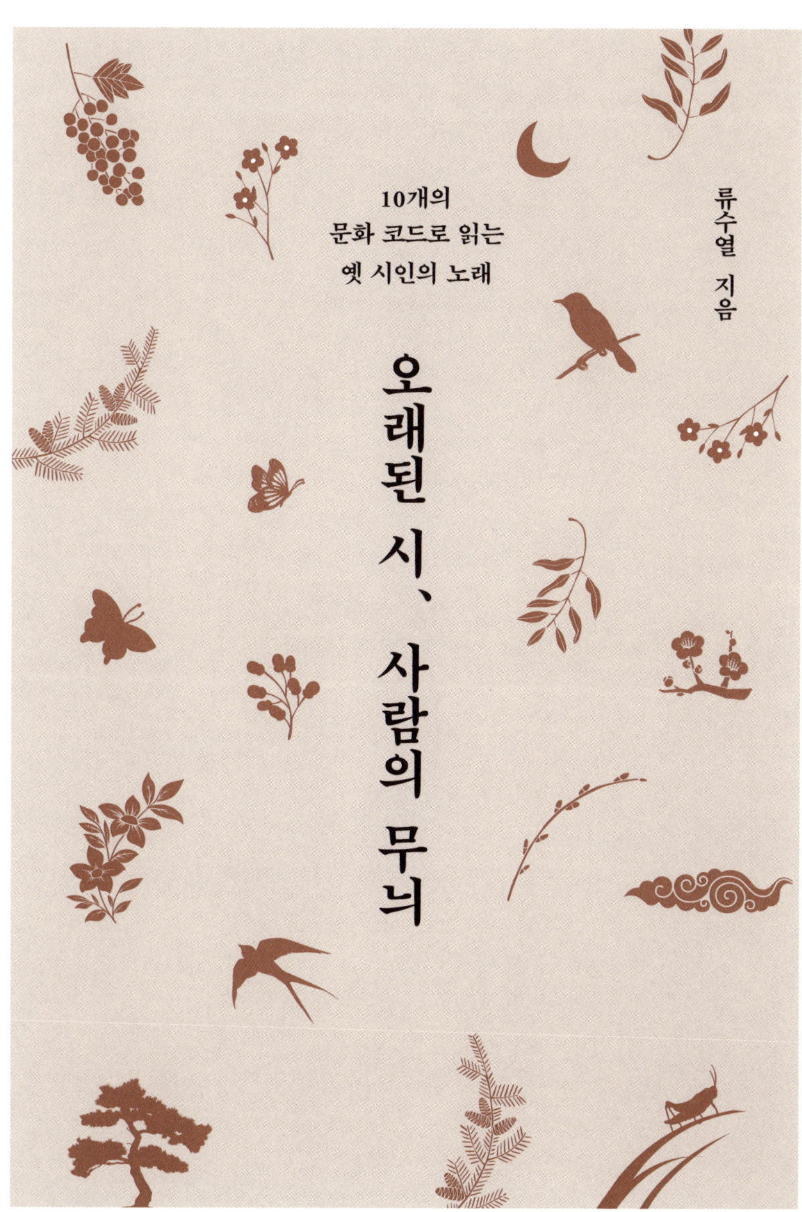

10개의
문화 코드로 읽는
옛 시인의 노래

류수열 지음

오래된 시, 사람의 무늬

태학사

머리말

수백 년 전 누군가의 입술을 떠난 노래는 오늘도 우리 삶의 굽이굽이에 내려앉는다. 그 노래에 남은 사람의 무늬는 때로는 희미하고 때로는 뚜렷하지만, 그 무늬를 읽어 내는 일은 거울에 자신을 비추어 보는 일과 다를 바 없다.

문해력文解力이라는 말이 세상의 중요한 화제로 떠오른 지 꽤 오래지만, 문해력을 단지 단어의 뜻을 아는 능력이라는 의미로만 가두어 놓는 버릇은 불안하고 불편하다. "단어를 읽는 것은 세상을 읽는 것이다(Reading the word, reading the world)."라는 문장에서 알 수 있듯이, 나는 문해력의 궁극적인 도달점이 세상을 읽는 능력에 있다고 본다. 여기에서 '세상'은 '인간' 혹은 '인간사'로 대치되어도 무방할 것이다.

인문학人文學이라는 말도 '사람[人]의 글[文]'을 연구하는 학문이라는 뜻으로 통용되곤 하는데, 이 또한 불안하고 불편한 말버릇에 갇혀 있는 경우에 해당한다. 천문학天文學이 하늘의 무늬를 이루는 해와 달, 별 등의 천체, 구름과 바람 등의 기상 현상을 탐구하는 학문을 가리키는 것처럼, 인문학 또한 사람의 무늬[紋], 곧 인간들이 그려 낸 삶과 마음의 무늬를 탐구하는 학문으로 이해되어야 마땅할 것이다. 인간들이 그려 낸 삶과 마음의 무늬는 곧 문화文化라고도 할 수 있는데, 문화의 '文' 또한 '무늬'의 의미로 이해되어야 마땅하다. 인문학은 곧 문화학인 셈이다. 인문학의 한 축인 문학文學의 '文'도 응당 그러해야 하리라 믿는다.

문해력의 문제를 단순히 어휘력에 초점을 맞추어 접근하는 관점의 한계는 분명해 보인다. 문장을 구성하는 단어를 모조리 다 안다고 해도 그것이 세상의, 인간의, 인간사의 무엇을 말하는지를 알지 못한다면 이는 문맹文盲이나 다름없다. 문해력을 글에 담긴 '인간의 무늬' 혹은 '문화적 코드'를 읽어 내는 능력으로 본다면, 이를 곧 '문화적 문해력'이라 해도 무방할 것이다. 문자 유희가 허락된다면, 나는 문화적 문해력을 간단히 '紋解力'이라 부르고 싶다. 그리하여 문학 작품을 읽는다는 것은 곧 인간의 무늬를 읽어 내는 일임을, 그것이야말로 문해력의 최고 수준임을 강조하고 싶다.

이 책은 文解力의 수준을 넘어, 紋解力의 수준에서 우리의 고전시가 문학을 감상한 기록이다. 나는 제법 오랜 세월에 걸쳐 대학에서 고전시가를 연구하고 가르쳐 왔다. 그 세월 동안 만난 학생들은 시간이 흐를수록 점점 더 디지털 기기와 디지털 문화에는 친밀감을, 고전시가의 세계에는 이물감을 느끼는 세대적 특성을 보여 주었다. 교과서를 편찬하고 평가 문항을 만들면서 간접적으로 접했던 고등학생들의 감수성 또한 크게 다를 바 없었다. 그들에게 고전시가는 때로 난해한 외계어처럼 느껴질 것이다. 고등학교 교문을 떠난 지 오래인 성인들에게도 그것은 마찬가지일 것이다. 그러나 그 속에 담긴 사랑과 이별, 한숨과 눈물과 웃음, 낙망과 환희의 무늬는 오늘날과 다를 바 없다. 이 책은 고등학생은 물론 성인 독자들이 교과서의 억압으로부터 해방된 채 고전시가에서 인간의 다양한 무늬를 읽어 냄으로써 인간사를 보는 안목을 넓혔으면 하는 바람으로 집필을 시작했다. 원문과 나란히 현대어 풀이를 제시한 이유도 외계어 같은 느낌을 주는 언어의 장벽을 독자들이 가볍게 넘어서서 작품을 즐기도록 하기 위해서이다.

이 책은 10편의 글에 부록과도 같은 1편의 글을 더하여 엮었다. 10편의 글은 다시 세 가지 다른 형식을 취하고 있다. 첫 번째부터 여섯 번째까지는 고전시가에서 자주 발견되는 소재나 이미지, 모티프별로 다양한 갈래, 다양한 작품들을 엮어 크고 작은 차이에 주목하면서 읽어 낸 인간의 무늬를 그려 본 감상의 기록이고, 일곱 번째 꼭지는 〈사미인곡〉 전체를 차례대로 읽어 가면서 다양한 콘텍스트 속에 담겨 있는 문화 코드를 살펴본 글이다. 이들 중에는 과거에 지면을 통해 나왔던 글을 이 책의 저술 취지와 맥락에 맞추어 내용을 재구성하고 문체를 조절하여 수록한 경우도 있다. 여덟 번째부터 열 번째까지에는 수능이 애호하는 고전시가 작품 중 문화 코드에 대한 관심이 반영된 문항을 골라 그 속살을 살펴보았다. 그리고 마지막 이야기에서는 고전시가를 오늘날의 시와 달리 일종의 연행 문학인 노래로 접근해야 하는 당위를 강조하고자 했다. 앞선 10편의 글을 떠받치는 관점에 해당하지만, 내용도 문체도 다소 무거워서 가장 마지막에 배치했다.

이 책을 완성하기까지 많은 분들의 도움이 있었다. 2022년 교육부와 한국연구재단의 지원은 집필의 동력이 되어 주었다. 재단 관계자와 저술 계획서를 살펴 주신 익명의 심사위원들에게 감사의 마음을 전한다. 특히 여덟 번째부터 열 번째 꼭지는 현대인재개발원의 제안에 따라 작성했던 동영상용 스크립트를 보완한 결과물인데, 그때 독려와 함께 성원을 보내 주신 이재은 선생님의 공헌을 잊을 수 없다.

태학사 조윤형 주간은 문장을 제법 잘 쓴다는 저자의 오만한 생각을 깨뜨려 주었다. 교정지를 주고받으면서 느꼈던 민망함 때문에 독자들에게는 한층 정돈된 문장을 보여 줄 수 있게 되었다. 출판사 운영에 도움이 될 만한 책이 아님을 알면서도 시장의 논리에 초연하여 이 책의 출간을 흔쾌히 허락해 주신 태학사 김연우 대표님의 배려도 기록으로 남기고 싶다.

마지막으로, 원문을 정돈하고 해제와 해설까지 달아 선집이나 전집을 편찬해 주신 선학들, 논문이나 저서, 공적·사적 자리에서 대화를 통해 작품의 맥락과 속살을 공유해 주셨던 여러 연구자들, 강의실에서 뜻하지 않은 영감을 주었던 제자들에게도 고마움을 전한다. 이 책의 곳곳에는 그분들의 숨결이 녹아 있지만 일일이 각주를 다는 수고를 생략했다. 본격적인 학술서가 아님을 헤아려 이 점 깊이 양해해 주길 바란다.

이제 책장을 넘겨 그 옛날의 노랫가락에 귀를 기울여 보기를 권한다. 해설로써 노래와의 만남을 주선한 저자의 의도와 무관하게, 삶의 어느 굽이에서 이 노래들이 어떤 무늬로 다가설지는 순

전히 독자의 몫이다. 부디 그 무늬들이 독자의 발걸음을 다시 문
학의 숲으로 안내하여 또 다른 거울을 만나는 동력이 될 수 있기를
기대한다.

2026년 3월
행당동산 연구실에서
저자 씀

차례

낙원

낙원을 꿈꾼다는 것

꿈으로서의 낙원

'문학이란 무엇인가'라는 질문에 대한 답은 무수히 많다. '문학은 꿈의 기록'이라는 규정도 그중의 하나다. 우리는 언제나 현실의 벽에 갇혀 지낼 수밖에 없다. 그렇지만 정신은 항상 현실 너머에 있는 그 무엇인가를 추구한다. 그것은 곧 꿈이다. 꿈은 본래 수면 중에 일어나는 정신 현상 혹은 생리 현상이지만, 잠을 자지 않는 상태에서도 우리는 꿈을 꾼다. 가난과 질병과 전쟁이 없는 세상을 꿈꾸고, 사랑하는 사람과 이별 없이 행복하게 사는 삶을 꿈꾸며, 모든 사람들이 조화롭고 평화롭게 어울리는 공동체를 꿈꾼다. 비참한 현실을 사실적으로 그려 내는 작품조차도 실은 그런 일이 일어나지 않는 세상에 대한 꿈을 담고 있기에, 문학이 꿈의 기록이라는 정의를 배신하는 것은 아니다. 문학은, 말하자면 인간이 바라는 이상적인 삶과 세상을 오밀조밀하게 그려 낸 말이나 글이라 할 수 있다.

'꿈의 기록'이라는 규정으로 모든 문학을 설명하기는 어렵다. 그럼에도 불구하고 이러한 규정에 무시할 수 없는 매력이 있는 것은, 우리 인간의 이상적인 삶과 세상을 그려 낸 문학 작품이 무수하기 때문이다. 특히 낙원 의식을 담고 있는 작품들이 그러하다. 영국에서는 16세기 초반에 정치가이자 작가인 토마스 모어가 《유토피아 Utopia》라는 소설을 통해 공산주의적 경제체제와 민주적 정치체제가 결합된 가상의 이상국을 그려 낸 바 있다. 중국 원난성의 샹그릴라 Shangri-la는 영국의 소설가 제임스 힐튼이 1930년대에 펴낸 소설 《잃어버린 지평선(Lost Horizon)》에 등장하는 이상향에서 비롯된 지명이다. 우리 문학사에서도 이상향을 그린 작품이 있다. 〈홍길동전〉에서는 홍길동이 왕이 되어 다스린 율도국栗島國이 나온다. "시절은 태평하고 풍년이 들며, 백성은 편안하여 사방에 일이 없고, 교화가 크게 행해져서 백성들이 길에 물건이 떨어져도 주워 가지지 않을 정도였다."라고 묘사되는 이상향이다. 〈허생전許生傳〉에는 허생이 도적의 무리를 데리고 들어간 무인도에서 농사를 풍성하게 지어 흉년이 든 지역에 팔아 모두가 평등하게 잘살게 한다는 이야기가 포함되어 있다. 모두 낙원 지향 의식의 문학적 산물이라 할 수 있다.

삶과 공동체의 전모를 보여 주는 서사문학과는 달리, 시가문학에서 낙원은 화자의 정서를 표현하는 과정에서 현실 너머의 꿈을 빗대는 표현으로 나타나는 경우가 많다.

> 용수로 갓 거른 막걸리는 뿌연 젖빛
> 큰 사발에 보리밥은 한 자 높이 이루고
> 밥 먹자 도리깨 들고 마당에 나서니
> 두 어깨는 햇살 아래 옻칠한 듯 번들번들
> 호야호야 소리 내며 일제히 발 구르자
> 잠깐 사이 보리 이삭이 낭자하게 널리고
> 서로 주고받으며 노래 부르는 소리 높아지자
> 보리 티끌은 지붕 높이로 어지러이 날리네
> 낯빛을 보면 이보다 더한 즐거움 없나니
> 마음이 육신의 부림을 당하는 게 아니기에
> 낙원과 낙교가 멀리 있지 않거늘
> 어찌 고달프게 풍진風塵의 객이 되리오[1]
> ― 정약용, 〈타맥행打麥行〉[2]

다산茶山 정약용丁若鏞(1762~1836)이 유배지인 포항 인근의 장기라는 곳에서 지역 농민들이 보리타작하는 광경을 보며 지은 작품이다. 널리 알려진 대로 그의 생애는 10여 년의 벼슬살이 이후에 유배로 점철되어 있다. 이 시는 신유박해辛酉迫害로 인해 시작된 유배 생활의 초창기에 지었다. 표면적으로 보면 보리타작을 하면서 흥이 넘치는 농민들의 삶에 대한 묘사로 일관하고 있다. 그들이 준비한 막걸리와 보리밥이 미각을 자극하고, 도리깨 두드리는 소리와 흥에 넘치는 노랫소리가 청각을 자극한다. 농민들의 이런 즐거움은 바로 '낙원'('낙교'도 같은 의미이다.)에서나 맛볼 수 있을진대, 그들이 굳이 풍진風塵, 곧 바람에 흩날리는 먼지 같은 세상을 찾아 나설 리가 있겠는가 하는 의문으로 시상은 마무리된다. 그러나 작품의 이면에는 '나는 어찌하여 풍진의 객이 되고 말았던가' 하는 탄식이 짙게 깔려 있다. 그야말로 '이 풍진 세상을 만났으니 나의 희망은 무엇인가?'라는 다산의 자문自問과 이에 대한 자답自答에 해당하는 작품으로 보아도 무방할 것이다.

　농민들이라고 해서 사시사철 낙원에서의 생활에 가까운 삶을 누렸을 리 없다. 더욱이 다산 자신이 여러 저서와 작품들을 통해 통렬하게 고발한 대로 당대에는 탐관오리들의 농민 수탈이 일상화되어 있었다. 그러니 농부들이 수확을 하면서 느끼는 즐거움이야 실은 순간에 지나지 않았을 것이다. 그럼에도 유배객으로서의 감회는 남다를 수밖에 없다. 수탈당하는 농민들의 삶이 비참하다는 걸 모르진 않겠지만, 적어도 그 수확의 순간만큼은 배고픔을 잊을 수 있는 낙원의 시간이 아니겠는가 하는 생각이 지배했을 것이다.

　이 한시에는 '낙원'이라는 시어가 직접 드러나지만, 우리 시가에서는 그런 일이 드물다. 대신 이를 표상하는 시어로 자주 등장하는 것이, 공간으로는 '무릉도원'이고 시간으로는 '요순시대'이다. 두 시어 모두 중국의 문화적 전통에서 유래했지만, 당시 우리의 문화로 스며들었기에 국적을 따질 필요는 없다. 이제 이 두 시어가 나타나는 작품들을 살펴보자.

도화桃花 핀 들판의 심미적 황홀

여성을 꽃에 비유하는 것은 아주 오래된 관습이긴 하지만, 그중에서도 특히 복숭아꽃은 아름다운 여성 혹은 요염한 여성을 빗대는 데 자주 동원되었다. 뛰어난 미색을 칭찬하는 표현으로 '복숭아꽃이 부끄러워한다'는 말이 있는 데서도 이를 확인할 수 있다. 우리 문학사에서도 복숭아꽃은 여성의 미색을 표상하는 대표적인 꽃으로 자리를 잡고 있다.

4월 중순쯤이 되면 복숭아꽃이 피어난다. 복숭아나무 한 그루에 피어 있는 꽃 그 자체도 아름답지만, 무리를 이룬 채 들판을 뒤덮고 있는 분홍 천지의 풍경은 봄날의 아지랑이와 함께 현기증을 불러일으킬 정도이다. 그야말로 황홀경이다.

> 두류산頭流山 양단수兩端水를 녜 듯고 이제 보니
> 도화桃花 쁜 맑은 물에 산영山影조차 잠겨셰라
> 아희야 무릉武陵이 어듸오 나는 옌가 ᄒ노라
> ─ 조식

출사出仕를 거부하고 평생을 학문과 후진 양성에 힘썼던 대학자 남명南冥 조식曺植(1501~1572)의 시조이다. 그는 고향인 삼가(현재의 합천)에서 살다가 환갑 무렵에 산청의 지리산 자락으로 집을 옮겼던 이력을 가진 인물이다. 아마도 합천에 살 때 당시 두류산으로 불렸던 지리산의 양단수, 즉 두 갈래 물길이 흐르는 어느 지점의 빼어난 풍경에 대한 소문을 들었던 듯하다. 그러다가 산청으로 이거한 후 지리산을 올라 그 소문의 진상을 확인하는 순간의 황홀을 이렇게 읊었을 터이다. 예술적 개념의 미美로 본다면 이상과 현실이 조화롭게 만나는 데서 오는 우아미의 극치이다.

무릇 봄날이란 온갖 꽃들이 지천으로 피어나는 때, 말 그대로 백화제방百花齊放의 시절이다. 그 허다한 꽃 중에서 화자는 왜 하필 복숭아꽃, 곧 '도화'를 콕 찍어서 전면에 내세웠을까? 그는 도화 그 자체의 아름다움보다는 아마도 종장에 있는 '무릉'을 겨냥했던 것으로 보인다. 수면 위에 떠서 흘러내리는 꽃잎이 반드시 도화여만 하는 것은, 그 물길을 따라 끝도 없이 무리를 이루고 있을 무릉도원武陵桃源이라는 황홀경으로 넘어가기 위한 징검다리가 필요했기 때문이다.

이것은 무릉도원이라는 낙원이 도화와 환유적으로 연합되어 있기 때문이다. 이러한 환유적 상상력의 동선은 〈도화원기桃花源記〉라는 작품에 그 근원을 두고 있다. 중국의 동진東晉 시대 때 도연명

                                                첫 번째 이야기 - 낙원

陶淵明(365~427)이 지은 글이다. 다소 길지만 전문을 인용한다.

진晉나라 태원太元 연간의 일이다. 무릉武陵 땅의 한 어부가 물고기를 잡느라 배를 타고 상류를 거슬러 올라가다가 정신을 차려 보니 어디가 어디인지 알 수 없었다. 그때였다. 양쪽 강가에 끝없이 펼쳐진 복숭아꽃밭이 나타났다. 다른 나무는 없었고 오로지 복사꽃뿐이었다. 싱그러운 꽃잎이 바람에 어지러이 날리고 있었다. 황홀경에 빠진 어부는 끝까지 가 보고자 자꾸만 배를 저어 나아갔다.

복숭아꽃밭이 끝나고 물길이 끊어진 곳에 도착하자 산이 나타났다. 자그마한 동굴이 있었다. 빛이 새어 나오는 것 같았다. 배에서 내린 어부는 동굴 속으로 들어갔다. 동굴의 입구는 겨우 사람 하나 다닐 만큼 매우 비좁았다. 그러나 수십 걸음 안으로 들어가자 눈앞이 탁 트였다.

땅은 평평하고도 드넓었고, 집들은 가지런하였다. 전답은 기름지고 연못은 아름다웠으며, 뽕나무와 대나무 등속이 있었다. 논밭 사이 길들이 사방으로 서로 통하고, 닭 우는 소리와 개 짖는 소리가 들려왔다. 오가는 사람들과 농사짓는 사람들이 입은 옷들은 바깥세상에서 사는 사람들과 다를 바 없었다. 기름도 바르지 않고 장식도 없는 머리를 한 채, 한결같이 기쁨과 즐거움이 넘치는 표정이었다.

어부를 발견한 그들은 깜짝 놀라 몰려들어 어디서 왔느냐며 물었다. 어부가 일일이 답해 주자 집으로 데려가 술을 마련하고 닭을 잡아 음식을 대접했다. 낯선 사람이 왔다는 소문을 들은 마을 사람들이 몰려와 궁금한 것을 물었다. 그들은 스스로 말했다.

"진秦나라 때 우리 선조들이 난리를 피해 처자들과 마을 사람들을 이끌고 이 절경에 왔는데, 그 이후 다시 밖으로 나가지 않아 바깥세상과는 완전히 두절된 거지요. 그나저나 요즘 바깥세상은 어떻소?”

그들은 위진魏晋 시대는 물론 한漢나라가 있었는지조차도 모르고 있었다. 어부가 일일이 아는 바대로 답변해 주자 모두들 놀라워했다. 마을 사람들은 교대로 자신의 집으로 어부를 초대하여 술과 음식을 대접했다. 며칠 동안 묵은 어부가 이별을 고했다. 어떤 이가 말했다.

“바깥사람들한테 여기 이야기는 하지 말아 주시구려.”

어부는 바깥에 나오자 배를 타고 왔던 길을 돌아가며 곳곳에 표시를 해 두었다. 그러고는 고을 원님을 찾아가서 자신이 겪은 일을 아뢰었다. 원님은 즉시 어부에게 사람을 딸려 보내 표시해 둔 곳을 찾게 하였으나 끝내 길을 찾을 수가 없었다.

남양南陽 땅의 유자기劉子驥라는 고결한 선비가 그 이야기를 듣고 기뻐하며 그곳을 찾아가고자 하였으나, 끝내 결실을 보지 못하고 병을 얻어 죽었다. 그 이후 그곳으로 가는 길을 묻는 이는 아무도 없었다.[3]

이 글은 크게 세 개의 서사 단락으로 나눌 수 있다. 어부가 배를 타고 복숭아꽃밭을 만난 후 동굴을 통과하기까지는 일종의 도입부이다. 동굴을 통과한 후에 만난 마을의 풍경, 그 사람들과의 교유, 그리고 바깥세상으로 나오기 직전까지가 본문이고, 그 나머지는 후일담에 해당한다. 이 서사에서 동굴은 전혀 다른 두 개의 세상을 단절시키는 벽이기도 하다.

본문에서 묘사된 마을 사람들의 삶은 흔히 노자의 《도덕경道德經》에서 소개하는 소국과민小國寡民(작은 나라와 적은 인구)의 공동체나 유교 경전인 《예기禮記》에서 말하는 대동大同 사회에 가깝다는 평가를 받는다. 그들은 세상과 스스로를 철저하게 격리한 채 제한된

                                        첫 번째 이야기 - 낙원

공간에서 전쟁과 사회적 분란이 없는 평화를 누린다. 경제적 풍요가 어느 정도인지는 명확하지 않지만 적어도 의식주에 결핍이 없는 자급자족의 공동체를 유지하고 있음은 분명하게 알 수 있다. 진시황이 세운 진나라 이후 몇몇 왕조가 전란과 함께 명멸한 역사마저도 인지하지 않은 채 살아간다. 이것이 우리에게 친숙한 무릉도원이라는 낙원의 실체이다.

그런데 흥미로운 점은 정작 동굴을 통과한 이후에 목격한 마을은 복숭아꽃 찬란한 풍경과는 거리가 있다는 점이다. 무릉도원이라 했으니 복숭아꽃이 천지를 뒤덮고 있어야 마땅할 터이나, 동굴을 통과한 후에 만난 마을의 풍경을 묘사할 때는 기껏해야 뽕나무와 대나무 정도만 언급하고 있을 뿐이다. 오히려 복숭아꽃이 찬란한 빛을 뿜어내는 지점은 동굴을 만나기 이전의 공간이다. '무릉도원'의 '도원桃源'이라는 말도 양쪽이 '복숭아꽃으로 가득한 물길의 근원'이라는 뜻이니, 무릉도원은 동굴로 들어가기 전에 위치해 있는 지점을 가리킨다. 복숭아 정원이나 복숭아 과수원을 뜻하는 '도원桃園'이 아니다. '무릉'은 어부가 살고 있는 곳의 지명일 따름이다.

그렇다면 무릉도원은 이렇게 이해될 수 있겠다. 복숭아나무가 군락을 이룬 채 꽃을 피우고 있는 곳은 무릉에 살고 있는 어부로서도 처음 접하는 풍경이라 했다. 그러니 어부가 동굴로 들어가기 이전부터가 온통 낙원의 공간이라고 이해하는 것이 지혜로운 독법이 아닐까 한다. 따라서 여기에는 개념이 약간 다른 두 가지 낙원이 중첩되어 있음을 간과할 수 없다. 어부가 동굴 통과 이전에 목도한 복숭아꽃밭이 아름다움의 극치를 보여 주는 경물이기에 심미적·정서적 차원의 낙원이고, 동굴을 통과한 이후에 목격한 마을은 안정되고 평화로운 공동체이기에 사회적·정치적 차원의 낙원이다. 달리 말해 의식주에 결핍이 없고 어떤 타인과도 분란이 없는 공동체적 낙원이 있는가 하면, 눈과 귀를 비롯한 모든 감각에서 충일감을 느끼게 되는 정신적 낙원도 있는 것이다. 이렇게 보면 전혀 다른 두 세상을 단절시키는 벽이라 했던 동굴은 오히려 두 개의 낙원을 잇는 문으로 이해하는 것이 맞겠다.

이런 식으로 낙원을 두 가지 차원으로 나눈다고 했을 때, 서두에서 언급한 율도국이나 샹그릴라 등은 모두 사회적·정치적 차원의 낙원에 해당한다. 그것은 소설로 대표되는 서사 문학의 특성에서 비롯된 자연스러운 귀결이다. 서사 문학은 주인공이 겪는 타인과의 갈등, 세상과의 투쟁, 환경과의 긴장이 연속성 있는 몇 개의 사건으로 펼치는 장르로서, 서정 갈래에 비해 사회나 공동체 단위의 삶에 관심을 기울이는 경향이 더 강하다. 그러니 소설에서 묘사되는 낙원은 대개 사회적·정치적 성격을 지닐 수밖에 없는 것이다.

이에 반해 서정 갈래에 속하는 시가 작품에서 그려 내는 낙원은 대체로 심미적·정서적 차원의 것이다. 노래라는 것이 본래부터 정서적 결핍과 충일을 오가는 장르라는 점을 상기한다면, 이는 매우 자연스럽다. 그렇기에 봄날의 아름다운 풍경을 묘사하는 시에서 무릉도원은 거의 상투적이라 할 만큼 자주 등장한다. 조선 전기 강호가도江湖歌道 계열의 가사를 대표하는 정극인丁克仁(1401~1481)의 〈상춘곡賞春曲〉을 먼저 보자. 제목 그대로 봄을 완상하는 감흥을 읊은 노래이다.

화풍和風이 건듯 부러 녹수綠水를 건너 오니

청향清香은 잔에 지고 낙홍落紅은 옷새 진다

준중樽中이 뷔엿거든 날두려 알외여라

소동小童 아히두려 주가酒家에 술을 믈어

얼운은 막대 집고 아히는 술을 메고

미음완보微吟緩步호야 시냇구의 호자 안자

명사明沙 조흔 믈에 잔 시어 부어 들고

청류淸流를 굽어보니 써오누니 도화ㅣ로다

무릉이 갓갑도다 져 믜이 권 거인고

— 정극인, 〈상춘곡〉

화창한 바람이 건듯 불어 푸른 물을 건너오니

맑은 향은 잔에 지고 붉은 꽃잎은 옷에 진다

술항아리 비었거든 날더러 아뢰어라

어린아이더러 주가에 술을 물어

어른은 막대 짚고 아이는 술을 메고

시 읊으며 완보하여 시냇가에 혼자 앉아

밝은 모래 깨끗한 물에 잔 씻어 부어 들고

맑은 물줄기를 굽어보니 떠오는 건 도화로다

무릉이 가깝도다 저 산이 그곳인가

겨우내 추위에 움츠려 있었을 테니 봄이 되면 자연의 생동하는 기운에 기분이 들뜨는 것은 인지상정이다. 화창한 바람[화풍和風], 싱그러운 꽃향기[청향淸香]를 느끼는데 애주가가 아니어도 술 생각이 안 날 수 있겠는가? 맑은 물[청류淸流]이 흐르는 계곡에서 한잔 기울이고 있노라니 복숭아꽃이 물에 떠내려온다. 봄날에 떠올릴 수 있는 상투적이면서도 전형적인 이미지이다. 누군가 봄날의 풍경을 묘사하라고 하면, 야외로 발걸음을 옮기지 않고도, 그래서 직접 목격하지 않고도 이런 식으로 장면을 구성할 것이다. 어쩌면 시인 혹은 화자가 직접 목도한 실경實景 혹은 진경眞景이 아니라, 우리 관념 속에 자리 잡고 있는 허경虛景일 수도 있다. 그래도 여기까지는 우리의 감각으로 경험할 수 있는 현실 세계로 이해할 수 있다.

그런데 도화로부터 촉발된 흥취는 자신의 자리로부터 멀지 않은 곳에 있을 것으로 짐작되는 무릉도원이라는 공간에 대한 상상으로 이어진다. 이 또한 지극히 상투적이면서 전형적인 상상력이다. 앞서 말한 대로 도화와 무릉도원은 환유적으로 너무나 밀접하기에, 마치 연기가 나는 곳을 보고 그곳에 불이 있을 것이라 생각하는 것만큼이나 자연스럽다. 다만 연기와 불의 밀착이 물리적 인접성에 근거한 환유라면, 도화와 무릉도원의 밀착은 문화적으로 구성된 환유라는 차이가 있을 뿐이다.

이처럼 도화와 무릉도원의 환유적 밀착은 강고한 문화적 코드로 굳어져 있기에, 무릉도원을 연상하는 매개인 도화를 시각으로 인지한 것인지 아니면 단지 상상 속에서 떠올린 것인지 하는 구별은 중요하지 않다.

망혜芒鞋를 빅야 신고 죽장竹杖을 훗더디니
도화桃花 핀 시내 길히 방초주芳草洲의 니어세라
닷봇근 명경明鏡 중中 절로 그린 석병풍石屏風
그림재를 버들 사마 서하西河로 흠씌 가니

도원桃源은 어드매오 무릉武陵이 여긔로다

— 정철, 〈성산별곡〉

짚신을 죄어 신고 죽장을 흩짚으니
도화 핀 시내 길이 방초주에 이었어라
닦고 닦은 명경 중 절로 그린 석병풍
그림자를 벗을 삼아 서하로 함께 가니
도원은 어드메오 무릉이 여기로다

〈성산별곡星山別曲〉은 정철(1536~1593)이 문과에 급제하기 전 담양의 창평면에 머물 때 교유하던 서하棲霞 김성원金成遠(1525~1597)의 삶을 예찬한 가사 작품이다. 여기에서 정철은 '지나는 손[과객過客]'이라는 지칭으로 스스로를 객관화한 채 등장한다. 인용한 부분은 담양에 있는 성산 일대의 풍경을 계절의 흐름에 따라 묘사한 대목 중 봄철에 해당한다. 이 대목은 "속세에 좋은 일이 많건마는 어찌하여 강산을 갈수록 낫다 여겨 적막 산중에 들고 아니 나오는가?"라는 과객의 물음에 대한 답의 일부이다. 요지는, 속세의 일이 아무리 좋다 한들 이런 낙원에 살고 있는데 무엇이 더 부럽겠는가 하는 것이다.

중요한 것은, 그 목소리의 주인공이 자리한 공간을 무릉도원으로 규정하는 강력한 근거가 도화라는 사실이다. 시내를 따라 '도화'가 피어 있는 길은 향기로운 풀이 무성한 모래톱으로 이어지는데, 물은 닦고 또 닦은 거울처럼 맑고 병풍을 이룬 듯한 바위가 그 물에 그림자를 드린 풍경을 목격하였으니, 그때 떠올린 것은 바로 무릉도원이었다. 절승絶勝을 보는 순간, 만일 도화가 그 자리에 없다고 하더라도 무릉도원의 이미지를 떠올릴 수 있었겠지만, 때마침 도화가 있었기에 한층 더 자연스럽게 무릉도원의 비유가 성립될 수 있었다.

그곳은 사계절의 순환에 따른 경치를 모두 묘사한 뒤에 덧붙인, "막대 멘 늙은 중이 어느 절로 간단 말인고 / 산옹山翁의 이 부귀를 남더러 알게 마오 / 경요굴瓊瑤屈 은세계隱世界를 찾을 이 있을세라"라는 〈성산별곡〉의 한 구절에서 확인할 수 있듯이, 속인들과 공유하지 않고 홀로 독점하고자 하는 욕망을 부추길 정도이다.

물론 이를 독점의 욕망으로 읽어 내는 것은 표면적인 이해에 불과하다. 그것은 주인이 거居하고 있는 자연 공간의 풍광이 세속과 단절된 채 절대적인 경지를 이루고 있다는 농담 섞인 예찬이다. 특히 '은세계', 즉 숨은 세계라는 표현은 도연명의 〈도화원기〉에서 속세로 돌아가고자 이별을 고하는 어부에게 동굴 안쪽 마을 사람들이 하는 부탁과 궤를 같이한다. 그 부탁인즉, "바깥사람들한테 여기 이야기는 하지 말아 주시구려."였다.

이처럼 무릉도원은 인간들이 모여 사는 세속과는 거리를 둔 자연 속의 공간이되, 미적 황홀을 느끼게 할 정도로 아름다운 공간으로 인식된다. 조식의 시조에서는 지리산의 양단수가 흐르는 곳이고, 〈상춘곡〉에서는 집 근처에 위치한 산이며, 〈성산별곡〉에서는 무등산 자락의 한적한 자리이다. 그곳의 봄철에 피어 있는 것이, 하필이면 복숭아꽃이었다.

그러나 복숭아꽃이 피어 있어야 한다는 것이 어떤 공간이 무릉도원이 되는 필수조건은 아니었던 것으로 보인다. 만일 그렇다면 무릉도원은 복숭아꽃이 피는 봄철에만 성립될 수 있는 개념이기 때문이다. 무릉도원에도 사계절의 순환은 있었을 터. 봄이 아닌 다른 계절이라면 당연히 복숭아꽃을 대신하여 인간으로 하여금 미적 황홀을 느끼게 하는 다른 자연물이 있어야 마땅하다.

> 도원桃源이 잇다 ᄒ야도 녜 듣고 못 봤더니
>
> 홍하紅霞이 만동滿洞하니 이 진짓 거긔로다
>
> 이 몸이 ᄯ 엇더ᄒ뇨 무릉인武陵人인가 하노라
>
> ─ 김득연, 〈산중잡곡〉 제14수

> 도원이 있다 하여도 예 듣고 못 봤더니
>
> 붉은 노을 만동하니 이 진정 거기로다
>
> 이 몸이 또 어떠하뇨 무릉인인가 하노라

김득연金得硏(1555~1637)은 출사에 뜻을 두지 않고 평생을 고향인 경북 예안(현재는 안동)에서 향촌 교화에 힘쓴 인물이다. 위의 시조는 그가 지은 〈산중잡곡山中雜曲〉 49수 중의 하나인데, 평생을 고향을 벗어나지 않은 채 처사로서 살아간 자신의 삶에 대한 자족감을 보여 준다. 자신이 곧 무릉인이라 하였으니 자신이 거처하는 지역을 무릉으로 규정하는 셈이다. 그는 그 근거를 붉은 노을이 '온 골짜기에 가득한(만동滿洞)' 풍경에서 찾는다. 도화가 피어 있는 풍경은 선택되지 않았다. 붉은 노을이 '만동'한 풍경이 도화가 만개한 풍경을 대신하고 있는 셈이다. 그리고 이 작품에서는 계절을 암시하는 시어가 없다. 붉은 노을은 사시사철 볼 수 있으니, 실은 자신이 발을 딛고 서 있는 그 장소가 언제나 무릉도원과 같은 낙원이라는 인식을 깔고 있는 것이다.

이런 사례를 통해 본다면, 도화와 환유적으로 통합되어 고유명사로 쓰였던 무릉은 후대에 와서 낙원이나 이상향을 뜻하는 보통명사로 굳어진 것으로 볼 수 있다. 다시 말해 무릉이란 심미적 황홀감을 느끼게 해 주는 풍경을 표상하는 말이 된 것이다. 도화가 피어 있지 않아도 상관없다. 이에 더하여 의식주에 결핍이 없다면 금상첨화이다. 이런 곳이야말로 낙원이 아니겠는가?

타락한 시대, 요순시절을 향한 꿈

무릉도원은 가상의 공간이다. 진晉나라 태원太元 연간이라는 시간적 배경이 뚜렷하게 제시되어 있지만, 도연명이 상상 속에서 건설한 허구의 공간이다. 그것은 도연명만의 특이한 상상이 아니라 그 시대를 살던 대부분의 사람들이 꿈꾸었던 세상일 수도 있다. 그러나 그들의 꿈은 그 시대에 갇히지 않는다. 어떤 시대를 살아가더라도 모든 사람들은 이와 같이 아름답고 황홀한 풍경을 보면서 분쟁과 갈등이 없는 평화를 원한다.

그런 점에서 〈도화원기〉에서 묘사된 동굴 안쪽 마을 사람들의 삶은 도연명의 온전한 독창에 의해 꾸며 낸 것으로 보기는 어렵다. 그 이전부터 누군가의 상상을 통해서 이미 건축되었던 세상이었을 것이고, 그것이 구전되거나 문헌으로 전승되다가 도연명이라는 탁월한 문인을 만나 세련되게 정돈된 것으로 보는 편이 좋을 것이다.

아니나 다를까, 중국에서는 신화처럼 내려오는 요순시대堯舜時代가 있었다. 무릉도원이 공간 개념이라면 요순시대는 시간 개념이라는 차이가 있지만, 요순시대는 낙원이나 이상향을 그릴 때 거의 자동적으로 연상하는 관념이었다.

요일월堯日月 순건곤舜乾坤은 녜대로 잇것마는
세상世上 인사人事는 어이 져리 달란는고
이 몸이 느저 난 줄을 못내 슬허하노라
— 김천택

요의 일월 순의 천지는 옛날대로 있건마는
세상 인사는 어이 저리 달랐는고
이 몸이 늦게 난 줄을 못내 슬퍼하노라

17세기 말에 태어난 것으로 추정되는 중인中人 가객歌客 김천택金天澤의 시조이다. 그는 젊었을 때 잠시 포교捕校와 같은 하급 관리를 지냈고, 거의 평생을 여항閭巷에서 가객으로 지낸 인물이다. 당대에 이름난 가객이었고 문식文識을 갖추고 있었기에 양반들과 어울리는 자리가 있었을 것이다. 그래서인지 그의 작품들에는 양반들의 작품에서 볼 수 있는 강호의 아름다움에 대한 예찬이나 그 속에서 노니는 풍류에 대한 만족감이 나타나기도 한다. 그런가 하면 중인 출신으로서 특권층인 양반들에 대한 위화감을 드러낸 작품도 많다. 이른바 낙오자 의식이라 할 만하다. 양반층에 대한 선망의 정서가 두 갈래로 분화하여 나타났으리라.

위에 인용한 작품은 후자에 해당한다. 내용을 풀어서 설명하면 이렇다. '요堯임금 때의 해와 달, 순舜임금 때의 하늘과 땅은 오늘날에도 그대로이건만 세상 사람의 일은 왜 이렇게 달라졌는가. 이 몸이 요순시절에 태어나지 못하고 오늘날에 태어난 것이 못내 슬프도다.' 현실에 대한 불만 혹은 불평이 묻어 있다. 그것이 어떤 현실인지 분명하지는 않지만, 당대 현실의 대조항으로서 요순시절을 등장시킨 것은 자동화된 구성법에 해당한다. 결핍을 느끼는 자는 당연히 결핍이 없는 상태를 동경하는 법. 요순시절이 결핍이 없는 세상을 표상하는 것은 당대의 보편 관념이었기 때문이다. 현실에서 겪는 결핍감이 아득한 과거의 존재였던 요순을 호출하는, 과거 지향적 시간 의식을 여기에서 확인할 수 있다.

요순시절은 요임금과 순임금이 중국을 다스렸던 시대로, 문자 기록이 없는 선사시대先史時代에 가깝다. 전승되는 이야기에 따르면, 요순 이전에 제사의 신, 농사의 신이 이미 등장하여 국가의 기틀을 다졌고, 배나 수레를 발명하여 신처럼 숭배되던 인물들이 있었다. 배나 수레는, 평시에는 농사나 유통의 도구로, 전시에는 전력을 떠받치는 이동 수단으로 활용된다. 당연히 수레가 다닐 수 있는 도로와 배가 드나들 수 있는 나루터도 설치되었을 것이다. 이러한 사회 기반 시설을 바탕으로 요순시절은 태평성대를 구가한다.

요순시절이 태평성대였음을 가장 잘 대변하는 것은 〈강구요康衢謠〉와 〈격양가擊壤歌〉이다. 〈강구요〉와 〈격양가〉는 각각 아이들과 노인이 부른 노래이지만, 거기에 담긴 뜻은 다르지 않다. 요임금이 나라를 다스린 지 50년쯤 되었을 때 백성들의 살림살이를 직접 살펴보고자 거리에 나섰다. 번화한 길거리[강구康衢]에서 달빛이

연기에 은은하게 비치는[연월煙月] 가운데 아이들이 부르는 노래가
들려왔다. 이것이 〈강구요〉이다.

> 우리가 이렇게 잘살고 있는 것은
> 모두가 임금의 지극한 덕이네
> 우리는 아무것도 모르지만
> 임금이 정하신 대로 살아간다네[4]

또 다른 곳으로 가다가 이번에는 한 노인을 만났다. 그 노인은
두 다리를 쭉 뻗고 앉아 한 손으로는 배를 두드리고 또 다른 손으
로는 땅바닥을 치며[고복격양鼓腹擊壤] 노래를 부르고 있었으니, 이것
이 〈격양가〉이다.

> 해가 뜨면 일을 하고
> 해가 지면 몸을 쉬고
> 우물 파서 물 마시고
> 밭을 갈아 밥 먹으니
> 임금의 힘이 내게 무슨 소용이랴[5]

그런데 노래의 마지막 구절만 따로 떼어서 읽으면 오해의 여지
가 있다. 임금의 통치가 나한테는 그다지 유익함이 없다는 뜻으로
새길 수 있기 때문이다. 그러면 임금에 대한 비난이 된다. 그러나
여기에 함축된 의미는 그 반대이다. 워낙 평화로운 시절을 누리고
있었던 터라 임금이 누구인지 알 필요도 없다는 뜻이다. 백성들의

입장에서는 본래부터 세상살이가 저절로 그런 것처럼 여기며 살아 갔기 때문이리라. 요임금 또한 그 노래를 듣고 흡족해했으리라.

요임금은 왕위를 세습하지 않고 선양禪讓의 방법으로 물려주었다. 혈연관계에 있는 후손에게 왕위를 물려주는 것이 세습이라면, 선양은 덕성이나 신망이 높은 이를 골라 왕권을 이양하는 방식이다. 그 왕위를 이양받은 이가 순임금이었다. 순임금은 요임금의 두 딸 아황·여영과 결혼한, 요임금의 사위였다. 요임금 시절이 태평성대이긴 했으나 딱 하나 백성들을 괴롭힌 것이 있었으니, 그것은 바로 홍수였다. 구년지수九年之水, 곧 9년에 걸쳐 황하가 범람하는 물난리가 있었다. 치수治水 사업에 실패했던 것이다. 순임금이 이 난제를 해결했으니, 태평성대의 문이 활짝 열렸음은 불문가지不問可知이다. 요임금에게는 도당씨陶唐氏, 순임금에게는 유우씨有虞氏라는 별칭이 있었는데, 여기에서 '당'과 '우'를 따서 '당우천지唐虞天地'라는 말을 만들어 요순시절의 이칭으로 부르기도 했다. 이렇게 하여 요순시절은 '강구연월', '당우천지'와 더불어 태평성세를 표상하는 시어로 자리 잡았다.[6]

요순이 다스렸던 나라는 통치자의 존재가 피통치자에게 아무런 관심의 대상이 되지 않을 정도의 낙토樂土로서 유교적 이상 국가의 전형으로 굳어졌다. 그러나 이상이란 언제나 현실 너머의 피안에 있는 법. 현실에서 겪는 결핍이 클수록 이상적인 국가에 대한 염원도 커지게 마련이다.

도고마는 이 몸이 병중病中에 드러시니
설분신원雪憤伸寃이 어려올 돗ᄒ건마는

　　　　　　　　　　　　　　　첫 번째 이야기 - 낙원

그러나 사제갈死諸葛도 생중달生仲達을 멀리 좃고

발 업슨 손빈孫臏도 방연龐涓을 잡아거든

흐믈며 이 몸은 수족이 ㄱ자 잇고 명맥命脉이 이어시니

서절구투鼠竊狗偸을 저그나 저흘소냐

비선飛船에 돌려드러 선봉先鋒을 거치면

구시월九十月 상풍霜風에 낙엽가치 헤치리라

칠종칠금七縱七禽을 우린돌 못흘 것가

준피도이蠢彼島夷들아 수이 걸항乞降ᄒᆞ야스라

항자불살降者不殺이니 너를 구틔 섬멸殲滅ᄒᆞ랴

오왕吾王 성덕聖德이 욕병생欲幷生ᄒᆞ시니라

태평천하애 요순군민堯舜君民 되야 이셔

일월광화日月光華ᄂᆞᆫ 조복조朝復朝 ᄒᆞ얏거든

전선戰船 ᄐᆞ던 우리 몸도 어주漁舟에 창만唱晚ᄒᆞ고

추월秋月 춘풍春風에 놉히 베고 누어 이셔

성대聖代 해불양파海不揚波롤 다시 보려 ᄒᆞ노라

— 박인로, 〈선상탄〉

조그마한 이 몸이 병중에 들었으니

분통한 마음 풀기 어려울 듯하건마는

그러나 죽은 제갈도 산 중달을 멀리 쫓고

발 없는 손빈도 방연을 잡았거든

하물며 이 몸은 수족을 갖추었고 목숨을 이었으니

쥐떼 개떼 도적들을 잠깐이나 저어할쏘냐

나는 듯한 배에 달려들어 선봉을 거치면

구시월 서릿바람에 낙엽같이 헤치리라

칠종칠금을 우린들 못할 것인가

섬나라 오랑캐들아 어서 항복하려무나

항복한 자 안 죽이는 법 너를 굳이 섬멸하랴

우리 임금 성덕이 더불어 살자 하시니라

태평천하에 요순 백성 되어 있어

일월 같은 광화는 아침마다 돌아오거늘

전선 타던 우리 몸도 어선에서 노래하고

가을 달 봄바람에 높이 베고 누워 있어

성대에 파도 없는 바다를 다시 보려 하노라

박인로朴仁老(1561~1642)는 가난한 사대부가 출신으로서 임진왜란 발발 당시 의병으로 참전했던 인물이다. 전쟁 이후 그다지 높지 않은 무관직에 있다가 고향에서 은거했다. 그가 여러 작품에서 전설적인 은자隱者들을 불러들여 자신의 삶을 투사하는 일이 잦은 것은 은거하는 삶에 대한 위로였을 것이다. 다른 한편으로 그의 작품에는 연군戀君이나 우군憂君의 정을 드러낸 경우가 많은데, 이는 전투에 직접 임했던 무인으로서 겪은 삶의 이력이 반영된 결과라 할 것이다.

〈선상탄船上歎〉은 1598년에 임진왜란이 끝나고 대략 7년 정도 지난 시점에 통주사統舟師라는 벼슬을 받고 부산에 내려갔을 때 배를 타고 읊은 탄식의 노래이다. 제목 그대로 '배 위에서의 탄식'이다. 물론 그 배는 전선戰船이었을 테다. 왜구가 언제 다시 침략해 올지 몰라 경계를 서고 있는 중이었던 것이다. 인용 대목의 전반부에서는 왜구들을 쥐떼나 개떼에 비유하고 그들에게 항복을 요구하는 목소리가 노골적으로 나타나는 데서 알 수 있듯이, 전란을 일으킨 데 대한 적개심이 흥분된 어조에 담겨 흐른다. 그러다가 돌연 태평성대를 누리고자 하는 소망을 드러낸다. 이 소망은 '요순 백성'에 집약되어 있다.

전란이 끝났다고 해도 그 상처가 아물지는 않았을 것이다. 가족을 잃은 백성들은 얼마나 많았을 것이며, 황폐화된 전답은 또 얼마나 많았을 것인가. 이런 상황에서 바라는 바는 오직 전쟁 이전의 평화였을 것이다. 물론 왜란 이전이라 해도 조선이 요순시절이라 할 만큼 태평성대는 아니었을 터. 그러나 칼날에 대한 두려움을 몸소 겪은 사람이라면 그것이 없다는 것 자체만으로도 낙원 같은 세상이라 여기지 않았겠는가. 고향으로 돌아간 이후에 지은 〈노계가蘆溪歌〉에서도 그의 이러한 인식은 반복적으로 나타난다. 〈노계가〉에서 그는 하느님께 축원하는 목소리로 "천년만년에 전쟁을 쉬게 하소서.", "밭 갈고 우물 파며 격양가擊壤歌를 부르게 하소서."와 같은 소망을 일관되게 노래했다.

전란이 초래하는 피해는 인명 살상, 문화재 약탈과 파괴, 국토의 황폐화 등등 일일이 열거하기도 어렵다. 그런데 조선은 그런 전란을 연이어 겪는다. 임진왜란이 끝나고 얼마 지나지도 않은 1627년에 정묘호란이, 1636년에 병자호란이 일어난다. 그것도 국가의 기반이 통째로 흔들릴 만한 환란이었다. 그러기에 임·병 양란 이후 사대부들은 동요하는 민심을 달래기 위해서라도 국가 재건에 관심을 기울일 수밖에 없었다. 그들이 지은 노래에서도 이러한 의지는 그대로 노출된다.

천황씨天皇氏 지으신 집을 요순堯舜에 와 쇄소灑掃러니

한당송漢唐宋 풍우風雨에 다 기우런지 오릭거다

우리도 성주聖主 뫼옵소 중수重修ᄒ려 ᄒ노라

    — 김상헌

천황씨 지으신 집을 요순에 와 쓸고 닦으니

한·당·송 풍우에 다 기울어진 지 오래거다

우리도 성주 뫼시옵고 다시 고치려 하노라

김상헌金尙憲(1570~1652)의 시조로, 그는 병자호란 당시 예조판서로서 주화론主和論을 배척하고 주전파主戰派의 선봉 역할을 맡았던 인물이다. 청나라가 명나라를 공격하기 위해 조선에 출병을 요청했을 때는 이에 반대하는 상소를 올렸다가 청에 압송되어 6년 동안 감금되었다가 풀려난 이력도 있다. 그래서인지 효종이 북벌을 추진할 때도 앞장을 섰다. 이런 인물이었기에 임·병 양란으로 허물어진 조선의 기틀을 다시 바로잡는 일에도 열성을 보였다.

이 시조 또한 조선을 굳건하게 재건하겠다는 의지를 드러내고 있다. 천황씨는 중국의 시조始祖에 해당하는 신화적인 인물이다. 그가 기틀을 다진 중국이 요순에 이르러 태평성대를 이루었으나 한·당·송을 지나면서 타락했다는 인식이 보인다. 김상헌 당대는 중국 민족도 아닌, 일개 오랑캐에 불과한 여진족이 청나라를 세워 중국을 지배하고 있었던 시기였다. 그러니 청나라를 이 지구상에서 없애고 조선을 '중수'하고자 하는 그의 우국충정憂國衷情은 지극히 당연한 일이었다. 그 우국충정을 실현하기 위해서는 중심이 필요했던바, 나라를 '쇄소'하는 일, 즉 물을 뿌리고 비로 쓸어 깨끗하게 청소하듯이 나라의 기틀을 새롭게 정립하는 일의 중심에 요순이 있었던 것처럼, 그 중수의 중심에는 당연히 '성주'가 있게 마련이다. 자연스럽게 당시의 '성주'는 단숨에 요순과 같은 반열로 올라서는 기적이 이루어지는 시적 논리가 형성된다.

이처럼 현재의 결핍을 타개한 이상적인 상황은 미래로 설정되지만, 그 미래는 곧 과거의 시점인 요순시절과 등치된다. 과거에 존재했던 모범을 따라 현재의 결핍을 해소하고 이상적인 미래를 직조해 내는 방향으로 상상력의 동선이 움직인 것이다. 이 또한 과거 지향적 시간 의식의 한 사례라 하겠다.

그렇다면 요순시절로 표상되는 태평성대에 대한 염원은 항상 현재 상황에서 겪는 결핍감을 전제로 해서만 성립되는 것일까? 다음과 같은 작품을 보면 반드시 그런 것만도 아닌 듯하다.

실별 디쟈 종다리 쎳다 호뮈 메고 사립 나니
긴 숩풀 춘 이슬에 뵈잠방이 다 졋는다
아희야 시절이 됴흘슨 옷시 졋다 관계ᄒᆞ랴
　—이명한

샛별 지자 종다리 떴다 호미 메고 사립 나서니
긴 수풀 찬 이슬에 베잠방이 다 젖었느냐
아이야 시절이 좋을손 옷이 젖는다 관계하랴

이 시조는 다른 사대부들의 시조와 달리 매우 담백한 풍경화에 가깝다. 강호 자연 속에 노니는 즐거움을 호방하게 읊조리는 작품들, 성리학적 신념 체계에 따라 도덕적 교훈과 이념을 담아내는 작품들, 정치 권력을 둘러싸고 벌어지는 쟁투에 대한 비분강개를 표출하는 작품들과는 미적으로 다른 경향을 보여 주는 것이다. 샛별이 지는 시간을 배경으로 종달새가 날갯짓을 하는 장면이 나오고, 이어서 베잠방이를 입고 농기구를 든 채 사립문을 열고 들길로 나서는 사람의 모습이 그려진다. 먹이를 위해 몸을 움직이는 종달새와 인간을 나란히 병치한 셈이다. 이른 아침이니 이슬이 말랐을 리없다. 베잠방이가 젖을 수밖에 없다. 염려의 눈길이 엿보인다. 그러나 이 좋은 시절에 그깟 베잠방이가 젖는 일쯤이야 아무런 문제도 될 수 없다는 만족감으로 시상은 이어진다. 농가의 아침 풍경이한적하고 평화로운 분위기의 풍경화와 다르지 않다.

이 작품의 작가는 이재李在로 기록된 경우도 있고 이명한李明漢(1595~1645)으로 기록된 경우도 있어서 작자를 확정할 수는 없다. 당연히 지은 시기도 알 수 없다. 다만 극적인 비교를 위해서 김상헌과 함께 척화파斥和派의 일원이었고 청나라 심양에 잡혀가 억류되었던 이력의 소유자 이명한의 작품으로 간주하고 접근해 보기로한다.

그렇게 보면, 이 시조는 '시절이 좋'다고 한 것으로 보아 병자호란의 여파도 어느 정도 가라앉은 시기에 지었으리라 판단된다. 전란의 상처가 아물지 않은 채 남아 있다 하더라도, 전란 중인 시국에 비하면 전쟁이 끝난 후의 세상은 태평성대에 가까울 수밖에 없겠기 때문이다. 전쟁의 반의어는 평화가 아니라 일상이라는 말이있듯이, 몸을 움직여 스스로 농작물을 가꾸고 가족을 돌볼 수 있

                                        첫 번째 이야기 - 낙원

는 일상이야말로 전쟁이 만들어 내는 지옥도地獄道에 비하면 얼마나 귀한 가치를 지녔겠는가. 모든 전쟁은 예외 없이 디스토피아의 세계이다. 그러므로 전쟁이 끝난 후 일상을 회복한 세상은 유토피아에 가깝다. 그런 점에서 본다면 이 시조는 요순을 직접 호출하지 않고도 요순시절의 낙원과도 같은 일상을 사실에 가깝게 그려 낸 셈이다.

그러나 다른 독법도 가능하다. 그것은 조선을 중수해야 하는 사명의 완수가 과연 가능하기나 했을까 하는 의문을 바탕으로 한다. 이 의문은 멸망할 때까지도 임진왜란과 병자호란의 후과를 벗어나지 못했던 것이 조선왕조의 실상에 가깝다는 사실에 기인한다. 앞에서 말한 대로 사대부들에게 '현재'는 언제나 '요순시절의 아름다운 질서가 타락한 상태'였다. 요순시절로부터 멀어질수록 타락의 정도도 점점 심해지고 있다는 것이 사대부들의 보편적 인식이었던 것이다.

이러한 접근에 따르면 이 시조에서 시절이 좋다고 한 것은 '사실 명제'가 아닌, 좋은 시절을 맞이해야 한다는 '당위 명제'로 이해하는 편이 더 적절하다 하겠다. 시절이 좋다는 것은 태평성대임을 뜻할진대, 전란이 끝났다고 한들 그 전란이 남긴 상처는 쉽사리 아물 수 없기 때문이다. 요컨대 여기에서 말한 좋은 시절이란 김상헌의 시조에서 말한 요순 같은 성주가 통치하는 시절과 유의어라 할 수 있지만, 그것은 현실이 아니라 이상적인 미래에 도래했으면 하고 소망하는 바에 가깝다. 그렇다면 이 작품은 낙원 같은 일상을 사실에 가깝게 그려 낸 작품이 아니라, 요순시절의 회복에 대한 염원을 드러낸 소망의 노래로 볼 수도 있겠다.

조선 중기 이후의 시가 작품에 '요순'이라는 시어가 유독 빈번하게 등장하는 것도, 부분적인 부침은 있었겠지만 왜란과 호란 이후, 아니 그 이전부터 지속적으로 동요하는 국가 기강과 문란해지는 사회 질서의 문학적 반영이라 볼 수 있겠다. 요순시절의 회복을 염원하는 목소리가 높다는 것은 역설적으로 당대가 요순 치하의 태평성세로부터 점점 멀어지고 있다는 인식의 반영인 셈이다.

이를 가장 적나라하게 보여 주는 글은 남명南冥 조식曹植이 벼슬을 맡으라는 임금의 권유를 단칼에 거절하면서 올린 상소이다. 조식은 "전하의 나랏일이 이미 그릇되어서 나라의 근본이 이미 망했고, 하늘의 뜻은 가 버렸으며, 인심도 이미 떠났습니다."라는 신랄한 직언이 포함된 〈을묘사직소乙卯辭職疏〉(을묘년에 사직을 위해 올린 상소문)를 제출한 이후 다시 선조의 출사出仕 명령을 거절하는 뜻을 담아 〈정묘사직증승정원장丁卯辭職呈承政院狀〉(정묘년에 사직하면서 승정원에 올린 상소문)을 올린다. 이 상소에서 그는 "나라의 근본은 쪼개지고 무너져서 물이 끓듯, 불이 타듯 하고, 신하들은 거칠고 게을러서 시동尸童(제사를 지낼 때 신위神位 대신으로 앉히던 어린아이) 같고 허수아비 같습니다."와 같이 신랄한 수준을 넘어 살벌하기조차 한 표현으로 군주君主에게 직언을 날린다. 이를 유달리 까칠한 한 재야 지식인의 특별한 인식이라고 한정해 둘 필요는 없을 것이다. 남명의 인식이 당대 정치와 사회에 비판적인 사대부들을 대표하는 것이라면, 요순 시절의 회복을 기원하는 사대부들의 목소리가 높다는 것이 어떤 상황을 드러내는 것인지를 충분히 미루어 짐작할 수 있다.

이러한 인식은 물론 조선 지식인들에게서만 나타나는 것은 아니다. 멀리 8세기 중반 신라 경덕왕 시절의 향가인 〈안민가安民歌〉

에서도 확인된다. 경덕왕이 〈찬기파랑가讚耆婆郎歌〉의 뜻이 매우 높다는 것을 알고 이 노래를 지은 충담사忠談師에게 백성을 편안하게 하는 노래를 주문하여 지은 것이 바로 〈안민가〉이다.

　　　　　― 충담사, 〈안민가〉

　이 노래에서 충담사는 임금은 아버지, 신하는 어머니, 백성은 어린아이라는 구도를 내세우면서, 백성들이 '이 나라를 버리고 어디로 갈 것인가' 하는 말을 하는 나라를 만들라고 했다. 그러면서 이는 곧 임금은 임금답게, 신하는 신하답게, 백성은 백성답게 살아가는 나라라고 했다. 거꾸로 말하면, 경덕왕이 신하들이 신하답게 제 역할을 하도록 이끌지도 못했을 뿐 아니라 스스로도 임금답게 제 책무를 다하지 못했다는 질책을 한 셈이다. 〈안민가〉 제9행의 '임금답게 신하답게 백성답게'는 《논어論語》에 뿌리를 둔 말이다.

제齊나라의 경공景公이 공자에게 정치를 묻자, 공자가 "군주는 군주 노릇을 잘하고 신하는 신하 노릇을 잘하며, 아버지는 아버지 노릇을 잘하고 자식은 자식 노릇을 잘하는 것입니다."라고 답했다는 기록이 그것이다. 이 말은 명분에 상응하여 실질을 바르게 한다는 뜻의 정명正名으로도 설명되곤 한다. 공자의 정명론과 상통하는 충담사의 이런 표현을 보면, 비록 요순이라는 말을 내세우지는 않았다 하더라도 그 또한 당대를 요순 치하의 태평성대에 비해 아주 타락한 시대로 보고 있지 않았을까? 약 천 년의 시간적 거리가 있어도 낙원처럼 태평하게 살아가는 나라에 대한 이념적 지향은 별반 차이가 없는 것이다.

그런데 어떤 시대를 막론하고 이러한 인식과는 모순되게 창작 당시의 군주를 요순으로 등치하는 시적 관습이 있다는 점은 흥미롭다. 앞에서 인용한 작품에 등장한 요순이 모두 그러하지만, 분명히 군주에 대한 불만을 토로하는 작품에서조차 왕은 요순으로 치환되는 경향이 있다.

막중 변디邊地 우리 인싱 나□ 빅성 되어 나서
군수軍士 슬투 도망흐면 화외민化外民이 되려니와
흔 몸의 여러 신역身役 무드가 홀 세 업서
쏘 금년니 도루오니 유리무뎡流離無定 흐노미라
나라님긔 알외즈니 구듕천문九重天門 머러 잇고
뇨순堯舜 갓툿 우리 셩쥬聖主 일월갓티 발그신들
불점不沾 셩화聖化 이 극변極邊의 복분ㅎ覆盆下라 빗쵤소냐
　　　　　　　　　　　　　　—작자 미상, 〈갑민가〉

　　　　　　　　　　　　　첫 번째 이야기 - 낙원

막중 변지 우리 인생 나라 백성 되어 나서

군사 싫다 도망하면 화외민이 되려니와

한 몸에 여러 신역 감당할 새 없어

또 금년이 돌아오니 유리무정 하노매라

나라님께 아뢰자니 구중천문 멀어 있고

요순 같은 우리 성주 일월같이 밝으신들

불점 성화 이 극변에 복분하라 비칠쏘냐

이 가사 작품의 제목 '갑민가甲民歌'는 '갑산 지역에 사는 백성의 노래'라는 의미이다. 갑산甲山은 백두산을 끼고 있는 함경도에 속한 지역으로, 개마고원의 중심지이다. 흔히 삼수三水와 함께 묶여서 험한 산골의 대명사로 자리 잡은 '삼수갑산'의 그 갑산이다. '작자 미상'이어서 정확한 창작 시기는 알 수 없지만, 대략 조선 후기 영·정조 대로 추정된다. 이 작품은 생원인지 초관哨官(하급 무관)인지 모를 갑산 지역의 한 사람과 그 지역에 살던 한 백성이 주고받는 대화 형식으로 구성되어 있다. 생원인지 초관인지 모를 한 사람은 노부모와 어린 자식을 데리고 도망가는 백성을 발견하자 도망해서 산다고 해도 근본을 숨길 수 없으니 갑산에 눌러앉아서 계속 살 것을 권유한다. 갑산의 백성은 군포軍布를 비롯한 납세 부담과 관리들의 수탈에 시달리던 중 병든 아내마저 죽음을 선택하자, 원님의 선정善政으로 백성들이 편하게 산다고 소문난 북청 지역으로 남은 가족을 이끌고 도망 간다는 사연을 장황하게 늘어놓는다. 위의 인용 대목은 그가 늘어놓은 사연의 거의 마지막 부분이다. 생의 중력을 감당하기 어려운 한 가장의 한숨과 눈물이 엿보인다.

요지는 세금이 무서워서 갑산에서 다른 지역으로 도망을 가면 법의 보호를 받지 못하는 '화외민'이 되는 것을 알고 있음에도, 납세 부담은 해가 바뀌면 또 돌아오니 그것은 불가피한 선택이라는 것이다. 표면적으로 보면, 임금에게 알리려고 해도 궁궐이 너무나 멀리 있어서 엄두를 낼 수 없다는 말에는 그 지역 탐관오리들에 대한 원망이 숨어 있다. 선정을 베푸는 북청 지역의 원님과 비교되는 갑산의 탐관오리들을 고발할 수가 없다는 것이다.

그러나 이 불쌍한 백성의 원망이 향하는 궁극적인 지점은 오히려 궁궐에 있는 임금이라 보는 것이 더 온당하다 할 것이다. '불점성화'는 성화, 곧 임금의 성스러운 덕화德化가 젖어 들지 않는다는 뜻이다. 인용문의 마지막 행에 있는 '극변'은 국토의 말단, '복분하'는 뒤집어 놓은 항아리의 아래쪽을 뜻한다. 임금의 자애로운 손길이 미치기에는 너무나 멀리 떨어져 있다는 푸념이 담겨 있다. 그러나 이는 표면적인 의미일 뿐이다. 그 이면에는 탐관오리의 악행을 막지 못하고 도탄에 빠진 백성의 살림살이를 돌보지 못한, 임금을 향한 원망의 정서가 깔려 있는 것이다.

그러기에 이 와중에도 '요순 같은 우리 성주'라 하여 임금에 대한 깍듯한 예우를 잊지 않았다는 점이 주목된다. 물론 이는 상투적인 수사일 터. 만일 당대의 군주가 정말로 요순처럼 나라를 다스렸다면 고향을 버리고 '유리무정', 즉 정처 없이 떠돌아다니는 길을 선택했을 리는 없었기 때문이다. 그러나 전제 군주가 절대자적 위상을 갖추고 통치하던 시대였으니, 군왕을 직접 원망하는 발언을 한다면 역적이나 다름없는 행위로 간주될 수밖에 없기에 이런 정치적 수사법을 선택한 것이다. 영·정조 시기를 두고 조선의 르네상

  첫 번째 이야기 - 낙원

스기라고 높게 평가하는 시각도 없지 않지만, 아무리 성군聖君이라 해도 은혜로운 달빛이 아니 비친 데 없는 선정이란 애초에 불가능에 가깝다. 더욱이 붕당정치朋黨政治의 폐단이 공동체적 질서에 크고 작은 여러 균열을 일으키던 시절이었으니 '요순 같은 우리 성주'는 아무런 의미를 갖지 못하는 텅 빈 기표라 해도 과언은 아닐 것이다.

일상이라는 낙원

무릉도원과 요순시절은 모두 낙원을 꿈꾸는 인간의 본능이 만들어 낸 상상의 세계이다. 중국에서 만들어진 허구의 세계를 지칭하는 말이 조선에서도 상투어에 가까운 언어적 지위를 얻은 것은, 그만큼 낙원에 대한 소망이 인간의 보편적인 심리적 지향임을 말해 준다. 그러나 그것은 영원히 도달할 수 없는 세계이다. 유토피아(utopia)라는 단어의 'u'가 '좋은(eu-)'이라는 뜻과 '없는(ou-)'이라는 뜻을 동시에 함축하고 있다는 사실도 이를 암시한다.

　서두에서 언급한 대로 무릉도원은 공간 개념에, 요순시절은 시간 개념에 가까운 낙원이라는 차이가 있지만, 문학적 수사 차원에서는 그보다 중요한 차이가 있다. 명쾌한 이분법적으로 단언하는 것은 위험하지만, 무릉도원은 만족감을, 요순시절은 결핍감을 함축하고 있는 시어라는 점이다.

　무릉도원은 시인 혹은 화자가 아름다운 풍경에서 느끼는 만족감을 드러내는 비유 표현의 보조 관념으로 굳어진 상투어라 할 만하다. 개인적이고 심미적인 감탄사에 가깝다. 그러기에 대체로는 작품에서 우아미를 형성하는 역할을 한다. 무릉도원으로 규정되는 장소는 화자가 위치해 있는 곳이어서 현재성을 가진다는 점도 특기할 만하다.

반면에 요순시절은 일상적 현실에서 결핍감을 느낄 때 현실의 피안에 해당하는 시간을 지칭하는 상투어라 할 수 있다. 현실에서 겪는 결핍감이 클수록 요순시절에 대한 염원은 관습적이라 할 만큼 거의 자동적이다. 개인적이라기보다는 공동체적이고, 심미적이라기보다는 정치적이다. 작품에서 우아미를 형성하는 무릉도원과 달리 요순시절은 대체로 숭고미나 비장미와 어우러지는 경향이 있다. 요순시절은 분명히 과거에 존재했던 이상향이지만, 화자가 겪고 있는 결핍감이 해소된 상황을 표상하기에 과거의 한 시절에 머물지 않고 과거를 투사한 미래라는 시간성을 지닌다. 현재가 바로 요순시절이라는 식의 표현은 거대한 허구적 과장이 섞인 정치적 수사였던 것이다.

무릉도원과 요순시절은 실재하지 않는다. 그러나 그에 대한 우리 인간의 관심이 높은 것은 어떻게 볼 것인가. 이제 '진정한 낙원이 무엇인가' 하는 질문을 담고 있는 작품 하나를 읽으면서 그 이유의 한 단서를 찾아보는 것도 흥미로운 일이 될 것이다.

곡구롱谷口哢 우는 소릐에 낫잠 씨여 니러 보니
뎍은아들 글 니르고 며늘아기 뵈 쓰는듸 어린 손자는 곳노리 헌다
맛초아 지엄이 술 걸으며 맛보라고 ᄒ더라
— 오경화

앞에서 두루 살펴보았던 작품들은 화자가 위치한 그 장소와 화자가 겪고 있는 그 시간의 충족감 혹은 결핍감을 투사하여 낙원 의식을 명시적으로 담아내는 경향이 있었다. 이 사설시조 작품은 이들 작품과 확연히 구별된다. 우선 낙원 의식을 발견할 만한 명시적인 단서조차 없다. 심미적이지도 않고 정치적이지도 않다. 지극히 일상적인 삶의 한 장면을 포착해 낼 따름이다. 그럼에도 이 시조에는 무엇이 낙원인가 하는 질문이 녹아 있다고 본다.

작자인 오경화吳擎華라는 인물에 대한 정보가 오리무중이기에 오직 작품 그 자체만으로 접근해 볼 수밖에 없지만, 그것만으로도 충분하다. 꾀꼬리 우는 소리라 했으니 계절로는 봄이 어울린다. 중장에서 어린 손자가 꽃놀이를 한다고 했으니 계절적 배경이 봄인 것은 더욱 확실해진다. 농촌이라면 한창 바쁜 시기이지만 한가하게 낮잠을 잘 수 있을 만큼 여유롭다. 큰아들의 행방은 알 수 없지만 글을 읽는 작은아들이 있는 것으로 보아, 농사를 짓는 등의 노동에 직접 종사하는 가정은 아닌 것 같다. 그렇다면 며느리가 베를 짜는 일 또한 생업은 아닐 것이다. 게다가 직접 술을 담그고 거를 수 있을 정도이니, 봄철이면 남들이 겪게 마련인 보릿고개도 피해 갈 정도로 의식주가 어느 정도 충족된 집이다. 한 집안의 배경이 이 정도라는 점을 고려하면, 큰아들은 벼슬자리를 얻어 분가한 걸로 추측

해도 무리 없을 것이다. 아무튼 전체적으로 3대가 한데 어울려 사는 집안에서 펼쳐진 봄철 어느 한나절의 한가로운 풍경이다.

무엇인가를 갈망하는 격정적인 목소리는 전혀 없다. 그림으로 치면 채도 낮은 물감으로 그린 담백한 수채화에 가깝다. 자고 먹고 일하고 읽고 놀고 쉬고 마시고 사랑하는, 단조롭기조차 한 평범한 일상이자 "모든 것들이 제자리로 돌아가" 있는 풍경('시인과 촌장'의 노래 〈풍경〉)이다. 그것은 뉴스가 될 만한 사건이나 사고가 없는 풍경이기도 하다. 그런데 이 평범한 일상의 풍경이 없으면 낙원이라 할 수 있을까?

사실 우리의 삶은 크고 작은 사건과 사고의 연속이다. 재해라고 할 만한 커다란 사고는 차치하고라도 환절기에 찾아오는 감기와 같은 질환도 있고, 순간적인 실수로 인한 실족 사고도 있으며, 욕심이나 망각 때문에 일어나는 소소한 사건도 있다. 모두 우리의 삶을 불편하게 만든다. 심지어 그 조그마한 모기 한 마리에도 일상은 흔들릴 수 있다. 그러니 이 노래는 일상의 평범한 삶을 있는 그대로 그린 '사실화'라기보다는 오히려 소망하는 삶을 그려 낸 '상상화'로 보아야 하지 않을까? 이 노래야말로 가장 현실적인 이상이자 가장 이상적인 현실에 밀착된 낙원 의식을 담고 있다고 보아도 무방하겠다. 그렇다면 무릉도원과 요순시절에 대한 우리의 관심이 높은 이유 중 하나는 바로 우리의 일상이 낙원 같은 순간으로 이어지길 바라는 소박한 바람에 있다고 보아도 무방할 것이다.

변신

변신과 상상

상상의 힘

인간을 두고 만물의 영장이라고 한다. 그러나 인간은 어떤 면에서 부족하기 짝이 없는 생명체이다. 맹수나 맹금과 비교해 보면 이빨도 발톱도 약하고, 뛰는 속도는 느리며, 예민한 감각을 지닌 코나 눈도 없다. 날갯짓을 하며 공중을 날아다닐 수도 없다. 어류와 비교하면 또 어떤가. 아가미와 지느러미가 없어서 물속에서 자유롭게 헤엄치기도 어렵다. 참으로 한계가 뚜렷하다.

그래도 인간에게는 상상력이 있어서 그 한계를 넘어서는 가상 체험을 할 수 있다. 상상력이 과학의 옷을 입으면 눈에 보이지 않는 물질의 존재 원리를 밝혀내고 문명의 발달을 이루어 낸다. 자동차도 비행기도 인터넷도, 심지어는 인공지능도 만들어 낸다. '마이너스의 세계'도 상상력이 만들어 낸 허구의 세계이다. 방정식에서 미지수 X의 값을 구하는 것도 상상력의 힘이다. 인간의 상상력은 소리라는 옷도, 색채라는 옷도 입을 수 있다. 소리나 색채가 조화와 질서를 갖추는 순간 감동을 주는 '예술 작품'이 탄생한다. 타인에 대한 배려와 같은 '행동 준칙'을 만들어 내는 것도 결국 상상력의 역할이다. 내가 신호등을 무시하면 다른 사람에게 피해를 줄 어떤 일이 일어날 것이라고 상상할 수 있기 때문에 교통 질서가 유지되는 것이다. 이때의 상상력은 도덕의 옷을 입은 셈이다.

'상상想像(imagination)'의 '상像'은 꼬끼리(상象)가 죽은 지 오래되어서 살은 썩어 없어지고 뼈만 남았을 때 그 뼈의 형상만으로 코끼리의 온전한 형태를 알아챈다는 데서 유래한 글자이다. 영어의 '이미지(image)'에 딱 어울리는 뜻이다. 그래서 상상이란 '실재하지 않는 형상을 마음속으로 그려 내는 일'로 규정된다. 현재의 감각으로 지각하지 못하거나 실제로 경험하지 않은 것, 현실에서 존재하지 않거나 존재할 수 없는 것을 그리는 일이 상상이다. 형상만이 아니라 냄새나 촉감, 소리를 떠올리는 일도 포함된다. 후각적 이미지, 촉각적 이미지, 청각적 이미지라는 말이 그래서 성립한다. 넓은 의미에서는 과거에 경험한 일을 기억에 의존하여 떠올리는 것도 상상이다. 과거의 일은 현재 시점에서는 직접적으로 지각하지 못하기 때문이다. 이처럼 상상력은 과학이나 예술에서만 발동되는 힘이 아니라 일상에서도 수시로 작동되는 힘이다.

이러한 상상력이 언어를 만나면 정돈된 질서를 가진 하나의 텍스트가 산출된다. 건조한 정보를 전달하는 말이나 글에서조차도 상상력은 배제되지 않는다. 거의 모든 말과 글에는 정도의 차이는 있지만 상상력이 개입한다. 정치인의 연설에는 우리 공동체가 만들어 가야 할 바람직한 사회에 대한 상상력이 개입되고, 학생의 반성문에는 자신의 행동이 배반한 도덕적 규범에 대한 상상력이 동반된다. 그렇지만 세상의 모든 말과 글 중에서 상상력이 가장 크게 발동하는 장르는 역시 문학이다. 현실에 대한 사실적 정보를 얼마간 포함하고 있다고 해도 그것이 문학인 한은 상상의 세계를 그린 언어적 구조물로 규정된다. 문학에서 언어는 이미지를 자아내고 캐릭터를 창출하고 사건들의 관계를 엮으면서 내면의 정서를 그려 내고 분위기를 조성한다.

상상력은 모든 문학 작품에서 필수적이지만, 그 절정에 자리 잡고 있는 것은 '변신變身' 모티프이다. 변신 모티프는 작품에서 인간이 인간의 몸이 아닌 다른 신체를 가진 다른 종의 생명체나 사물로 변신하고자 하는 욕망, 또는 그렇게 변신하는 사건으로 나타난다. 변전變轉, 변태變態, 둔갑遁甲도 유사한 의미이다. 죽은 후에 다시 다른 개체로 환생하는 일, 즉 전생轉生도 변신의 한 양태로 추가할 수 있다. 인간이 다른 개체로 변신하는 것은 생물학적으로도 물리학적으로도 불가능하다. 환생이라는 것도 종교적 상징의 논리로만 설명될 수 있는 이치일 따름이다. 인간은 항상 '지금'이라는 시간과 '여기'라는 공간에서 인체의 움직임을 바탕으로 삶을 영위할 수밖에 없다. 이러한 한계를 극복하기 위한 방편으로 인간은 변신을 꿈꾸게 된다. 인간이 변신을 통해 인간이 아닌 개체로 거듭나는 일을 모티프로 삼는 문학 작품은 이러한 현실 초월의 욕망을 예술적으로 형상화한 것이다.

현실을 초월하고자 하는 욕망은 기본적으로 현실에서 느끼는 결핍감에서 나온다. 현재 주어진 삶의 외재적 조건이 자신의 어떤 소망을 억압할 때, 그리고 그 소망을 현실적인 방법으로 충족시킬 수 없을 때 초월의 욕망이 싹튼다. 서정 장르의 작품에서 시인을 대리하는 화자는 어떤 상황이나 사물, 현상을 경험하고 이에 대한 태도를 보여 주는데, 이 태도가 '희喜·로怒·애哀·락樂·애愛·오惡'와 같은 정서로 표면화된다. 이때 화자가 어떤 결핍을 겪고 있으며, 그 결핍을 충족하기 위해 어떤 욕망을 드러내고 있는지를 파악하면, 작품에 대해 적어도 팔할 정도의 이해와 감상은 이루어진 것으로 보아도 무방하다. 특히 변신 모티프를 안고 있는 작품에서는 그 결핍과 욕망의 실체가 작품의 중핵을 차지한다.

본격적인 감상으로 넘어가기 전에, 욕구欲求(need)와 욕망欲望(desire)의 차이를 간단히 짚고 넘어가자. 두 단어는 의미가 중첩되기에 구별이 쉽지 않고, 쓰는 사람에 따라서도 개념이 다르다. 이 글에서는 혼란을 줄이기 위해 잠정적으로 욕구는 '뭔가 결핍이 생긴 상태를 가리키는 것'으로 쓰기로 한다. 배가 고파서 음식물이 필요한 상태는 욕구이다. 따라서 밥이든 라면이든, 그 무엇으로든 배를 채우면 욕구는 사라진다. 다분히 본능적이고 생리적인 필요이다. 욕구의 충족은 곧 욕구의 소멸을 의미한다. 이에 비해 욕망은 사회적이고 심리적인 요청의 산물이다. 밥이나 라면보다 더 맛있거나 더 값진 음식을 먹고 싶은 것, 이것이 욕망이다. 말하자면 욕망은 더 나은 것, 더 좋은 것을 추구한다는 점에서 가치의 위계를 동반한다. 그러기에 욕망은 소멸이 없다. 점점 더 높은 위계로 올라가려는 추진력을 내재하고 있다. 문학은 종종 식욕이나 성욕 등 생리적 욕구를 소재로 삼기도 하지만 대체로는 욕망을 주요한 창작의 동인으로 삼는다. 그것은 문학이 본래부터 생리적 욕구를 충족하는 데는 전혀 소용이 없다는 사실과 무관하지 않을 것이다.

죽어서 다시 얻는 생명

인간은 항상 무언가를 추구하는 존재다. 그 추구의 대상은 다양하다. 앞에서 살핀 대로 생리적 욕구라 할 의식주는 물론이고 황홀한 사랑 같은 추상적인 가치도 추구한다. 이런 개인적인 차원만이 아니라 공동체적인 가치도 추구한다. 공동체의 질서를 어지럽히는 크고 작은 악당들을 처벌하는 데 나서는 이들, 허울뿐인 명분을 내세워 권력을 휘두르는 자들에게 의연하게 맞서는 이들은 모두 더 나은 세상을 만들기 위해 고군분투하는 사회적 영웅들이다. 외부 세계의 폭압적인 횡포나 현실적인 환경의 제약에도 불구하고 자신의 신념을 끝까지 추구하는 도덕적 영웅들도 있다. 그들 중 일부는 끝내 자신이 추구하는 가치를 성취하지만 대부분은 좌절한다. 그들이 무언가를 추구하는 원동력이 결핍감이었는데, 좌절은 또 다른 차원의 결핍감을 가져다준다. 이런 상황에서 그들은 꿈을 꾼다. 현실에서 겪는 좌절과 거기에서 오는 결핍감을 해소할 수 있는 방법을 찾는다. 그 방법들 중 가장 손쉬운 것, 아니 유일한 것은 '변신'이라는 문학적 상상이다.

사육신死六臣 또한 그런 유형의 인간들을 대표한다. 그들 중의 하나인 성삼문成三問(1418~1456)의 경우를 보자. 계유정난癸酉靖難을 일으켜 사실상 정권을 접수한 수양대군은 거사에 가담하지 않은 성삼문에게도 정난공신靖難功臣이라는 호칭을 내렸다. 이는 집현전集賢殿 학사도 거사에 협력했음을 나타내려 한 수양대군의 의도였다. 그러나 성삼문은 이를 거절하는 상소를 올리기도 했다. 어린 단종은 왕위에 오른 지 3년 만에 위협에 못 이겨 숙부인 수양대군에게 왕위를 넘겨주었다. 당시 단종의 옥새를 수양대군에게 전달하는 임무를 맡았던 인물이 바로 성삼문이었다. 옥새를 끌어안고 대성통곡을 했다는 전설 같은 이야기도 전하는데 정황상 사실일 듯하다. 그를 쳐다보는 수양대군의 시선이 어떠했을지도 충분히 짐작이 간다. 이후 집현전 출신의 젊은 관료들을 중심으로 단종 복위의 움직임이 일기 시작했고 그 중심에 성삼문이 서 있었다. 그러나 그들의 움직임은 거사 직전에 제압당했고, 성삼문은 불에 달군 쇠로 몸을 지지는 단근질을 비롯하여 온갖 고문을 당하다가 끝

   두 번째 이야기 - 변신

내 능지처참陵遲處斬으로 생을 마감했다. 죽음을 목전에 둔 상황에서 노래를 지었으니, 다음의 시조가 바로 그것이다.

> 이 몸이 죽어 가셔 무어시 될쏘 하니
> 봉래산蓬萊山 제일봉第一峰에 낙락장송落落長松 되야 이셔
> 백설白雪이 만건곤滿乾坤홀 제 독야청청獨也靑靑 흐리라
> ― 성삼문

> 이 몸이 죽어 가서 무엇이 될꼬 하니
> 봉래산 제일봉에 낙락장송 되어 있어
> 백설이 만건곤할 제 독야청청하리라

고문당하는 와중에도 왕좌에 앉아 있는 세조를 '나으리'라 부르는 기개를 보여 주었던 인물답게 목숨이 끊어진다는 공포감은 전혀 드러나지 않는다. 불의不義한 인물, 무도無道한 권력자에 의해 죽게 되는 것을 오히려 영광으로 받아들이는 기개가 엿보인다. 그가 꿈꾸는 것은 죽은 후에 소나무로 환생하는 것이다. 그것도 깊은 뿌리를 내린 채 가지를 길게 늘어뜨린 낙락장송이다.

소나무는 겨울에도 푸른 잎을 유지하기에 그 자체로 군자君子의 절개를 표상하는 자연물 아닌가. 우리 〈애국가〉 2절의 표현대로 "철갑을 두른 듯" 바람에도 서리에도 불변하는 바로 그 나무다. 그것으로도 모자라 그는 "봉래산 제일봉"을 다시 태어날 자리로 골랐다. 봉래산은 금강산의 별칭이기도 하고 전설상의 산 이름이기도 하지만, 여기서는 무엇이어도 상관없다. 제일봉은 가장 높은 봉우

리를 가리키는 말일 테니, 소나무가 뿌리를 내리기에는 극한의 환경이다. 바로 그런 소나무로 다시 태어나고자 하는 의지에서 그의 오연傲然함이 돋보인다.

그것으로 끝나는 것도 아니다. 한 가지 더 바라는 바가 있다. 백설이 온 천지를 덮을 때, 모든 나무가 잎을 지상으로 내려보냈을 그때, 푸른 솔잎을 가지에 거느리고 홀로 당당히 서 있는 것. 여기에서 오연한 기개는 한층 더 증폭된다. 굳이 봉래산 제일봉이라는 위치를 선정하고, 낙락장송이라는 생명체를 선별하며, 백설이라는 자연환경을 선택함으로써 오연한 기개의 극단을 보여 주고 있는 것이다.

불의를 바로잡고자 했던 기도가 실패로 끝나고, 이제는 다시 실패할 기회조차 박탈당하는 상황. 목숨이 끊어질 위기의 상황이란 필시 결핍이 부르는 비장한 숭고의 절정이 아니겠는가. 아니나 다를까, 그것은 마치 독립투사 이육사李陸史가 〈절정〉에서 그려 낸 북방의 풍경과도 닮았다. "서릿발 칼날 진", 그리고 "한 발 재겨 디딜 곳조차 없"는 바로 그 고원과 다르지 않은 것이다. 육사가 이 상황에서 "겨울은 강철로 된 무지개"라는 은유로써 현실을 상상한 것처럼, 성삼문 또한 이 상황에서 낙락장송으로 우뚝 솟는 자신의 미래를 상상했다. '나의 절의는 봉래산 제일봉의 낙락장송'이라는 은유가 숨어 있는 셈이다. 이 은유적 상상력으로 그들은 육신肉身의 한계를 정신情神의 높이로써 가뿐히 넘어섰던 것이다.

인간에게는 육체적 생명과 더불어 사회 정치적 생명이 있다 하였거니와, 성삼문의 이 시조는 육체적 생명을 버리고 사회 정치적 생명을 선택했던 한 인간의 초상으로 볼 수 있겠다. 성삼문의 시조에서 확인할 수 있었던 것처럼, 일국의 신하로서나 평범한 선비로서나 사대부들이 가지는 정치적 신념은 대개 군주에 대한 충정으로 구체화된다. 그것은 이른바 '충신연주지사忠臣戀主之詞'의 전통에서 극대화되어 나타난다. 그 전통의 흐름에서 가장 높은 봉우리를 차지하고 있는 것으로 평가받는 정철의 〈속미인곡續美人曲〉을 살펴보자.

> 오르며 누리며 헤쓰며 바자니니
> 져근덧 녁진力盡ᄒ야 풋줌을 잠간 드니
> 졍셩이 지극ᄒ야 쑴의 님을 보니
> 옥 ᄀ튼 얼굴이 반이나마 늘겨셰라
> ᄆ음의 머근 말ᄉᆞ 슬ᄏ장 숣쟈 ᄒ니
> 눈믈이 바라나니 말인들 어이 ᄒ며
> 졍을 못다ᄒ야 목이조차 메여ᄒ니
> 오뎐된 계셩鷄聲의 줌은 엇디 ᄭ돗던고
> 어와 허ᄉᆞ로다 이 님이 어듸 간고
> 결의 니러 안자 窓창을 열고 ᄇᆞ라보니
> 어엿븐 그림재 날 조출 뿐이로다
> 출하리 싀여디여 낙월落月이나 되야 이셔
> 님 겨신 창 안히 번드시 비최리라
> 각시님 ᄃᆞᆯ이야ᄏᆞ니와 구즌비나 되쇼셔
> — 정철, 〈속미인곡〉

오르며 내리며 헤매며 바장이니

잠시 힘이 다해 풋잠을 잠깐 드니

정성이 지극하여 꿈에 임을 보니

옥 같은 얼굴이 반이나마 늙었어라

마음에 먹은 말씀 실컷 사뢰려니

눈물이 세차게 나니 말인들 어이 하며

정을 못다 하여 목조차 매이나니

방정맞은 닭 소리에 잠은 어찌 깨었던고

어와 허사로다 이 임이 어디 갔는고

잠결에 일어나 앉아 창을 열고 바라보니

가련한 그림자 날 좇을 뿐이로다

차라리 죽어져서 낙월이나 되어 있어

임 계신 창 안에 번듯이 비추리라

각시님 달보다는 차라리 궂은비나 되소서

널리 알려진 대로 〈속미인곡〉은 정치적 반대파로부터 탄핵을
받은 정철鄭澈(1536~1593)이 당시의 임금 선조의 명에 따라 전라도
창평 땅에서 은거하던 시기에 지은 것이다. 이보다 먼저 지은 〈사
미인곡思美人曲〉에서도 그러하지만, 선계仙界에서 적강謫降한, 즉
유배를 당해 인간 세상으로 내려온 젊은 선녀의 목소리를 앞세워
군주와 재회하고자 하는 소망을 낭만적인 문체로 표현하고 있다.
1인 화자의 독백체와 대화체가 어우러진 〈사미인곡〉과 달리, 보조
화자(통상 '갑녀'라 지칭한다)가 인터뷰어, 중심 화자(통상 '을녀'라 지칭한
다)가 인터뷰이 역할을 맡는 대화 형식으로 전개된다는 점이 특징
적이다.

 두 번째 이야기 - 변신

중심 화자인 여인은 임에 대한 그리움으로 조바심을 내던 중 피로감을 안고 풋잠이 든 사이에 꿈속에서 임을 만난다. 그러나 방정맞게도 닭이 우는 바람에 임에게 하소연을 쏟아 낼 틈도 얻지 못하고 잠에서 깬다. 이제 임을 만나고자 하는 소망이 쉽사리 실현되지 않을 것이라는 직감이 있었을까? 이에 따라 화자는 임과 재회할 수 있는 방법을, 현실을 넘는 초월적 상상에서 찾게 된다. 그리하여 그가 끝내 선택한 방법은 죽은 후에 낙월落月로 재탄생하는 것이다. 낙월이 되어 임에게 빛을 보내기 위함이다. 임과의 재회가 현생에서는 실현될 수 없으니, 죽음을 통한 전생轉生이라는 우회적 방법으로 달이라도 될 수 있다면 그나마 임을 직접 응시할 수 있겠다는 판단의 결과이다.

이 지점에서 궁금해지는 것은 '화자가 왜 달을 선택했을까' 하는 것이다. 〈속미인곡〉의 선편先便인 〈사미인곡〉에서 그는 전생을 통해 범나비가 되고자 하는 뜻을 밝혔다. "꽃나무 가지마다 간 데 족족 앉아 다니다가 / 향 묻은 날개로 임의 옷에 옮으리라"가 그 의도이다. 임의 후각과 촉각에 호소하는 전략적 선택이다. 이에 비해 달은 임의 시각에 호소하는 선택이다.

그런데 정작 이 지점에서 궁금해해야 할 것은 달 중에서도 왜 하필 낙월, 즉 지는 달인가 하는 점이다. '낙월'은 기울어진 달이라는 뜻을 가진 '사월斜月' 혹은 '경월傾月'을 유의어로 거느리는 단어이다. 지는 달이라 했으니 새벽달이다. 넉넉하고 흡족하게 밝은 한밤중의 달이 아니라 태양광에 점점 묻혀 가는, 여리고 가난한 빛을 가진 달이다. 닭이 우는 소리에 깨어난 이후 계속 잠을 이루지 못하고 있다가 방문을 열고 나와 하늘을 쳐다보았을 때 시선에 포착된 것이 하필 낙월이었던 탓이라 짐작된다. 그러나 이것만으로는 다소 부족하다. 만일 그 시점에 시야에 들어온 달이 하필 휘영청 밝은 달이었다면 명월明月이 되고자 했을까? 그렇지는 않았을 것이다.

다시 〈사미인곡〉을 살펴보자. 〈사미인곡〉에서 화자는 범나비로의 전생을 염원하면서 뜻을 덧붙였다. "임이야 날인 줄 모르셔도 내 임 좇으려 하노라." 임이 자신을 몰라줘도 상관없다는 것이다. 오직 자신이 임 곁에 머물 수 있다면 그것으로 자신의 염원은 성취된다는 뜻이겠다. 그렇다면 낙월이 되고자 했던 뜻도 여기에 있지 않았을까? 존재감을 뽐내는 휘황찬란한 달이 아니라 빛이 있는 듯 없는 듯한 수준의 희미한 천체이니, 임이 굳이 응시할 만한 계제가 없는 존재가 낙월이었던 것이다. 그러니 〈사미인곡〉의 "임이야 날인 줄 모르셔도 내 임 좇으려 하노라."는 이 문맥에 배치해도 자연스럽다.

그런데 이런 해석의 개연성을 흔드는 표현이 있다. '번듯이' 비추겠다는 의지가 그것이다. '번듯이'는 비뚤어지거나 기울거나 굽지 아니하고 바르게, 훤하고 멀끔하게, 버젓하고 당당하게 등등 대체로 긍정적인 기운이 담긴 말이다. 천상에서 지상으로 떨어지는 벌을 받아 3년을 지냈으니 이제 임에게 돌아갈 자격을 얻었다는 판단 때문이었을까? 아니면 애초에 이리 가혹한 벌을 받을 만큼 큰 죄를 짓지 않았다는 항변이었을까? 어떻게든 낙월로 변신하여 임에게 가까이 가되 존재감을 최소화하겠다는 의지와는 어울리지 않는다. 그렇다면 이는 형용 모순이라 하지 않을 수 없다. 한편으로는 임에게 자신의 존재를 두드러지게 드러내지 않으면서도, 그러나 그

태세만은 당당하게 지키겠다는 것이다. 마음속에서 일어나는 심리적 진자 운동의 진폭이 그만큼 컸던 것이라 이해할 수 있겠다.

낙월보다는 차라리 '궂은비'가 되라는 갑녀의 권유도 그 희미한 존재감에 대한 염려에서 나왔을 것이다. 궂은비는 시각과 청각은 물론 촉각으로도 육박해 들어가는 실체이다. 몸을 적신다는 점에서 더 이상의 확실한 실체는 없을 정도이다. 전생轉生이 가능하다면, 이왕이면 임이 그 실체를 쉽사리 알아차릴 수 있는 존재가 더 낫지 않겠는가 하는 것이 갑녀의 판단이다. 그러나 을녀는 어떤 반응도 보이지 않는다. 당신이 내 뜻을 알 리 없다는 체념이었을까? 아니면 그것이 진정 더 나은 선택일까 하는 내적 갈등이었을까? 돌연하다 싶을 정도로 작품은 그렇게 마무리된다.[7]

흔히 양미인곡兩美人曲으로 통칭되는 정철의 〈사미인곡〉과 〈속미인곡〉은 성삼문의 〈이 몸이 죽어 가서…〉와 여러모로 대조된다. 비유컨대 성삼문의 시조가 묵직한 탄력성을 보여 주는 벌과 같다면, 정철의 양미인곡은 경쾌한 곡선을 그리며 유연하게 나는 나비와 비슷하다. 성삼문의 시조에서 보이는 오연한 기개도 보이지 않는다. 대신 임을 향한 그리움은 간절하고 임과의 재회에 대한 욕망은 강렬하다. 그 차이는 형식에 갇혀 있어 응집성 있게 시상을 마무리해야 하는 시조와 장광설에 가까울 정도로 한없이 시상을 연장할 수 있는 가사의 갈래적 특성 때문만은 아니겠다.

우선은 시적 상황의 차이가 크게 작용했을 것으로 짐작해 볼 수 있다. 성삼문의 시조가 불의의 세력을 향한 메시지였다면, 정철의 〈사미인곡〉과 〈속미인곡〉은 하염없이 그리운 임을 향한 하소연이다. 이보다 더 큰 이유는 문체의 힘에 있는 것으로 보인다. 작품을 일관하는 지배적인 정서는 흔히 한恨으로 표현되는 비애감이지만, 그것이 간절한 여성의 목소리를 실어 나르는 유려한 문장에 실려 있고 그래서 지배적 분위기는 다분히 낭만적이다. 분위기와 정서를 싸잡아 표현하자면 낭만적 비애감이라 하겠다. 양미인곡이 예부터 연군의 정을 읊은 노래 중에서 가장 빛나는 절창絕唱으로 손꼽혔던 이유도 여기에 있다 하겠다.

'양미인곡'은 절창이었던 만큼 후대에 미친 영향도 지대하다. '미인곡'류로 묶을 수 있을 정도로 다양한 모방작 혹은 아류작들이 탄생한 것이다. 이 작품들은 인간 세계로 추방당한 여인의 목소리를 빌려 '임'으로 지칭된 임금에 대한 그리움을 노래한다는 발상도 그러하고, 그 그리움의 끝자락에서 임과 만나는 유일한 방법으로 전생을 통한 변신을 꿈꾼다는 발상도 대체로 양미인곡을 닮아 있다. 그중에서도 전생을 통한 변신에 초점을 맞추어 한 작품을 고른다면 단연 이 작품이다.

> 무암이 절노 나니 뉘라서 금禁홀손고
> 뫼서서 이리 흐기 각시님 갓도던들
> 서룸이 이러흐며 싱각인들 이러홀가
> 차싱의 이러커든 후싱을 어이 알고
> 추하리 싀여져 구름이ᄂ 되어 이셔
> 상광祥光 오싁이 님 계신 디 덥혓고저
> 그도 무소 흐면 부람이ᄂ 되야 이서
> 흐일夏日 청음淸陰의 님 계신 디 부러고저
> ― 김춘택, 〈별사미인곡〉

마음이 절로 나니 뉘라서 금할쏜고

뫼셔서 아양 떨기 각시님 같았던들

설움이 이러하며 생각인들 이러할까

이생에 이렇거든 후생을 어이 알꼬

차라리 죽어져 구름이나 되어 있어

상서로운 오색 빛이 임 계신 데 덮고자

그도 마소 하면 바람이나 되어 있어

여름날 짙은 그늘에 임 계신 데 불고저

〈별사미인곡別思美人曲〉은 조선 숙종 때 제주도로 유배 갔을 때 김춘택金春澤(1670~1717)이 지은 가사이다. 그는 제대로 된 벼슬을 맡은 적도 없었지만 서인西人과 노론老論의 중심 가문 태생으로서 늘 정쟁에서 발을 빼지 않았던 인물이다.

이 작품은 공식적으로 임금을 모셔 봤던 신하와 공식적인 직책을 갖지 못했던 신하를 표상하는 두 여인이 대화하는 형식으로 구성되어 있는바, 후자가 전자에게 하소연하는 목소리가 지배적이다. 인용문의 "뫼셔서 아양 떨기 각시님 같았던들 / 설움이 이러하며 생각인들 이러할까"라는 표현은 이 노래가 정철의 '양미인곡'에서 모티프를 따왔음을 알려 주는 단서이다. '각시님'은 〈사미인곡〉의 화자이자 〈속미인곡〉의 중심 화자를 가리키는 것이다. 그런즉 한 번이라도 임을 모셔 보기라도 했다면 차라리 설움이 덜했을 것이라는 한탄이다.

이런 상황에서 화자는 꿈을 꾼다. 전생轉生의 꿈이다. 상서로운 오색 구름이 되어 임 계신 곳을 덮고자 하고, 바람이 되어 더운 여름날 임 계신 데를 시원하게 만들고자 한다. 이것으로 끝이 아니다. 인용문에 이어 "그도 마소 하면"을 연속적으로 반복하면서 화자는 달(일륜명월一輪明月), 산과 물(명산대천名山大川), 나무(천심노목千尋老木), 물감의 재료인 풀(지초芝草), 금옥金玉과 명주明珠, 거문고(오현금五絃琴), 말(화류마驊騮馬), 새, 티끌로의 변신을 차례대로 꿈꾼다. 달이 되면 임 계신 데를 비출 수 있고, 산과 물이 되면 임 계신 데를 둘러쌀 수 있으며, 노목이 되면 집의 처마에 박혀 임의 몸을 받들 수 있다. 물감의 재료로 쓰이는 풀이 되면 임을 둘러싼 병풍의 그림에서 상서로운 기운을 내뿜을 수 있고, 금옥과 명주가 되면 임이 어루만지는 보배가 될 수 있으며, 거문고가 되면 임의 무릎에 놓일 수 있다. 말이 되면 임을 태워 달릴 수 있고, 새가 되면 임이 노니는 곳에서 더불어 즐길 수 있으며, 티끌이 되면 임이 다니는 길에서 나부낄 수 있다.

어떻게든 임과 가까워지려는 몸부림이다. 변신하고자 하는 대상에는 지상의 존재와 천상의 존재, 식물과 동물, 유기물과 무기물, 자연물과 인공물 등이 골고루 섞여 있다. 과유불급過猶不及이라 했거니와, 그 장황한 수사는 오히려 과도하게 작위적인 느낌을 자아낸다. 한 번도 공식적인 직책을 부여받은 적이 없는 입장이었는데도 어찌 이처럼 절절하게 그리워했을까 싶도록 진정성에 대한 의심이 들 정도이다.

그럼에도 불구하고 '전생을 통한 변신'이라는 모티프가 임에 대한 그리움을 드러내는 데 얼마나 폭넓은 공감대를 만들어 내는 효율적인 장치인지를 보여주는 데는 부족함이 없다. 또한 역설적이게도 정철의 〈사미인곡〉과 〈속미인곡〉이 얼마나 인기 있는 절창이었

　　　　　　　　　　　　　　　　　　　　두 번째 이야기 - 변신

는지를 확인하는 비교 항으로서는 부족함이 없다 하겠다.

접동새 우는 사연

앞에서 살핀 몇 작품 중 성삼문의 〈이 몸이 죽어 가서…〉와 정철의 〈속미인곡〉, 그리고 김춘택의 〈별사미인곡〉은 뜻을 매기는 데 논란이 없다. 작가의 생애가 그 뜻 매김을 든든하게 보장해 주기 때문이다. 이와는 달리 작자를 알 수 없는 작품에서는 표면적인 의미는 분명하다 해도 그 속뜻은 확정하기 어려운 경우도 많다. 다음과 같은 작품이 그 사례이다.

> 이 몸이 싀여져서 접동새 넉시 되야
> 이화梨花 핀 가지 속닙헤 싸여다가
> 밤중만 슬ㅇ셔 울어 님이 귀에 들니리라
> ─작자 미상

> 이 몸이 죽어져서 접동새 넋이 되어
> 이화 핀 가지 속잎에 싸였다가
> 밤중만 살아서 우리 임의 귀에 들리리라

역시 임과 헤어져 있는 상황이다. 표면적으로 드러나는 뜻을 파악하는 일은 아주 쉽다. 임과 다시 만날 길이 없는 상황에서 차라리 죽은 후에 다시 접동새로 환생하여 배꽃 핀 밤마다 울음을 울어 자신의 한을 드러내겠다는 것이다. '양미인곡'에서 확인되는 변신의 욕망과 다를 바 없다. 다만 '양미인곡'과 달리 촉각이나 후각, 시각도 아닌 청각을 선택했다는 차이만 있을 뿐이다.

그렇다면 여기에서 '임'은 누구일까? 물론 연인으로 새겨도, 군주로 새겨도 공감의 폭이 달라지지는 않는다. 임이 누구인지를 굳이 확정해야 할 필요도 없다. 문학 작품을 반드시 작가의 창작 동기에 대한 사실적 정보에 근거해서 읽는 것이 올바른 독법은 아니기 때문이다. 다만 여기에서 간과할 수 없는 것은, 화자가 환생할 때 선택한 자신의 분신이 그 무엇도 아닌 접동새라는 점이다. 밤중에 우는 새가 접동새만은 아닐 터, 왜 그는 하필 접동새를 택했을까? 접동새의 문화적 상징 코드를 바탕으로 접근해 보자.

접동새 하면 먼저 "접동 / 접동 / 아우래비 접동"으로 시작되는 김소월의 시 〈접동새〉가 떠오른다. 널리 알려진 대로 이 작품은 접동새에 얽힌 우리의 설화를 재구성한 것이다. 시에서 접동새는 "의붓어미 시샘"에 시달리다 아홉 동생을 남겨 두고 죽은 누나가 그 동생들을 못 잊어 환생한 생명체이다. 학대와 억압 끝에 죽었으니 얼마나 그 한이 컸을 것이며, 아홉이나 되는 동생들을 걱정하지 않을 수 없었으니 그들을 만나 보고 싶은 그리움은 또 얼마나 간절했을까? 그러니 이 접동새는 혈육애를 둘러싼 한과 그리움의 표상이다.

그런데 이 설화와는 맥락이 아주 다른 중국의 고사故事가 있다. 접동새는 일명 '두견'(또는 두견새)이라고도 하고 '자규'라고도 한다. 이 두견새에 얽힌 전설은 중국 촉蜀나라 시대로 거슬러 올라간다. 옛날 중국 촉나라의 임금 망제望帝의 이름은 두우杜宇였다. 위魏나라에 의해 촉나라가 망하자 도망 간 뒤 복위를 꿈꾸었으나 뜻을 이

　　두 번째 이야기 - 변신

루지 못했고, 억울하게 죽은 두우의 넋은 두견새가 되었다고 한다. 한이 맺힌 두견새는 밤이고 낮이고 "귀촉 귀촉" 하며 슬피 울었단 다. 돌아갈 귀歸, 촉나라 촉蜀, 즉 촉나라로 돌아가고 싶다는 절규였 다. 그래서 이 새를 귀촉도歸蜀道라고도 한다. 미당 서정주가 "제 피 에 취한 새가 귀촉도 운다."(〈귀촉도〉)라고 노래했던 바로 그 새이다.

이처럼 죽은 망제의 혼인 접동새가 그 맺힌 한으로 피를 토하며 울고, 토한 피를 다시 삼켜 목을 적셨다고 한다. 그 한 맺힌 피가 땅 에 떨어져 진달래 뿌리에 스며들어 꽃이 붉어졌다고 하고, 또 꽃잎 에 떨어져 붉게 물이 들었다고 한다. 접동새는 봄이 되면 밤낮으로 슬피 우는데, 특히 핏빛같이 붉은 진달래만 보면 더욱 우짖는다 하 고, 한 번 우짖는 소리에 진달래꽃이 한 송이씩 떨어진다고도 한다.

그런데 이러한 문화적 배경을 배반하는 생물학적 사실이 있다. 뻐꾸기목 두견과에 속하는 접동새의 울음소리는 사실 쩌렁쩌렁하 여 경쾌한 느낌을 준다. 이와는 달리 올빼미의 사촌쯤 되는 소쩍새 의 울음소리는 애잔한 느낌을 준다. 접동새가 밤과 낮을 가리지 않 고 우는 반면에 야행성인 소쩍새는 밤에만 운다. 적막한 밤중에 애 잔한 울음을 운다면 그것은 당연히 소쩍새이다. 촉나라 망제 두우 에 얽힌 설화에서도 그 맥락상 접동새가 아니라 소쩍새가 제격이 었던 것이다. 소쩍새의 입속이 핏빛처럼 붉다는 사실은 결정적인 생물학적 증거이다.

그렇다면 옛날의 문인들이 접동새와 소쩍새를 혼동했던 것으 로 볼 수밖에 없다. 둘 다 4월경에 한반도에 날아오는 철새라는 공 통점 때문에 일어난 혼동이었을 것이다. 많은 작품들에서 밤중에 한 맺힌 소리로 우는 새는 접동새로 나타나는 것으로 보아, 그것은 조선 당대에 널리 퍼져 있던 일종의 문화적 관습인 것으로 보인다. 시간을 거슬러 올라가면 고려시대인 12세기에 정서鄭敍가 지은 〈정과정鄭瓜亭〉에도 "내 임을 그리워하여 우니나니 / 산 접동새와 비슷하요이다"와 같은 구절이 있는 것으로 보아, 그것은 연원을 알 수 없을 정도로 오랜 뿌리를 가진 문화적 전통이라 하겠다. 19세기 초반 유희柳僖(1773~1837)가 지은 일종의 만물 사전 《물명고物名攷》에서는 '두견'의 특징을 설명한 후 "우리나라에서 이른바 소쩍새[鼎小也]라는 새와 딱 들어맞지만, 설명한 사람들이 아니라고 생각한 것은 어째서인가?"라는 평을 덧붙이고 있는바, 조선 후기에 이르러서야 일부 실학자들에 의해 생물학적 정보에 오류가 있다는 사실이 인지되었던 것으로 보인다.

　사실 이런 착각 현상은 작가가 분명한지 여부와 무관하게 곳곳에서 나타난다. 가령 다음의 가사 작품에서도 불면不眠 모티프와 결합한 채 자규의 넋으로 변신하고 싶다는 소망이 드러난다.

<blockquote>

사창紗窓 미월梅月에 셰細 한숨 다시 딧코

은징銀箏을 나오혀 원곡怨曲을 슬피 뜨니

쥬현朱絃이 그처뎌 다시 닛기 어려웨라

츌하로 싀여뎌 즈규子規의 넉시 되여

야야夜夜 니화李花의 피 눈물 우러내야

오경五更에 잔월殘月을 셧거 님의 줌을 씨오리라

— 조우인, 〈자도사〉

</blockquote>

창밖 매화 비춘 달에 가는 한숨 다시 짓고

아쟁을 꺼내어 원망의 노래 슬피 타니

거문고 줄 끊어져 다시 잇기 어려워라

차라리 죽어서 자규의 넋이 되어

밤마다 이화에 피눈물 울어 내어

오경에 잔월을 섞어 임의 잠을 깨우리라

제목인 '자도사自悼詞'는 '스스로를 애도하는 글'이라는 뜻이다. 광해군 때 시화詩禍에 휘말려 3년간 옥살이를 할 때 지은 것으로 짐작된다. 억울한 누명을 쓰고 임금에게 버림을 받았다는 하소연을 여성적 목소리에 실었다. 여기에서 작가는 어김없이 임과 만나지 못할 바에는 차라리 죽어서 자규의 넋이 되어 피눈물을 흘리면서 울겠다는 의지를 보인다. 이 자규가 바로 접동새의 다른 이름이다. 피의 이미지와 어울려 있다는 점에서 접동새보다는 소쩍새가 어울린다. 고전시가에서 이런 사례는 비일비재하다. 문화적 관습이 생태학적 사실을 압도하고 있었던 것이다.

문화적 관습이란 한번 굳어지면 과학적 사실에 어긋나도 좀처럼 고치기 어렵다. 천동설을 물리치고 지동설이 진리로 밝혀진 지가 몇 세기가 지나도록 우리는 그야말로 여전如前히 '해가 뜬다', '해가 진다'라고 말하지 않는가? 접동새와 소쩍새의 착종은 자연의 문화화와 문화의 자연화 현상을 동시에 보여 주는 사례라 할 만하다.

작자 미상의 시조 〈이 몸이 죽어져서…〉에서는 결국 임에게로 돌아가고자 하는 욕망이 접동새 이미지를 통해 묘사된 셈이다. 진달래꽃이 아닌 이화, 즉 배꽃과 짝을 맞추고 있는 이유가 궁금하긴 하지만, 봄밤의 쓸쓸한 정서를 유발하는 데는 부족함이 없다.

그리고 접동새에 대한 문화적 관습에 기대면 이 시조에서 '임'은 응당 '군주'로 보는 것이 옳을 것이다. 접동새에 대한 오인이 있다고 하더라도 문화적 관습은 과학적 사실을 압도하기에, 그렇게 읽는 것이 이 작품의 함의를 더 팽팽하게 받아들이는 방법이라 하겠다. 그렇다면 이 시조는 양미인곡의 시조 버전이라 해도 무방하다 하겠다.

성애의 열망이 부르는 변신의 욕망

성삼문의 시조 〈이 몸이 죽어 가서…〉나 양미인곡에서 지배적인 미의식은 비장한 숭고이다. 이런 미의식은 주로 정치적 동기를 기반으로 삼고 있다. 이와는 달리 성애性愛의 열망 때문에 변신을 꿈꾸는 경우도 많다. 정치적 신념에 의한 욕망이 이념적인 차원의 동기라면, 성애의 열망은 본성적인 동기이다. 전자가 윤리의 문제로 귀결된다면 후자는 윤리를 훌쩍 넘어선다.

　성애를 둘러싼 우리 인간의 불안은 사랑하는 연인이 언제라도 타인이 될 수 있다는 가능성 때문에 일어난다. 그 가능성을 점쳐 보는 것 또한 상상의 소산일 것이다. 헤어져 있는 동안 자신을 잊을 수 있다는 불안도 있고, 타인이 되어 버린 연인이 다시 제자리로 돌아오지 못할지도 모른다는 불안도 있다. 이런 불안, 저런 불안을 잠재우기 위해서는 무엇보다 임에게 내가 확고하게 붙어 있거나, 나를 사랑하는 임의 마음을 확인할 필요가 있겠다. 그럴 때 필요한 게 바로 변신이다.

두 번째 이야기 - 변신

님 그린 상사몽相思夢이 실솔蟋蟀의 넉시 되야
추야장秋夜長 깁픈 밤에 님의 방에 드럿다가
날 닛고 깁히 든 좀을 씨와 볼ᄭᆞ ᄒᆞ노라
— 박효관

임 그린 상사몽이 실솔의 넋이 되어
가을철 깊은 밤에 임의 방에 들었다가
날 잊고 깊이 든 잠을 깨워 볼까 하노라

박효관朴孝寬(1781~1880)은 제자 안민영安玟英과 함께 당시의 풍류객들이 모인 승평계昇平契라는 조직의 중심인물로서, 흥선대원군興宣大院君을 비롯하여 당대 최고의 권력자들과 교유했다. 가객으로서 명성이 높은 데 비해 작품은 13수 정도에 불과한 과작寡作이다. 남녀 간의 연정은 그의 작품 세계를 이루는 한 축이다. 위에서 인용한 작품 또한 이러한 경향을 보여 준다.

'실솔蟋蟀'은 귀뚜라미이다. 대략 8월 중순에서 10월 말까지 활동하는 곤충이다. 중장의 '가을철'이라는 말이 없어도 시적 배경이 되는 계절이 가을임은 충분히 알 수 있다. 화자가 하필 귀뚜라미가 되고 싶은 이유는 임이 자고 있는 방에 침입하고자 함이요, 울음소리로 임의 잠을 깨우고자 함이다. 아마도 임과 헤어진 상태에서 자신을 잊지나 않았을까 하는 불안감이 시적 발상의 출발점일 것이다. 그런데 귀뚜라미 소리가 자명종 소리가 아닐진대, 울음소리로 임을 깨우겠다는 발상은 순진하기 짝이 없다. 겨우 귀뚜라미 울음소리로 "깊이 든 잠"을 깨울 수나 있겠는가? 그러니까 이것은 꼭

임을 깨우겠다는 뜻이라기보다는, 임에게 나의 절절한 하소연을 풀어놓고 싶다는 정도로 이해하는 것이 이치에 맞겠다. 이렇게 보아도 여름의 그 무성한 녹음이 모두 변색되고 이파리는 낙엽이 되는 조락凋落의 계절과 작품이 뿜어내는 분위기의 조화는 흔들리지 않는다.

이런 식의 발상은 다양한 작품에서 다양하게 변주된다. 이들 작품에서는 앞에서 살폈던 성삼문의 시조에서처럼 모두 '이 몸'이 죽어 사라진 후 다른 개체로 환생하겠다는 발상을 공유한다. 어떤 작품에서는 제비가 되고자 한다. 임의 집에 집을 짓고 임의 방에 드나들겠다는 취지이다. 제비 외에도 학이나 나비처럼 자유롭게 날아서 이동할 수 있는 생명체로 변신하겠다는 의지를 보이기도 한다. 그런가 하면 생명체가 아닌 구름이나 동풍과 같은 기상 현상을 선택하는 경우도 있고, 달과 같은 천체를 선택하는 경우도 있다. 모두 임에게 가까이 가서 임을 쳐다볼 수 있겠다는 의지의 소산이다. 두 나무의 가지가 서로 맞닿아서 결이 서로 통하는 연리지連理枝가 되어 인연을 이어 가리라 다짐하기도 한다.

간절함이 지나쳐서였을까? 엽기적이게도 임의 잔에 따른 술이 되고자 하는 경우도 있다. 이 노래를 지은 이는 임이 도대체 어떤 마음을 품고 있는가가 궁금한 모양이다. 왜 나에게 항상 냉정한가, 나를 사랑하기라도 하는가, 언제쯤 나에게 따뜻해질까 등등 의문은 끝이 없다. 그 의문을 풀기 위해서 택한 전략은 술로 변신하는 것이었다. 동물도 아니고 식물도 아니고 임이 마실 술. 그것이 임의 속을 알아볼 수 있는 유일한 방법이라 생각했던 모양이다. 엽기적 개그에 가까운 발상이다. 그렇다 하더라도 오죽 답답했으면 그런 희한한 발상까지 했을까 하고 이해할 수밖에 없다.

간절함이 낳은 엽기성의 한 극단은 다음 작품에서 엿볼 수 있다.

각씨閣氏네 옥 ▽튼 가슴을 어이구러 ▽혀 볼고

물명주 자지紫芝 작져구리 속에 깁젹삼 안셥희 ▽혀 됸득됸득 ▽히

고라지고

잇다감 쏨 나 분닐 제 써힐 뉘를 모로리라

　　─ 작자 미상

각시네 옥 같은 가슴을 어이구러 대어 볼꼬

물명주 자주빛 작저고리 속에 깁 적삼 안섶이 되어 존득존

득 대고지고

이따금 땀 나 붙을 제 떨어질 줄을 모르리라.

이 정도라면 변신의 욕망이 유머로 승화되는 현장이라 할 만하다. 화자는 불타오르는 성애의 열망을 지닌 남성이다. "각시네 옥 같은 가슴"을 터치해 보는 것이 거의 절대적인 소망인 듯한 목소리이다. 아마도 그 각시는 몸을 쉽게 허락하지 않는 여인이었을 것이다. 아니 몸 이전에 마음조차 주지 않았을지도 모른다. 그리하여 그가 선택한 것은 저고리 속에 입는 적삼의 안섶이다. 그것으로도 모자라 땀이 나기를 고대한다. 최대한으로 밀착할 수 있다는 상상 때문이다. 에로틱 판타지라는 장르를 설정할 수 있다면, 그 장르를 대표할 만한 작품이다.[8]

이상의 노래들은 모두 결핍이 부르는 변신의 욕망을 담고 있다.

그러나 변신의 욕망이 항상 결핍에서 출발하는 것은 아니다. 앞에서 욕구와 욕망을 잠정적으로 구별한 바도 있거니와, 한번 충족되면 그치게 되는 욕구와 달리 욕망은 더 큰 욕망을 부른다는 점을 상기하기로 하자. 충족감 혹은 충일감을 느낄 때에도 욕망은 촉발된다는 것이다. 다음은 이를 여실하게 보여 주는 대표적인 작품이다.

님으란 회양淮陽 금성金城 오리남기 되고 나는 삼사월 츩너출이 되야
그 남긔 그 츩이 낙거믜 나븨 감듯 이리로 츤츤 저리로 츤츤 외오 프러 올이 감아 밋붓터 씃신지 흔 곳도 뷘틈업시 주야장상晝夜長常 디트러져 감겨 이셔
동冬셧쏠 바람비 눈셔리를 아모리 마즈들 플닐 줄이 이시랴
― 이정보

임일랑 회양 금성 오리나무 되고 나는 삼사월 츩넝쿨이 되어
그 나무 그 츩이 납거미 나비 감듯 이리로 친친 저리로 친친 허술한 건 풀어 옳게 감아 밑부터 끝까지 한 곳도 빈틈없이 주야장상 뒤틀어져 감겨 있어
동지섣달 바람비 눈서리를 아무리 맞은들 풀릴 줄이 있으랴

화자는 아마도 현재 임과 더불어 사랑의 황홀감을 최대치로 누리고 있는 것으로 보인다. 그러나 애정의 욕망은 크면 클수록 더 좋은 것이다. 현재 누리고 있는 사랑의 황홀감을 극대화하고자 한다. 이를 위해 선택한 방법은 몸 바꿈, 곧 전신轉身이라는 현실 초

　　　　　　　　　　　　　　두 번째 이야기 - 변신

월적 상상이다. 임이 오리나무가 되면 나는 삼사월의 칡넝쿨이 되어 오리나무의 밑동에서부터 가지 끝까지 빈틈없이 서로 밀착해 있겠다는 것으로, 이 형상은 그 자체로 에로틱한 장면을 연상케 한다. 그렇게 되면 바람과 비, 눈과 서리를 아무리 맞아도 풀리지 않을 것이니, 그 모습 그대로 임과 영원히 함께하겠다는 발상으로 이어진다. 이 또한 에로틱 판타지의 한 절창이다.

흥미로운 점은 음란성 시비를 일으킬 만한 이 노래를 지은 사람의 이름이 엄연히 기록되어 있다는 사실이다. 그것도 이름 높은 사대부 남성이다. 물론 작자 표시가 생략된 가집歌集이 많긴 하지만, 이름이 명시된 가집들에서는 오직 이정보李鼎輔(1693~1766)라는 기록을 공유하는 것으로 보아 작자 논란은 필요 없을 듯하다. 그는 이조정랑, 병조참의, 함경도 관찰사, 도승지, 형조판서, 우참찬, 공조판서, 이조판서 등 온갖 요직을 다 지낸, 그야말로 〈봉산탈춤〉식 표현을 빌리면 "노론 소론 이조 호조 옥당을 다 지내고 삼정승 육판서를 다 지내고 퇴로 재상으로 계"셨던 바로 그 양반의 한 전형이다. 이런 인물이 이런 에로틱 판타지의 한 절창을 지었다는 것은, 당대 사대부에 대한 보편적 관념을 정면으로 배반하는 일이다. 더욱이 사설시조를 양반이 아닌 기층 민중이 향유했던 갈래로, 그래서 진솔하고 풍자와 해학이 넘치는 갈래로 치부하던 일반적 시선마저도 배반한다.

그러나 사대부 남성들이 엄숙, 근엄, 진지를 일관된 태도로 유지하며 살았을 것이라는 우리의 관념은 편견일 수 있다. 그들도 밤이 되어 취흥이 도도히 번져 오르면 사회적 가면을 벗고 성애에 대한 열망을 상상적으로나마 분출하지 않았겠는가. 모든 인간은 가면을 쓴다는 점에서 이를 사대부 남성들의 일탈이나 위선의 장면으로 치부하기보다는, 오히려 그들 나름대로 구축한 삶의 한 문법으로 보는 것이 더 자연스럽지 않을까? 계급 혹은 계층이라는 사회적 조건이 성애에 대한 열망마저 다른 결로 이끌어 낸다고 본다면, 이는 과도하게 편협한 인간관의 산물이라 할 것이다. 그들도 상황에 따라 성애에 대한 열망을 표출했고, 필요에 따라 평시조와 사설시조를 선택적으로 향유했다고 해도, 그것이 그들의 위신을 폄훼하는 일이 될 수는 없다. 귀천은 위계적이지만 성애는 민주적인 것이다.

성애의 열망과 죽음의 충동

앞에서 살폈듯이 변신의 욕망은 대체로 '죽음을 통한 전생轉生'의 소망을 동반한다. 죽음이 명시되어 있지 않은 경우이더라도, 변신의 욕망에는 죽음이라는 계기가 함축되어 있다고 보아야 할 것이다. 일차적으로 현생에서 다른 개체로 변신하는 일은 불가능하다는 점을 알고 있기에 유일한 방법은 전생일 수밖에 없다. 그러니 그런 경우에 죽음은 전략적 선택일 수가 없고, 다만 변신의 욕망이 부르는 필연적 귀결일 뿐이다.

그런데 성애의 열망, 즉 에로스의 욕구를 죽음의 충동과 결부시키는 정신분석학적 설명이 있다는 점은 상당히 흥미롭다. 프로이트(S. Freud)에 따르면 인간의 내면에는 자기 보존의 본능과 성적 본능이 합쳐진 '삶의 본능'과 공격적이고 파괴적인 본능으로 구성된

　　　　　　　　　　　　두 번째 이야기 - 변신

'죽음의 본능'이 공존한다. 그는 전자를 '에로스(eros)'라 하고, 후자를 '타나토스(thanatos)'라고 불렀다. 에로스는 자신을 사랑하고 다른 사람을 사랑하는 힘의 원천이다. 반면에 타나토스는 자신의 생명을 파괴하여 무생물로 돌아가려는 본능이다. 에로스와 타나토스의 본능은 서로 충돌하기도 하고 조화를 이루기도 하며, 어느 하나가 다른 하나를 대체하기도 한다.

에로스는 극도의 흥분을 부른다. 이것은 쾌락이기도 하지만 에너지의 긴장을 동반한다. 우리의 무의식은 자신에게 육박해 오는 에너지의 긴장을 소멸시키려고 한다. 흥분과 긴장을 소멸시키는 방법은 다름 아닌 죽음이다. 그러나 이 죽음은 고통이 아니고 오히려 에로스의 완성이다. 여기에서 말하는 죽음은 육체의 종말, 구체적인 인생의 종말이 아니라, 생명 이전 상태로의 환원이기 때문이다. 따라서 사랑의 쾌락은 죽음의 쾌락을 향한 충동과 분리될 수 없는 것이다. 이러한 정신적 시스템에 따라 에로스의 절정에서 타나토스의 충동이 일어나는 일은 자연스럽다.

그러면 다음과 같은 노래는 어떻게 볼 수 있을까? 표면적으로는 변신의 욕망도 드러나지 않았고, 죽음이라는 계기적 방법도 보이지 않는 작품이다.

부롬도 쉬여 넘는 고기 구름이라도 쉬여 넘는 고기
산진이 수진이 해동청 보르미 쉬여 넘는 고봉高峰 장성령長城嶺 고기
그 너머 님이 왔다 ᄒ면 나는 아니 흔 번도 쉬여 넘어가리라
— 작자 미상

이 노래의 작중 상황과 화자의 정서는 약간 모호하다. 재회의 날이 기약되어 있어서 조만간 만날 수 있으리라는 소망이 뚜렷하게 드러나는 것도 아니고, 하염없는 기다림에 지쳐 임을 원망하는 목소리가 나타나는 것도 아니다. 다만 화자가 사랑하는 임이 오기를 기다리고 있으므로 그 임이 부재중이라는 정황은 분명하다. 그런 점에서 결핍 쪽에 기울어진 정서가 엿보인다. 그러나 이 노래가 언젠가는 다가올 재회의 순간에 대한 설렘을 보여 준다고 본다면 충일 쪽에 놓여 있는 정서를 감지할 수 있다. 그것은 "아니 한 번도 쉬어 넘어가리라"라는 표현에 집약되어 있다. 따라서 이 노래는 결핍감과 충일감을 양쪽 끝에 둔 정서의 스펙트럼을 두루 갖추고 있다고 보아도 무방하다.

이제 변신의 욕망이라는 우리의 관심사에 초점을 맞추어 보자. 이 노래에서는 무엇인가로 변신하고 싶다는 욕망이 명시적으로 보이지 않는다. 그러나 찬찬히 생각해 보자. 바람도 쉬어 넘고 구름도 쉬어 넘고 맹금류도 쉬어 넘는 고개를 한 번도 쉬지 않고 넘어가기 위해서는 초월적인 능력이 필요하다. 그러니 실은 이 화자는 인간이 아닌 다른 초월적 존재로의 변신을 욕망하고 있다고 봐야 마땅하다. 물론 그것은 화자가 얼마나 오랫동안 간절하게 기다렸는지를 선명하게 보여 주는 형상이라 할 것이다.

한 걸음 나아가 정신분석학적 설명에 기댄다면, 거기에는 죽음

두 번째 이야기 - 변신

의 충동이 도사리고 있다고 보는 것이 마땅하겠다. 에너지로 가득 찬 성애의 열망이 드디어 변신의 욕망으로 진화해 나가고 있는 도 정에서 그 욕망이 초월적인 방법 외에는 도무지 성취되지 않는다 면, 그때 그 에너지의 긴장을 소멸시키는 방법은 죽음 외에는 없으 리라.

　마지막으로 한 가지 첨언해 둘 것은 시간적 배경이다. 전생을 통 한 변신의 욕망을 표출하고 있는 노래들의 한 가지 특징은 대체로 밤을 시간적 배경으로 하고 있다는 점이다. 설혹 범나비로의 변신 과 같이 변신한 채로 움직이는 시간은 낮이라 하더라도, 그런 발상 만은 밤에 이루어졌다고 보는 것이 자연스럽다. 왜 하필 밤일까? 밤은 무의식이 지배하는 시간이다. 낮에는 잠복해 있던 무의식적 욕망이 밤이 되면 마치 뱀이 머리를 들어 올리듯이 조금씩 조금씩 스멀거리며 움직이는 시간이 밤이다. 더욱이 밤은 정신적인 사랑 과 함께 육체적인 사랑을 조화롭게 완성하여 충일감을 느끼기도 쉬운 시간이다. 그러니 결핍에 대한 감각 또한 아무래도 낮보다는 밤에 더 활성화된다. 에로스의 속성인 죽음의 충동도 밤이 되어서 야 강렬해질 테다. 그것이 변신의 시간적 배경을 밤으로 삼은 까닭 이라 하겠다.

영원성

영원성의 패러독스

동해 물이 마르고 백두산이 닳는다고?

우리나라 사람이면 누구도 모를 리가 없는 〈애국가〉는 이렇게 시작된다.

> 동해 물과 백두산이 마르고 닳도록 하느님이 보우하사 우리나라 만세

'동해 물이 마르고 백두산이 닳는다'는 표현이 부정적인 의미를 담고 있다고 트집을 잡는다면, 이는 그 표면적 의미에만 집착한 데서 나온 아주 순진한 반응에 불과하다. 어느 날 갑자기 우주적인 규모의 천재지변이 없는 한 동해 물이 마를 리 없다. 백두산이 닳아 없어지는 일이 있더라도 그것은 거의 억만 겁의 세월을 필요로 하는 일이다. 그러니까 이 노랫말은 하느님이 '영원히 영원히' 우리나라를 지키고 도와줄 거라는 믿음과 소망을 담고 있는 표현인 셈이다. 트집 잡힐 이유가 없는 표현이다. 모든 나라에서 공식적으로 제작하여 부르는 국가國歌는 그 나라의 역사적 전통에서 비롯되는 자부심과 더불어 그 나라의 영원불멸에 대한 소망을 담아낸다. 우리의 애국가에 있는 이 표현 또한 대한민국의 영원한 번영을 소망하는 마음이 담겨 있는 것이다.

그런데 비교적 오래도록 지속되는 민족이나 국가 단위의 공동체와 달리 개별 인간의 삶은 유한하다. 개별 인간은 언젠가는 죽음을 맞이하게 되는 유한한 존재이다. 그 유한한 삶에서 인간은 고통을 멀리하고 쾌락을 가까이하려는, 본능에 가까운 욕망이 있다. 인

간이 추구하는 쾌락의 가장 높은 자리에 놓이는 것은 아마도 사랑
일 것이다. 뇌과학적 설명에 따르면 사랑에 빠진 사람의 뇌에서는
여러 영역들이 동시에 활성화된다고 한다. 또 근육의 혈류와 심장
박동을 증가시키는 아드레날린과 뇌신경 세포의 흥분을 전달하는
도파민의 분비도 자극된다고 한다. 쾌락을 느끼는 생명체의 전형
적인 증상이다.

　사랑은 변한다. 인간의 삶이 유한하듯이, 사랑의 유통 기한도
영원하지 않다. 사랑하는 사람을 향하는 마음이 식을 수 있는 것이
다. 인생무상人生無常, 제행무상諸行無常이라 했거늘, 이 세상에 변
하지 않는 것이 그 무엇이겠는가? 영원한 사랑에 대한 소망이 간
절해지는 것은 바로 이런 이치 때문일 것이다. 사랑이 변하는 것이
자연스럽기에 사랑이 변하지 않기를 꿈꾸는 것이다. 영원한 사랑
은 인간의 소망 중에서 가장 원초적이고 근원적이다. 이는 사랑이
동서양을 막론하고, 또 고금을 통틀어 가장 많은 문학의 소재로 자
리 잡은 이유이기도 하다.

영원을 꿈꾸는 노래들

이제 우리의 옛 노래에서 영원한 사랑에 대한 지향을 어떻게 표현
하고 있는지 확인해 보자. 결론부터 미리 말하자면, 거기에는 상상
과 과장이 한데 버무려지고, 패러독스와 아이러니가 함께 뒤섞여
있다.

져 건너 거머무투룸한 바회 졍釘을 듸혀 씌두두려 닉여
톨 도치고 쏄을 박아 경셩드못 거러가게 믠들리라 감은 암소
쳔리에 님 이별홀 제 것구루 틱와 보닉리라
— 작자 미상

'정釘'은 끝이 뾰족한 연장으로서 바위나 돌을 깨뜨릴 때 쓴다. 그런 정으로 바위를 깨뜨리겠다고 했다. 여기까지는 지극히 상식적으로 이해된다. 중장의 앞 마디에 이르러서도 큰 충격은 없다. 바위를 깨뜨려 뿔을 박아 암소를 만들겠다고 했으니 그저 암소 형상의 조각품을 만들겠다는 뜻으로 이해되기 때문이다. 그런데 뒤를 잇는 표현에서 갑자기 의아해진다. 암소로 하여금 걸어가게 만들겠다는 것이다. 이 정도면 인지에 충격이 온다. 실현 불가능하기 때문이다. 종장에 이르면 그 충격은 더욱 커진다. 자신과 이별하고 떠나는 임을 거꾸로 태워 보내는 데 그 목적이 있다는 화자의 고백이 나타나기 때문이다. 질문 하나가 뒤따른다. 그러면, 사랑하는 임이 자신을 떠나는데 마치 환송이라도 하듯 암소에 태워 보낸다고?

그럴 리 없다. 문면文面 너머의 의미를 이해하면 그렇게 말한 의도가 드러난다. 바위를 조각해서 만든 암소가 걸어가는 일은 애초에 일어날 수 없다. 그러니 이별하고 떠나는 임이 그 암소를 타고 갈 수도 없다. 따라서 '절대로 임을 떠나보내는 일은 없다, 임과의

   세 번째 이야기 - 영원성

이별은 절대로 있을 수 없는 일이다, 자신과 임의 사랑은 영원하다!'라는 선언이다.

이것은 영원한 사랑을 갈구하는 발상의 한 전형이다. 유한한 인생에서 무한한 사랑을 꿈꾸는 옛사람들의 시간 의식이라 하겠다. 상상도 이쯤 되면 가히 몽상 수준이 아닐까?

이런 발상에서 출발하는 작품은 상당히 많다.

> 벽상壁上의 기린 가치 너 나란 지 몃 천 년고
> 우리의 사랑을 아는다 모로는다
> 아마도 너 나라갈 제면 훔긔 갈가 ᄒ노라
> ― 작자 미상

> 벽상에 그린 까치 너 난 지 몇천 년인고
> 우리의 사랑을 아느냐 모르느냐
> 아마도 너 날아갈 제면 함께 갈까 하노라

> 바람 부러 쓰러진 뫼 보며 눈비 마즈 셕은 돌 본다
> 눈 정情에 거론 님을 슬커놀 보왓는다
> 돌 셕고 뫼 쓸리거든 이별인가 하노라
> ― 작자 미상

> 바람 불어 쓰러진 산 보았으며 눈비 맞아 썩은 돌 보았느냐
> 눈 정에 건 임을 싫어한 걸 보았느냐
> 돌 썩고 산 쓰러지면 이별인가 하노라

먼저 앞의 시조를 보자. 벽에다 그린 까치에게 묻는다. 날개를 펼쳐서 날아 본 지가 몇천 년이나 되었는가? 연이어 또 하나의 질문을 던진다. 우리의 사랑을 아느냐 모르느냐? 돌연하다. 첫 번째 질문과는 너무나 이질적이기 때문이다. 그런데 종장에 이르면 이 두 가지 이질적 질문이 화자의 절박한 소망 속에서 하나로 융화된다. 그 소망이란 우리의 사랑이 지금 이 자리에서 영원하리라는 것. 그것은 벽에다 그린 까치가 날갯짓을 하지 못해서 그 자리에 영원히 고정되어 있을 수밖에 없는 이치와 동격이라는 선언이다.

두 번째 시조도 다를 바 없다. 바람에 산이 쓰러질 리 없고, 눈비에 돌이 썩을 리도 없다. 벽에 그린 까치가 날갯짓을 할 리 없는 것과 마찬가지이다. 시의 화자들은 자기네들의 사랑이 끝나지 않는 것도 이와 같은 이치라고 우긴다. 정말로 그들은 우격다짐으로 우기고 있는 것이다. 절대로 실현될 수 없는 일을 마치 눈으로 목격하고 있다는 듯이 강변한다. 그럼에도 그것은 오히려 넉넉한 공감대를 만들어 고개를 끄덕이게 하는 설득력을 갖는다. 지금 사랑의 황홀을 느끼고 있는 이들에겐 더더욱 강한 공감을 불러일으킬 것이다. 사랑으로 맺어진 인연의 끈을 한없이 늘이는 과장이기 때문이다.

이와 같은 발상은 조선시대의 시조에서는 물론이고 고려시대의 노래에서도 발견되는 걸로 봐서, 꽤나 오랜 연원을 가지고 있는 듯하다. 그것을 가장 전형적으로 보여 주는 것이 다음의 노래이다.

나무토막 깎아서 작은 닭을 만들어
줄에 달아서 벽 위에 살게 했네

이 닭이 꼬끼오 하고 때를 알리거든

어머니 얼굴 비로소 서녘의 해처럼 되길[9]

 —문충, 〈목계가〉

  이 노래는 고려 후기의 문인 이제현李齊賢(1287~1367)이 편찬한 《익재난고益齋亂藁》 중에서 〈소악부小樂府〉 편에 수록되어 있다. 이 노래에 대한 여러 기록에 따르면, 문충文忠이 늙어 가는 자신의 모친을 보고 개탄하여 지었다고 한다. 오관산五冠山 밑에 살던 문충은 벼슬살이를 하느라 아침저녁으로 매일 30리를 오가면서도 성심껏 모친을 보살폈다고 한다. 이 노래는 〈오관산요〉 혹은 〈오관산곡〉으로도 지칭되지만, 〈목계가木鷄歌〉라는 제목이 노랫말의 뜻을 더 분명하게 보여 준다. 나무로 조각한 닭이 '꼬끼오' 하고 우는 때가 되어서야 비로소 어머니가 늙게 될 것이라는 발상은 일면 소박한 동시童詩의 감수성에 가깝다. 그렇기는 해도 어머니의 노화를 안타까워하는 마음을 드러내는 데는 모자람이 없다. 오히려 소박한 데서 오는 공감의 힘이 있다.

  '소악부'라는 것은 민간에 떠도는 노래, 즉 민요를 한시 형태로 번역하여 옮긴 짧은 시를 가리킨다. 민요는 본래 창작자를 알 수 없다. 그런데 특이하게도 이 노래는 민간에 떠도는 노래이면서도 창작자가 밝혀져 있다. 그렇다면, 문충이 먼저 지어서 불렀고 많은 공감대를 얻으면서 널리 유행한 것으로 볼 수도 있겠다. 그러나 그 발상의 원형으로 본다면, 문충이 뛰어난 문재文才로 이 노랫말을 독창적으로 지었다기보다는 오히려 당대에 널리 퍼져 있던 표현을 빌려 자신의 뜻을 드러낸 것으로 보는 편이 적절하다 하겠다.

　이러한 짐작은 고려가요 〈정석가鄭石歌〉를 보면 개연성이 더욱 높아진다. 도입부인 1연과 결미부인 6연을 제외하고 2~5연을 보자〔같은 구절이 두 번 반복되는 것은 '(×2)'로 표시했다〕.

삭삭기 셰몰애 별헤 나는 (×2)

구은 밤 닷 되를 심고이다

그 바미 우미 도다 삭 나거시아 (×2)

유덕有德ᄒ신 님믈 여히ᄋ와지이다

옥玉으로 연蓮ㅅ고즐 사교이다 (×2)

바회 우희 접주接柱ᄒ요이다

그 고지 삼동三同이 퓌거시아 (×2)

유덕有德ᄒ신 님믈 여히ᄋ와지이다

므쇠로 텰릭을 몰아 나는 (×2)

철사鐵絲로 주롬 바고이다

그 오시 다 헐어시아 (×2)

유덕有德ᄒ신 님믈 여히ᄋ와지이다

므쇠로 한쇼를 디여다가 (×2)

철수산鐵樹山에 노호이다

그 쇠 철초鐵草를 머거아 (×2)

유덕有德ᄒ신 님믈 여히ᄋ와지이다

— 작자 미상, 〈정석가〉

　　　　　　　　　　　세 번째 이야기 - 영원성

사각사각 가는 모래 벼랑에 (×2)

구운 밤 닷 되를 심습니다

그 밤이 움이 돋아 싹 나서야 (×2)

유덕하신 임과 이별할지어다

옥으로 연꽃을 새깁니다 (×2)

바위 위에 접붙입니다

그 꽃이 세 다발 피어서야 (×2)

유덕하신 임과 이별할지어다

무쇠로 철릭을 재단하여 (×2)

철사로 주름을 박습니다

그 옷이 다 헐어서야 (×2)

유덕하신 임과 이별할지어다

무쇠로 큰 소를 만들어 (×2)

철나무 산에 놓습니다

그 소가 철풀을 먹어야 (×2)

유덕하신 임과 이별할지어다

이 노래를 제대로 이해하기 위해서는 약간의 배경지식이 필요하겠다. 〈정석가〉는 다른 고려속요처럼 궁중에서 연행된 노래이다. 이런 연행 조건을 고려하면, 이 노래에 등장하는 '임'은 임금을 지칭하고, 그래서 이 작품은 임금의 만수무강을 찬송하는 노래로 볼 수도 있다. 그런데 고려속요에 속하는 노래들은 원래 민간에서 부른 민요였다. 민요가 궁중 음악으로 신분 상승을 한 셈이다. 그렇게 보면, 여기에 나오는 '임'은 민요로 향유되던 맥락에서는 '사랑하는 사람'으로 보아도 무방하겠다. 민요라고 해서 임금을 찬송하지 말라는 법은 없지만, 아무래도 민요에서 '임'으로 지칭하는 상대방으로는 연인이 제격일 것이기 때문이다.

이런 배경 설명이 아니더라도 이 노래에 담긴 화자의 의지가 앞에서 보았던 시조들과 큰 차이가 없다는 점은 쉽게 확인할 수 있다. 모래밭에서 밤나무가 자랄 리 없고, 군밤에서 싹이 날 리 없다(2연). 바위에 연꽃이 자랄 리 없고, 옥으로 새긴 연꽃이 세 다발이나 필 리는 더더욱 없다(3연). 무쇠로 만든 철갑에 철사로 바느질이 될 리 없고, 철갑이 다 헐 리는 더더욱 없으며(4연), 무쇠로 만든 황소를 철나무 산에 풀어 놓을 수 없고, 그 소가 철로 된 풀을 먹을 리는 더더욱 없다(5연).

이처럼 이 노래는 불가능한 일이 이중으로 일어난다는 조건을 달고 이별을 예고하고 있다. 자체적으로 모순을 안고 있는 표현이라는 점에서 패러독스이고, 이별할 수 없다는 뜻을 거꾸로 드러낸다는 점에서 아이러니라 할 수 있겠다. 이러한 표현들을 일러 '〈정석가〉식 표현'이라고도 하거니와, 이는 〈정석가〉가 이런 표현의 가장 오래된 근원이어서가 아니라 가장 전형적 양상을 보여 주기 때문이다.

그런데 정작 중요한 것은 패러독스니 아이러니니 하는 개념이 아니다. 이런 발상이 지닌 폭넓은 공감대의 비결이다. 누구나 지금 사랑에 빠진 사람이라면 그것이 앞으로도 영원하기를 바랄 것이

　　　　　세 번째 이야기 - 영원성

요, 사랑에 실패한 사람은 사랑의 종말을 한없이 아쉬워할 것이다. 그러니까 모든 사람들은 영원한 사랑을 갈구하는 셈이다. 이런 발상이 지닌 공감의 비결은 여기에 있다. 이 노래의 '임'이 은연중에 임금을 지시하면서 영원한 충성 맹세의 노래로서 궁중에서 향유될 수 있었던 것도 이런 이유 때문일 것이다.[10]

그리고 또 하나 중요한 사실이 있다. 이 같은 발상이 '사랑이 결코 영원할 수 없다'는 인식을 바탕에 깔고 있다는 역설이다. 영원할 수 없음을 알기에 영원을 추구한다는 것이다. 영원할 수 있다면 굳이 영원을 추구할 필요가 없을 터. 누구나 바라는 영원한 사랑이지만 그것은 뜻대로 되지 않는다. 아니, 뜻대로 되지 않는 정도가 아니라 어떠한 경우에도 인간사에서는 성립 불가능한 일이다. 이런 점에서 영원한 사랑에 대한 갈구와 인생의 유한함에 대한 비극적 인식은 동전의 양면이라 하겠다.

소망, 배반을 만나다

그런데 한편으로 〈정석가〉식 표현이 영원을 갈구하는 소망과는 다른 맥락에서도 자주 활용된다는 점은 무척 흥미롭다. 즉 이별한 임과 영원히 재회할 수 없다는 불길한 예감을 드러내거나 영원한 이별이라는 극한 상황에서 이를 한탄하는 표현으로 쓰이는 것이다. 사랑의 황홀에 들떠 있는 사람의 소망을 드러낼 때 쓰이는 표현이 그 반대 상황에서 쓰이는 것부터가 또 하나의 역설이라 하겠다.

우선 그 사례로 민요 한 편을 보자.

임아 임아 우리 임아 이제 가면 언제 올지

병풍에 그린 닭이 꼬꼬 울면 다시 올래

옹솥에 삶은 밤이 싹이 나면 다시 올래

고목나무 새싹 돋아 꽃이 피면 다시 올래

임아 임아 우리 임아 병자년 보리 숭년에

잔 엿가래 굵은 엿가래 사다 주던 우리 임아

어데 가서 올 줄도 모르는고

용 가는 데 구름 가고 비 가는 데 바람 가고 임 가는 데 나는 가오

시적 상황에서 각별히 주목되는 것은 2절에 나오는 '병자년 보리 흉년'이다. 이 병자년이 병자호란이 일어난 그해를 가리키는지는 알 수 없다. 민요는 본래 창작의 맥락이 분명하지 않기 때문이다. 만일 바로 그 병자년이었다면, 그 당시 사람들은 전란과 기근이라는 이중의 고난을 겪은 셈이 된다. 그 병자년이 아니라고 해도 흉년은 이 시적 정황을 이해하는 데 매우 중요한 배경으로 작동한다. 극단적인 흉년을 맞아 보리를 포함하여 먹을 것 일체가 귀했을 것이 틀림없는 그 상황에도 보리로 만든 엿가래를 사 올 정도로 임은 화자를 위해 온갖 정성을 기울이는 사람이라는 문맥을 만들기 때문이다. 그런데, 그랬던 임이 어디론가 사라져서 돌아오지 않는 상황이다. 만일 그 배경이 병자호란이라고 가정한다면, 아마도 임은 전란의 와중에 실종되었거나 무도한 외적의 칼부림에 희생당했으리라 짐작할 수 있겠지만, 꼭 그렇게 역사적 맥락 속에 가두어 둘 필요는 없다. 중요한 것은 화자 자신을 귀애해 주었던 임의 부

                                          세 번째 이야기 - 영원성

재이기 때문이다.

　이 노래에서 말하는 이별이 생이별인지 사별인지는 알 수 없다. 그러나 화자는 그 이별이 결코 짧지 않을 것임을 감지하고 있는 듯하다. 그렇지 않다면 병풍에 그린 닭이 울고, 삶은 밤에서 싹이 나고, 고목나무에서 꽃이 피어난다는 불가능의 수사법을 구사하지는 않았을 것이다. 그리하여 화자는 임과의 재회가 불가능에 가깝다는 불길한 예감을 표현했거나, 이생에서는 불가능하다는 사실을 인정하고 '임 가는 데 나도 가'서야 재회가 가능하다는 한탄을 표현하게 된 것이라 하겠다. 물론 여기에서 '임'을 반드시 성애를 동반하는 연인으로 국한해서 이해할 필요는 없다. '임'은 경우에 따라 부모일 수도, 형제일 수도, 친구일 수도 있다. 그러나 아무리 이별이 누구나가 겪을 수 있는 인간사라 하더라도, 적어도 그 '임'은 그런 흔한 이별의 당사자가 아니기만을 바랄 정도로 각별한 인연을 맺은 존재라는 점은 분명하다.

　이런 표현이 민요에서도 자주 나타난다는 점으로 미루어 보면, 불가능의 패러독스 혹은 상상의 아이러니는 연원도 오래되었고 민중들 사이에서 널리 퍼져 있었다는 점도 알 수 있다.[11] 발상은 소박하지만 상식을 넘어서게 하는 인지적 충격은 크다. 이른바 '낯설게 하기'의 효과로도 설명될 수 있다. 그래서 소망 표현의 강렬함도 뒤따른다.

　소박하다는 것이 시적 표현으로서의 결함은 아니다. 그것이 내면의 정서를 강렬하게 표현하는 효과가 있다면 굳이 회피할 이유가 없다. 지식인층에서도 이런 발상과 표현을 피하지 않았던 것은 소박한 민중적 표현에 깃든 강렬한 표현 효과 때문일 것이다.

지리支離타 이 이별離別이 언제면 다시 볼고

어화 내 일이야 나도 모를 일이로다

이리저리 그리면셔 어이 그리 못 가는고

약수弱水 삼천리三千里 머닷 말이 이런 대를 일러라

산두山頭의 편월片月 되야 님의 낯이 비취고져

석상石上의 오동梧桐 되야 님의 무릅 베이고져

공산空山의 잘새 되야 북창北窓의 가 울니고져

옥상屋上 조양朝陽의 제비 되야 날고지고

옥창玉窓 앵도화櫻桃花에 나뷔 되여 날고지고

태산泰山이 평지平地 되도록 금강錦江이 다 마르나

평싱 슯흔 회포懷抱 어대를 가을하리

— 이희징, 〈춘면곡〉

지루하다 이 이별을 언제면 다시 볼꼬

어화 내 일이야 나도 모를 일이로다

이리저리 그리면서 어이 그리 못 가는고

약수 삼천리 멀단 말이 이런 데를 이르도다

산머리에 조각달 되어 임의 낯에 비추고자

돌 위의 오동 되어 임의 무릎 베고자

빈산에 잘새 되어 북창에 가 울고자

지붕 위 아침 해에 제비 되어 날고지고

옥창 앵두꽃에 나비 되어 날고지고

태산이 평지 되도록 금강이 다 마르도록

평생 슬픈 회포 어디를 견주리

이 노래의 작가를 이희징李喜徵으로 단언하기는 어렵다(273~274
쪽 〈춘면곡〉 참고). 그러나 작가가 누구인지와 무관하게 〈춘면곡春眠
曲〉은 조선 후기 유흥 공간에서 매우 높은 인기를 구가한 작품으로
알려져 있다. 사대부가의 젊은 남성으로 짐작되는 화자가 기루妓
樓에서 기생과 하룻밤 연분을 맺은 후 그 여인을 잊지 못하는 데서
오는 온갖 심회를 표출하다가, 끝내 그 인연이 지속되지 못할 것을
깨닫고 장부의 공명을 위해 공부에 매진하리라 다짐하는 것으로
끝을 맺는다.

작가도 사대부 남성으로 추정되고, 그의 분신이라 할 화자도 사
대부 남성인 이 작품에서는, 고전시가에 산재되어 있는 변신 모티
프도 나타나지만 〈정석가〉식 표현도 보인다. 오랜 시간이 흘렀다
는 뜻으로 쓴 '태산이 평지 되도록 금강이 다 마르도록'이라는 표현
이 그것이다. 다만 이 맥락에서는 '영원히'라는 의미가 아니라 임
을 못 만난 시간이 아주 오래 지속되었다는 뜻이어서 앞에서 살펴
본 바와는 약간 다른 쓰임새를 보여 준다. 그렇기는 해도 발상과
표현 자체는 앞에서 살펴본 바와 다를 바가 없다. 적어도 중인中人
이상의 지식인층에서 애용된 표현의 레퍼토리임을 알 수 있는 것
이다.

지금까지 시조와 고려속요, 민요, 가사 등을 두루 살펴봤으니
이제 이야기 문학에서 보이는 〈정석가〉식 표현도 마저 살펴보자.

〈춘향전〉에는 이몽룡이 서울행을 앞둔 하루 전날 춘향을 찾아
가서 불가피한 이별이 다가왔음을 고한다. 당황한 춘향은 원망도
하고 비난도 하면서 이별을 거세게 부인한다. 몽룡이 그런 춘향을
어렵게 진정시키자 이번엔 춘향이 이별을 자신의 운명으로 받아들

이기로 하며 몽룡을 떠나보내는 심사를 장광설로 풀어낸다. 다음은 그중의 일부이다.

> 이제 가면 언제 오려오. 봉래, 방장, 영주 삼산三山 평지가 되거든 오려시오. 동서남북 사해 바다 육지 되면 오려시오. 병풍에 그린 황계黃鷄 꼬끼오 울거든 오시려오. 조그마한 조약돌이 크나큰 광석이 되어 정 맞거든 오시려오. 도련님은 올라가면 행화춘풍 거리마다 취하나니 장진주요, 청루화방 집집마다 노니는 것 미색이라. 나 같은 화방 천첩이야 요만큼이나 생각할거나. 애고 애고 내 팔자야.
>
> ― 〈춘향가〉(장자백 창본)

창본에서 인용하긴 했지만 일부 소설본에서도 볼 수 있는 대목이다. 갑작스럽게 이별 통보를 받은 춘향이 느끼는 배신감과 난감함을 풀어낸다는 맥락에 놓여 있다. 가뜩이나 신분이 다른 처지인지라 연분을 이어 갈 수 있을까 하는 걱정도 태산 같았을 터. 설상가상 천 리 너머로 멀어져 간다니 과연 재회가 가능하기나 할까. 게다가 서울에는 유흥을 즐길 수 있는 술집도 많고 예쁜 여자들도 많을 테니 도련님이 나 같은 걸 생각이나 해 줄까. 바로 이런 뜻을 담아서 내뱉는 하소연이다. 영원불변, 영원불멸이라는 인간의 소망은 성취될 수 없는 일이기에 인간을 배반하게 마련이라는 진실을 다시 한번 확인할 수 있다.

우리의 관심사인 〈정석가〉식 표현은 이 대목에서도 어김없이 등장한다. 앞에서 살핀 작품들에서 이미 확인한 표현들이다. 산이 평지가 되고, 바다가 육지가 되며, 병풍에 그린 닭이 울음소리를

   세 번째 이야기 - 영원성

낸다는 상투적 표현들. 여기에 조그마한 조약돌이 정으로 깨뜨려야 할 정도로 크나큰 광석이 된다는 표현이 덧붙는다.

이별을 앞둔 연인들, 그러나 재회의 시간이 예정되지 않은 상황, 이럴 때 떠올릴 수 있는 말은 이런 표현 말고는 별로 없을 것이다. 설혹 그것이 상투적이라 하더라도, 아니 오히려 상투적이기에 하는 사람이나 듣는 사람이나 너무도 쉽게 표현하고 공감할 수 있는 말. 그것이 바로 〈정석가〉식 표현이 가진 또 하나의 패러독스라 할 것이다.

쾌락 원칙과 현실 원칙의 사이

지금까지 살펴본 대로, 〈정석가〉식 표현은 영원한 사랑에 대한 소망을 담아내는 표현으로도 쓰이고, 그 반대로 영원성에 대한 소망이 무너질 때의 한탄을 담아내는 표현으로도 쓰인다. 유한한 인생을 살아가는 존재들이 영원을 꿈꾸는 시간 의식의 산물이기도 하고, 영원성에 대한 기대가 다시 회복될 수 없는 지경에서 무상無常한 현재를 한탄하는 시간 의식의 소산이기도 하다. 아늑하고 황홀한 안방에서 나오는 온기를 품은 말이기도 하고, 찬바람 휘몰아치는 골목에서 육박해 오는 냉기를 품은 말이기도 하다. 양면성을 품은 문화 코드라 할 것이다.

이 지점에서 잠깐 프로이트의 설명에 기대어 보는 것도 인간의 무늬를 그리는 데 도움이 될 수 있다. 그에 따르면 인간의 본능과 무의식은 기본적으로 '쾌락 원칙'을 따른다. 범박하게 말해서 인간이라면 누구나 즐거운 것을 추구하고 고통스러운 것을 회피한다는 경향이 곧 쾌락 원칙이다. 그러나 인간의 삶은 언제나 즐거운 경험과 고통스러운 경험이 공존하게 마련이다. 즐거운 경험만을 추구하고 고통스러운 경험을 회피하다 보면 인간은 자기 보존이 불가능해진다. 유기체의 자기 보존이라는 관점에서 볼 때, 쾌락 원칙은 처음부터 비효과적일 뿐 아니라 심지어는 위험하기까지 한 것이다. '쾌락 원칙'이 '현실 원칙'으로 대체되거나 현실 원칙에 의해 지연될 수밖에 없는 이유이다. 그러나 현실 원칙은 궁극적으로 쾌락을 성취하겠다는 의도를 포기하지 않는다. 만족의 지연일 뿐 만족의 포기는 아닌 것이다. 만족을 얻을 수 있는 다른 가능성을 포기하는 일, 불쾌를 잠정적으로 참아 내는 일을 요구할 뿐이다. 그렇게 함으로써 쾌락의 성취라는 궁극적 목표 지점에 안전하게 도달할 수 있게 하는 것이다. 인간의 삶에서 현실 원칙과 쾌락 원칙은 긴장하는 것이 상례이지만, 끝내 적절한 한 지점을 택하여 타협에 이르는 것 또한 상례이다.

이런 설명에 따르면 영원한 사랑에 대한 소망을 담아내는 〈정석가〉식 표현은 쾌락 원칙을 추구하는 인간의 본성을 고스란히 보여 준다. 반면에 영원성에 대한 소망이 무너질 때의 한탄을 담아내는 〈정석가〉식 표현은 쾌락 원칙과 현실 원칙이 타협하는 장면으로 볼 수 있다. 그렇다면 〈정석가〉식 표현이 품고 있는 문화 코드가 우리 한국인에게만 고유한 것이라 단정할 수는 없다. 사랑에 빠졌을 때의 황홀한 경험은 쾌락 원칙에 따라 극단으로 치달아 나가기를 바랄 것이다. 영원불변, 영원불멸의 사랑을 갈구하는 뜻을 담은 〈정석가〉식 표현이 나오는 이유이다.

사랑은 항상 장애를 만난다. 이른바 성격 차이야 가장 흔한 장애이고, 세계관의 차이, 사회적 지위의 차이, 추구하는 가치의 차이도 장애이다. 그러나 가장 큰 장애는 아마도 유한한 인생 자체일 것이다. 현실 원칙으로 인해 쾌락 원칙이 지연될 수밖에 없는 상황은 이런 삶의 조건에서 비롯된다. 그럴 때 사랑이 파탄에 이를 가능성을 염려하는 목소리를 담은 〈정석가〉식 표현이 나오게 된다. 이 표현 자체의 묘미는 혹 우리 고유의 것이라 하더라도, 거기에 담긴 삶의 묘미는 지구인이 사는 동네 어디에서도 다르지 않을 것이다.

정표

정표情表의 역리逆理

정표라는 기호

춘향과 이 도령의 대화로 이루어진 〈춘향전〉의 한 장면.

> "도련님, 지환指環 받으오. 여자의 굳은 마음 지환 빛과 같은지라.
> 진흙에 묻어 둔들 변할 리가 있으리까. 날 본 듯이 두고 보오."
> "장부의 맑은 마음 거울 빛과 같을지니 날 본 듯이 두고 보아라."

이 장면에서 반지와 거울은 각각 춘향과 이 도령의 분신이자 정표情表이다. 몸은 비록 헤어져 있어도 마음만은 함께하자는 뜻이겠다.

"임은 갔지만 나는 임을 보내지 아니하였습니다"라는 〈임의 침묵〉(한용운)의 한 구절이 연상된다. 어떤 시련에도 굴하지 않고 독립 혹은 해방의 그날을 기약하는 선각자의 의지가 반영된 역설적인 표현이라고 배운 바 있다. 그렇지만, 작가의 삶이나 역사적 맥락과 무관하게, 이별의 고통을 조금이라도 줄여 보려 했던 의지가 투영된 표현으로 읽어도 무방하겠다. 이별을 이별로 인정하되, 재회의 날을 기다리는 태도인 셈이다. 당연히 그 태도의 저변에는 아주 신실한 믿음이 깔려 있을 것이다. 떠나간 사람을 '곧', 아니면 '언젠가는' 만날 거라는 믿음. 그보다 더 중요한 건 그 사람이 이별이라는 상황에서도 여전히, 아니 오히려 더 자신을 사랑하고 그리워할 거라는 믿음이겠다.

그러나 믿음이란 항상 마음속에 간직된 주관적 심리 태세일 뿐. 그래서 거기에는 불안감이 동반되게 마련이다. 그렇다면 그 믿음을 겉으로 드러내서 눈으로 확인하고자 하는 욕구가 생겨날 법하다. 무엇으로 그 믿음을 겉으로 드러낼 것인가? 무엇으로 주는 사람을 대신할 것인가?

그 답을 얻는 과정에서 연상은 기본적으로 환유적인 동선을 따라갈 것이다. '환유적'이라 함은 주는 사람과 어떤 식으로든 인접해 있음을 뜻한다. "펜은 칼보다 강하다."라는 환유적 표현에서 '펜'이 글을, '칼'이 무력을 대신하는 데서 확인할 수 있듯이, 환유적이라는 것은 인접성을 바탕으로 연관을 맺는다는 의미이다. 이별하는 상황에서 상대방에게 무엇인가를 건네야 한다면, 그때 자신이 소중히 간직하던 물건이나 가까이에서 지켜보던 자연물 등이 선택되는 것이 일반적이기에 주는 사람과 그 물건도 환유적인 관계에 놓이게 되는 것이다. 주는 사람의 감촉이 묻어 있고 시선이 담겨 있으니 그를 대신하는 데 모자람이 없을 것이다. 이런 맥락에서 보면 춘향의 지환이나 이 도령의 거울은 환유적인 연상의 동선에 따른 선택이기도 하겠다. 그런데 지환과 거울은 환유적이기만 한 것은 아니다. 춘향이 이 도령을 향한 자신의 마음이 '지환 빛'처럼 굳다고 했고, 이 도령은 춘향을 향한 자신의 마음이 '거울 빛'처럼 맑다고 했으니, 그 선택은 은유적인 연상의 동선을 따른 결과이기도 한 것이다.

이처럼 정표는 환유적이거나 은유적인 연상에 따라 주는 이의 마음을 나타내게 된다. 그런 점에서 정표는 일종의 기호이다. 기호가 기표記標와 기의記意의 결합으로 이루어지듯이, 정표 역시 '사물'이라는 기표뿐 아니라 '마음'이라는 기의를 담아내기 때문이다.

이제 이러한 관계를 염두에 두면서 고전시가 작품에 나타난 정표의 의미를 탐색해 보자. 편의상 정표가 되는 물건을 자연물과 인공물로 나누어 살피기로 한다.

초목에 담은 마음

요즘도 화분을 선물로 주는 일이 많다. 화분에 뿌리를 내리고 있는 나무나 꽃이 상징하는 의미를 담아 보낸다. 건강, 행운, 번창, 축하 등등의 인사말과 함께 보내기도 한다. 이것도 넓게 보면 일종의 정표이다. 물론 오늘날의 화분과 거기에 뿌리를 내린 나무나 꽃은 대개 화폐를 지불하고 구입한 상품이다. 요즘과는 달리 화폐를 매개로 한 상품 거래가 흔하지 않았던 옛날에는 어땠을까?

　시가 작품 중에서 정표의 오랜 실체를 확인할 수 있는 것은 〈헌화가獻花歌〉이다. 통일신라시대 성덕왕 재위 기간(702~737)에 있었던 일이다. 미모와 자태가 당대 제일이었기에 종종 바다의 용[海龍]과 같은 신물神物에게 납치당하기까지 했던 한 고관대작高官大爵의 부인이 있었다. 이름하여 수로부인水路夫人. 그가 강릉 태수太守로 부임하는 남편과 함께 동해안에 인접한 길을 따라 올라가던 중이었다(강원도 7번 국도상의 '헌화로'라는 구간은 수로부인 설화에 따라 작명되었다). 젊디젊은 호위병들과 수행원들도 많았을 것이다. 그런데 아찔한 절벽 위에 탐스럽게 피어 있는 철쭉꽃에 매혹당한다. 그러나 절벽은 높고도 험해서 그 누구의 접근도 좀처럼 허락하지 않는다. 이때 한 노인이 소를 끌고 가다가 수로부인에게 꽃을 꺾어 바치며 노래를 불렀으니 이것이 〈헌화가〉이다.

종교적 맥락을 대입하기도 하고 정치적 맥락을 결부시키기도 하는 등 노래에 담긴 뜻을 풀어 보려는 많은 노력들이 있지만, 우선 문면에 나타난 뜻에 충실하게 읽어 보자. 그러면 여지없이 구애求愛의 노래임을 알 수 있다. 부인의 미모와 자태는 노인이 끌고 가던 암소의 고삐를 스스로 놓게 만들 정도로 매혹적이다. 시골 변방의 늙은이에 불과한 한 사내로서, 고관대작의 부인에게 매혹당한 자신의 연정戀情을 전할 도리가 없다. 대신 그에게는 부인을 호위하던 젊은이들을 압도하는 재주가 있다. 그것은 아찔한 높이의 절벽에 피어 있는 철쭉꽃을 꺾어다 바칠 수 있는 요령이다. 평생을 그곳에서 살아왔던 사람이라 그 지형에 익숙할 수밖에 없었을 것이고 절벽을 오르내린 경험도 많았을 터이다. 〈헌화가〉가 구애의 노래라면 철쭉꽃은 수로부인에게 마음이 포박된 한 늙은이의 연정을 표상한다.

꽃은 짧은 시간에 시들고 만다. 반면에 나무는 생명이 길다. 그러기에 연정의 표상으로 나무를 선택하는 경우도 있다.

묏버들 갈히 것거 보내노라 님의손디
자시는 창窓밧긔 심거 두고 보쇼셔

밤비예 새닙곳 나거든 날인가도 너기쇼셔

— 홍랑

몟버들 가려 꺾어 보내노라 임에게로
주무시는 창밖에 심어 두고 보소서
밤비에 새잎곧 나거든 날인가도 여기소서

이 시조를 지어 읊는 사람은 아마도 이별을 눈앞에 두고 있거나 이미 임이 멀리 떠나가고 홀로 남은 듯하다. 이제 막 자신을 떠나려는 임, 아니면 이미 자신을 떠나간 임에게 버드나무 가지를 꺾어 보내겠다는 뜻을 밝히고 있다.

이 시조를 지은 사람은 홍랑洪娘이라는 기생이었다. 조선 중기 함경도를 배경으로 삼고 있는 한 이야기를 참조하면 이 시조에 담긴 뜻은 더 분명하게 다가온다. 홍랑은 함경도에서 깊은 인연을 맺었던 당대의 뛰어난 시인 최경창崔慶昌이 자신을 남겨 두고 한양으로 돌아갈 때 그를 흠모하는 뜻을 실어 이 시를 지었다고 한다.

기생과 양반의 인연이야 당시로서는 다반사였겠지만, 이후의 사연은 좀 각별한 데가 있다. 그것은 홍랑의 무덤이 해주최씨 가문의 묘지에 자리하게 된 내력이기도 하다. 3년 동안 소식이 끊어졌는데 어느 날 홍랑은 최경창이 병석에 누웠다는 말을 듣고 바로 한양을 향해 길을 나선다. 그러나 이때 명종의 비妃인 인순왕후仁順王后가 죽는 바람에, 기생의 상경이 문제가 되어 최경창은 면직되고 그녀는 한양을 떠나게 된다. 최경창은 이후에 죽어서 파주 지역에 묻히는데, 홍랑은 그의 무덤 옆에 묘막을 짓고 조석으로 음식을 올

네 번째 이야기 - 정표

리며 무려 9년간이나 시묘살이를 했다고 한다. 그러는 가운데 임진 왜란이 일어나고 홍랑은 최경창이 남긴 시고詩稿를 수습하여 피란을 떠난다. 그후 홍랑이 죽자 최씨 가문에서 홍랑의 절개를 가상히 여겨 최경창 부부의 합장묘 밑에 그녀의 무덤을 만들어 주었다는 것이다. 최경창을 향한 홍랑의 마음이 이 정도였다면, 단순히 눈앞에 보이는 묏버들을 임의로 선택해서 꺾어 보낸 것이 아님도 알겠고, 창밖에 심어 두고 자신으로 여겨 달라는 부탁이 의례적인 인사치레가 아님도 알겠다.

그런데 허다한 나무 중에서 왜 하필 버드나무가 정표로 선택되었을까? 여기에는 유래가 있다. 버드나무는 꺾꽂이가 쉽다. 아무 곳에 심어도 곧잘 뿌리를 내린다. 그러니 버드나무 가지를 꺾어 주는 데는, 그 생명력을 닮아 우리의 사랑도 시들지 않기를 바라는 소망이 담겨 있는 셈이다. 이러한 생태적 특성으로 인해 옛날에는 이별에 임하여 버드나무 가지를 꺾어 주던 풍습이 있었는데 이를 가리켜 '절류折柳'라고 한다. '버드나무 꺾기'라는 뜻이다. 그래서 이별 상황을 그려 낸 한시에는 유달리 버드나무가 빈번하게 등장하곤 한다.[12] 이로 보면 홍랑이 버드나무를 선택한 데는 환유적 연상이 아닌 은유적 연상이 작용했다고 볼 수 있겠다.

이처럼 자연물이 지닌 속성은 인간의 삶 속에서 새로운 의미를 얻곤 한다. 정철도 〈사미인곡思美人曲〉에서 다음과 같이 노래했다.

동풍東風이 건듯 부러 적설積雪을 헤텨 내니
창窓밧긔 심근 매화梅花 두세 가지 피여셰라
굿득 냉담冷淡호딕 암향暗香은 므스 일고

황혼黃昏의 둘이 조차 벼마틱 빗최니

늣기는 듯 반기는 듯 님이신가 아니신가

뎌 매화梅花 것거 내여 님 겨신 딕 보내오져

님이 너룰 보고 엇더타 너기실고

— 정철, 〈사미인곡〉

동풍이 건듯 불어 적설을 헤쳐 내니

창밖에 심은 매화 두세 가지 피었구나

가뜩 냉담한데 암향은 무슨 일고

황혼에 달이 좇아 베개맡에 비치니

느꺼운 듯 반기는 듯 임이신가 아니신가

저 매화 꺾어 내어 임 계신 데 보내고저

임이 너를 보고 어떻다 여기실꼬

〈사미인곡〉은 널리 알려진 대로 정철鄭澈이 정치적 반대파의 탄핵을 입어 불가피하게 전남 창평으로 물러나 기거하고 있을 때 지은 가사이다. 잠깐 물러나 있으면 다시 부를 것이라는 임금의 암묵적인 약속이 있었을 테고, 그는 그 약속을 믿고 복귀의 그날을 기다렸을 것이다.

여기에서 주목되는 것은 매화이다. 내가 임을 그리워하고 있는 만큼 임도 나를 보고 싶어 할까? 아니, 나를 잊지는 않았을까? 이런 조바심을 달래기 위해 작가는 임으로 하여금 자신의 존재를 환기하도록 하고자 했을 것이다.

무엇이 좋을까? 때는 겨울이 끝나 가는 시절. 창밖을 보니 매

네 번째 이야기 - 정표

화가 두세 송이 피어 있다. 겨울의 끝자락이라 해도 차가운 기운은 여전한데 매향梅香은 그윽하다. 추위에도 끝내 꽃을 피우는 인내, 한풍寒風에도 향기를 발하는 의기意氣가 보인다. 때마침 밤이 되니 달이 뜬다. 달은 마치 임을 닮은 듯 고고孤高하다. 방 안에 홀로 누운 나는 바짝 마른 풀처럼 고고枯槁하기 짝이 없는데, 달빛이 나를 비춘다. 마치 임이 나를 찾아온 듯한 감격. 이 감격스러운 순간의 감회를 어떻게 임에게 전할까? 끝내 매화를 꺾어 보내기로 결심한다. 물론 그것은 하나의 정표이다. 중앙 정계로부터 머나먼 곳으로 쫓겨난 몸, 그러나 마음만은 단 일각도 임을 잊지 않고 있는 자신을 그대로 은유하기에 더없이 제격이었던 것이다.

참고로 〈사미인곡〉에는 계절별로 제각각 다른 정표가 선택되고 있다는 점도 주목할 만하다. 여름에는 임이 입을 옷, 가을에는 맑은 달빛(청광淸光), 겨울에는 따뜻한 봄날(양춘陽春)이다. 모두 정치적인 의미를 담고 있다. 임이 입을 옷은 금으로 만든 자로 비단을 재어서 재단하여 만든다고 했으니, 임금의 체구나 체형을 그만큼 정확하게 알고 있다는 자부심의 표현이다. 가을의 '청광'은 천지에 다 비추어 심산궁곡深山窮谷마저 대낮처럼 만들어 달라는 부탁과 함께 보낸다고 했으니, 임금이 세상의 모든 백성들에게 골고루 은덕이 미치도록 선정善政을 베풀어 달라는 신하로서의 요청을 함축한 상징물이다. 겨울철에 맞추어 선택한 '양춘'은 새마저도 움직이지 않는 한겨울에 임금이 추위를 피할 수 있기를 바라는 간절한 염원을 담은 초월적 상상력의 산물이다. 모두가 연인 관계로 치환된 군신 관계를 바탕으로 선택된 정표였던 것이다. 〈사미인곡〉에서는 이처럼 매화를 비롯한 여러 정표들이 홍랑의 시조에 등장하는 버드나무를 대신하고 있지만 거기에 담긴 뜻은 크게 다르지 않다. 자신을 잊지 말라는 뜻이다.

비단 자락과 보배에 담은 마음

이쯤 되면 우리는 자연스럽게 다음과 같은 역리逆理를 하나 발견하게 된다. 반지이든 거울이든, 혹은 버드나무 가지이든 매화이든, 그것이 영원한 사랑을 약속하는 정표라면, 그것은 사랑의 변질 가능성을 전제로 성립된다는 역설이다. 헤어진 뒤 상황에 따라 마음이 변할 수 있으니 그걸 경계하려는 의도가 숨어 있는 셈이다.

조선시대 여성으로서 탁월한 성취를 이룬 허난설헌許蘭雪軒이 지은 시에는 이러한 경계심이 노골적으로 드러난다.

내게 아름다운 비단 한 필이 있어
먼지를 털어 내니 맑은 윤이 났지요
봉황새 한 쌍이 마주 보게 수놓여 있어
반짝이는 그 무늬 어찌 그리 찬란한지요
여러 해 장롱 속에 간직하다가
오늘 아침 임에게 드립니다
임의 바지 짓는 거야 아깝지 않지만
다른 여인 치맛감으론 주지 마세요 (제3수)

정련된 금으로 된 보배에

반달 모양을 새겨 만들었지요

시집올 때 시부모님이 주신 거라서

다홍 비단 치마에 차고 다녔죠

오늘 길 떠나는 임에게 드리오니

원컨대 임이시여 정표로 삼으세요

길가에 버리는 건 아깝지 않지만

새 여인 허리띠에만은 달아 주지 마세요[13] (제4수)

— 허난설헌, 〈견흥〉

'견흥遣興'은 '회포를 달랜다'는 의미이다. 난설헌이 시의 화자와 일치되는지는 의심스럽지만, 전체 8수 중 제3수에서 화자는 임에게 봉황새 한 쌍이 마주 보는 형상으로 수를 놓은 비단을 정표로 건넨다. 아마도 임이 먼 길을 떠나기 직전이었을 것이다. 그러면서 임에게 간곡하게 부탁한다. 정표로 건넨 그 비단으로 바지를 지어 입는 건 괜찮지만, 다른 여인이 치마를 만드는 데 이용하는 일은 없도록 하라고. 임이 다른 여인을 만날까 봐 걱정하고 두려워하는 마음이 담겨 있다. 화자는 사랑하는 임을 떠나보내는 회포를 이렇게 달래고 있는 것이다.

제4수에서도 임을 떠나보내는 회포를 달래는 방법이 크게 다르지 않다. 다만 정표로 선택한 물건이 다를 뿐이다. 이번에는 반달 모양 노리개. 그것도 다름 아닌 시부모님이 주신 물건이다. 그렇다면 그 임은 연인 관계도 아닌 부부 관계를 맺고 있는 남편이다. 남편이 길 떠나기에 앞서 이를 전하면서 간곡하게 부탁한다. 새 여인의 허리띠에 달아 주는 일이 없도록 하라고. 그럴 바엔 차라리 길가에 버리는 게 낫다고. 이 역시 제3수와 마찬가지로 자신을 떠난 남편이 다른 여인을 만날 일을 두려워하는 마음을 담고 있다. 어쩌면 그 남편은 과거에 화자의 믿음을 저버린 전력이 있을지도 모를 일이다. 자신을 향한 남편의 사랑이 변질될 가능성이 전제되지 않았다면 할 수 없는 말이다. 마찬가지로 정표 또한 그러한 가능성을 전제로 한다.

정표에 담긴 역리는 사랑의 변질 가능성 외에도 한 가지 더 있다. 그것은 이별을 인정하지 않으면 서로 주고받을 수 없다는 것이다. 이별을 거부하는 상황에서 정표는 아무런 의미가 없다.

> 서방님 정情 떼고 이별한대도 날 버리고 못 가리라.
> 금일 송군送君 임 가는데 백년소첩百年小妾 나도 가오.
> 날 다려 날 다려 날 다려가오. 한양 낭군님 날 다려가오.
> 나는 죽네 나는 죽네 임자로 하여 나는 죽네.
> 네 무엇을 달라고 하느냐. 네 소원을 다 일러라.
> 연지분 주랴. 면경 석경 주랴. 옥지환玉指環 금봉차金鳳釵 화관주花冠珠 땋은 머리 칠보七寶 족두리 하여나 주랴.
> 네 무엇을 달라고 하느냐. 네 소원을 다 일러라. 세간 치레를 하여나 주랴.
> [중략]
> 나는 싫소 나는 싫소 아무것도 나는 싫소.
> 고대광실高大廣室도 나는 싫고 금의옥식錦衣玉食도 나는 싫소.
> 워낭충충 걷는 말에 마부담하여 날 다려가오.[14]
> — 작자 미상, 〈방물가〉

서방님이 자신을 떠나려는 순간에 그 이별을 거부하는 여성 화자의 목소리가 쟁쟁하게 들려오는 듯하다. 먼 길 떠나는 서방님과 동행을 할지언정 내 인생에 이별이란 있을 수 없다는 결연한 목소리이다. 이에 서방님은 목하 발버둥 치는 여인을 달래려고 한다. 그 수단으로 선택된 것이 정표로 활용할 이런저런 물건들이다.

제목에 있는 '방물'이란 여자가 쓰는 화장품, 바느질 기구, 패물 등을 아울러 가리키는 말이다. 이 노래에도 여러 가지 방물의 세목들이 끊임없이 나열된다. 연지분, 거울, 가락지, 비녀, 족두리 등등이다. 이것으로도 모자랐는지 세간까지 보태어 제안을 한다. 인용문의 '중략' 부분에는 책상, 이불과 베개, 요강, 옷, 신발, 노리개 등등의 물목이 마치 영수증의 구매 내역처럼 제시된다. 잡가에 속하는 노래답게 특유의 장황한 레토릭을 보여 준다. 그러나 여인은 기다렸다는 듯 이 모든 것을 단호하게 거부한다. 대신에 여인은 말을 타고 함께 떠나는 것만을 유일한 대안으로 제안한다. 도무지 협상의 여지는 없다.

이처럼 이별을 운명이나 숙명으로 받아들이지 않는 자에게 정표란 아무런 의미가 없는 허황한 기호일 뿐이다. 영원히 변치 않을 사랑에 대한 믿음이 확고하다면 정표마저도 필요 없겠지만, 이별 없이 영원히 지속되는 사랑만이 진정한 사랑이라고 하는 사람들에게도 정표는 필요 없는 것이다. 이는 이별을 곧 사랑의 파탄으로 받아들이는 태도에 가깝다. 사랑의 깊이를 입증하고, 사랑의 영원성을 담지하는 데 목적을 둔 정표가 이처럼 사랑의 변화나 파탄 가능성을 함축한다는 점은 매우 흥미로운 사실이다.

정표 없는 세상

우리가 살아가는 이 시대엔 새로운 사랑법의 등장으로 이런 정표마저 필요 없을지도 모른다. 찬란한 커뮤니케이션 기술이 지배하는 시대, 우리가 살고 있는 이 세상에서는 공간적으로 떨어져 있다고 해도 도무지 헤어질 틈이 없고 그리울 틈이 없다. 서로 떨어져 있어도 끊임없이 상대방의 목소리를 들을 수 있고, 상대방이 살아가고 있는 풍경을 감지할 수 있다. 이별이라는 말이 관계의 파탄이라는 말과 동의어에 가깝게 쓰이는 것도 이러한 변화를 반영한 것이 아닐까.

그렇다면 잠깐의 헤어짐이든 영원한 이별이든 간에, 거기에서 정표로 대변하는 간절한 그리움을 느낄 수 없는 것은 우리 시대의 예기치 않은 불행일지도 모른다. 커뮤니케이션 환경의 도저한 진화가 우리에게 그리움이라는 인간적인 정서 하나를 앗아가고 있는 셈이다. 그러나 어찌하겠는가. 새로운 환경에서는 새로운 사랑의 문법이 생겨나는 법이므로 그 문법에 따라 사랑하며 살아가야 하리라.

거울로서의 세계

내면 풍경과 만나는 외부 풍경

〈운영전雲英傳〉이라는 소설이 있다. 남녀 주인공이 인연을 맺고 있는 상황에서 그 인연의 끈을 자꾸만 끊으려고 하는 제삼자가 있다는 점에서는 〈춘향전〉에 비견되고, 그 인연이 끝내 파탄에 이른다는 점에서는 〈이생규장전李生窺牆傳〉과 비견되는 작품이다.

줄거리는 다음과 같다. 임진왜란 직후의 어느 봄날, 유영이라는 선비가 안평대군安平大君의 거처인 수성궁壽城宮에 놀러 갔다가 취하여 잠이 들었는데, 꿈속에서 운영과 김 진사를 만나 비극으로 끝난 그들의 비극적인 사랑 이야기를 듣는다. 수성궁의 궁녀였던 운영과 안평대군의 문객門客 김 진사는 처음 만난 순간부터 연정이 끓어올라 서로 서신을 교환하고 밀회를 즐겼으나 결국 탄로가 난다. 운영은 옥에 갇힌 끝에 자결하고, 김 진사도 그녀의 장사를 치른 다음 자살한다는 내용이다. 유영이 이야기를 모두 듣고 그들과 몇 차례 문답을 주고받는다. 알고 보니 그들은 천상에서 죄를 짓는 바람에 인간으로 태어나 혹독한 사랑의 시련을 겪었던 것이다. 그들의 사연을 모두 들은 후 잠에서 깨어난 유영은 그들의 사랑 이야기가 적힌 책 하나를 발견한다.

이 작품은 운영과 김 진사의 비극적 사랑 이야기가 핵심이긴 하지만, 이에 못지않게 굵직한 또 하나의 주제 의식을 품고 있다. 그것은 자결로 귀결된 자신들의 사랑 이야기를 술회한 후 못내 슬퍼하는 운영과 김 진사에게 유영이 "인간 세상에 다시 태어나지 못함을 한하느냐?"라고 물었을 때 김 진사가 그 연유를 밝힌 대목에서 뚜렷하게 나타난다.

"다만 오늘 밤 서글퍼하는 것은 다른 이유에서입니다. 대군이 몰락하여 궁궐에 주인이 없어지자 새들은 슬피 울고 사람들의 발길도 끊어졌으니, 이것만 해도 참으로 슬픈 일이지요. 게다가 새로 전쟁을 겪은 뒤 화려하던 집은 잿더미가 되고 고운 담장은 무너져 내려 오직 섬돌의 꽃과 뜨락의 풀만 우거져 있습니다. 봄빛은 예전 모습 그대로이거늘 사람 일은 이처럼 바뀌었으니, 이곳에 다시 와 지난날을 추억하매 어찌 슬프지 않겠습니까!"

봄빛은 예전 그대로인데 대군은 몰락하고 궁궐은 폐허가 되었다는 것이 요지이다. 널리 알려진 시조의 표현을 빌리자면 산천은 의구依舊하되 인걸은 간데없다는 것이다. 여기에는 과거의 화려함과 현재의 누추함이 선명한 대비를 이루는 가운데 또 하나의 대비 구도가 자리하고 있다. 집과 담장은 퇴락頹落했지만 꽃과 풀은 예전처럼 다시 우거져 있다는 데서 알 수 있듯이, 그것은 자연물과 인공물의 대비이다. 여기에서 우리는 그들이 슬퍼하는 것은 인간사의 무상함 때문이었음을 확인할 수 있고, 이 또한 이 작품이 품고 있는 주제 의식으로 볼 수도 있다.

여기에서 시간적 배경은 만물이 소생하는 계절, 봄이다. 그런데 계절적 배경이 만일 겨울이었다면 이들은 어떻게 반응했을까? 나무는 가지만 남긴 채 바람에 흔들리고 풀은 말라비틀어져 있으며 꽃은 아예 보이지도 않는 겨울에 수성궁을 방문했다면, 그들의 심회는 어떠했을까? 궁궐이 폐허가 되었다면, 그것은 생기가 발랄한 봄의 분위기와 대조되고, 생기가 위축된 겨울의 분위기와 동질적이라 할 수 있다. 그렇다고 해도 이들이 품었을 비회悲懷가 달라지지는 않았을 것이다. 운영과 김 진사가 비회를 품었던 이유가 '섬 돌의 꽃'과 '뜨락의 풀'로 표상되는 봄철의 조화로운 풍경에 있는 것은 아니었기 때문이다. 다만 그런 풍경은 그들의 비회를 부추기는 역할을 했을 뿐이다. 그렇다면 그들의 비회가 황량한 겨울 어느 하루의 풍경과 나란히 제시되었다고 해도 우리의 인지는 이를 자연스럽게 받아들일 수 있을 것이다.

문학에서는 이처럼 대개 화자나 인물의 내면을 드러낼 때 외부의 풍경을 병치하는 경우가 많다. 그 외부 풍경은 화자나 인물의 내면과 대조적인 것일 수도 있고 동질적인 것일 수도 있다. 그것은 내면을 부조浮彫해 내는 수사적 효과를 갖지만, 단순히 수사법만으로 설명할 수 없는 삶의 이치가 배어 있는 표현 원리인 것으로 보인다.

충족된 세계와 결핍된 존재의 만남

다음과 같은 말이 있다고 가정해 보자.

무슨 일로 우리 임은 나를 잊었는가.

임이 언제 시적 화자의 곁을 떠났는지 알 수 없지만, 돌아온다는 약속을 하고 떠났을 것으로 짐작된다. 그런데 임은 아직 소식도 없다. 나를 아예 잊어버리고 안 돌아오는 건 아닐까 하는 불안감이 감지된다. 그런데 이를 문학 작품이라 할 수 있을까? 아마도 대

다섯 번째 이야기 - 거울

부분은 문학 작품으로 인정하지 않을 것이다. 그 흔한 이미지도 없다. 함축적 의미도 없다. 임과 헤어진 사람의 깊은 탄식만 보일 뿐이다. 그런데 이 구절 앞에 한 구절을 덧붙여서 연결해 보자.

> 사월을 아니 잊어 오는구나, 꾀꼬리 새여
> 무슨 일로 우리 임은 나를 잊었는가.

이제 꾀꼬리와 임이 대비되면서 비로소 시적 품격을 어느 정도 갖추었다. 4월이 다시 돌아오니 작년에 떠나간 꾀꼬리도 다시 돌아왔는데, 여전히 우리 임은 내 곁에 없다는 뜻이다. 좀 더 일반화해 볼 수도 있다. '4월에 꾀꼬리가 돌아오는 것이 자연사의 당연한 이치인 것처럼 임이 내 곁에 있는 것도 당연한 일인데, 어찌하여 그 당연한 일이 나에게는 안 일어나는가.' 하는 뜻으로도 이해할 수 있겠다. 이처럼 단순한 외부의 사물 혹은 사건 하나만 배치하면 짧은 탄식에 불과하던 말이 시의 반열로 올라서는 데는 모자람이 없게 된다. 꾀꼬리의 귀환歸還과 우리 임의 불귀不歸가 대비를 이룸으로써 이 노래는 시적 긴장을 확보할 수 있었던 것이다. 사실 이 두 구절은 고려속요 〈동동動動〉 '4월 노래'의 일부이다. 다만 여기에서는 편의상 원문의 '녹사錄事님'을 '우리 임'으로 고쳐서 제시했다('녹사'는 벼슬 명칭이다).

이를 '객관적 상관물'이라는 개념으로 설명하기도 한다. 객관적 상관물은 정서를 예술의 형태로 표현하는 유일한 방법으로 규정되곤 하는데, 그것은 화자의 특정한 정서를 보여 주는 공식으로서, 독자에게 똑같은 정서를 환기하도록 하는 일련의 사물, 상황, 사건을 가리킨다. 〈운영전〉에서 잿더미가 된 집, 무너져 내린 담장, 섬 돌의 꽃과 뜨락의 풀이 독자로 하여금 인물들의 정서에 이입할 수 있도록 하듯이, 〈동동〉의 '4월 노래'에서도 4월을 맞아 되돌아온 꾀꼬리가 객관적 상관물로 기능하면서 독자가 화자의 정서에 동화되도록 이끄는 것이다.

그러나 이보다 더 중요한 건, 시적 화자가 꾀꼬리의 귀환을 보고서야 자신의 외로운 처지를 절절히 깨닫게 된다는 데 있다. 더욱이 계절적 배경은 바야흐로 봄이다. 봄이라는 계절에 대해 우리가 가지고 있는 일반적인 이미지는 어떤가? 생명의 활기, 새로운 출발, 밝고 화려한 색채감 등등 대체로는 생기와 광명과 희망의 이미지로 점철되어 있지 않은가? 이런 환경이 임의 부재를 일깨워 주는 자극으로 작용하고 있다는 건 대단한 역설이라 할 수 있다. 이런 역설은 단순히 수사적 표현의 문제를 넘어서는 다른 이치를 함축하고 있는 것으로 보인다. 그것은 무엇일까?

이를 찾아보기 위해 우리 시 문학사의 거의 첫 페이지에 놓이는 〈황조가黃鳥歌〉를 감상해 보자.《삼국사기》에서는 이 노래를 지은 사람을 고구려의 건국 시조인 주몽朱蒙의 아들이자 고구려 2대 왕인 유리왕琉璃王으로 기록하고 있다. 거기에는 다음과 같은 사연이 함께 전한다. 유리왕은 왕비가 죽은 뒤 두 명의 후실後室을 두게 된다. 골천鶻川 지방 출신의 '화희禾姬'와 한나라 출신의 '치희雉姬'였다. 둘은 서로 왕의 총애를 다투었다. 그러다가 왕이 멀리 사냥을 가서 자리를 비운 사이, 화희에게 모욕을 당한 치희가 자기 나라로 떠난다. 왕이 돌아와서 이 소식을 듣고 뒤쫓아 갔으나, 치희는 노여움을 풀지 않았고 끝내 돌아오지 않았다. 이 사연의 끝에 "일찍

이 나무 밑에 쉬면서 꾀꼬리가 날아 모이는 것을 보고 자신의 처지를 생각하며 이에 느껴" 지은 노래라는 설명과 함께 배치된 노래가 바로 다음의 〈황조가〉이다.

> 펄펄 나는 저 꾀꼬리
> 암수 서로 정다운데
> 외로운 이내 몸은
> 누구와 함께 돌아갈까?[15]
>
> ─ 유리왕, 〈황조가〉

'일찍이'라는 부사어를 그대로 믿으면 이 노래는 치희가 고향으로 돌아간 사건이 있기 전에 다른 계기로 지어 부른 노래가 되지만, 맥락상으로는 떠나간 치희를 붙잡지 못한 회한을 담아 지었다고 보는 것이 자연스럽다. 그런가 하면, 신성한 혈통을 이어받아 신통력을 가졌던 왕이 직접 이처럼 애상적인 노래를 지었다는 것은 사리에 맞지 않다고 하여, 당대의 민요가 유리왕 설화에 편입된 것으로 보는 견해도 있다. 유리왕이 지은 것이 아니라 민간에서 자생적으로 만들어지고 널리 유행한 노래라는 것이다. 이런 다양한 의견과 무관하게 노래에 담긴 뜻은 단정하고 소박하다.

그런데 하필 왜 꾀꼬리였을까? 그것은 꾀꼬리가 암수 간에 금실이 좋기로 유명하기 때문이리라. 근대 시인 김영랑金永郎 또한 이 점에 주목하여 〈오월〉이라는 제목의 시에서,

> 꾀꼬리는 여태 혼자 날아 볼 줄 모르나니

이라고 했다. 시인의 눈이 암수가 유달리 다정한 꾀꼬리의 생태를 놓치지 않은 것이다.

〈황조가〉에서 주목해 볼 만한 것은, 정답게 어울려 노는 꾀꼬리 한 쌍과 외로운 '이내 몸'의 선명한 대비이다. 주목해 볼 것이 하나 더 있다. 그것은 계절적 배경이 봄이라는 점이다. 꾀꼬리는 주로 4월 하순에서 5월 초순 사이쯤에 한반도에 날아왔다가 가을 무렵에 다시 길을 떠나는 철새이다. 봄만이 아니라 여름이나 가을에도 볼 수는 있지만, 그래도 이 노래의 계절적 배경은 봄이라야 제격이다. 아무래도 꾀꼬리는 봄과 가장 잘 어울린다. 고려속요 〈동동〉의 '4월 노래'와 김영랑의 〈오월〉도 그러하거니와, 꾀꼬리와 봄의 연합은 꽤나 든든한 환유적 질서를 구축하고 있다. 계절적 배경이 대체로 봄으로 설정된 것은 앞에서 언급한 대로, 무엇보다 봄이 생기와 광명과 희망의 이미지로 점철되어 있기 때문이다.

그리하여 상실감이나 결핍감을 안고 있는 화자의 처지는 충족되고 조화로운 외부 세계와 자연스럽게 대비된다. 대비를 통해 부각되는 것은 상실감이나 결핍감의 깊이이다. 시적 목소리의 주체인 화자와 객관적인 외부 환경의 대비라는 점에 착목하여 이를 간단하게 '주객 대비 구도'라 하기로 하자.

그런데 이것은 수사적 효과에 대한 설명일 따름이다. 수사법이 만일 인간의 생각을 효율적으로 드러내기 위해 만든 발명품이라면, 그것은 시간이 지날수록 계속 발전이나 진화를 거듭해 왔을 것

다섯 번째 이야기 - 거울

이다. 그리고 새로운 수사법도 지속적으로 개발되어 왔을 것이다. 그러나 수사법을 두고 발전이나 진화라는 평가를 내리기도 어렵고 새롭게 개발된 수사법도 없다. 수사법에 어떤 변화가 있다면 그것은 발전도 진화도 아닌 변주일 뿐이다.

그렇다면 이런 식의 주객 대비 구도에 대해 우리가 던질 질문이 있다. 그것은 '왜 우리 인간이 이런 대비적 구도를 이루고 있는 표현에 끌리게 되는가?' 하는 질문이다. 이에 대한 답은 우리 인간이 자아와 세계를 보는 보편적 인식의 틀에서 찾을 수 있겠다. 자아와 세계를 보는 인식의 보편적 틀이 있어서 이런 수사법이 힘을 가진다는 것으로 이해되어야 마땅하지 않을까 한다. 그 인식의 보편적 틀은 무엇일까? 그것은 인간이 자신을 자체 완결적으로 보기는 어렵고 자신을 둘러싼 외부의 환경적 조건을 거울로 삼아 자신을 확인하는 습관적 인식 방법이라 할 것이다. 구체적으로 말하면, 조화롭고 풍요로운 환경적 조]건을, 자신의 결핍을 반대로 비추는 거울상으로 포착한다는 것이다. 역설적이다. 그러나 이는 인간의 모순을 압축적으로 보여 주는 한 단면이기도 하다.

이와 같은 인식은 모든 서정시의 시원이라 할 수 있는 민요에서도 두루 발견되며, 민요의 흔적을 강하게 지닌 고려속요에서도 종종 보인다. 가령 〈만전춘별사滿殿春別詞〉의 2연은 다음과 같다.

경경耿耿 고침상孤枕上애 어느 주미 오리오

서창西窓을 여러ᄒᆞ니 도화桃花ㅣ 발發ᄒᆞ두다

도화桃花ᄂᆞᆫ 시름 업서 소춘풍笑春風ᄒᆞᄂᆞ다 소춘풍笑春風ᄒᆞᄂᆞ다

— 작자 미상, 〈만전춘별사〉

뒤척뒤척 외로운 침상에 어느 잠이 오리오
서창을 열어 보니 도화가 피었도다
도화는 시름없어 봄바람에 웃는도다 봄바람에 웃는도다

이 작품에서도 침상에 외로이 누워 있는 자아와 봄바람에 웃고 있는 도화의 대비가 선명하다. 작자 또는 화자는 이 도화와 무관하게 결핍을 느끼고 있었겠지만, 충족된 외부 세계와의 대비를 통해 더욱 강렬하게 그 결핍을 감지했을 것이고, 그 연장선상에서 독자 또한 더욱 강렬한 인상을 얻는다. 인상을 얻는 데서 나아가 이 노래에 공감할 수 있는 것도, 도화는 시름없어 봄바람에 웃고 있는데 근심에 쌓인 나에겐 잠이 오지 않는다는 단순한 진술이 누구나 겪을 수 있는 역설적 상황을 형상화했기 때문이라 하겠다.

이와 같은 주객 대비의 구도는 시조를 비롯한 조선시대 시가에서도 두루 나타난다.

곳 보고 춤추는 나뷔와 나뷔 보고 당싯 웃는 곳과
져 둘의 ᄉᆞ랑은 절절節節이 오건마는
엇더투 우리의 ᄉᆞ랑은 가고 아니 오느니
— 작자 미상

꽃 보고 춤추는 나비와 나비 보고 당싯 웃는 꽃과
저 둘의 사랑은 철 따라 오건마는
어떻다 우리의 사랑은 가고 아니 오느니

한식寒食 비온 밤의 봄빗치 다 퍼졋다
무정無情흔 화류花柳도 째를 아라 픠엿거든
엇더타 우리의 님은 가고 아니 오는고

— 신흠, 〈방옹시여〉(제17수)

한식 비 온 밤에 봄빛이 다 퍼졌다
무정한 화류도 때를 알아 피었거든
어떻다 우리의 임은 가고 아니 오는고

앞의 노래에서는 꽃과 나비가 어우러진 조화로운 세계와 임이 부재한 화자의 자아가 선연한 대비를 이루고 있다. 뒤의 노래는 '화류(꽃과 버들)'가 꽃과 나비 자리를 대신하고 있을 뿐 앞의 노래와 대동소이하다. 두 작품 모두 충족과 결핍의 대비이다. 또 두 작품은 순환성과 일회성의 대비가 중첩되어 있다는 점에서도 매우 닮아 있다. 꽃과 나비, 꽃과 버들은 주기적으로 오기에 순환성이, 임은 한 번 가고 아니 오기에 일회성이 있는 것이다.

앞에서 말한 대로, 이런 대비는 매우 역설적이다. 화자가 자신의 결핍을 깨닫는 계기가 되는 것이 바로 충족된 세계이기 때문이다. 꽃과 나비가 서로 마주 보고 웃고 춤추는 광경 혹은 꽃이 피고 버드나무가 가느다란 가지에 푸른 잎을 달고 흔들리는 풍경을 접하는 순간에 부재가 확인되고 이로 인해 외로워진 것이다. 물론 화자는 외부의 환경적 조건과 무관하게 임의 부재로 인해 외로웠을 수도 있다. 그러나 그때의 외로움이란 바람이 부는 곳처럼 일상적인 일에 불과했을 것이고, 조화롭고 충족된 외부 환경을 접하면서 그 일상적인 일이 증폭되어 이제는 일상을 짓누르는 무게를 가졌다고 해야 하겠다.

그런데 이런 역설이 계절적 환경만을 조건으로 하여 성립되는 것은 아니다. 만일 봄이라는 계절의 온난한 기후와 황홀한 풍경이 화자의 결핍을 더 부각하는 절대적 조건이라면, 다른 계절은 이런 역할을 하는 시간적 배경으로 설정되기 어렵다.

> 예 못 보던 네모반에 수저 갖초 장 김치에
> 나락밥이 돈독하고 생선 토막 풍성하다
> 그려도 설이로다 배부르니 설이로다
> 고향을 떠나온 지 어제로 알았더니
> 내 이별 내 고생이 격년사隔年事 되었고나
> 어와 섭섭하다 정초正初 문안 섭섭하다
> 북당 쌍친雙親이 백발이 더하시고
> 공규空閨 화조花朝는 얼마나 늦었는고
> 오 세에 떠난 자식 육 세 아이 되었고나
> 내 아녀 임이라도 내 설움은 설다 하리
> 천리일별千里一別에 해 벌써 바뀌도록
> 일자一字 가신家信을 꿈에나 들었을까
> 운산雲山이 막혔는 듯 하해河海가 가렸는 듯
> 의창전依窓前 한매寒梅 소식 물어볼 길 전혀 없네
> — 안도환, 〈만언사〉

전에 못 보던 네모 소반에 수저 갖춰 장 김치에

나락밥이 돈독하고 생선 토막 풍성하다

그래도 설이로다 배부르니 설이로다

고향을 떠나온 지 어제로 알았더니

내 이별 내 고생이 한 해를 넘겼구나

어와 섭섭하다 정초 문안 섭섭하다

북당 쌍친이 백발이 더하시고

빈 규방 앞에 꽃 피는 아침은 얼마나 늦었는고

오 세에 떠난 자식 육 세 아이 되었구나

내 아니라 남이라도 내 설움은 섧다 하리

천리 이별 한 번에 해 벌써 바뀌도록

한마디 집안 소식을 꿈에나 들었을까

운산이 막혔는 듯 하해가 가렸는 듯

창 앞에 핀 매화 소식 물어볼 길 전혀 없네

〈만언사萬言詞〉는 유배 가사 중에서도 개성이 강하다. 대개 유배 가사라 하면 유배살이의 고충을 중심으로 정치적 소신과 자신의 억울함, 임금에 대한 그리움의 정서를 한껏 뿜어내게 마련이다. 정치적인 동기가 강하게 작용하는 것이다. 그런데 〈만언사〉에서는 정치적 소신이나 임금에 대한 그리움이 거의 소거되어 있고, 대신에 유배살이의 고충과 함께 과거사에 대한 회한이 커다란 비중을 차지한다. 그것은 작가가 사대부 출신이 아닌 중인 출신이라는 사실, 그리고 중인 출신답게 품계가 그리 높지도 않은 대전별감大殿別監(임금이 거처하는 곳에서 임금의 심부름을 하던 벼슬)이라는 벼슬을 지내다가 왕의 도장을 도용한 죄를 짓고 추자도라는 척박한 섬으로 유배를 당한 사실과 무관하지 않다.

　인용한 대목에서 시간적 배경은 설날이다. 유배를 당한 처지에 너무나 당연하게도 의식주가 골고루 결핍된 생활을 이어 나갔지만, 이날만은 그래도 설이라고 제법 풍성한 밥상을 받았다. 물론 기껏해야 장과 김치, 쌀밥과 생선 반찬에 불과하지만 평소에 비하면 진수성찬에 가까운 것이다. 그런데 갑자기 떠오르는 건 '백발'의 부모님과 '공규空閨'(오랫동안 남편 없이 아내 혼자 사는 방)를 지키고 있는 아내와 '육세아'가 된 자식이다. 시간적 배경은 정초이니, 봄이 빚어내는 분위기와는 완전히 다르다. 그러나 풍요롭고 충족된 환경이라는 사실은 확실하다. 설은 누구에게나 푸짐하게 즐기는 잔칫날이기 때문이다.

　그런가 하면, 계절적 조건과 특정한 환경적 조건을 초월하여 어떤 경우에도 통용되는 상황적 조건도 있다. 그것은 삶과 죽음을 둘러싼 인간사의 이치가 자연의 섭리와 대비되는 경우이다. 그 대표적인 경우가 필연적으로 죽음을 맞이할 수밖에 없는 인간의 삶과, 거의 무궁에 가깝도록 순환하는 자연의 질서로, 이 둘은 대비 구도에 놓이기에 안성맞춤이다. 가령 〈심청가〉에서 심 봉사는 아내가 심청을 낳고 며칠 후에 병을 얻어 죽게 되자 다음과 같이 부르짖는다.

아이고, 마누라! 마오, 죽지 마오. 평생의 정한 뜻을 사생동거死生同居 보잤더니 염라국이 어디라고 날 버리고 가랴시오? [중략] 해도 졌다 다시 돋고 꽃도 졌다 다시 피고 하늘이 장천구만리로되 삼경이 되면 이슬 오고 북경이 머다 해도 사신 행차가 왕래헌디 마누라는 한번 가면 다시 오지 못허는디 구차히 사자거늘 누굴 믿고 살어나며 동지冬

至 대한大寒 긴긴 밤을 젖 먹고자 우는 자식 뉘 젖 멕여 길러 낼까?

— 〈심청가〉

이 대목에서 이미 죽은 아내는 일차적으로 졌다가 다시 뜨는 해, 졌다가 다시 피는 꽃과 대비되고, 이차적으로는 하늘에서 오는 이슬과 대비된다. 해와 꽃은 무한히 순환한다는 속성을 바탕으로 재생再生을 표상하고, 이슬은 머나먼 곳으로부터 출발한다는 속성을 바탕으로 도래到來를 표상한다. 북경에서 오는 사신은 자연물이 아니긴 하나 이미 자연화된 사실로 간주될 수 있다. 모두 봄이라는 계절적 조건과는 무관하다. 심 봉사의 입장에서 아내와의 사별이라는 상황은 이러한 자연물 혹은 자연화된 사실과의 대비를 통해 더없이 고독한 삶의 조건이 된다.

이처럼 화자의 결핍과 대비되는 외부적 환경이 화자의 처지와 정서를 더욱 선명하게 부각하는 효과는 우리 시가사詩歌史에서 두루 확인할 수 있다. 그러나 그것이 우리 시가사에서만 고유하게 나타나는 것은 아니다. 앞서 말한 대로 객관적 상관물이라는 개념이 서구의 시학에서 제출된 바도 있거니와, 그것은 사실 서정시의 기본적인 원리에 가깝다. 그러다 보니 근대에 들어와서도 이런 주객 대비 구도가 보이는 작품을 만나는 것도 드문 일은 아니다.

1919년에 발표된 〈불놀이〉는 근대 자유시의 효시로 알려져 있다. 그 일부는 다음과 같다.

아아 날이 저문다, 서편 하늘에, 외로운 강물 위에, 스러져 가는 분홍 빛 놀……. 아아 해가 저물면 해가 저물면, 날마다 살구나무 그늘에 혼자 우는 밤이 또 오건마는, 오늘은 사월이라 파일날 큰길을 물밀어가는 사람 소리는 듣기만 하여도 흥성스러운 것을 왜 나만 혼자 가슴에 눈물을 참을 수 없는고?

[중략] 아아 꺾어서 시들지 않는 꽃도 없건마는, 가신 님 생각에 살아도 죽은 이 마음이야, 에라 모르겠다, 저 불길로 이 설움 살라버릴까. 어제도 아픈 발 끌면서 무덤에 가 보았더니 겨울에는 말랐던 꽃이 어느덧 피었더라마는 사랑의 봄은 또다시 안 돌아오는가

— 주요한, 〈불놀이〉

화자의 '님'은 가시고 없다. 대신 화자를 둘러싼 세상은 사월 초파일을 맞아 흥겹고 들뜬 분위기에 쌓여 있다. 사월 초파일은 불교 신자들에게만이 아니라 모든 사람들에게 명절과 같은 날로 인식되어 왔다. 불교가 위축되었던 조선시대에도 그러했다. 이 시가 발표된 때는 조선이 역사의 뒤안길로 사라진 지 얼마 지나지 않은 시점이었으니 조선시대와도 크게 다르지는 않았을 것이다. 그러기에 큰길에서 오가는 사람들은 '흥성스러운', 즉 떠들썩하고 활기찬 소리를 낼 수밖에 없다. 이에 따라 이 시에서는 들떠 있는 사람들과 '가슴에 눈물을 참을 수 없'는 화자가 대비되는 구도가 깔려 있다.

여기에 더하여 대비를 이루는 것이 하나 더 있다. 그것은 봄이 되어 다시 활짝 핀 꽃과 한 번 가시고는 무덤에 묻혀 다시 돌아오지 않는, 아니 다시 돌아올 수 없는 임의 대비이다. 이처럼 이 시는 이중의 대비 구도 아래서 시상이 전개된 작품이다. 물론 임이 돌아오지 못한다는 사실이 결국은 화자가 풀이 죽어 있는 원인이 되므

로, 후자의 대비는 전자의 주객 대비 구도에 포섭된다.

자유시의 효시답게 율격은 자유롭고 문체는 유려하다. 그러나 정조情調 자체는 그다지 세련돼 보이지는 않는다. 임은 죽어 땅속에 묻혀 있고 홀로 남은 화자가 그 임을 그리워하며 외로움을 하소연하는 통속성이 두드러지기 때문이다. 그런데 통속성은 한편으로 많은 이들의 귀에 익숙하다는 의미이기도 하다. 그것은 이러한 주객 대비 구도가 든든한 뿌리를 지닌 채 과거에서부터 연속되어 온 사실과 무관하지 않을 것이다.

전통은 유구하여 오늘날에도 주객 대비 구도는 도처에서 발견된다. 마지막으로 2000년대에 나온 소설 중 한 인물의 입에서 나오는 말을 들어 보자.

> "너는 저세상 사람이 돼부렀는디 이 세상에는 새 생명이 자꼬자꼬 태어나는고나아…… 올해도 나이락은 피었는디 너는 어찌 돌아오지를 않느냐아, 나이락 피면은 돌아올 줄을 알았는디, 어찌 돌아올 줄을 몰러…… 내년에는 돌아오너라, 나이락 피는 오월에, 이 좋고 좋은 봄날에 제삿밥 묵게 돌아오너라, 내 아들 석진아……."
>
> ─공선옥, 〈라일락 피면〉[16]

광주민주화운동을 배경으로 한 작품이다. 어린 나이에 부당한 권력의 횡포에 희생당한 아들에게 보내는 어머니의 목소리 속에서, 다시 오지 못하는 아들은 다시 피는 라일락과 병치됨으로써 어미 된 자의 숨결은 한층 더 절박한 질감을 더한다. 이런 대비 구도는 우리가 미래에 만날 작품에서도 종종 나타나게 될 것이다.

인간은 자기 자신을 직접 확인하기 어렵다. 대신에 자신을 비추는 거울을 대면하면 자기 자신을 더욱 선명히 볼 수 있다. 이는 인간의 한계인 동시에 삶의 이치이다. 이때 자신의 처지와 대비되는 외부의 풍경이나 사건은 이러한 인간에게 자신의 반면反面을 비추는 거울과 같은 역할을 한다. 특히 인간의 유한성이나 불완전성이 자연의 무한성이나 완전성과 병렬되면서 대비될 때, 인간은 자연스럽게 비극적 존재로 남겨질 수밖에 없다. 이런 점에서 문학에서의 주객 대비 구도는 인간이 자기 자신을 보는 시력은 남을 비롯한 외부의 환경을 보는 시력이 동반될 때 더 높아진다는 사실을 암시한다고 볼 수 있겠다.

결핍된 존재들의 만남

앞에서 우리는 주객 대비를 시상 전개의 구도로 삼고 있는 노래들을 훑어보았다. 그런데 세계와 자아의 관계가 이와 정반대 구도를 지닌 노래들도 숱하게 발견된다. 무엇인가가 결핍된 자아에게 세계가 공감이라도 하는 듯한 구도이다. 이를 가장 선명하게 보여 주는 일군의 노래가 있으니, 그것은 불면의 밤에 울고 있는 새가 등장하는 노래들이다. 그중에 가장 빈번하게 등장하는 새는 접동새이다. 접동새는 종종 조류학적 분류를 초월하여 소쩍새와 혼돈된 채 등장하기도 하지만, 밤에 우는 새의 대표격에 해당한다.

접동새는 불면 모티프를 지니고 있는 고려속요와 시조, 한시와 민요 등 거의 모든 장르에서 발견된다. 먼저 고려속요 한 편을 보자.

내님믈 그리ᅀᆞ와 우니다니
산山 졉동새 난 이슷ᄒᆞ요이다
아니시며 거츠르신ᄃᆞᆯ 아으
잔월효성殘月曉星이 아ᄅᆞ시리이다
넉시라도 님은 ᄒᆞᆫ듸 녀져라 아으
벼기더시니 뉘러시니잇가
과過도 허믈도 천만千萬 업소이다

— 정서, 〈정과정〉

내 임을 그리워하여 울며 지내나니
산접동새와 다름없나이다
무엇이 옳고 무엇이 그른지는 아으
새벽달과 새벽별이 알고 있으리이다
넋이라도 임과 함께 살아가리라 아으
약속 어기신 이 누구였나이까
과오도 허물도 전혀 없소이다

이 노래의 원문 중 "벼기더시니 뉘러시니잇가"는 풀이가 어렵지만, 대략 위에 제시한 대로 받아들여도 문맥상 큰 잘못은 없겠다. 다행히도 이 노래에 대한 이해를 돕는 기록이 있다. 고려 인종(재위 1122~1146) 시기의 한 신하였던 정서鄭敍라는 사람이 왕의 총애를 받았다. 인종이 죽은 후 의종이 즉위하면서 신하들의 참소讒訴가 있었고 이로 인해 고향인 동래로 낙향하게 되었다. 왕은 그에게 조만간 다시 부르겠다는 약속을 했지만, 그 약속을 잊었는지 기

별은 오지 않았다. 이에 왕에 대한 원망을 섞어 부른 것이 〈정과정
鄭瓜亭〉이라는 작품이다. 과정瓜亭은 그의 호이다.

다른 사람들이 자신에 대해 말한 것이 그르다고 하면서 억울함
을 호소하는 목소리가 뚜렷하다. 그런데 그 억울함을 호소하는 이
장면에서 정작 시인이 호출한 것은 접동새이다. 접동새는 신하에
게 배신을 당해 쫓겨난 촉나라 망제望帝의 환신幻身으로 알려져 있
고, 그래서 원한이라는 문화적 코드를 품고 있는 새이다. 밤만 되
면 원한의 울음소리를 뿜어내는 접동새에 시인은 스스로 감정을
이입했을 것이다.

좀 더 세밀하게 들여다보자. 이 노래에서 특별히 주목되는 것은
접동새가 원한을 품고 있다는 사실보다는, 바로 그 원한으로 인해
밤늦도록 잠을 이루지 못하고 있다는 점이다. 그리고 시인 또한 그
접동새와 마찬가지로 새벽이 올 때까지 잠을 이루지 못한다는 점
이다. 그것은 무엇으로 알 수 있는가? '잔월효성', 즉 새벽달과 새
벽별이 그 단서가 된다. 새벽이 되어 달과 별이 희미한 빛으로 남
을 때까지 시인은 뜬눈으로 밤을 통째로 새웠던 것이다.[17] 접동새
는 신하에게 배신을 당해서 자신이 통치하던 나라를 잃어버린 임
금의 환신이라는 점에서, 화자는 다른 신하에게 참소를 당하여 왕
의 곁에 머물 권리를 잃어버린 고신孤臣이라는 점에서, 둘은 모
두 무엇인가가 결핍된 존재였다.

접동새는 시조에서도 불면의 고통을 공유하기에 가장 안성맞춤이
었던 자연물로 자주 선택되곤 한다. 이를 단적으로 보여 주는 시조 한
편을 보자.

                                    다섯 번째 이야기 - 거울

공산空山에 우는 접동 너는 어이 우지는다
너도 날과 갓치 무음 이별 ᄒᆞ엿느냐
아무리 피ᄂᆞ게 운들 대답이나 잇더냐

— 박효관

빈산에 우는 접동 너는 어이 우짓느냐
너도 나와 같이 무슨 이별 하였느냐
아무리 피나게 운들 대답이나 있더냐

박효관朴孝寬의 이 시조에서는 외로움이 진하게 감지된다. 그 외로움은 역시 임의 부재가 원인이겠다. 임은 아무리 애타게 불러도 대답이 없고, 기다려도 오지 않는다. 때마침 들려오는 접동새 울음소리는 시인의 울음과 자연스럽게 일체화된다. 불면의 밤을 보내고 있는 이 밤에 '나'와 '너'가 함께 슬피 울 수밖에 없는 상황이라는 것이다. 접동새의 울음이 결핍감의 소산이라는 점이 시인과 일체화될 수 있는 근거가 된다. 화자는 접동새의 울음에서 자기 자신의 모습을 발견한 것이다.

접동새가 이처럼 임을 잃은 시인의 처지와 동일시되는 생명체로 자주 등장하는 것은 사실이지만, 드물게는 다른 생명체도 발견된다.

귓도리 져 귓도리 여엿부다 져 귓도리
어인 귓도리 지ᄂᆞᆫ 둘 새ᄂᆞᆫ 밤의 긴 소ᄅᆡ 쟈른 소ᄅᆡ 절절이 슬픈 소ᄅᆡ
제 혼자 우러 녜어 사창紗窓 여윈 줌을 슬드리도 깨오ᄂᆞᆫ고야

두어라 제 비록 미물微物이나 무인동방無人洞房에 내 뜻 알리는 저 뿐인가 ᄒ노라

— 작자 미상

귀또리 저 귀또리 어여쁘다 저 귀또리
어인 귀또리 지는 달 새는 밤에 긴 소리 짧은 소리 절절히
슬픈 소리 저 혼자 울어 예어 사창 여읜 잠을 살뜰히도 깨우는
고야
두어라 제 비록 미물이나 무인동방에 내 뜻 알 이는 저뿐인
가 하노라

귀뚜라미의 생태적 특성에 주목해 보면, 이 생명체가 우선 계절적 배경으로 작동한다는 점을 놓칠 수 없다. 바야흐로 가을이다. 귀뚜라미는 한여름 폭서의 위세가 기울어지고 서늘한 바람이 불기 시작할 무렵에 출현한다. 이 시기는 또한 농작물 수확이 이루어지는 풍요의 시간이기도 하다. 봄이 생명체의 활기로 인해 풍요로운 계절이라면, 가을은 육신을 움직여 일구어 낸 보람으로 인해 풍요로운 계절이다. 그런 풍요의 시간에 임은 부재한다. 이런 점에서 주객 대비 구도가 숨어 있는 작품으로도 볼 수 있겠다.

그렇지만 이 노래는 박효관의 시조와 아주 유사한 발상을 보여 주고 있음을 쉽게 알 수 있다. 전자에서는 접동새가, 이 노래에서는 귀뚜라미가 화자의 정서와 일체화되고 있음을 확인할 수 있는 것이다. 여기에서도 일체화의 단서는 역시 임의 부재로 인한 외로움이다. 외로움에 쌓여 있는 화자는 잠을 이루지 못하고 있다. 명

시적이지는 않지만, 바로 그 귀뚜라미 울음소리로 인해 잠을 이루는 일은 더더욱 어려운 난제가 되기도 한다. 이른바 불면 모티프가 잠복되어 있는 것이다. 사실 귀뚜라미는 몸 자체도 아주 작을 뿐 아니라 울음소리도 그다지 높지 않다. 그럼에도 이 소리에 화자의 청력이 집중된다는 것은 주변이 그만큼 적막하다는 뜻이기도 하다.

그런데 이 노래에서 각별히 주목되는 것은 종장의 마지막 구절 '내 뜻 알 이는 저뿐인가 하노라'이다. 이 구절에는 귀뚜라미가 화자 자신의 뜻을 알고 우는 것이라는 단정적 선언이 담겨 있다. 물론 이러한 단정은 화자의 주관적 인식 내에서 일어난 해석일 따름이다. 이는 임과 이별한 처지라는 공통점을 매개로 접동과 화자가 나란히 병렬되는 박효관의 시조와 구별되는 지점이다. 이 사설시조에처럼 귀뚜라미가 화자 자신의 처지에 공감하여 우는 것이라면, 명실상부한 공명共鳴 아니겠는가. 박효관의 시조에서보다 화자의 주관적 인식이 더욱 높은 수준으로 활성화된 것이라 하겠다. 물론 명시적으로 드러나지는 않았지만, 이 사설시조의 화자도 귀뚜라미가 '울어 예'는 이유를 자신처럼 짝을 잃고 홀로 있기 때문이라고 여겼을 것이 분명하리라. 그렇지 않고서는 귀뚜라미를 '내 뜻 알 이'로 간주할 근거가 없기 때문이다.

이런 맥락에서 이제 우리 시가사에서도 가장 절창으로 꼽히는 〈청산별곡靑山別曲〉의 한 연을 보기로 하겠다. 시간을 거슬러 고려 시대의 노래에 주목하는 것은 다음 대목에 아직 말끔히 해결되지 못한 해석의 문제가 남아 있기 때문이다.

우러라 우러라 새여

자고 니러 우러라 새여

널라와 시름 한 나도

자고 니러 우니로라

— 작자 미상, 〈청산별곡〉(2연)

울어라 울어라 새여

자고 일어나 울어라 새여

너보다 시름 많은 나도

자고 일어나 울고 있노라

이 부분이 안고 있는 해석의 문제는 '울어라'가 명령형인가 감탄형인가 하는 논란으로 집중된다. 그렇다면 이 노래에 대한 감상은 '울어라'라는 말의 문법적 정체성을 밝혀 내는 과정을 밟아 가는 것이 옳을 듯하다.

먼저 '울어라'를 감탄형으로 읽으면 '울고 있구나' 정도로 풀이할 수 있다. 그렇다면 '자고 나서 울고 있구나'를 통해 이 노래를 부르는 시간적 배경이 아침 혹은 낮이라고 볼 수 있다. 그리고 또 나머지 두 구 '너보다 시름 많은 나도 자고 일어나 울고 있노라' 혹은 '너보다 시름 많은 나도 자고 일어나 운 이로다' 정도로 풀이된다. 그러면, '나는 자고 일어나서 아침부터 시름 많은 인생이 고달파서 우는 사람인데, 마침 새도 울고 있구나' 하는 것이 이 노래의 전부이다.

이렇게 풀고 나니 아주 맥이 빠진 노랫말이 된다. 아무런 시적 긴장이 감지되지 않는 것이다. 더욱이 이런 식의 풀이는 의미상 지극히 어색하기도 하다. 그것은 이 노래의 마지막 구절 때문이다. 시름이 많을수록 울음도 많아지는 것은 당연지사. 그러므로 '너보다 시름이 적은 나마저도 운다'고 해야 자연스럽다. '너보다 시름 많은 나마저도 울고 있다'고 하는 것은 의미상의 비문非文이다. 그것은 마치 '너보다 비만인 나마저도 다이어트를 하니까 나보다 날씬한 너도 다이어트를 해라.'라고 말하는 것과 같은 격이고, '너보다 돈이 많은 나도 그 비싼 옷을 샀으니 나보다 돈이 없는 너도 그 옷을 사라.'라고 하는 것과 같은 격이다. 따라서 일단 감탄형으로 읽으면 사리에 어긋난다는 점을 확인할 수 있다. 더욱이 문법사적으로도 동사에 '-어라'가 붙어서 감탄형 서술어가 만들어지는 사례가 없다는 점까지 고려하면 '울어라'를 감탄형으로 보는 것은 난센스에 가깝다.

그렇다면 명령형으로 보는 것이 자연스럽겠다. 그렇다고 해도 이 노랫말의 뜻을 새에게 '제발 지금 울어 달라'고 간청하는 어조로 이해하는 것은 상황 맥락에 어울리지 않는다. 이런 오해는 우선 이 노랫말이 'AABA 구조'로 이루어져 있다는 사실 때문에 일어난다. 'AABA 구조'란 동일하거나 유사한 구절이 두 차례 반복되고 다른 말이 한 차례 나온 후 다시 처음에 나왔던 구절이 한 차례 더 반복되는 문장 구조를 가리킨다. 이런 문장에서 처음에 두 차례 반복되는 A는 운율을 형성하는 역할과 함께 의미를 강조하는 역할을 할 뿐 통사적으로는 잉여적인 표현이다. 핵심은 뒤의 BA에 있다. "달아 달아 밝은 달아"에서라면 '밝은 달아'만 있어도 의미 성립에는 하등의 문제가 없다는 것이다. 마찬가지로, 울어라(A) 울어라 새여(A), 자고 나서(B) 울어라 새여(A)로 구성되어 있는 〈청산별곡〉 2연에서 메시지의 핵심은 '자고 일어나 울어 다오'에 있다. 따라서 이는 곧 '지금 이 한밤중에는 울지 말아 다오'라는 간청을 담고 있는 말로 이해되어야 마땅하다.

물론 이런 논리가 성립하기 위해서는 시간적 배경이 밤이어야 한다. 시간적 배경이 밤이라면 화자와 그를 둘러싼 상황은 이렇게 구성된다. 화자는 한밤중에 잠을 이루지 못한 채 울음을 참고 있다. 무슨 사연 때문인지는 모르겠으나 시름이 있다는 점만은 확실하다. 아마도 사랑하는 사람과 헤어져서 그를 그리워하며 고독한 시간을 보내고 있는 것은 아닐까. 그런데 그때 새가 처량하게 우는 소리가 들린다. 화자는 새 또한 어떤 시름 때문에 울고 있으리라 짐작한다. 애써 참고 있던 울음이 터지기 직전이다.

이런 상황에서 화자는 밤에 우는 것이 위험하다는 것을 안다. 밤은 본래 무의식의 시간이고, 무의식이 지배하는 가장 대표적인 감정이 고독감이다. 아마도 시인에게는 자기 자신의 울음을 스스로 감당할 자신이 없었던 모양이다. 울음이 자신을 삼켜 버릴지도 모른다는 불안, 그래서 자신이 울음에 지쳐 스스로를 포기할지도 모른다는 위험한 예감이 들었을지도 모를 일이다. 그 위험을 알기에 화자는 애써 울음을 참고 있었는데, 그다지 시름이 있을 것 같지도 않은 한낱 미물의 울음소리가 들려온 것이다. 그러니 화자는 이렇게 간청할 수밖에 없다. '새야, 울더라도 제발 지금 이 밤에는 울지 말아 다오. 꼭 울어야 한다면 자고 일어나 아침에 울어 다오. 너보다 시름이 많은 나도 이 밤에는 애써 울음을 참는다.' 표면적으로는 간청으로 보이나, 실은 새에게 목하 원망 혹은 질책의 목소리를 보내고 있었던 것이다.

     다섯 번째 이야기 - 거울

이왕 도전적으로 읽는 시도를 했으니 한 걸음 더 나아가 보자. 여기에서 새는 과연 어떤 종류였을까? 시가사적 전통에 기대어 본다면 접동새였으리라. 물론 조류학적 분류를 엄격하게 적용한다면 소쩍새였을 것이다(71~72쪽 참고). 그러나 접동새와 소쩍새를 혼동한 채 시적 소재로 불러들였던 당대의 문화적 관습이 있었기에 그중에서 어떤 새라고 특정할 필요는 없겠다. 사실, 울음을 참고 있는 화자의 처지를 고려한다면 한밤중에 우는 어떤 새라도 이 자리에 놓일 수 있겠지만, 문화적 관습을 존중한다면 접동새가 제격이라 하겠다.

이런 잉여적 관심과 별개로, 〈청산별곡〉 2연의 새는 〈정과정〉과 박효관의 시조에 나오는 접동새, 그리고 사설시조 〈귀또리 저 귀또리…〉에 나오는 귀뚜라미와는 달라 보인다. 이들 작품에서 화자는 접동새와 귀뚜라미를 자신과 일체화하면서 위안을 얻고 있다면, 〈청산별곡〉 2연에서 화자는 새와 거리를 두려고 애쓰고 있기 때문이다. 그러나 그다지 의미 있는 차이는 아니겠다. 표면적으로 '울고 있었느냐' 아니면 '울음을 참고 있었느냐' 하는 차이일 뿐이기 때문이다. 그렇다. 이 문맥에서 새가 한밤중에 울고 있다는 사실은 중요하지 않다. 중요한 것은 화자 자신이 —독자로서는 그 이유를 알 수 없지만— 지독한 시름에 겨워 울고 싶은 사람이라는 점이다. 새의 울음은 화자의 내면에 육박해 들어가는 자연물이자 동시에 독자에게 화자의 그런 내면을 환기하는 사물이자 사건이었던 것이다.

서정의 문화적 문법

서사시도 극시도 있지만 대개의 시는 서정시이다. 서정抒情이란 감정이나 정서를 드러낸다는 뜻이다. '서정'이라는 장르의 핵심은 객관적 세계의 주관적 변용에 있다. 대개 자아의 상황과 정서를 중심으로 외부 세계를 해석하고 수용한 결과를 노래의 형식으로 표현한다. 앞에서 말한 대로 외부 세계를 이루고 있는 다양한 사물이나 사건 등을 가리켜 흔히 우리는 '객관적 상관물'이라 하거니와, 이는 어느 문화권의 서정시에서나 크게 다르지 않은 보편적인 서정시의 문법이다. 그리고 우리는 지금까지 이 객관적 상관물을 화자 자신의 상황이나 정서와 대비하거나, 반대로 서로를 동일시하는 방향으로 배치한 시가 작품들을 두루 살펴봤다.

그렇다면 우리 시가의 문화적 특수성은 어디에서 찾을 수 있을까? 그것은 사물이나 사건이 개별 작품마다 특화되어 있지 않고 두터운 사회적 표상을 지닌 채 작품에 녹아 있다는 점에서 찾을 수 있으리라 생각한다. '사회적 표상'이란 한 공동체가 행위의 양식을 설정하고 의사소통을 원활하게 하기 위해 인간을 포함한 사회적 대상을 의미 있는 실체로 형상화한 것이다. 그러하기에 사회적 표상은 한 공동체 구성원들을 결속해 주는 이해理解 공유의 기반을 제공해 준다. 가령 꾀꼬리가 암수 간에 정다운 존재로, 그리고 접동새가 사랑하는 임을 잃고 외로이 지내는 존재로 각인된 채 의사소통의 언어적 재료로 활용될 수 있는 것은, 꾀꼬리와 접동새가 각각 특정한 사회적 표상을 획득한 결과이다. 그런 사회적 표상을 얻은 이상 그것은 자연물의 생태적 특성과는 무관하게, 자기 완결적인 생명력을 바탕으로 자율적으로 움직이게 된다. 결국 우리 시가의 문화적 특수성은 자연(물)이 개별적이고 구체적인 존재 양태로 묘사되면서 작품의 개성을 살리는 것이 아니라, 그 자연(물)이 가진 사회적 표상을 그대로 담지한 채 작품 속으로 편입된다는 점에서 찾아야 하리라. 그래서 우리 시가에서 자연(물)은 추상화에 가까운 그림으로 존재하게 되는 것이다.

접동새나 두견새, 귀뚜라미가 울지 않는 적막한 밤이었어도 시인은 여전히 잠을 이루지 못했을 것이다. 그리고 울고 있거나 울고 싶었을 것이다. 그런 상황에서 이들의 존재로 인해 시인의 슬픔은 한층 더 증폭되었을 것이다. 심지어 이들이 실체로서 존재하지 않았을 수도 있다. 그래도 시인들은 그렇게 사회적 표상을 가진 외부 존재들을 작품 속으로 끌어 들이면서 자신을 비추는 거울로 삼는다. 그렇게 함으로써 노래를 듣는 사람, 혹은 시를 읽는 독자들의 울림도 한층 더 증폭하는 것이다. 이런 점에서, 자연물을 비롯하여 시적 상황을 구성하는 외부 세계는 화자의 어떤 상황이나 심리를 만나는 순간 중화中和하는 것으로 보인다. 앞에서 〈운영전〉을 통해 확인했듯이, 봄철의 생동감이나 겨울철의 황량함은 서로 반대쪽을 향하고 있지만, 화자의 특정한 내면 심리를 드러내는 데서 하는 역할은 결국 같아지기 때문이다. 서정시의 힘, 그것은 외부 세계라는 거울에 비친 자신의 모습을 보여 주는 데서 나온다.

언어유희,
번역 불가의 게임

유희적 인간

인간의 본질을 나타내는 무수히 많은 말 중 '호모 루덴스(Homo Ludens)'가 있다. '놀이하는 인간' 혹은 '유희적 인간'이라는 뜻이다. 유희가 인간의 본능이라는 규정이다. 동물들도 유희를 하지만, 인간은 다른 동물들이 갖지 않은 언어로도 놀이를 한다. 언어로 하는 놀이 일체를 우리는 '말놀이'라 할 수 있을 것이다. 말놀이는 발음이나 글자를 소재로 하는 놀이로, 언어유희(pun)라고도 한다. 언어유희는 인간의 유희 본능에서 비롯되므로 언어를 사용하는 모든 인간들이 즐긴다.

언어유희가 가능한 것은 언어가 기호로서 가지는 특징 때문이다. 기호는 어떤 뜻을 나타내기 위해 쓰이는 것 일체를 가리킨다. 차량의 흐름을 통제하기 위한 신호등도 당연히 기호이며, 사랑하는 연인의 표정도 기호에 해당한다. 모든 기호 중에서 가장 상징성이 강한 것은 언어이다. 상징성이 강하다는 것은 기표와 기의의 결합이 필연적이지 않고 자의적이라는 뜻이다. 기표記標(signifiant)는 소리가 인간의 청각에 남겨 놓은 심리적 흔적을, 기의記意(signifié)는 소리로 표시되는 의미를 가리킨다. '사람이나 동물이 추위, 더위, 비바람 따위를 막고 그 속에 들어 살기 위하여 지은 건물'이라는 의미에 해당하는 단어는 언어에 따라 [집], [하우스], [메종]이라는 기표로 나타난다. 반대로 [싹]이라는 기표는 한국어에서는 '처음 돋아나는 어린잎이나 줄기'라는 기의와 결합하고, 프랑스어에서는 '가방'이라는 기의와 결합한다. 인간이 언어로 기호 놀이를 즐길 수 있었던 것은 이처럼 하나의 기표가 특정한 기의와만 필연적으로 결합하지 않고 다양한 기의와 자의적恣意的으로 결합한다는 언어 기호의 특성 때문이다. 이는 순서와 위치가 정해진 조각을 연결하는 키트(kit)와 달리, 블록의 한 조각을 여러 가지 다른 조각과의 결합을 통해 다양한 형상을 만들어 내는 레고(Lego) 놀이에 빗댈 수 있다.

언어유희의 종목은 다양하다. 어린아이들이 하는 끝말잇기는 언어유희의 가장 초보적인 종목이다. 끝말잇기는 한 단어의 마지막 음절을 이어받아 그와 같은 음절로 시작하는 다른 단어를 제시하는 놀이이다. 이때 선행하는 단어의 끝음절과 그 음절을 이어받은 다른 단어의 첫음절은 의미상으로 아무런 연관이 없어도 된다. 오히려 연관성이 없을수록 놀이의 재미는 더 쏠쏠해진다. 즉 기표에 해당하는 음가音價의 동일성 혹은 유사성은 존중하되, 기의에 해당하는 의미는 서로 무관할수록 말놀이의 묘미는 더 커지고 거기에서 오는 유머 효과 또한 증폭되며, 그래서 듣는 사람들의 귀를 자극하는 힘도 세지는 언어 게임이다. 일상적인 대화에서는 물론이고 소비자들의 이목을 집중시켜야 하는 광고, 풍자 효과를 노리는 정치권의 논평 등에서 언어유희가 자주 활용되는 이유이다.

말의 소리를 주기적으로 반복하면 리듬이 형성되는 데서 알 수 있듯이, 시는 기본적으로 언어라는 기호의 기표에 각별하게 민감한 장르이다. 시의 원류라 할 수 있는 노래 또한 그렇다. 시와 노래가 한 몸이었던 우리의 고전시가에서도 언어유희를 만나는 일은 어렵지 않다. 언어유희가 인간의 본능에 가깝다 했으니, 그것은 시대와 세대를 막론하고 두루 나타난다. 계층에도 구애받지 않는다. 문자에 익숙한 상층 지식인만의 전유물이 아니었다는 점은 특별히 강조되어야 할 것이다. 어린아이와 문맹자를 포함하여 말을 하는 모든 인간들이 즐길 수 있는, 지극히 민주적인 놀이였던 것이다.

문자 모르는 사람들의 말놀이

인류의 역사에서도, 그리고 한 인간의 생애 주기에서도 음성언어는 문자언어에 선행한다. 인지 능력이 어느 정도 발달한 후에 학습 學習을 해야 알게 되는 문자언어와 달리, 음성언어는 태어나는 순간부터 어머니를 비롯한 가족과 주변 사람들의 입에서 나오는 말소리를 통해 습득習得하게 된다. 습득은 가르치는 자의 전략과 계획에 따라 인위적으로 익히는 학습과 다르다. 일상적인 생활 환경에서 자연적으로 익히게 되는 것이 습득이다. 엄마나 아빠와 같은 가족 구성원, 음식, 기분, 집안의 공간을 가리키는 말 등을 차례대로 익혀 나가고, 점점 자신의 주변에 있는 생활 환경이나 자연환경으로 그 범위를 넓혀 나간다. 이 과정에서 모국어에 대한 언어 감각을 자연스럽게 형성하게 된다.

> 나무 나무 무슨 나무 / 십 리 절반 오리나무 / 열아홉에 스무나무 / 아흔아홉 백양나무 / 가다 보니 가닥나무 / 오다 보니 오동나무 / 너구나구 살구나무 / 따끔따끔 가시나무 / 갓난애기 자작나무 / 앵돌아져 앵두나무 / 동지섣달 사시나무 / 바람 솔솔 솔나무 / 방구 뀌는 뽕나무 / 입 맞추자 쪽나무 / 낮에 봐도 밤나무
>
> —〈나무 타령〉(충남 예산 지방)

지역에 따라 버전이 다양한 전래 동요이다. 나무 이름 앞에 그 이름과 연관된 말을 덧붙여 리듬의 주기성을 살렸다. 노래로 가창하지 않고 그저 소리 내어 읽기만 해도 운율이 살아나는 통사 구조를 갖춘 것이다.

'따끔따끔 가시나무', '동지섣달 사시나무'는 환유적으로 연결되어 있기에 논외로 하고, 각각의 결합 원리를 살피는 것도 재미있다. 이 노래에서 각 구절들은 나무 이름과 그 앞에 붙어서 이를 수식하는 말들이 기표의 동일성 혹은 유사성을 고리로 연결되어 있다는 공통점이 있다.

'십 리 절반 오리나무'에서 '오리나무'는 '오리목五里木'이라는 한자로도 표기하긴 하지만 이는 음차 표기일 뿐이다. 원래는 오리를 비롯한 물새들이 노니는 습지에서 자라는 이 나무의 생태적 특성에서 유래된 이름이다. 따라서 숫자 5와는 의미상 연관성이 전혀 없다. '열아홉에 스무나무'와 '아흔아홉 백양나무'도 마찬가지이다. '스무나무'는 '시무나무'로도 부르는데, 여기에서 '스무'는 20을 뜻하는 '스물'과 전혀 무관하다. '백양나무'의 '백양白楊' 또한 '일백一百'과는 전혀 다른 의미이다. '갓난애기 자작나무'는 갓난아기를 재울 때 '자장자장' 하며 소리를 내는 데서 착안한 것이다. '가다 보니 가닥나무'와 '오다 보니 오동나무', '앵돌아져 앵두나무'는 순전히 첫음절에 오는 소리가 같아서 서로 연결된 경우이고, '바람 솔솔 솔나무', '방구 뀌는 뽕나무', '입 맞추자 쪽나무'는 의태어나 의성어를 매개로 구성된 통사일 뿐 그 모양이나 소리는 나무 이름과 아무런 관계가 없다. '낮에 봐도 밤나무' 또한 낮과 밤의 의미 관계에 기반을 둔 통사 구조로서 '밤[栗]'은 '낮[晝]'과 짝을 이루는 '밤

[夜]'과는 의미상 전혀 무관하다. '너구(너하고) 나구(나하고) 살구나무'는 특이하게도 '구'자 각운을 살린 채 통사적 연결을 의도한 구절이다.

이런 노래들은 모국어의 재미를 높여 주면서 동시에 은연중에 다양한 음운에 대한 직관적 감각을 익히게 하는 데 크게 기여한다. 이를 외국어로 번역한다고 가정해 보자. 이 말의 맛을 어떻게 번역할 수 있겠는가? 모든 번역은 반역反逆이라 했거니와, 이 민요의 사설은 온전하게 번역될 수 없는 구절들의 연속이다. 뿐만 아니라 이런 종류의 노래들은 생활 공간을 둘러싼 자연환경에 대한 정보도 제공함으로써 어린이들이 지역 공동체 구성원으로서 갖추어야 하는 소양을 높이는 데도 큰 도움을 준다. 동요가 어린이들에게 교육적으로도 중요한 역할을 한다는 점을 알 수 있다.

모국어에 대한 이런 감수성은 성인이 되면서 자연스럽게 노동을 비롯한 일상생활을 소재로 하는 노랫말로 전이된다. 그중에서도 언어유희의 말맛을 극단으로 밀고 나간 것은 아무래도 성인들끼리만 은밀하게 주고받는 성적性的 농담일 것이다. 성적 농담은 대개 미성년자들을 배제한 채 성인들 내부에서 형성된 은밀한 공모 의식을 매개로 하여 소통된다. 이러한 성적 농담이 운율을 갖추면 민요의 노랫말이 된다.

앞 남산의 딱따구리는

생 구멍도 뚫는데

우리 집의 저 멍텅구리는

뚫어진 구멍도 못 뚫네[18]

이 민요의 노랫말이 가진 뜻은 단순하다. '우리 집의 저 멍텅구리'라는 비아냥에서 확인되는바, 남편에 대한 기대가 원망으로 바뀐 아낙네의 한탄이다. 그런데 한탄 섞인 원망의 목소리가 결코 비감해 보이지는 않는다. 오히려 명랑하고 발랄한 분위기를 자아낸다. 그 묘미는 '생 구멍'과 '뚫어진 구멍'의 대비 효과에서 나온다. 그러나 그보다 더 강한 대비 효과는 '딱따구리'와 '멍텅구리'의 대비 효과이다. '생 구멍'과 '뚫어진 구멍'은 기본적으로 '구멍'이라는 기의를 공유하지만, '딱따구리'와 '멍텅구리'는 '구리'라는 기표만 공유한다는 차이가 있다. 서로 다른 기의를 가진 기표가 우연인 척 결합함으로써 묘미가 증폭된 것이다.

성性은 기본적으로 은폐되는 것이 일반적이다. 성을 둘러싼 담론 또한 은폐되는 경향이 있다. 이런 일반적인 경향을 거스르는 지혜로운 방법 중 하나는 완곡하게 드러내는 것이다. 앞의 민요에서 '우리 집의 멍텅구리'에 대한 불평만 말했다면 은폐되어야 한다는 관습을 정면으로 위배한 꼴이 되었겠지만, '앞 남산의 딱따구리'를 불러들임으로써 완곡한 표현으로 성립되었다고 할 수 있다. 성적인 모티프를 품고 있는 노랫말이 진지하기만 하면 그것은 포르노그래피에 가까운 음화淫畫가 되기 십상이지만, 진지함 대신 명랑과 발랄을 추구하는 게임이 되면 코미디에 가까운 희화戲畫가 될 수 있는 것이다. 요컨대 이런 노래들은 성 충동이 유희 충동과 만나는 접점을 보여 준다 하겠다.

이런 식으로 언어유희가 보장해 주는 재미를 보여 주는 민요는 무수히 많다. 성적인 농담이 포함되어 있지 않더라도 기표의 동일성 혹은 유사성을 매개로 하여 서로 다른 기의를 가진 말이 만나 빚어내는 모국어의 향연은 다채로운 빛을 낸다. 이런 노래를 짓고 부른 서민들 중에 문자 공부를 한 사람이 있을 수는 있다. 그러나 이런 말놀이는 학식과 무관하다. 문자를 익히기 전의 어린아이들이 자신들만의 어휘 목록 안에서 기표의 동일성 혹은 유사성을 발견하여 말놀이를 즐기는 데서 알 수 있듯이, 이런 식의 발상을 담고 있는 표현은 모국어에 대한 직관적 감수성만 있어도 얼마든지 구성할 수 있다.

문자깨나 아는 사람들의 말놀이

앞에서 동요나 민요의 사례를 통해 문자를 모르는 사람도 얼마든지 언어유희를 즐겼음을 확인했다. 언어유희는 노래의 분위기를 한층 더 명랑하고 발랄하게 만들어 주는 역할을 했다. 그것은 문자를 배우지 않아도 충분히 즐길 수 있는 말놀이의 레퍼토리였다. 그렇다면 한자나 한글을 익혀서 문자 생활을 했던 사람들은 이 명랑하고 발랄한 말놀이를 어떻게 즐겼을까?

조선시대에 문자 생활을 했던 사람들은 대개 사대부士大夫였다. 그리고 그들과 함께 어울렸던 기녀妓女 또한 문자에 익숙했던 부류였다. 먼저 작가 미상의 시조 두 편을 보자.

> 백초百草를 다 심어도 뒤는 아니 시믈 거시
> 져씨 울고 살씨 가고 그리는 이 붓씨로다
> 이 후後에 울고 가고 그리는 뒤 시믈 줄이 이시랴
> ─작자 미상

작품을 누가 썼는지 알려 주는 기록은 없다. 그렇지만 평시조가 대개 사대부들의 작품이니 이 시조 역시 어느 사대부가 지은 것으로 보아도 무방하겠고, 기녀들 또한 사대부 못지않게 문자에 익숙했던 부류였으니 어느 기녀가 지은 것으로 보아도 되겠다.

이 작품에서는 흔히 대나무로 만드는 젓대와 살대, 붓대의 기능을 이별 상황에 연결하였다. 젓대는 대나무로 만든 악기인 저[笛] (피리의 일종)의 몸통이고, 살대는 화살의 몸을 이루는 부분, 붓대는 붓의 손잡이에 해당하는 부분이다. 화자는 아마도 사랑하는 임과 이별한 상황에 놓여 있는 것으로 짐작된다. 그것은 화자가 다른 건 제쳐 두고 하필이면 대나무를 심지 않겠다고 했는가 하는 의문을 푸는 지름길이기도 하다. 피리를 불면 일정한 높이를 가진 소리가 난다. 그런데 이것을 운다고 했다. 활시위를 떠난 살대가 나아가는 것을 떠나간다고 했다. 또한 붓으로 그림을 그리는 것을 그리워한다고 했다. 화자는 자신의 '울음', 임의 '떠나감', 자신이 '그리워함'을 각각 젓대·살대·붓대와 연결 짓고, 이런 상황에 처하게 된 이유를 이들을 만드는 재료인 대나무를 심었던 데서 찾고 있는 것이다. 대나무를 심지 않아야 이별이 없겠다는 발상은 여기에서 비롯된다.

물론 이것은 착각이다. 그러나 의도한 착각이다. 심리적 방어 기제의 한 사례에 해당한다. '심리적 방어 기제'란 자아가 갈등을 겪는 상황에서 무의식적으로 자신을 속이거나 상황을 다르게 해석하여 감정적 상처로부터 자신을 보호하려는 심리 의식이나 행위를 뜻한다. 방어 기제는 자아와 외부 조건 사이에서 겪게 되는 갈등에 적응하도록 하여 정신 건강에 도움을 준다. 시에서는 이러한 심리적 기제를 문학적 발상의 실마리로 활용하기도 하는데, 화자는 이러한 의도적 착각을 통해 이별 상황에서 오는 감정적 상처로부터 자신을 보호하려 했던 것으로 볼 수 있다.

〈백초를 다 심어도…〉에서 이러한 시적 발상은 소리를 내며 울리는 것[음音]을 슬퍼서 눈물을 흘리는 울음소리[통곡慟哭, 비명悲鳴]로, 나아가는 것[전진前進]을 헤어져 떠나가는 이별離別로, 그림 그리는 것[화畵]을 그리워하는 것[사모思慕, 연모戀慕]으로 연결한 데서 완성된다. 기의가 다른 각각의 단어들을 기표의 유사성을 고리로 연결해 버린 것이다. 그러니 독자로서는 화자가 멀리 헤어져 있는 누군가를 간절히 그리워하고 있는 시적 상황과는 별개로, 아니 오히려 그 상황과 멀찍이 거리를 유지한 채 웃을 수밖에 없다. 거리를 유지한다고 했지만 그것 또한 화자의 의도일 것이다. 이별의 아픔이 만들어 내는 눈물은 손수건 대신 웃음으로 닦아 내야 하리라는 의지의 소산으로 보이기 때문이다.

언어유희가 유머의 일종인 이상, 그것은 대체로 발랄하고 경쾌한 분위기와 더 어울리겠다. 그런데 흥미로운 것은 언어유희적 표현이 이별이라는 시적 상황과 부조화를 이루는 데 이 작품의 묘미가 있다는 점이다.

시조 한 편을 더 보자. 앞의 작품과 마찬가지로 사대부가 지었는지 기녀가 지었는지는 알 수 없다.

슈박것치 두렷혼 님아 초뮈 것튼 단 말슴 마소
가지가지 흥시는 말이 말마두 윈 말이로다
구시월 뼈동아것치 속 셩권 말 마르시소
— 작자 미상

여기에서도 화자는 임을 원망하고 있다. 임은 수박처럼 둥그런 얼굴을 가지고 있고 참외처럼 단맛이 나는 말을 하는 사람이다. 표면적으로 임은 다른 사람들이 쉽게 호감을 가질 법한 매력의 소유자인 듯하다. 그러나 알고 보면 그가 하는 말은 죄다 '윈 말', 즉 그릇된 말이다. '윈 말'은 '구시월 씨동아'처럼 '속 성긴 말'로 변주된다. 동아는 주로 약이나 식재료로 쓰이는, 호박과 비슷한 타원형의 열매인데, 구시월이 되면 속은 씨만 남아 사이사이가 빈 상태가 된다. 이 씨를 받아 이듬해 봄에 심는다. 그러니 '구시월 씨동아같이 속 성긴 말'이란 실속이 없는 말, 허황한 말이라는 의미가 된다. 시적 청자인 임이 거짓말, 과장, 허언으로 다른 사람을 현혹한다는 것이다. 아마도 가장 큰 피해를 입은 사람은 화자 자신일 것이다.

겉으로 보면 이 노래에는 시적 청자인 임을 원망하는 어조가 흐른다. 그런데 이와는 결이 다른 분위기도 감지된다. 그것은 '여러 가지'라는 뜻을 갖는 '가지가지'가 역시 식재료인 '가지'의 뜻과 중첩되는 데서 일어나는 효과이다. 가지는 수박, 참외, 씨동아와 함

께 음식이라는 한 계열에 나란히 놓일 수 있다. 작가의 의도인지
는 알 수 없으나 이렇게 읽으면 시의 분위기는 달라진다. 임에 대
한 원망이 진지하고 심각한 표현으로 일관하지 않고, 어떤 면에서
는 원망의 목소리와 불협화음일 수도 있는 유머 코드와 결합한 것
으로 볼 여지가 있는 셈이다. 말하자면 임을 사랑하는 마음을 숨긴
채 원망을 하고 있으나, 끝내 그 사랑하는 마음이 마치 주머니 속
의 송곳처럼 삐어져 나오는 형국이다. 이 또한 시적 상황과 목소리
의 부조화에서 오는 묘미를 만들어 낸다.

　이상에서 살펴본 시조 두 편은 작자의 신분이 불분명하여 오독
誤讀의 가능성을 무릅쓰고 읽어 갔다. 그렇지만 사대부가 아닌 기
녀가 지은 작품이라 하더라도 그 연행 현장에는 사대부가 참여하
고 있었을 것으로 보아도 무방하다. 당시의 기녀라는 존재가 지배
층인 사대부 남성들이 주도하는 유흥 공간에서 그들과 함께 어울
려 노래를 주고받았기에, 이런 향유 공간의 분위기로 미루어 보면
시적 서정의 주체가 누구인지는 중요하지 않은 변수이기 때문이
다. 참여자 개인의 개성보다는 참여자들이 집단적으로 공감할 수
있는 여지가 핵심적인 변수로 작용했던 것이다.

　그러면 이제 사대부가 지은 것이 분명한 작품을 살펴보자. 사대
부는 대체로 명랑하고 발랄한 이미지와는 거리를 두고 엄숙, 근엄,
진지한 이미지로 정착되어 있다. 다음에 인용하는 이야기는 아마
도 이런 캐릭터를 집약적으로 보여 주는 일화일 것이다.

　　겨울이 오니 땔나무가 있을 리 만무하다. 동지 설상雪上 삼척 냉돌
　　에 변변치도 못한 이부자리를 깔고 누웠으니, 사뭇 뼈가 저려 올라오

　　　　　　　　　　　여섯 번째 이야기 - 언어유희

고 다리 팔 마디에서 오도독 소리가 나도록 온몸이 곧아 오는 판에 사
지를 웅크릴 대로 웅크리고 안간힘을 꽁꽁 쓰면서 이를 악물다 못해
박박 갈면서 하는 말이,

　"요놈, 괘씸한 추위란 놈 같으니, 네가 지금은 이렇게 기승을 부리
지마는, 어디 내년 봄에 두고 보자."

　　— 이희승, 〈딸깍발이〉[19]

　제목인 '딸깍발이'는 '남산골 샌님'의 별명으로, 나막신이 마른
땅에 부딪치는 소리에서 유래했다. 그냥 '양반'이라 이해하면 된다.
이 일화는 "오직 예의염치禮義廉恥가 있을 뿐이다. 인仁과 의義 속에
살다가 인과 의를 위하여 죽는 것이 떳떳하다."는 그들의 처세관을
보여 주는 맥락에서 소개된 것이다. 이 일화 뒤에 작가는 이런 평
을 덧붙였다. "사실로는 졌지마는 마음으로는 안 졌다는 앙큼한 자
존심, 꼬장꼬장한 고지식, 양반은 얼어 죽어도 겻불을 안 쬔다는
지조, 이 몇 가지가 그들의 생활신조였다." 그리고 딸깍발이의 전
형으로 단종의 복위를 도모하다 세조 일파에게 목숨을 잃은 사육
신死六臣, 병자호란 때 청나라와의 화의和議를 반대하고 결사 항전
을 주장했다는 이유로 중국 선양으로 끌려가 참형을 당한 삼학사三
學士, 이성계李成桂 일파의 음모를 알아채고 숙청을 하려다가 습격
을 당해 척살된 정몽주鄭夢周, 강압적인 을사늑약을 반대하며 자결
한 민영환閔泳煥을 차례대로 꼽았다.

　모든 양반들이 이런 식으로 처세했을 리 만무하다. 오히려 사리
사욕을 앞세워 가문의 번성만을 추구하면서 가난한 백성들을 수탈
했던 양반들은 또 얼마나 많았겠는가. 그렇기는 해도 이러한 딸깍

발이들의 삶은 그들 스스로 이상적인 인간으로 규정해 놓은 군자君
子의 상에 가깝다. 도덕적으로 완성된 인격자의 모습이다. 그러니
이러한 양반들의 전형이 우리에게 일반적으로 엄숙, 근엄, 진지하
다는 인상으로 남아 있는 것은 자연스러운 일이다.

그렇지만 사대부들이라고 해도 사회적 가면이 필요한 시간이
지나면 그 가면을 대신하는 또 다른 얼굴을 가지지 않았을까? 그
들도 필시 인간이었기에 호모 루덴스로서 인간 본연의 유희 충동
을 발산하지 않았을까? 그럴 때 가장 손쉽게 선택할 수 있는 종목
은 언어유희였을 것이다. 언어유희는 달리 말하자면 범속한 삶의
반영물이요, 경쾌한 태도의 발현태이며, 발랄한 표현의 결집체라
하겠다.

그중에서도 여기에서는 단순히 유희 충동만으로 설명되지 않
는, 아니 유희 충동을 극단으로 밀고 나간 사례들에 초점을 맞춰
살펴보려 한다. 바로 유희 충동을 성性 충동으로 포섭하는 경우이
다. 앞서 소개한 민요가 성 충동과 유희 충동이 만나는 접점을 보
여 준다 했거니와, 충동이 본능 개념을 내포하고 있다는 점을 고려
하면 사대부들이라고 해서 다르지는 않았음을 쉽게 수긍할 수 있
다. 사대부들 또한 노래로 성적 농담을 주고받았던 것이다. 이를
가장 집약적으로 보여 주는 것은 이른바 '수작酬酌' 시조들이다.

'갚을 수酬'와 '따를 작酌'이 합쳐진 '수작'이라는 말은 '수작을
부린다', '수작을 떤다', '더러운 수작', '건방진 수작' 등에서처럼
요즘에는 주로 부정적인 의미로 쓰인다. 그런데 본래는 술을 부어
주거니 받거니 하는 일을 가리켰던 말이다. 이 뜻이 나중에는 '말
을 서로 주고받는 일'로 변했다. 수작 시조는 그러니까 '시조로 주

　　　　　　　　　　　여섯 번째 이야기 - 언어유희

고받는 수작', 혹은 '수작을 위한 시조'로 이해하면 되겠다. 수작 시조는 한 사람이 다른 사람의 의중을 슬쩍 떠보기 위해 던지는 제안과, 그 제안에 대한 응답이 짝을 이룬다. 이방원李芳遠의 〈하여가何如歌〉와 정몽주의 〈단심가丹心歌〉도 유명한 수작 시조에 해당한다. 새 왕조를 만들고자 했던 이방원이 충신으로 소문난 정몽주를 자기편으로 끌어들이기 위해 정몽주의 의중을 물어본 것이 〈하여가〉이고, 정몽주가 절대로 그런 반역에 참여할 수 없다는 의지를 밝힌 것이 〈단심가〉이다. 일종의 정치적 수작이라 할 수 있겠다. 비유와 상징으로 의사를 주고받는 언어 게임의 본보기라 할 만하다.

그런데 여기에서 우리가 살필 수작 시조는 정치적 수작이 아닌 성적 수작에 해당하는 노래들이다. 이들 노래는 기녀와 사대부 남성 사이의 성애도 허용되었던 사회적 분위기 속에서 산출된 작품들이다. 이를 대표하는 것은 백호白湖 임제林悌(1549~1587)와 평양 기생 한우寒雨가 주고받은 것으로 기록된 작품이다.

임제는 당대의 풍운아로 유명하다. 그는 사대부 신분이면서도 파격적인 행동으로 후대에 남을 만한 유명한 일화를 남긴 인물이다. 젊은 시절부터 붓과 칼과 거문고를 동시에 품고 기행奇行을 보였다. 갖가지 구설口舌에 시달렸을 테니 당연히 높은 벼슬에 오를 수는 없었다. 결국 그는 소모적인 정쟁을 일삼는 정계에 환멸을 느껴 벼슬을 스스로 버리는 결단을 하게 된다.

이런 와중에 그는 당대의 유명한 기녀인 한우에 대한 소문을 듣게 된다. 칼과 붓, 그리고 거문고를 품고 있던 풍운아답게 그는 한우를 만나러 가면서 다음과 같은 노래를 지어 불렀다.

북천北天이 묽다커늘 우장雨裝 업시 길을 나니

산에는 눈이 오고 들에는 춘비로다

오늘은 춘비 마자시니 어러 잘가 ᄒ노라

— 임제

북천이 맑다커늘 우장 없이 길을 나니

산에는 눈이 오고 들에는 찬비로다

오늘은 찬비 맞았으니 얼어 잘까 하노라

풀어 쓰면 이렇게 된다. '북쪽 하늘이 맑다는 이야기를 들었으니 비를 막을 복장은 전혀 생각지 않고 길을 나섰다. 그런데 난데없이 눈도 오고 비도 내린다. 온몸이 고스란히 젖을 수밖에 없다. 그러니 오늘은 추위에 떨며 잘 수밖에 없구나.' 그런데 이렇게 풀어 놓고 보니 어떤 맛도 느껴지지 않는 맹물처럼 밋밋하다. 시적 긴장이 없는 것은 물론이고, 도대체 아무런 재미도 맛볼 수 없다.

이 시의 맛을 제대로 느끼기 위해서는 최소한 노래의 핵심인 종장의 '찬비'와 '맞았으니'와 '얼어 잘까'가 중의적으로 쓰인 시어라는 점을 알아야 한다. 이 노래가 수작 시조가 되는 이유도 여기에 있다. 이 시어들은 글자 그대로의 의미 이면에 놀랄 만한 성적 의미를 함축하고 있다. 우선 '찬비'에는 기생 '한우'라는 뜻이 녹아 있다. '한우'의 한자가 '찰 한寒', '비 우雨'이기 때문이다. 그리고 '맞았으니'에는 '맞이했으니'라는 뜻이, '얼어'에는 '(남녀가 육체적으로) 어울려'라는 뜻이 각각 녹아 있다. 모두 언어유희적 발상으로 수준 높은 수작을 벌인 것이다. 그러니까 이 노래의 종장은 '오늘은 한

     여섯 번째 이야기 - 언어유희

우라는 기생을 맞이했으니, 함께 어울려 자고 싶구나.'라는 뜻을 품고 있는 셈이다. 이 정도는 되어야 그래도 수작을 부리는 노래라 할 수 있겠다. 〈한우가〉라는 제목을 얻은 것도 이 노래가 지닌 이런 독창성 때문이리라.

혹자는 이 노래를 두고 야심만만한 젊은 정치인 임제의 낙망落望이 담긴 작품으로 보기도 한다. 세상을 바꾸어 보겠다는 뜻을 품고 관직에 진출했으나 정계와 관계의 타락상을 목도하고는 그 뜻을 접을 수밖에 없겠다는 심경을 우의적寓意的으로 표현한 작품이라는 것이다. 그러나 이에 대한 한우의 답가를 보면 이러한 우의적 해석의 적절성에 대해 의문을 가질 수밖에 없다.

어이 얼어 자리 므스 일노 얼어 자리
원앙침 비취금을 어드 두고 얼어 자리
오늘은 춘비 마자시니 더욱 덥게 자리라
— 한우

어이 얼어 자리 무슨 일로 얼어 자리
원앙침 비취금을 어디 두고 얼어 자리
오늘은 찬비 맞았으니 더욱 덥게 자리라

이 시조에서도 핵심은 종장에 있다. '당신은 오늘 천하 명기인 한우를 맞이했으니 당연히 이 밤을 뜨겁게 보내야 하리.'라는 뜻이겠다. 여기에서도 종장의 '찬비'는 한우 본인을, '더욱 덥게 자리라'는 뜨거운 성애의 온도를 함축하는 표현이다. 언어유희적 발상에 기반한 제안에 동일한 발상으로 응답한 것이다. 수작의 발상은 물론 그 수준 또한 조화롭다. 더군다나 부부가 함께 베는 원앙침鴛鴦枕(원왕을 수놓은 베개)과 부부가 함께 덮는 비취금翡翠衾(비취색의 비단 이불)도 있다고 했으니 한우가 임제를 맞이하기 위한 준비가 어느 정도인지도 능히 짐작할 수 있겠다. 아마도 한우는 임제의 명성을 익히 들어 알고 있었을 테다. 그러니 한번 만나 봐야겠다는 소망을 품었을 수도 있다. 사정이 이러하다면, 그들이 만난 그날 밤, 둘 사이에 오고 간 애정 행각이 어떠했을지 상상하는 것은 어렵지 않을 것이다.

이어지는 수작 시조는 송강松江 정철鄭澈(1536~1593)과 기녀 진옥眞玉 사이에 주고받은 것으로 전하는 작품이다. 정철은 우리 시 문학사에서 최고봉으로 꼽히는 시인이다. 당시의 많은 사대부들과 마찬가지로 송강은 벼슬살이와 유배살이를 두루 겪었고, 관직에서 물러나 은거 생활을 하기도 했다. 벼슬길에 나갔다가 귀향, 다시 관직 진출 후 재귀향, 다시 정계 복귀 후 유배, 그 후 다시 복귀, 그리고 은퇴, 참으로 파란만장한 생애라 하겠다.

그의 파란만장한 생애는 그의 성품에서 비롯되었다고 할 수 있다. 그와 교유했던 당대 문인들이 남긴 기록들은 서로 엇갈리는 평가를 담고 있다. 청렴결백하고 강직했다는 평가가 있는가 하면, 성질이 괴팍하고 경박했다는 평가도 있다. 이렇게 상반된 평가가 나온 것은 정치적 입장의 차이 때문이라 간주할 수 있겠지만, 〈관동별곡關東別曲〉과 같은 작품을 보면 그가 호방한 성격의 소유자라는 점은 쉽게 짐작할 수 있다.

그런 그에게 로맨스가 없을 리 없다. 상대는 진옥이었다. 송강

   여섯 번째 이야기 - 언어유희

의 첩이라 기록되어 있는 문헌도 있지만, 실제로는 평안도 강계 지역의 기녀였다고 한다. 강계는 송강이 우의정을 지낸 뒤 좌의정 자리에 있다가 광해군 책봉 사건으로 유배된 곳이었다. 당대 대정치가이자 대문장가의 유배지, 거기에는 필시 울분과 비탄과 고독이 있었겠고, 그것을 달래기 위한 술이 있었을 터. 그런 상황에서 만난 진옥은 단순한 노류장화路柳墻花가 아니었을 것이다. 더불어 술잔을 주고받으면서 울분을 달래고 비탄한 심사를 쓰다듬고 고독을 잊었을 것이다.

그들이 그런 자리에서 주고받은 건 술잔만이 아니었다. 먼저 정철이 노래를 부른다.

옥玉이 옥이라커눌 분옥焚玉만 너겨쩌니
이제야 보아 호니 진옥眞玉일시 젹실호다
냐게 술송곳 잇던니 쑤러 볼가 호로라
― 정철

옥이 옥이라커늘 분옥으로만 여겼더니
이제야 보아하니 진옥일시 적실하다
내게 살송곳 있으니 뚫어 볼까 하노라

이어서 진옥이 거문고 가락에 얹어 답가를 부른다.

철이 철이라커눌 섭철鐵만 너겨쩌니
이제야 보아호니 정철正鐵일시 분명호다

내게 골블무 잇던니 뇌겨 볼가 ᄒ노라

　—진옥

철이 철이라커늘 섭철로만 여겼더니

이제야 보아하니 정철일시 분명하다

내게 골풀무 있으니 녹여 볼까 하노라

두 노래의 시적 발상은 모두 상대방의 이름에서 시작된다. 임제가 한우를 향해 부른 노래와 비슷한 이치라 하겠다. 정철의 작품에서 '분옥'은 '번옥燔玉'의 오기誤記오기인 듯한데, 이는 돌가루를 구워 만든 옥으로서 품질이 다소 떨어진다. 이와 대비되는 '진옥'은 당연히 가치가 높은 옥이다. 상대방의 이름 또한 진옥이다. '섭철'은 사전에도 나오지 않는 말이지만 제대로 정련되지 못한 하품의 철을 가리키는 것으로 짐작된다. '정철'은 품질이 좋은 철을 뜻하는 '正鐵' 또는 '精鐵'이면서 동시에 마주 앉은 상대방의 이름이기도 하다. 송강의 본명에 있는 '철'은 '쇠 철鐵'이 아닌 '물 맑을 철澈'이다. 오직 기표의 동일성만을 취한 레토릭이다. 요컨대 이 수작 시조의 짝은 각각 '번옥'과 '진옥', '섭철'과 '정철'을 대비시켜 상대방의 의중을 물어본 것이다. 물론 상대방의 의중이란 잠자리의 유희에 대한 관심을 말한다. 정철의 '살송곳'과 진옥의 '골풀무'가 무엇을 뜻하는지는 굳이 말할 필요가 없을 것이다. 더욱이 '뚫어 볼까'나 '녹여 볼까'와 같은 말도 등장하는 것으로 보아 거의 하드코어에 가깝다는 인상도 준다. 정철은 임제에 비해, 나이뿐 아니라 노골적 표현의 강도로도 한참 선배인 것으로 보인다.

　재미있는 것은, 이 수작 시조가 품은 내용이 하드코어일지언정 품격만은 지켜지고 있다는 점이다. 무엇보다 이름의 기표에 주목한 언어유희적 발상이 은근한 해학을 불러일으키고 있으며, '옥'과 이를 뚫는 송곳, '철'과 이를 녹이는 '풀무'를 대응시키는 기지 또한 두드러지기 때문이다. 진옥이 얼마나 빼어난 미모를 지녔는지 모르지만, 적어도 이 정도의 재치와 유머를 가진 여성이었다면 송강도 하염없이 실의에 찬 세월을 보내고 있지만은 않았을 듯하다.

　이들 수작 시조들은 성 충동과 유희 충동이 만나는 접점에서 어떤 흥미로운 일이 일어나는지를 보여 준다. 문자를 모르는 민초들이 부르는 민요에서도 이미 확인한 바 있지만, 그것은 은폐되어야 하는 장면들을 노출하는 데 필요한 도덕적 부담을 덜어 준다. 한없이 무거울 수 있는 화제를 누구나 웃을 수 있는 가벼운 농담으로 바꾸어 준다. 앞서 성적 모티프가 무겁기만 하면 음화가 되기 십상이지만 명랑과 발랄을 추구하면 희화가 된다고 했거니와, 사대부들의 수작 시조 또한 포르노그래피로 떨어지지 않고 품격을 유지하고 있는 것이다. 거기에는 향유자들이 문자를 아는지 모르는지의 차이가 개입되지 않는다.

　불필요한 오해를 막기 위해 참고 삼아 주목해 볼 만한 작품이 있다. 그것은 기녀들이 항상 이런 식의 에로티시즘에 경도된 작품만을 남긴 것은 아니라는 점이다. 가령 매화梅花라는 이름의 기녀는 다음과 같은 노래를 남겼다.

　　　매화 녜 등걸에 춘절春節이 도라오니
　　　녯 피던 가지에 피염즉 ᄒ다마는

춘설春雪이 난분분亂紛紛ㅎ니 필 쏭 말 쏭 ㅎ여라

— 매화

매화 옛 등걸에 춘절이 돌아오니

예 피던 가지에 핌 즉도 하다마는

춘설이 난분분하니 필 동 말 동 하여라

작품 초두에 자신의 이름을 내세운 것으로 보아 아마도 단순히 경물을 응시하고 떠올린 시상은 아닌 듯하다. 아니나 다를까, 이 작품을 둘러싼 이야기가 있다. 매화가 유춘색이라는 평양 감사와 가까이 지냈으나 그가 나중에는 매화를 멀리하고 춘설春雪이란 젊은 기생을 가까이하자 매화가 이를 원망하며 지었다는 것이다. 자기 이름이기도 한 '매화'에 꽃의 이름 매화를 겹치게 하고, 연적인 '춘설'의 이름에 봄눈이라는 뜻을 겹치게 함으로써 중의적으로 읽히게 했다. 그렇게 되면 '옛 등걸'이라는 말은 자신의 늙은 몸을 은유하는 것으로 볼 수 있다. 사대부를 모셔야 했던 기생들의 숙명과도 같은 사건이지만 에로티시즘과는 거리가 멀다. 그러나 이름의 중의성에 착안한 언어유희적 발상은 앞서의 시조와 다르지 않다.

이중언어 사용자들의 말놀이

중국에서 한자가 전래된 이후 상층 귀족들이나 지식인들에게는 한자와 한문을 거의 모국어 수준으로 구사할 수 있는 소양이 필수적

     여섯 번째 이야기 - 언어유희

이었다. 훈민정음이 창제되기 이전의 지식인들은 말을 할 때는 우리말을 사용했지만 글을 쓸 때는 한문을 사용했으니, 이들은 넓은 의미의 이중언어 사용자들이라 할 수 있다. 입에서 나오는 말과 그것을 표기하는 한자 및 한문이 서로 다른 체계를 가진 언어였기에 둘 사이에서는 불일치에서 오는 긴장도 생겨나게 되었다. 여기에 더하여 훈민정음이 창제된 15세기 이후의 사대부들은 한글이라는 문자도 겸용하게 되면서 이중언어 사용은 더욱 복합적인 양상을 띠게 되었다. 그러는 가운데 언어유희적 발상과 표현은 언어생활사와 문학사의 한 전통으로 자리 잡았다.

입에서 나오는 말, 그 말과 일치되는 문자인 한글, 그리고 그 말과 일치되지 않는 문자인 한자가 언어생활의 세 축으로 정립되면서 이들 사이에 긴장도 생겨나게 되었다.

신라 진평왕 시기에 지어진 〈혜성가彗星歌〉는 기록으로 전하는 우리말 노래 중 언어유희적 발상을 보여 준 가장 오래된 작품이 아닌가 한다. 《삼국유사》에 향찰鄕札로 표기되어 있는 이 노랫말을 이해하기 위해서는 노래가 나오게 된 배경부터 알 필요가 있겠다.

몇몇 화랑花郎의 무리들이 풍악楓嶽(금강산)에 유람을 가려고 하는데, 하늘에서 혜성彗星이 심대성心大星을 범하는 일이 일어났다. 이에 낭도들이 불길한 조짐이 아닌가 의아해하자, 융천사融天師라는 인물이 〈혜성가〉를 지어 불렀더니 별의 괴변도 사라졌다. 왜군이 제나라로 돌아가 도리어 나라의 경사가 되었다는 내용도 덧붙긴 하는데, 이 내용이 왜 돌연히 여기에 덧붙었는지에 대한 추측은 분분하므로 일단 별의 괴변이 사라졌다는 점만 주목해 보기로 하자.

향찰을 해독하는 일은 그 자체로 난제 중의 난제이지만, 그때 부른 노래에는 다음과 같이 풀이되는 구절이 포함되어 있다.

천상의 특이한 자연현상이 지상의 인간들에게 국가적 혹은 사회적으로 불길한 사태가 발생할 조짐으로 해석되는 것은 당대의 자연스러운 관습이었다. 혜성 그 자체도 보기 드물게 나타나는 현상이지만, 혜성이 나타나 심대성이라는 별을 범하는 일도 마찬가지였을 터. 국가의 운명을 걱정하는 낭도들이 동요하는 것 또한 자연스럽다. 그런데 융천사라는 인물이 지어 부른 이 노래 하나로 문제는 해결되었다. 사실은 길쓸별인데 그걸 혜성으로 착각 혹은 오인한 것이라는 융천사의 건조한 선언이 문제 해결의 열쇠였다. 한마디로 혜성은 없다는 단정인 것이다.

우리가 주목하는 것은, 융천사가 지은 위의 노랫말이 실은 언어유희적 표현이라는 점이다. 혜성은 가스 상태의 빛나는 긴 꼬리를 끌고 운행하는 천체이다. 꼬리를 달고 있는 듯한 형상이어서 꼬리별, 꽁지별, 미성尾星, 살별로도 불린다. 노랫말에 포함되어 있는 '길쓸별'(향찰 표기는 '道尸掃尸星')도 혜성의 또 다른 이칭이다. 모두 혜성의 생김새에서 비롯된 은유적 별명들이다. 그런데 왜 하필 다양한 이칭들 중에서 '길쓸별'이 선택되었을까? 그것은 '길쓸별'이 낙엽이든 눈이든 길을 쓸어 내서 깨끗하게 해 주는 빗자루의 용도를 드러내는 말이라는 점에 주목한 선택이었을 것이다. 모든 이칭들이 생김새에 주목하고 있지만 '길쓸별'은 여기에 더하여 쓰임새도 드러내는 말이었던 것이다. 물론 혜성이라는 이름 자체가 청소 도구인 '비', '쓸다'를 뜻하는 '혜彗'를 품고 있으므로, '길쓸별'은 '혜성'이라는 한자어보다 먼저 쓰였던 고유어였을 가능성도 없지 않다. 그러나 어떤 말이 더 먼저 쓰였는지, 더 널리 쓰였는지와 무관하게, 노래를 지어 부른 맥락을 고려하면 '길쓸별'은 필연적 선택이었다고 볼 수밖에 없다. '혜성'이라는 말이 나라의 환란을 예고하는 조짐이라는 문화적 기호였다면, '길쓸별'은 그 불길한 조짐을 모두 다 쓸어버리는 해결사라는 문화적 기호였던 것이다.

융천사는 이처럼 언어 기호의 해체를 통한 재명명으로 넓게는 우주적 문제를, 좁게는 국가적 문제를 해결했다. 하늘을 융화한다는 뜻의 융천融天이라는 이름도 이런 계기로 얻었을 것이다. 융천사는 승려라는 점 외에 그 정체를 알려 주는 다른 기록은 없지만, 승려가 당대 최고의 지식인층이라는 사실을 고려해 보면 한자와 한문에도 능통했을 것으로 짐작된다. 그런 인물이었기에 본디 '비' 혹은 '쓸다'라는 의미를 포함한 '혜성'이라는 단어를 본래의 의미로 복원시킬 수 있었다. 국가적 불행이라는 관습적 코드를 품고 있는 '혜성'이라는 기호에 '길쓸별'이라는 본연적이면서도 새로운 기의를 부여함으로써 동일한 대상을 달리 보도록 유도하는 데 성공했던 것이다. 문자언어와 음성언어가 달랐던 이중언어 사용자의 지략이라 할 수 있겠다.

한편 훈민정음 창제 이후 조선시대의 지식인들은 한자라는 표의문자表意文字와 한글이라는 표음문자表音文字 사이의 긴장도 시작詩作에 끌어들였다. 이를 대표하는 인물은 김삿갓으로 알려진 김병연金炳淵이다. 그의 희작戲作은 후대인들에 의해 덧붙여진 설화를 동반하곤 한다. 그만큼 그의 희작은 유명했고 인기가 높았지만, 실제로 그가 지었는지 아니면 다른 사람이 지은 글을 그의 작품인 양 이름을 빌려 표시한 것인지를 확언하기는 어렵다. 대신 여기에서는 기록자가 분명한 이야기 하나를 살펴보기로 한다.

〈요로원야화기要路院夜話記〉는 충청도 출신의 선비 박두세朴斗世(1650~1733)가 과거에 낙방하고 귀향하던 도중 현재의 아산에 있는 요로원이라는 주막에 들렀을 때 서울 출신 선비를 만나 주고받은 말을 기록한 글이다. 소설에 가까운 픽션으로 보기도 하지만, 당시 양반들의 말놀이 수준을 보여 주는 데는 제격이다. 서울 출신이랍시고 으스대던 서울 양반은, 무지한 척하면서 의뭉을 떨고 있는 시골 출신 선비를 상대로 자신의 우월감을 증명하여 지적으로 제압하려는 의도로 육담풍월肉談風月 대결을 제안한다. 육담풍월은 다섯 글자나 일곱 글자로 한자와 우리말을 섞어서 짓는 문자 놀음이다. 서울 양반은 의기양양하게 다음과 같은 풍월을 제출한다.

我觀鄕之賭(아관향지도)	내 시골**내기**를 보니
怪底形體條(괴저형체조)	형상 **가지기**를 괴저히 하는도다
不知諺文辛(부지언문신)	언문 **쓸** 줄을 알지 못하니
何怪眞書沼(하괴진서소)	어찌 진서 **못** 함이 괴이하리오[20]

여기에서 굵은 글씨로 처리된 문자를 본래의 뜻으로 새겨서는

문장이 성립되지 않는다. '賭'는 '도박, 내기', '條'는 '(나뭇)가지', '辛'은 '맵다, 쓰다', '沼'는 '늪, 못'의 뜻을 각각 갖는다. 그러므로 그 뜻과 무관하게 소리만을 따서 연결해야 성립되는 문장인 셈이다. 서울 양반은 자신이 언문諺文과 진서眞書, 곧 한글과 한문에 두루 능통하다는 걸 자랑하려 했던 것이다.

서울 양반은 과연 그 뜻을 이루었을까? 시골 선비는 다음과 같은 문장으로 응수한다.

我觀京之表(아관경지표)	내 서울 것을 보니
果然擧動戎(과연거동융)	과연 거동이 **되**도다
大抵人物貸(대저인물대)	대저 인물을 **꾸었**으니
不過衣冠夢(불과의관몽)	불과 옷과 관을 **꾸몄**도다

여기에서도 굵은 글씨로 처리된 문자에 주목해 보자. '表'는 '겉', '戎'은 '오랑캐, 되(놈)', '貸'는 '빌리다, 꾸다', '夢'은 '꿈'의 의미이다. 그러나 앞에서와 마찬가지로 이 뜻과 무관하게 소리만 취하여 연결하면 문장이 성립한다. 육담풍월 배틀의 승부는 정해졌다. 시골 선비를 깔보던 서울 양반의 체면이 말이 아니게 됐다.

말놀이로 본 문화 간 교섭 현상

하나의 언어문화권 안에서도 상층과 하층이 다른 문자를 쓰면 그에 따라 문화도 분화될 수 있다. 그런데 분화된 문화라고 해서 언제까지나 고정불변으로 유지되는 것은 아니다. 상층 문화가 하층 문화에 침투하고 하층 문화가 상층 문화로 스며드는 교섭 현상이 자연스럽게 일어난다. 가령 고려속요는 원래 민간에서 향유되던 민요가 궁중으로까지 유입되어 왕과 신하가 즐기게 된 장르이다. 반대로 잡가雜歌의 노랫말은 판소리의 사설이나 탈춤의 대사와 함께 상층의 문화가 민간의 문화로 유입되어 정착된 사례로 볼 수 있다.

잡가는 조선 후기 상업 문화의 자장 속에서 도시의 유흥가를 주름잡았던 갈래였다. 직업적인 가객歌客이 연창演唱했던 잡가는 사대부들보다는 도시의 중인층과 서민층을 중심으로 향유되었다. 당대에 유행하던 판소리나 시조, 한시는 물론이고 중국의 신화나 전설, 역사적 사건 등등 성격을 달리하는 여러 장르의 노래들이 잡가의 노랫말로 포섭되곤 했다. 잡가의 가장 대표적인 레퍼토리로 꼽히는 〈유산가遊山歌〉는 봄을 맞이하여 산으로 유람을 떠나 목격하게 되는 장면들을 장황하게 나열하다가 다음과 같이 마무리된다.

> 주곡제금奏穀啼禽은 천고절千古節이요, 적다정조積多鼎鳥는 일년풍一年豊이라
> 일출日出 낙조落照가 눈앞에 벌였으니 경개景槪 무궁無窮이 좋을시고
> — 작자 미상, 〈유산가〉[21]

'주곡제금'은 주걱주걱 하고 우는 새라는 뜻이다. '주곡'은 주걱새의 음차이다. 우리한테 친숙한 이름은 접동새이다. 이 새는 신하에게 배신을 당해 쫓겨난 촉나라 망제望帝의 고사에 나온다. 그의

   여섯 번째 이야기 - 언어유희

이름이 두우杜宇였는데, 나라를 빼앗기고 쫓겨난 원통함을 이기지 못하여 피를 토하며 울다가 죽었고 그가 환생한 것이 바로 이 접동새라는 것이다. 두견杜鵑, 귀촉도歸蜀道, 망제혼望帝魂, 불여귀不如歸라는 이칭도 모두 이 고사에서 비롯된 것이다. 이런 사연을 바탕으로 접동새는 〈유산가〉에서 '천고의 절개'를 뜻하는 '천고절'로 연결되었다.

한편 '적다정조는 일년풍이라'라는 구절의 '적다정조'는 소쩍새를 가리키는 말이다. 소쩍새가 많이 울면 그해에는 풍년이 든다는 민간의 속신俗信이 있었다. 소쩍새의 울음소리 '소쩍소쩍'에서 '솥 (이) 적(다)'을 읽어 내는 상상력이 흥미롭다. 솥이 적다는 것은 끓일 수 있는 쌀이나 보리가 그만큼 많다는 의미이다. 이 구절에서는 이런 상상력의 연장선상에서 '적다'와 '정'을 결합하였다. '적다積多'는 '많이 쌓였다'라는 뜻의 한자로 표기하였고, 여기에 가마솥을 뜻하는 '정鼎'을 붙여 소쩍새를 가리키는 말을 만들어 낸 것이다. 주걱새의 음차에 불과한 '주곡제금'과 달리, 이 구절에는 이처럼 환유적 인과성을 매개로 한 상상력의 동선이 깔려 있는 것이다.

이처럼 〈유산가〉에는 하층의 민간 신앙과 상층의 문화가 상호 침투하여 어우러진 한 경지를 적실하게 보여 준다. 두견이 망국의 한이라는 문화적 표상을 지니고 있다면, 소쩍새는 풍년이라는 서민층의 염원을 상징하는 새로 이해할 수 있다. 뻐꾸기목에 속하는 접동새와 올빼미목에 속하는 소쩍새는 분류학적 차이에도 불구하고 서로 혼동되는 경우가 많았다. 그러나 문화적 코드는 이처럼 상당히 다르게 나타나기도 한다.

그런가 하면 상층에서 쓰는 한자의 음과 뜻을 이용하여 일상어의 문맥 속에 배치함으로써 말의 재미를 보여 주는 경우도 있다. 다음은 〈봉산탈춤〉의 제4과장 노장춤 대목의 일부이다.

> 여섯째 먹중 : 노스님이 과연 죽었는가 내가 가서 자세히 보고 올라. (달음질하여 가서 멀찍이 노장이 누운 양을 보고 돌아와서) 이거 야단났다.
>
> 일곱째 먹중 : 무슨 일이게 야단났단 말이냐?
>
> 여섯째 먹중 : 노스님이 유유정정화화 했더라.
>
> 일곱째 먹중 : 아아, 그놈이 벽센 말 한마디 하는구나. 유유정정화화, 유유정정화화야? 그것 유유정정화화라니. 아! 알았다. 버들버들 우물우물 꼿꼿이 죽었단 말이구나![22]

이 대목은 생불生佛이라고 칭송을 받던 노장老長이 소무小巫의 교태와 유혹에 빠져 파계破戒에 이르는 과정 중의 한 대목이다. 여기에서 '유유정정화화'는 '버들버들 우물우물 꼿꼿이'라는 의미를 전달한다. '유유'는 '버들 유柳' 자, '정정'은 '우물 정井' 자, '화화'는 '꽃 화花' 자를 따와서 만든 말이기에 이런 식으로 풀이되는 것이다. 참고로 이렇게 죽었던 노스님은 먹중들이 염불을 외면서 재齋를 올리자 다시 살아나서 소무를 만난다.

〈봉산탈춤〉을 포함한 탈놀이 혹은 탈춤은 전형적인 민간의 놀이였다. 그런 놀이에서 이와 같은 표현이 나왔다는 것은 상층의 한자 문화가 어느 정도 보편화되어 하층의 언어문화에도 스며들었다는 뜻이겠다. 흥미로운 지점은 상층 한문 문화의 원형적 자질과 거기에서 비롯되는 아우라는 소거된 채 재담에 가까운 말놀이의 수준으로 변형되었다는 점이다. 그만큼 계층성을 논하기에 어려운

     여섯 번째 이야기 - 언어유희

지경의 단일한 언어문화권으로 융합되었다고 볼 수 있다.

언어유희의 번역 불가능성

대개의 언어유희는 기표는 동일하거나 유사한데 기의가 다른 말을 소재로 한다. 소리와 표기는 같은데 뜻이 다른 말들(동음동철이의어)끼리, 소리는 같은데 표기와 뜻이 다른 말들(동음이철이의어)끼리 하나의 문맥에서 연결한다. "원님은 주망酒妄이요, 책실은 노망老妄이요, 아전은 도망賭妄이요, 백성은 원망怨望이요, 이리하야 사망이 물밀듯 허지요."(김세종제 〈춘향가〉에서 어사가 되어 내려온 이 도령에게 남원 농부들이 하는 말)에서처럼 단어 전체가 아니라 끝음절 하나만 같은 말들끼리 연결되는 경우도 있다. 그마저도 '원망'의 '망'은 소리는 같지만 나머지 단어에 포함된 '망'과 의미는 다르다. "치정癡情 같은 정치政治"(송욱의 〈하여지향何如之鄕 5〉)와 같이 음절이 도치되면 같은 소리가 되는 경우도 있다.

　이러한 언어유희가 뚜렷한 문화 코드 중의 하나가 되는 이유는 다른 언어로 번역하는 것이 불가하다는 데 있다. 거듭 강조하지만 모든 번역은 반역이라고 했다. 기의 자체는 혹 번역 가능하더라도 기표의 말맛까지를 살려서 그 기호를 온전히 번역하는 것은 불가능하다. 다른 언어로 번역을 하는 순간 언어 공동체 내의 구성원들이 공유할 수 있는 표현 효과를 포기할 수밖에 없다. 가령 앞에서 인용한 〈춘향가〉의 한 구절은 영역본에서 다음과 같이 번역되어 있다.

그런데 이렇게 번역되는 순간 뒤이어 나오는 '사망'이라는 표현은 성립될 수 없게 된다. 주망, 노망, 도망, 원망이라는 네 개의 '망'이 아예 없어지기 때문이다. 당연히 '망'이라는 기표가 연속되면서 형성되는 리듬 효과 또한 산망散亡해 버린다. 별다른 대안이 있을 수 없다는 점에서 이를 번역자들이 저지른 오류로 보는 것은 매우 편협한 판단이다. 물론 한계도 아니다. 한계라 하더라도 그것은 번역의 두 축인 원천 언어와 목표 언어의 이질성에서 비롯되는 근본적 한계일 뿐이다. 그러니 언어유희는 한 언어권에서 통용되는 다양한 언어적 표현 중에서도 문화 코드를 설명하고자 할 때 가장 앞자리에 나설 수 있는 표현 기법이라 할 만하다.

가면

〈사미인곡〉의 상호텍스트성

문화 코드로서의 콘텍스트

고전시가는 구술문화의 자장 안에서 배태되고 소통되었다. 구술문화에서는 원칙적으로 '모방 혹은 인용'과 '작가적 창안'의 이항 대립이 개념적으로 성립되지 않는다. 따라서 상호텍스트적 단서가 그만큼 풍부하다. 이는 작품 내적으로 다양한 문화 코드를 담지하고 있음을 의미한다. 그중의 하나로 〈사미인곡〉을 택하여 읽어 보자. 이 작품에는 작가의 개성적 창안이 두드러진 표현과 함께 관습적으로 통용되는 시어의 의미, 시적 발상의 근저를 이루는 모티프, 문학사적 관습 등등이 뚜렷하게 드러난다.

본격적인 읽기에 앞서 상호텍스트성의 개념에 대해 간략하게 살펴보기로 한다. '상호텍스트성(intertextuality)'이란 간략하게 말해 어떤 텍스트가 과거나 미래의 다양한 담론들과 상호 의존하는 성질을 가리킨다. 이 개념이 본격적으로 도입되어 체계적으로 이론화된 것은 크리스테바(J. Kristeva)를 위시한 포스트모더니즘 패러다임에 이르러서이다. 하나의 텍스트 안에 그보다 선행하는 다른 텍스트의 어느 한 부분이 명시적인 인용의 형태로 드러나는 수준에서부터, 텍스트와 텍스트, 주체와 주체 사이에서 일어날 수 있는 모든 지식의 영향 관계의 총체까지를 이를 만큼 상호텍스트성의 개념적 스펙트럼은 그 폭이 대단히 넓다. 물론 여기에서 말한 텍스트에는 문학 텍스트뿐만 아니라 다른 갈래, 다른 분야의 텍스트와 기호 체계, 더 나아가서는 문화 일반까지가 모두 포함된다.

이 개념에 기대면 모든 문학 작품과 예술 작품은 마치 모자이크와도 같아서, 과거에 이미 존재했던 작품들을 다시 결합하고 배열

한 것에 지나지 않는다. 다시 말해, 어떤 작품도 그 이전에 만들어
진 작품의 영향을 직간접적으로 받지 않을 수 없다는 것이다. "태
양 아래 새로운 것은 없다."는 솔로몬의 말이 포스트모더니즘의 금
과옥조처럼 사용되는 데서 알 수 있듯이, 이 개념이 창조주에 버금
가는 것으로 이해되었던 작가의 천재성을 철저하게 부정하는 논리
를 동반하는 것은 필연적이다. 이와 같은 맥락에서 본다면 문학은
'작품(work)'일 수 없고 '텍스트(text)'로 개념화된다. 그 어원이 헝겊
과 같은 직조물(texture)에 있다는 점, 헝겊은 씨줄과 날줄로 엮여 있
다는 점이 포스트모더니즘의 텍스트관에 정확히 부합한다.

그렇다면 이러한 사실이 문학 텍스트를 읽는 독서에서는 무엇
을 시사하는가? 가장 일반적인 범위에서 상호텍스트성은 텍스트
읽기에서 여타 텍스트와의 연관망과 연관성을 적극적으로 고려하
는 독서법의 정당성을 보장한다. 즉 한 텍스트가 필연적으로 상호
텍스트성을 지니고 있다면, 그 의미 해석의 과정에서 그 텍스트의
근원이자 기원이기도 한 다른 텍스트와 그 기호 체계를 참조하지
않을 수 없고, 그렇게 함으로써 정확한 의미와 의도를 읽어 낼 수
있다는 것이다.

오늘날의 지배적인 독서론에서도 상호텍스트적 읽기의 의미나
가치는 적극적으로 옹호되고 있다. 이는 상식에 비추어서도 그러
하지만, 역사적으로도 대단히 뿌리 깊은 읽기의 방법이라는 점에
서도 타당하고 정당한 것으로 보인다. 역사적 연원을 고려하면, 이
러한 독서 방법이 오늘날 각광받고 있다는 사실은 오히려 새삼스
럽기조차 하다.

상호텍스트적 읽기의 연원이 오래되었다는 것은 동양과 서양이

다르지 않다. 고대 그리스 시대에는 호메로스의 〈일리아스(Ilias)〉와 〈오디세이아(Odysseia)〉 등의 문학 작품이 모든 교육의 중심 제재였다. 이들 문학 작품을 통해 지리, 자연과학, 역사와 신학의 지식이 학생들에게 전달되었다. 문학 작품을 통해 이런저런 분야의 지식을 전수했다면, 상호텍스트적 읽기 외에 다른 방법이 없었을 것임을 추론하기란 어렵지 않다. 중국의 경우에도 17세기 중기부터 소설 평점評點이 번성하게 되는데, 김성탄金聖嘆은《수호전水滸傳》에, 모륜毛綸과 모종강毛宗崗 부자는《삼국연의三國演義》에, 장죽파張竹坡는《금병매金瓶梅》에 평점을 붙인다. 평점의 주요 목적 중 하나는 특정 구절이나 장면의 전고典故를 밝히는 등의 방식으로 일반 독자들의 독서를 돕는 것이었다. 우리나라 또한 조선 후기에 이르러 평비評批를 통해 텍스트의 기원을 밝혀 줌으로써 독자의 상호텍스트적 읽기를 도왔던 사례를《수산 광한루기水山廣寒樓記》를 통해 확인할 수 있다. 특히《수산 광한루기》는 〈춘향전〉이라는 소설 작품을 여타의 문학은 물론이고 회화와 음악, 산수 지리와 풍수, 심지어 뱃놀이와 산행, 용병법 등과도 결부시켜 논하고 있어, 상호텍스트적 읽기가 도달할 수 있는 범위와 수준을 극대화시켜 보여 주는 사례라 할 만하다.

그런데 주목되는 것은, 오늘날 상호텍스트적 읽기를 강조하는 논리에서 그 의의나 효과가 상호텍스트성의 개념적 기원과는 확연히 다른 층위에서 언급되고 있다는 점이다. 즉 텍스트가 구성되는 과정에서 필연적으로 지니게 되는 텍스트 자체의 상호텍스트성이 아니라 독자가 스스로 구성하는 상호텍스트적 연관망이 중점이 되고 있는 것이다. 작가의 텍스트 구성 과정에 맞추어져 있던 상호텍스트성 개념의 초점이 독자의 텍스트 이해로 이동된 셈이다.

한편 작가, 창작 상황, 당대적 이데올로기, 사회 문화적 배경, 장르적 문법 등을 통칭하는 콘텍스트는 또 어떻게 볼 것인가? 상호텍스트성 개념을 처음으로 제기한 후기구조주의적 관점에 의하면, 작가를 비롯한 콘텍스트적 요소들도 문학 텍스트와 상호텍스트성을 이룬다. '저자의 죽음(death of author)'이라는 명명을 통해 명징하게 드러나듯, 작가 자신도 온갖 기호 체계들이 복잡하게 얽혀 있는 의식의 소유자로서, 그 자체로 하나의 텍스트가 된다. 여타의 콘텍스트들도 제각각 개별적인 텍스트로 작동하면서, 문학 텍스트의 상호텍스트성을 형성하는 요소가 된다. 더 나아가 특정 텍스트와 상호텍스트적 연관을 가지는 여타의 텍스트도 콘텍스트 중의 하나로 간주할 수 있다.

이들 콘텍스트는 흔히 객관적인 실체로 존재하는 정보의 하나로 간주되곤 하지만, 이마저도 실은 객관적인 정보가 아니다. 그것은 개인 혹은 공동체에 의해 구성된 지식이며, 텍스트를 읽는 독자가 주관적으로 구성하는 또 다른 텍스트이다. 요컨대 모든 콘텍스트는 텍스트와 상호텍스트적 연관을 맺으며, 텍스트와 콘텍스트 사이에 형성되는 모든 관계의 총체가 상호텍스트성이다. 따라서 작품과 상호텍스트적 연관을 맺는 모든 콘텍스트는 다분히 문화적 코드의 일부로 간주할 수 있다.

'미인'은 누구인가?

어떤 텍스트를 읽을 때 처음에 우리가 주목하는 것은 제목이다. 제목은 통상적으로 텍스트 전체를 관통하는 주제나 화제를 드러내주는 일종의 표상이다. 〈사미인곡〉은 말 그대로 '미인을 생각하는 노래'이다. '미인'은 보통 얼굴이나 몸매 등이 아름다운 여자를 가리킨다. 유의어로는 '가인佳人'이 있다. 그런데 이런 의미와 달리 절대 권력의 소유자인 군왕君王이라는 의미로도 쓰인다. 이는 사전적인 풀이에서도 승인하는 의미이다. 그러니까 제목만 읽어서는 그 미인이 누구를 지칭하는지 확정할 수 없다.

다만 이 제목이 '미인'을 표제로 내세운 수많은 선행 텍스트와 후행 텍스트를 떠올릴 수 있는 상호텍스트적 단서라는 점은 분명하다. 그렇다면 우리는 굴원屈原의 〈구장九章〉에 포함되어 있는 〈사미인思美人〉을 떠올리지 않을 수 없다. 전국시대 초楚나라 사람이었던 굴원은 제齊나라와 연대하여 진秦나라에 대항할 것을 주장했지만 초나라 회왕懷王은 진나라에 친화적이었던 신하들의 입장을 받아들이고 굴원을 강북으로 내친다. 이후 초나라는 제나라와 관계가 단절된 상태에서 결국 진나라의 침략을 받아 풍전등화와 같은 상황에 놓이게 되고, 회왕은 굴원을 다시 불러들인다. 그러나 구국을 위한 굴원의 가열찬 노력은 정적들의 집중적인 견제를 받게 된다. 진나라의 초대에 응하지 말라는 굴원의 만류에도 불구하고 회왕은 진나라에 친화적인 신하들의 건의를 받아들여 진나라를 방문하게 되고, 결국 거기에 억류되었다가 생을 마감한다. 회왕의 장남이 왕위를 물려받은 가운데 굴원은 다시 정치적 반대파들의 모함

  일곱 번째 이야기 · 가면

을 받아 강남으로 유배를 당한다. 그곳에서 그는 끝내 멱라수汨羅水에 투신하여 스스로 생을 마감한다.

창작 시기에 대한 논란이 없지는 않지만, 〈사미인〉은 굴원의 또 다른 걸작 〈이소離騷〉와 함께 회왕 통치기에 유배당한 상태에서 지은 것으로 추측된다. "미인을 생각함이여(思美人兮)"라는 구절로 시작되는 〈사미인〉은 그의 충정이 인정받지 못한 데서 오는 안타까움, 병이 들 정도로 깊어진 왕에 대한 그리움, 정계 복귀에 대한 소망 등의 정서로 가득하다. 그러니 정철의 〈사미인곡〉과 〈속미인곡〉이 〈사미인〉과 어느 정도 거리가 있다 하더라도, 창작 배경과 작품의 내용 면에서 〈사미인〉의 영향이 없었다고 하기는 어렵다.

다만 한 가지 의문은 김만중金萬重이 《서포만필西浦漫筆》에서 〈사미인곡〉을 〈속미인곡〉과 함께 묶어 '동방의 〈이소〉'라 고평考評했다는 점이다. 제목만을 두고 본다면 '양미인곡'을 견주기에는 〈사미인〉이 제격일 텐데 왜 이를 버리고 〈이소〉를 선택했을까? 아마도 〈사미인〉과 〈이소〉가 모두 유배지에서 지은 작품으로서 큰 차이가 없다는 데 그 이유의 일단이 있을 것이다. 더욱이 〈이소〉에서도 "초목이 시들고 지는 걸 생각하노라니 미인 늙어 가시는 것이 두렵도다(惟草木之零落兮 恐美人之遲暮)."라는 구절에서 '미인'이라는 표현을 활용하고 있다. 두 작품에서 공히 '미인'이 군왕을 가리킨다는 점은 확실하며, 그렇다면 이러한 기호적 관습 또한 여기에서 비롯된다고 보아도 무방할 것이다.

이처럼 〈사미인곡〉의 창작 배경과 발상이 중국 초나라 굴원의 〈사미인〉이나 〈이소〉에 가닿는다는 점이 확인된다면, 이제는 반대로 〈사미인곡〉의 영향을 받은 후대의 작품들을 살펴보는 것도 '미인'이라는 말의 문화 코드를 확인하는 계기가 될 것이다. 아니나 다를까, '미인'을 제목에 내건 후대의 텍스트는 여럿이다. 가령 김춘택의 〈별사미인곡別思美人曲〉(66쪽), 이진유의 〈속사미인곡續思美人曲〉, 작자 미상의 〈사미인곡思美人曲〉, 양사언의 〈미인별곡美人別曲〉에도 〈사미인〉이나 〈이소〉, 그리고 '양미인곡'의 그림자는 짙게 혹은 얕게 드리워져 있다. 이쯤 되면 '미인곡군美人曲群'이라 칭할 만하다.

이제부터는 〈사미인곡〉의 본문을 차례대로 단락별로 읽어 가면서 곳곳에 도사리고 있는 문화 코드를 살펴보자.

왜 적강謫降인가?

먼저 도입부이다. 송강은 그의 또 다른 작품 〈관동별곡〉에서도 자신을 황정경黃庭經이라는 도가道家의 경문에서 한 글자를 잘못 읽는 바람에 인간 세계로 적강謫降한 신선에 비겼다. 〈사미인곡〉에서도 그런 조짐이 보인다. 그는 정말 자신을 적강한 존재로 여기고 있었을까?

이 몸 삼기실 제 님을 조차 삼기시니 혼싱 연분緣分이며 하놀 모롤 일이런가

나 ᄒ나 졈어 잇고 님 ᄒ나 날 괴시니 이 무옴 이 ᄉ랑 견졸 ᄃᆡ 노여 업다

평생애 원ᄒ요ᄃᆡ 혼ᄃᆡ 녜쟈 ᄒ얏더니 늙거야 므ᄉ 일로 외오 두고

그리는고

엇그제 님을 뫼셔 광한전廣寒殿의 올낫더니 그 더시 엇디흐야 하계下界에 느려오니

올 저긔 비슨 머리 헛틀언 디 삼 년일쇠 연지분臙脂粉 잇닉마는 눌 위흐야 고이 홀고

모음의 미친 실음 첩첩이 빠혀 이셔 짓느니 한숨이오 디느니 눈믈이라

인생은 유한흔듸 시름도 그지업다 무심흔 세월은 믈 흐르듯 흐는고야

염량炎凉이 째롤 아라 가는 듯 고텨 오니 듯거니 보거니 늣길 일도 하도 할샤

이 몸 만드실 제 임을 좇아 만드시니 한평생 연분인 줄 하늘 모를 일이런가

나 하나 젊어 있고 임 하나 날 사랑하시니 이 마음 이 사랑 견줄 데 전혀 없다

평생에 원하오되 함께 살자 하였더니 늙어서야 무슨 일로 외따로 떨어져 그리는고

엊그제 임을 모셔 광한전에 올랐더니 그사이에 어찌하여 인간 세상에 내려오니

올 적에 빗은 머리 헝클어진 지 삼 년일세 연지분 있지마는 누굴 위하여 곱게 할꼬

마음에 맺힌 시름 첩첩이 쌓여 있어 짓느니 한숨이요 지느니 눈물이라

　제목의 '미인'이 텍스트에서는 '님'으로 변주된다. '나'는 젊은 선녀로 형상화된다. 광한전을 거처로 삼고 있다는 것으로 보아 '님'은 천상의 선계仙界를 통치하는 초월적 존재일 것이다. 초월적 존재들이 등장하는 셈인데, 당연히 이 두 인물은 현실 세계의 작가 자신과 '미인'을 빗댄 허구적 인물들이다. 이는 이 작품이 현실 세계를 그대로 모사하는 방향이 아니라 허구적인 세계를 상정한 채 전개될 것임을 암시한다.

　그 '님'과 '나'의 연분은 하늘이 정한 일이다. 이른바 천정배필天定配匹이다. 그런데 헝클어진 머릿결과 분단장을 하지 않은 초췌한 인상으로 형상화된 이미지는 선녀라는 정체성과 그 자체로 모순이다. 선녀는 단정한 머리에 연지분으로 곱게 단장한 얼굴이어야 한다. 그러므로 초췌한 선녀의 이미지는 현재적 고난을 드러내는 표상이다. 그러나 그 근저에는 미래에 대한 기대가 도사리고 있다. 말로는 '늙어서야' 떨어져 있다고 했으나 여전히 임을 모실 수 있을 만큼 아직은 젊다고 여기고 있기 때문이다. 임을 만나 다시 모실 수 있는 자격은 여전히 가지고 있다고 믿는 것이다. 게다가 '그 사이에 어찌하여'라는 말로 자세한 내막을 감추는 것으로 보아 화자는 자신이 하계, 곧 인간 세상에 적강하게 된 이유를 스스로 인정하지 않는다. 그러기에 재회에 대한 기대치는 더 높을 것이다.

　　　　　　　　　　　　　　　　　　　　　일곱 번째 이야기 - 가면

이 단락에서 '미인'이 '님'으로 변주된 것 정도는 낯설지 않다. 또한 시적 화자인 '나'가 선녀라는 여성의 목소리로 말하고 있다는 것이 약간의 지적 충격을 불러일으키지만, 비유적인 표현으로 받아들이면 충분히 수긍할 만한 문맥이다. 이 단락을 건조하게 요약하면, 자신이 모셨던 임으로부터 자신이 수긍할 수 없는 이유 때문에 이별을 당한 젊은 여인이 3년이라는 세월을 눈물과 한숨으로 보냈다는 것이다. 이 정도로 파악된 바에 의하면 이 노래는 임을 잃은 여인이 부르는 연가戀歌로 귀속된다.

그런데 이 순간 작가 정철(1536~1593)이라는 콘텍스트를 또 하나의 텍스트로 삼아 상호텍스트적으로 읽으면 어떻게 되는가? 조선시대 사대부 남성의 삶이란 사士와 대부大夫 사이를 오가며 수기修己와 치인治人의 덕목을 실천하는 것이었다. 송강 또한 예외는 아니었다. 소년기에 이미 을사사화의 여파로 부친의 유배 생활을 같이 겪은 적도 있거니와, 20대 후반에 관직에 진출한 이후 생을 마칠 때까지 자의이든 타의이든 낙향한 것이 네 차례, 그리고 유배 생활 경험이 한 차례 있다. 한때 〈사미인곡〉은 '적강' 모티프로 인하여 유배지에서 지은 것으로 알려진 적도 있으나, 네 번째 낙향 시기에 지은 것으로 판정되었다. 네 번째 낙향은 그의 나이 50대 초반에 동인東人 세력들로부터 조정 내부에 파당派黨을 만들어 나랏일을 그르치려는 무리의 우두머리로 지목되어, 사간원 및 사헌부로부터 탄핵을 당한 결과였다. 엄밀하게 보면 유배가 아니었기에 적강이라는 설정은 실상에 어긋난다. 그렇다면 초췌한 인상의 선녀는 '광한전'이라는 도가적 공간으로 설정된 현실의 궁궐로부터 방출된 고신孤臣의 우의적 표상이고, '님'으로 지칭한 이는 당시

30대 중반의 군주 선조宣祖라는 점을 어렵지 않게 읽어 낼 수 있다.

그렇다면 이런 객관적 사실과 어긋나는 두 가지 지점에 대해 의문이 생긴다. 하나는 분명히 유배가 아닌 낙향인데 왜 적강 모티프를 차용했는가 하는 것이다. 물론 이를 두고 결정적인 오류로 볼 필요는 없다. 치인治人의 영역에 머물던 대부大夫가 그 영역을 벗어난다는 것은, 그것이 유배이든 낙향이든 현실 정치에서 손을 떼야 하는 일종의 형벌이라는 점에서는 다를 바가 없기 때문이다.

또 하나의 의문은 자신보다 한참 젊은 군주 선조를 염두에 두고 자신의 '젊음'을 굳이 부각했을까 하는 것이다. 이 또한 오류로 보기는 어렵다. 군신 사이에 작동하는 권력관계는 남녀, 노소 사이의 권력관계와 다르지 않았기 때문이다. 군주는 나이와 무관하게 항상 경륜을 갖춘 지존至尊이고 신하는 언제나 식견이 부족한 존재라는, 차별과 위계의 도식이 당시의 자연스러운 스키마였다. 이처럼 사실과 어긋나는 정보라고 해서 오류로 치부할 수는 없다. 그것은 단지 당대의 문화적 코드를 충실히 따른 결과였던 셈이다. 결국 천상계와 지상계의 거리를 상정한 허구적 구도 아래, 군주인 선조에게는 옥황의 가면을, 작가 본인에게는 형벌을 받은 젊은 여인의 가면, 즉 페르소나(persona)를 씌웠던 것이다.

왜 허구적 인물인 여성의 목소리를 선택했는가?

〈사미인곡〉은 적강 선녀라는 정체성을 가진 여성 화자의 목소리로 일관한다. 작가의 나이만이 아니라 성 정체성도 완전히 뒤바꾼 셈

일곱 번째 이야기 - 가면

이다. 이 전략에 숨은 문화 코드는 무엇일까?

동풍이 건듯 부러 적설을 헤텨내니 창밧긔 심근 매화 두세 가지 픠여셰라

굿득 냉담ᄒᆞᆫ듸 암향暗香은 므스 일고

황혼의 돌이 조차 벼마틔 빗최니 늣기는 듯 반기는 듯 님이신가 아니신가

뎌 매화 것거내여 님 겨신 듸 보내오져 님이 너룰 보고 엇더타 너기실고

곳 디고 새 닙 나니 녹음綠陰이 실렷는듸 나위羅幃 적막ᄒᆞ고 수막繡幕이 뷔여 잇다

부용芙蓉을 거더 노코 공작孔雀을 둘러 두니 굿득 시룸 한듸 날은 엇디 기돗던고

원앙금鴛鴦錦 버혀 노코 오색선五色線 플텨 내여 금자히 견화이셔 님의 옷 지여내니

수품手品은 쿠니와 제도制度도 ᄀᆞ줄시고

산호수珊瑚樹 지게 우히 백옥함白玉函의 다마 두고 님의게 보내오려 님 겨신 듸 ᄇᆞ라보니

산인가 구름인가 머흐도 머흘시고 천리 만리 길히 뉘라셔 ᄎᆞ자갈고 니거든 여러 두고 날인가 반기실가

동풍이 건듯 불어 적설을 헤쳐 내니 창밖에 심은 매화 두세 가지 피었구나

가뜩이나 냉담한데 암향은 무슨 일인고

황혼에 달이 좇아 베개맡에 비치니 느꺼운 듯 반가운 듯 임이신가 아니신가

저 매화 꺾어 내어 임 계신 데 보내고저 임이 너를 보고 어떻다 여기실꼬

꽃 지고 새잎 나니 녹음이 깔렸는데 나위 적막하고 수막이 비어 있다

연꽃 방장을 걷어 놓고 공작 병풍을 둘러 두니 가뜩이나 시름 많은데 날은 어찌 길던고

원앙 비단 베어 놓고 오색실 풀어내어 금자[金尺]에 겨누어서 임의 옷 지어 내니

솜씨는 물론이고 격조도 온전할시고

산호수 지게 위에 백옥함에 담아 두고 임에게 보내오려 임 계신 데 바라보니

산인가 구름인가 험하기도 험할시고 천 리 만 리 길에 뉘라서 찾아갈꼬

가거든 열어 두고 나인 듯 반기실까

3년의 세월이 흐르는 내내 사시사철 그러했겠지만, 이 단락에는 특히 봄과 여름 두 계절에 걸쳐 임과 소통하고자 노심초사하는 화자의 정성이 형상화되어 있다. 물리적·지리적 단절을 넘어설 수 있는 방법은 심리적·정서적 소통뿐이다. 이를 위해 선택된 매개는 '매화'와 손수 지은 '옷'이다. 이들은 연분을 확인하는 일종의 정표이다. 그러나 소통의 시도에는 항상 의구심이 깔려 있다. 정표로 보낸 '매화'나 '옷'은 임에게 전달된다 하더라도 거기에 자신의 존재감과

연정마저도 동반될 수 있을까 하는 의구심이다. 그것은 '임이 너를 보고 어떻다 여기실꼬'나 '가거든 열어 두고 나인 듯 반기실까'와 같은 의문형 문장에 응축되어 있다. 그러므로 시적 화자의 소통은 일방적이다. 이에 대한 임의 반향적 소통이 소망 섞인 기대일 수는 있겠지만, 이행이 보장된 약속일 수는 없는 것이다.

당연히 여기에서도 시적 화자는 여성이다. 매화에 대해서는 성 정체성을 유보한다 하더라도, 원앙금을 베어 오색실을 풀어내고 금자[金尺]로 재어서 임의 옷을 지어 내는 일이 여성의 몫이라는 것은 의심의 여지가 없다. 작품의 초두에서 암시한 대로, 이 여성은 작가 자신이 스스로 쓴 가면의 주인공이었다.

남성 작가가 여성 화자를 내세워서 말하는 전통은 우리 문학사에서 아주 뚜렷한 계보를 형성하고 있다. 고려가요인 〈정과정〉, 김만중의 한시 작품, 그리고 이곡李穀의 작품을 비롯한 첩박명妾薄命 부류의 작품군[24], 최성대崔成大·신유한申惟翰·이옥李鈺 등의 한시 작품 등은 대개 여성 화자를 앞세운 노래들이다. 이와 같은 여성적 목소리의 전통, 좀 더 좁게는 '연주지사戀主之詞'의 전통이라는 콘텍스트에 기대면 위의 단락을 이해하는 데는 전혀 어려움이 없다.

그러나 또 다른 콘텍스트에 기대면, 이에 대한 전혀 다른 차원의 의문 하나가 일어난다. 또 다른 콘텍스트란 곧 장르의 문법이고, 이에 따라 제기되는 의문이란 〈사미인곡〉이 가사歌辭라는 역사적 장르 내에서 차지하는 위치와 관련된다. 모든 문학 텍스트는 하나하나가 개별적으로 존재하는 것이 아니다. 그것은 항상 특정한 역사적 장르의 문법을 다른 텍스트와 공유한다. 특정 텍스트를 구성할 때나 읽을 때 우리는 그 문법을 따르게 마련이다. 따라서 우리가 〈사미인곡〉을 읽는다면, 응당 가사라는 역사적 장르의 문법이나 그것이 포함되는 이론적 장르의 문법을 콘텍스트로 참조할 수밖에 없다.

가사는 균일한 이론적 장르에 전적으로 귀속되는 역사적 장르가 아니다. 복합적이고 개방적이며 작품 제각각이 다양한 성향을 지니고 있는 것 자체가 가사 장르의 특성이다. 시가와 산문의 중간 갈래, 교술과 서정의 복합 갈래 등으로 규정되기도 하는바, 이는 그만큼 가사 텍스트는 개별적 특성이 장르 일반의 성격을 압도하는 경향이 있음을 말해 준다. 〈사미인곡〉의 장르 귀속에 관한 의견 또한 분분하여, 의사疑似 서정抒情 양식, 교술敎述 양식, 서정 양식 등등으로 제각각이다.

가사라는 장르의 역사적 위상 또한 실로 다양한 층위와 각도에서 규정될 수 있지만, 여기에서는 그중에서도 가사라는 장르 자체가 애초에 조선조 남성 사대부들의 신분적 표상으로서 일종의 '구별 짓기'의 한 기제로 작동했었다는 점에 주목해 보기로 한다. 그렇다면 우리는 자연스럽게 가사가 시조와 함께 사대부 문학의 양대 산맥을 이루고 있었다는 사실에 눈길을 던지게 된다. 그런데 '자아의 세계화'를 장르적 문법으로 삼는 서정 장르에 포괄되는 시조와 달리, 가사는 실로 다양한 장르적 문법을 보여 준다. 교술적인 성격이 강하다 하더라도, 개별 텍스트에서 그 장르적 문법은 서정, 서사, 극 양식에 걸쳐 다채롭게 구현된다.

〈사미인곡〉이 문제적인 텍스트로 부상하는 지점은 바로 여기이다. 〈사미인곡〉은 시조가 거의 도맡고 있었던 '세계의 자아화'를 주

　　　　　　　　　　　　　　　　　일곱 번째 이야기 - 가면

된 표현 원리로 삼아 허구적인 인물을 시적 화자로 내세워서 자신의 정서를 약간의 대화체를 섞어 가며 독백적으로 진술하는 텍스트이기 때문이다. 이처럼 남성 사대부가 여성의 가면을 쓴 채 '세계의 자아화'라는 서정시의 원리를 실현한 가사 텍스트가 흔하지 않다는 점에서 〈사미인곡〉은 특이한 텍스트라 할 수 있다. 역설적이게도 〈사미인곡〉이 가사 문학사에서 두드러진 봉우리를 차지했던 이유 중의 하나도 여기에 있을 것이다. 가사답지 않기에 가사가 도달할 수 있는 최대치의 장르적 문법을 완성할 수 있었던 것이다. 요컨대 〈사미인곡〉은 가사라는 역사적 장르 내에서도 특수하다기보다는 특이한 문법을 내장하고 있으면서, 또 바로 그 이유 때문에 가사 장르의 한 전범적 위치를 차지하는 모순을 지니고 있는 것이다.

초물리적 상상력의 효과는?

〈사미인곡〉의 여성 화자는 임에게 끊임없이 자신의 존재를 환기하고자 봄과 여름철에 맞추어 매화와 옷을 정표로 선택했다. 그러나 앞에서 살핀 대로 그는 그 정표가 본연의 역할을 할 수 있을지 의구심을 가지고 있다. 그 의구심은 이제 차원이 다른 정표로 시선을 돌리게 하는 원동력이 된다. 차원이 다른 정표란 무엇일까?

> 하룻밤 서리 김의 기러기 우러 녤 제 위루危樓에 혼자 올나 수정렴
> 水晶簾 거든말이
> 동산의 돌이 나고 북극의 별이 뵈니 님이신가 반기니 눈물이 절로

난다

　청광淸光을 픠워내여 봉황루鳳凰樓의 븟티고져 누樓 우희 거러두고

팔황八荒의 다 비최여

　심산궁곡深山窮谷 졈낫ㄱ티 밍그쇼셔

　건곤乾坤이 폐색閉塞ᄒ야 백설이 혼 빗친 제 사ᄅᆷ은ㅋ니와 놀새도

그쳐 잇다

　소상남반蕭湘南畔도 치오미 이러커든 옥루고처玉樓高處야 더옥 닐

러 므슴ᄒ리

　양춘陽春을 부처 내여 님 겨신 듸 쏘이고져 모첨茅詹 비쵠 ᄒᆡ를 옥

루玉樓의 올리고져

　홍상紅裳을 니믜ᄎ고 취수翠袖를 반半만 거더 일모수죽日暮脩竹의

헴가림도 하도 할샤

　댜른 ᄒᆡ 수이 디여 긴 밤을 고초안자 청등靑燈 거론 겻틔 전공후鈿箜篌

노하 두고

　ᄭᅮ믜나 님을 보려 ᄐᆞᆨ 밧고 비겨시니 앙금鴛錦도 초도 출샤 이 밤은

언제 샐고

천지가 꽁꽁 얼어 백설이 한 빛인 제 사람은 물론이고 날짐
승도 그쳐 있다
　　따뜻한 남녘도 추위가 이렇거든 옥루 그 높은 데야 더욱 일
러 무엇하리
　　양춘을 부쳐 내어 임 계신 데 쏘이고저 띳집 처마 비친 해를
옥루에 올리고저
　　다홍치마 여미어 입고 푸른 소매 반만 걷어 저물녘에 대에
기대어 생각도 많고도 많도다
　　짧은 해 쉬이 져 긴 밤을 곧추앉아 푸른 등불 걸어 둔 곁에
전공후 놓아 두고
　　꿈에나 임을 보려 턱 받치고 기댔으니 원앙 이불도 차고도
차구나 이 밤은 언제 샐꼬

　가을, 겨울에 시도하는 소통은 봄, 여름에 비해 한층 더 적극적
이다. 매화나 옷이 지극히 일상적인 정표였다면, 여기에서 선택되
는 정표는 달, 별, 해와 같은 우주적 차원의 소재로 올라간다. 게다
가 그것을 인위적으로 가공하는 과감한 상상력까지 동원된다. 또
한 그것은 임의 직분 수행을 위한 배려이기에, 자신의 존재감을 알
리는 단순한 정표에 머물지 않는다. 이 정도라면 임과 이별한 한
여인의 그리움이라는 통상적인 정서를 벗어난다. 화자의 여성적
정체성을 그나마도 붙들어 매는 소재는 오직 붉은색 치마인 '홍상'
과 비취색 소매를 가리키는 '취수'에 불과하다. 대신 그는 신하라는
본래적 정체성에 충실하게 복무한다. 화법 또한 독백조를 벗어나
상대방에게 말을 건네는 형식을 취하고 있어 소통의 적극성이 더

욱 강화되었음을 알 수 있다. 여성의 가면을 살짝 벗고서는 신하라는 본래의 진면을 슬그머니 보여 주고 있는 형국이라고 하겠다.

이 단락에서 주목되는 것은 자연물을 인위적으로 가공하는 상상력이다. '누각 위에 걸어 두고 온 세상에 다 비추어 / 깊고 깊은 산골짝도 대낮같이' 만들도록 하기 위해 '청광을 피워 내어 봉황루'에 부친다거나, 추위를 이기도록 하기 위해 '양춘을 부쳐 내어 임 계신 데 쏘이고저' 하고 '띳집 처마 비친 해를 옥루에 올리고저' 하는 표현은 그러한 상상력의 외적 상관물이다. 이러한 상상력은 물론 임에 대한 지극한 배려심에서 나온 것이다.

여기에서 우리는 이와 같이 자연물을 인위적으로 가공하거나 재배열하는 상상력을 공유하는 여타의 텍스트들을 자연스럽게 연상할 수 있다.

동지冬至ㅅ돌 기나긴 밤을 한 허리를 버혀 내여
춘풍春風 니불 아레 서리서리 너헛다가
어론 님 오신 날 밤이여든 구뷔구뷔 펴리라
— 황진이

동짓달 기나긴 밤을 한 허리를 베어 내어
춘풍 이불 아래 서리서리 넣었다가
어론 임 오신 날 밤이어든 굽이굽이 펴리라

가슴에 궁글 둥시러케 뚤고
왼숫기를 눈 길게 너슷너슷 쏘와 그 궁게 그 숫 너코 두 놈이 두 긋

마조 자바 이리로 훌근 져리로 훌젹 훌근훌젹 홀 져긔는 나남즉 눔대

되 그는 아모쏘로나 견듸려니와

　아마도 님 외오 살라 ᄒ면 그는 그리 못ᄒ리라

　　― 작자 미상

　　가슴에 구멍을 둥시렇게 뚫고

　　왼새끼를 눈 길게 너슨너슨 꼬아 그 구멍에 그 새끼 넣고 두

　　놈이 두 끝 마주 잡아 이리로 훌근 저리로 훌쩍 훌근훌쩍 할

　　적에는 남들 다 하는 대로 그는 아모쪼록 견디려니와

　　아마도 임 여의어 살라 하면 그는 그리 못하리라

　황진이의 시조 〈동짓달 기나긴 밤을…〉에서는 겨울밤의 한 토막을 잘라 내어 임 오신 날 밤에 이어 붙이겠다는 발상이 시상의 핵심이다. 임이 없는 날 밤은 아무리 짧아도 길 수밖에 없고, 임이 오신 날 밤은 아무리 길어도 짧을 수밖에 없는 시간이니, 이런 발상을 통해 그 움직일 수 없는 역리를 일거에 해소한다. 작자 미상의 사설시조 〈가슴에 구멍을 둥시렇게 뚫고…〉에는 임과 헤어져 살 수 없다는 비감한 선언이 담겨 있다. 화자는 임과 함께하지 못하는 고통을, 구멍 난 가슴에 거칠게 꼰 왼새끼를 넣어 앞뒤로 왕복을 하도록 했을 때 느낄 고통과 비교한다. 이런 가상 상황은 그로테스크하다고 할 수밖에 없다. 그러나 그 그로테스크한 상황이 오히려 시적 리얼리티를 자아내는 한 사례로 보아도 되겠다.

　흔히 '창 노래'와 '벽 노래'의 짝으로 알려져 있는 사설시조 〈창 내고쟈 창을 내고쟈…〉와 〈한숨아 셰한숨아…〉도 같은 계보에 놓

여 있는 작품들이다. 이 작품들은 절박한 상황에서 자신의 신체를 포함한 자연물을 과감하게 가공하는 상상력의 소산이라는 점에서 〈사미인곡〉의 위 대목과 매우 닮아 있기에, 표현상의 상호텍스트적 읽기로 함께 엮을 수도 있을 것이다.

이러한 상호텍스트적 읽기는 대비를 통해 〈사미인곡〉에 대한 이해를 높일 수도 있다. 가령 〈동짓달 기나긴 밤을…〉은 독백조의 목소리를 견지함으로써 임과의 대화를 시도하는 〈사미인곡〉과는 구별된다. 또 '창 노래'는 상대방에 대한 시선은 배제하고 있다는 점에서 상상력의 동선이 임을 향하는 〈사미인곡〉과는 다르다. 이와 같은 식의 대비를 통해 〈사미인곡〉이 화자의 일방적 독백에 머무르지 않고 지속적으로 임과의 소통을 모색하고자 하는 의지가 임에게 말을 건네는 대화적 어조와 만나게 된다는 점을 발견하게 된다.

〈사미인곡〉의 '사思'는 무슨 뜻인가?

〈사미인곡〉의 제목에는 생각한다는 뜻의 '思'가 포함되어 있다. 그렇다면 그것은 기억 혹은 추억인가, 상사想思 혹은 사모思慕인가, 아니면 원망怨望인가? 그도 아니면 그저 원망願望일 따름인가?

> ᄒᆞᄅᆞ도 열두 째 ᄒᆞᆫ ᄃᆞᆯ도 셜흔 날 져근덧 ᄉᆡᆼ각 마라 이 시름 닛쟈 ᄒᆞ니
> ᄆᆞᄋᆞᆷ의 ᄆᆡᆺ쳐 이셔 골수骨髓의 ᄢᅦ텨시니 편작扁鵲이 열히 오다 이 병
> 을 엇디ᄒᆞ리

어와 내 병이야 이 님의 타시로다 출하리 식어디여 범나븨 되오리라

곳나모 가지마다 간디 죡죡 안니다가 향 므틴 놀애로 님의 오시 올므리라

님이야 날인 줄 모르셔도 내 님 조추려 ᄒ노라

그리움, 외로움 등의 정서가 임에 대한 충정의 맹세로 질적 비약을 이룬다. 지금까지 술회했던 그리움과 외로움은 어디까지나 이생에서의 재회에 대한 기대감과 맞물려 있었다. 그러나 화자는 그러한 기대감을 버렸다. 기약 없는 이별이란 사람을 얼마나 절망케 하는가. 병은 깊을 대로 깊었고 치유될 가능성은 바랄 수가 없었던 것이다. '임의 탓'이라는 원망의 어조가 새삼스럽게 두드러진다. 그 절망의 끝에서 스스로 택한 길은 죽음이다. 이른바 에로스(eros)와 타나토스(thanatos)의 충동이 만나는 장면이다.

그러나 죽음은 종말이 아니라 부활을 위한 선택이다. 전생轉生

은 임과 재회할 수 있는 유일한 방법이었고, 자신의 현신現身으로 범나비를 선택한 이유는 임의 옷에 직접 접촉하여 향을 묻힐 수 있다는 데 있었다. 여기에서 범나비의 날개에 묻은, 그리고 곧 임의 옷에 묻히게 될 향기는 그동안 외면하고 있던 연지분을 대신한다. 그 향기를 묻히게 될 옷은, 행운이 따른다면 자신이 직접 지어서 보내고자 했던 바로 그 옷일지도 모를 일이다. 그러니까 춘사春詞와 하사夏詞에서 확인되는 소극성이 추사秋詞와 동사冬詞를 거치며 점점 극복되면서, 이제는 아주 적극적이고 능동적인 자아상을 확립하기에 이른 것이다. 충정의 맹세는 자아상이 변모되는 연장선상에서 나온 자연스러운 귀결이다.

그런데 위의 평설에서 '임의 탓'이라는 구절을 '원망'의 어조로 간주한 것은 과연 타당한가 하는 의문이 남는다. 문면으로만 보면 그것은 여성의 가면을 다시 쓴 채 내뱉는 책망의 어조로 볼 수도 있다. 그러나 두 가지 이유에서 그것을 원망이나 책망으로 간주하고 말 일이 아니다. 하나는 화자가 견지했던 태도의 일관성에 균열이 있다는 것이고, 다른 하나는 화자–청자의 관계를 신하–임금의 관계로 간주했을 때 그것이 가능하지 않다는 데 있다. 이 중에서 일단 후자의 이유는 유예될 수 있다. 상황이 똑같지는 않다 하더라도 〈원가怨歌〉나 〈정과정鄭瓜亭〉(137쪽)에서도 원망怨望의 어조는 어느 정도 감지되기 때문이다. 그렇다면 태도의 일관성을 준거로 이에 접근해 보는 것도 한 방법이다.

물론 이는 배타적 선택의 문제가 아니다. '원정怨情'으로 볼 여지도 있고, '연정戀情'으로 볼 여지도 있다면, 원망의 언어와 연모의 언어가 모두 화자의 내면을 표출하는 데 필요했다고 인정하는

　　　　　　　　　　　　일곱 번째 이야기 - 가면

것이 현명한 판단일 것이다. 이렇게 보면 임에 대해 표명하는 화자의 태도가 이중성을 지니고 있다고 할 수 있다. 연정이 없고서야 원정이 있을 리 없고, 원정이야말로 연정의 또 다른 이름이라는 경험적 상식에 근거하더라도 이는 설득력을 갖는다.

그러나 이 두 가지 이질적인 목소리를 '이중적'이라 할 만큼 동일하거나 유사한 무게로 간주하는 것은 텍스트 내적 구조로 보아 무리인 듯하다. 적어도 〈서경별곡西京別曲〉에서처럼 이질적인 태도와 이질적인 목소리가 거의 대등한 무게로 공존하는 텍스트에서라면 모를까, 지금까지 일관되게 임을 향한 연정의 목소리가 지속되어 왔고, 또 이후에도 같은 결을 가진 목소리가 이어지는데, 슬그머니 끼어든 이 구절 하나를 두고 원망의 정서를 포착하는 것은 사리에 맞지 않는다. 물론 슬그머니 끼어들었다고 하는 것은 의도성을 존중하지 않는 발상이다. 이것이야말로 오히려, 다분히 의도적인 수사로 보아야 한다. 그렇다면 왜 이러한 수사를 동원했는가? 이러한 난점을 해결하는 국면에서야말로 상호텍스트적 읽기의 미덕이 발휘될 수 있다.

다소 거슬러 올라가 〈헌화가獻花歌〉(109쪽)와 엮어 읽는 방법을 택하기로 한다. 서사 문맥을 고려하면 '견우노옹牽牛老翁' 즉 소를 끌고 가던 한 노인은 누구의 지시에 의해서가 아니라 분명히 자발적으로 험한 낭떠러지를 올라가 꽃을 꺾어 바쳤다. 그런데 그가 부르는 노래는 어떠한가. 이 노래에서 욕망의 주체는 노옹이고 그 대상은 수로부인이다. 그러나 노옹은 욕망의 주체답게 능동적인 포즈를 취하지 않는다. 자신이 스스로 암소를 놓았으면서도 "암소 놓게 하시고"라는 사동형 표현을 선택함으로써 자신의 행위가 수로

부인이 시켜서 일어나는 것처럼 진술한다. 또 꽃을 꺾어 바치면서도 "나를 부끄러워하지 않으시면"이라는 조건절을 통해, 헌화 행위가 상대방의 동의를 전제로 이루어진 듯이 표현한다. 이처럼 마치 모든 행위의 원인이 상대방에게 있는 듯이 표현한 노옹의 목소리는 자신의 행위가 지닐 수 있는 도덕적 부담을 사전에 완화하고 자신의 행위를 정당화하는 효과를 낳는다. 수동적 포즈에 의한 자기 정당화 전략인 셈이다.

〈사미인곡〉의 '님의 탓' 또한 이와 유사한 맥락에서 이해할 수 있다. 병이 든 책임을 임에게 묻는 것이 아니라, 임에 대한 연정 때문에 생긴 병임을 드러낸 것이다. 더군다나 그 병은 신체적 질병이 아닌, 소위 상사병이 아니던가. 따라서 그것은 어디까지나 임을 향한 자신의 연정이 극단을 향하고 있음을 말한 수사적인 전략일 따름인 것이다. 여성의 목소리에 실려 전해지는 원망이라면 얼마든지 애교에 가까운 어조로 받아들여질 수 있는 것 아니겠는가. 결과적으로 〈사미인곡〉에서 자신의 병을 '임의 탓'이라고 선언한 것은 임에 대한 원망이나 책망의 정서를 노골적으로 명시한 것이 아님을 알 수 있다. 제목의 '사思'가 '원怨'이 아닌 '연戀'과 동의어였음도 이제는 확정할 수 있다.

이처럼 〈사미인곡〉은 군주의 호출을 기대하는 남성 사대부가 적강한 젊은 선녀의 가면을 쓴 채 끊임없이 자신의 존재를 환기하도록 하면서 군주를 향한 충심을 표현한 작품이다. 여성의 가면을 채택함으로써 그는 계절에 맞추어 정표도 다채롭게 고를 수 있었고, 원망의 목소리를 표출하면서도 질책이 아닌 애교의 어조를 감지할 수 있도록 하는 데 성공할 수 있었다. 여성 가면은 임에 대한

충정의 강도를 한층 더 높이 부각하기 위한 전략의 산물이었던 셈
이다.

기다림

기다림을 견디는 얼굴들

무해한 웃음으로 승화된 경거망동

〈진달래꽃〉의 화자는?

문학과 담을 쌓고 지내는 사람들도 김소월의 〈진달래꽃〉은 알 것이다. 대중가요로도 만들어져 흥행에 성공했기에 "나 보기가 역겨워 가실 때에는"과 같은 구절은 우리 귀에 아주 익숙하다. 그런데 혹시 이 시의 화자가 남성인지 여성인지 판단해 본 적이 있는가? 아마도 대부분은 여성이라고 알고 있으리라. 고등학교 교과서에 실려 있던 작품에 대한 우리들의 지식은 대개 참고서식 요약에 뿌리를 두고 있는데, 이 작품 또한 참고서에서는 '인고의 여인상' 운운하며 작품을 소개하는 것이 일반적이었기 때문이다.

그런데 정작 이 작품 어디에도 시적 화자가 여성이라는 표지標識는 없다. 그런데도 단정에 가깝게 시의 화자가 여성이라고 한 것은 그저 오래전부터 전해져 내려오는 관습적 사고 탓이다. 가수 심수봉이 불러서 인기를 끌었던 대중가요의 제목이 '남자는 배, 여자는 항구'였듯이, '떠나는 남자, 보내는 여자'라는 상투적 도식에 우리는 자동화되었다고 할 만큼 익숙해져 버린 것이다. 자동화되었다면 그것은 주체적 의지와 거리가 있다는 뜻이기도 하다. 그렇다면 이런 도식에 회의를 품어 보는 것도 흥미로운 일이겠다.

(나)
임이 오마 하거늘 저녁밥을 일찍 지어 먹고
중문中門 나서 대문大門 나가 지방 위에 올라가 앉아 손을 이마에 대고 오는가 가는가 건넌 산 바라보니 거머희뜩* 서 있거늘 저것이 임이로구나. 버선을 벗어 품에 품고 신 벗어 손에 쥐고 곰비임비* 임비곰비 천방지방* 지방천방 진 데 마른 데를 가리지 말고 워렁퉁탕 건너가서 정情옛말 하려 하고 곁눈으로 흘깃 보니 작년 칠월 사흗날 껍질 벗긴 주추리 삼대*가 살뜰히도 날 속였구나.

　　모쳐라 밤이기에 망정이지 행여나 낮이런들 남 웃길 뻔 하였어라.

— 작자 미상

• 거머희뜩: 검은빛과 흰빛이 뒤섞인 모양.
• 곰비임비: 거듭거듭 앞뒤로 계속하여.
• 천방지방: 몹시 급하게 허둥대는 모양.
• 삼대: 삼[麻]의 줄기.

45. 〈보기〉를 참고할 때, (나)에 대한 이해로 가장 적절한 것은?

보기

　　사설시조에서의 해학성은 독자가 화자와 거리를 두되 관용의 시선을 보내는 데서 발생한다. 화자의 착각, 실수, 급한 행동과 그로 인한 낭패가 웃음을 유발하지만 독자는 그런 행동을 할 수밖에 없는 화자의 행동 이면에 있는 절실함, 진지함, 진솔함, 애틋함, 간절함을 느끼면서 화자와 공감하는 마음을 갖게 되는 것이다.

① 화자가 '저녁밥'을 짓다가 '임'이 온다는 소식을 듣고 혼잣말하는 모습에서 독자는 웃음 지으면서도 그 속에 담긴 진솔함을 공감한다.

②화자가 '임'이라 여긴 '거머희뜩'한 것을 향해 '워렁퉁탕' 건너가는 모습에서 독자는 웃음 지으면서도 그 속에 담긴 절실함을 공감한다.

③화자가 집 안 마당에서 서성대며 '건넌 산'을 느긋하게 바라보는 모습에서 독자는 웃음 지으면서도 그 속에 담긴 애틋함을 공감한다.

④화자가 처음 보는 '삼대'를 '임'으로 착각하여 '임'을 원망하는 모습에서 독자는 웃음 지으면서도 그 속에 담긴 간절함을 수용한다.

⑤화자가 '임'이 오지 못하게 된 이유를 '밤' 탓으로 돌리는 모습에서 독자는 웃음 지으면서도 그 속에 담긴 진지함을 수용한다.

- 2015학년도 9월 모의고사(A형)

일인극 소동

위 지문의 사설시조에는 화자의 상황이 매우 세밀하게 묘사되어 있다. 화자의 성적 정체성은 뚜렷하게 드러나지 않지만, 일단은 여성일 가능성이 높아 보인다. "저녁밥을 일찍 지어 먹고"라는 표현이 그 첫 번째 단서가 되겠다. 물론 아슬아슬하다. 남자라고 해서 저녁밥을 지어 먹지 못하란 법은 없으니까. 그러나 조선이라는 시대적 통념상 왠지 어색해진다. 두 번째 단서는 돌아오는 임을 기다리는 주체가 화자라는 점이다. 멀리 길을 떠났다가 돌아오는 임을 맞이하는 입장인데, 조선시대에 여성이 먼 길을 떠나는 일은 아주 드물었기 때문이다.

화자는 임이 온다는 소식을 전해 들었다. 저녁밥을 일찍 지어 먹었다고 한 건 제법 멀리 마중을 나가리라 생각했기 때문이겠다. 시

   여덟 번째 이야기 - 기다림

간은 아마도 석양 무렵이 아닐까 짐작된다. 중문도 나서고 대문도 나선다. 중문과 대문을 갖추고 있다면 집의 규모가 제법 크다는 뜻. 이걸로 미루어 보면 화자는 양반가의 여인인 듯도 하다. 문지방 위에 올라서서 건너편에 있는 산을 바라본다. 검기도 하고 희기도 한 무엇인가가 시선에 포착된다. '아니, 벌써?' 하면서 '임이 드디어 왔나 보다' 기뻐했을 것이다. 달뜬 마음에 신발도 버선도 다 벗는다. 제대로 포장되어 있을 리 없는 길에서 맨발이 느낄 고통쯤이야 임을 만나는 쾌감에 비하면 아무것도 아니라 판단했을 것이다. 조급한 마음이 엿보인다. 진 땅과 마른 땅을 가리지 않고 허겁지겁 달리고 또 달린다. 아마 치마도 휘날렸을 것이다. 그새 시간은 흘러 어둠이 내렸을 터. 집에서 눈으로 찍어 두었던 그 무엇인가의 곁에 드디어 다가선다. 못내 그리워하면서도 마음속에 품어 두었던 말 한마디를 하려고 눈을 살짝 돌린다. 그래도 정면으로 응시하진 않는다. 수줍음 때문이었을 듯. 그런데 웬걸! 임이 아니었다. 작년 7월에 껍질을 벗기고 남겨 놓은 삼대 다발이었다. 이걸 사람으로 착각했던 것이다. 삼[마麻]은 대나무처럼 속이 비어 있는데, 껍질은 실을 만들어 삼베의 재료로 쓴다. 껍질을 벗기고 남은 줄기가 삼대인데, 땔감으로 쓰기 위해 한두 아름 정도의 규모로 묶어서 세워 둔다. 멀리서 보면 충분히 사람으로 착각할 만한 크기이다. 화자의 탄식이 들리는 듯하다. '아, 내가 속았구나!' 하는 탄식. 이른바 착각 모티프, 더 구체적으로는 착시 모티프의 한 전형을 보여 주는 작품이라 하겠다.

여기에 그쳤다면 다소 허무한 소동에 불과했을 것이다. 화자로서는 민망할 수밖에 없었을 것이다. 누군가 자신의 모습을 목격하지 않았다 해도 스스로 민망해했을 상황이다. 오지도 않은 임이 왔다고 착각해서 맨발 투혼으로 집에서 그 높은 산길까지 여자의 몸으로 허겁지겁 달려간 것도 모자라, 삼대 다발 곁에 가서 수줍은 표정으로 말을 건네려고 준비한 건 민망하기 짝이 없는 일이었다. 자신을 원망하고 자책했을지도 모를 일이다. 그런데 다행히도 밤이었다. 자신의 그런 모습을 목격한 사람이 없을 것이라 믿었다. 만일 낮에 벌어진 일이었다면 세상 사람들의 웃음거리가 될 수밖에 없었을 텐데 '아이고, 참으로 다행이다!' 하고 가슴을 쓸어내렸을 것이다. 일종의 허세가 감지된다.

이 작품의 재미는 초장과 중장에 겉으로 드러나는 화자의 행동만 묘사되어 있지만 화자의 내면 풍경도 어느새 그림처럼 눈에 잡히는 듯하는 데 있다. 종장에서도 마음속의 말만 보여 주고 있는데도 그 말에 담긴 정서가 무엇인지 선명하게 나타나고 있다. 그리고 이 짧디짧은 시적 시간의 변화에 따라 반가움, 조바심, 수줍음, 허탈함, 민망함, 안도감과 같은 정서들이 마치 영화의 스틸 컷처럼 변화무쌍하게 출몰하는 것도 이 시의 매력이 아닐까 한다.

목소리의 문화 코드

이제 문항을 보자. 〈보기〉에서 설명하고 있는 내용의 핵심 개념은 해학이다. 사전적인 풀이로는 익살스럽고도 품위가 있는 말이나 행동을 뜻한다. 품위가 있다는 건 저질스럽거나 선정적이어서는 안 된다는 뜻이겠다. 익살스럽다는 건 말이나 행동이 웃음을 자아낸다는 뜻이다. 그래서 풍자라는 개념과도 만나게 되지만, 풍자가 비판의 의도에서 비롯되는 공격적인 웃음을 내포하고 있다는 점에

　　　　　　　　여덟 번째 이야기 - 기다림

서 해학은 풍자와 다르다. 해학이 만들어 내는 웃음은 무해한 웃음이라고 봐도 되겠다. 익살스러운 말이나 행동을 지켜보는 사람이 관용의 시선을 보낼 수 있는 이유도 그것이 무해하기 때문이겠다. 관용의 시선으로 어떤 대상을 보면 그 대상에 공감할 여지가 훨씬 더 많아지게 되는 법. 이 문제는 결국 우리가 이 작품의 어떤 장면에서 웃게 되는지를 묻고 있는 셈이다.

선지 다섯 개 중에 해당 시조에 대해 가장 적절하게 이해한 것은 ②번이다. 나머지 선지의 진술들은 작품의 실상과 어긋난다. 저녁밥을 짓다가 혼잣말을 하는 장면은 없다. 건너편 산을 느긋하게 바라본다는 건 임이 언제 오나 하고 조바심을 내던 화자의 심리 상태에 어울리지 않는다. '삼대'를 '임'으로 착각하긴 하지만 '임'을 원망하는 모습은 보이지 않는다. '임'이 오지 못하는 이유를 '밤' 탓으로 돌리지도 않는다.

그런데 ②번 선지에서 초점을 맞추고 있는 장면보다 더 큰 웃음을 자아내는 대목은 종장이 아닐까 한다. 행여 낮이었다면 이 얼마나 창피한 일인가 하고 스스로를 위안하는 화자. 밤이어서 참으로 다행이라는 발상이다. 헤어져 있던 임이 돌아오길 기다리던 간절함 때문에 경거망동에 가까운 행동을 보였는데, 남들 눈에 어떻게 비칠지는 전혀 생각지도 않았구나 하고 현실 자각의 순간이 온 것이다.

그러나 그게 무슨 죄라도 되는 것일까? 물론 여자는 몸가짐이 조신해야 한다는 게 그 당시의 윤리적 규범이긴 했지만, 간절함에서 나온 자신의 경박한 행동을 남들에게 안 들켜서 다행이라고 위안하는 게 오히려 더 큰 웃음을 자아내는 것으로 보인다. 만일 화자 스스로 '내가 왜 그렇게 경거망동을 했던가' 하고 반성하는 포즈를 취했다면 이 작품의 매력은 커다란 낙차로 떨어졌을 것으로 보인다.

그러면 이제 질문을 하나 던져 보자. 지금까지 우리는 이 시의 화자를 여성으로 상정하고 읽었다. 그런데 정말 여성이 맞을까? 앞에서 잠깐 시의 화자를 여성으로 추정하는 단서를 언급하긴 했지만, 그것은 어디까지나 정황 증거에 불과하다. 이 시의 화자를 남성으로 볼 만한 여지는 아예 없을까? 저녁밥을 일찍 지어 먹는다는 게 여성만의 고유한 일은 아닐 것이고, 흔하진 않더라도 여성이 먼 길 나섰다가 돌아오는 일도 없진 않았을 것이다. 화자를 남성으로 본다고 해도 이를 부정할 만한 단서는 작품에 없다.

그런데 이 노래의 한 이본異本에는 '갓 벗어 등에 지고 버선 벗어 소매에 넣고 신 벗어 손에 쥐고'라는 구절이 나온다. 화자가 남성임을 알려 주는 결정적인 표지 '갓'이 주목된다. 여성이 갓을 쓰는 일은 없었으니 그건 오직 남성의 전유물이었다. 적어도 이 이본에서만은 '남자는 항구, 여자는 배'였던 것이다. 문학사적으로는 위지문의 사설시조가 선행하고, 화자가 남성임을 암시하는 이본이 후대에 나타난 것으로 보인다. 이제 제법 분명해졌다. 남성은 적극적이고 능동적인 주체였고 여성은 소극적이고 수동적인 타자라는 문화 코드가 이미 조선 후기에 도전을 받았다는 사실 말이다.

화자를 남성으로 설정한 채 이 작품을 읽는다고 해도 해학성은 손상되지 않는다. 당시에 여성은 무릇 조신해야 한다는 규범이 있었다면, 남성은 무릇 근엄하고 진중해야 한다는 규범도 공존했기 때문이다. 더욱이 중문과 대문을 모두 갖춘 집인 걸로 보면 그는 사대부 남성이었을 텐데, 사회적 체면을 오히려 더 의식했어야 할 위치에 있는 존재이다. 그런 사람이 남들이 보면 손가락질을 받을 만한 경거망동을 하고, 또 바로 그 사회적 체면 때문에 자신의 경거망동을 아무한테도 들키지 않아서 다행이라 여기며 한숨을 쉬는 장면은 허세 가득한 인물이 벌이는 한 편의 유쾌한 코미디라 하겠다. 물론 그 코미디가 주는 웃음은 조롱적이지도 공격적이지도 않은, 공감에서 비롯되는 무해한 웃음일 것이다.

다시, 〈진달래꽃〉의 화자는?

다시 한번 질문을 던져 보자. 소월의 〈진달래꽃〉에서 화자는 여성일까, 남성일까? 우리의 뇌리에는 자꾸만 인내를 감수해야 하는 여성이 더 자연스러워 보이는 듯도 하다. 교육을 통해 전수되는 문화의 힘이 이런 식으로 작용하고 있는 것 같다. 그러나 증거가 될 만한 표지는 없다. 더욱이 〈진달래꽃〉을 두고 눈물을 참으며 임을 떠나보내는 이의 숭고한 인내로 보는 것은 통념에 불과하다고 보는 견해도 있다. "나 보기가 역겨워 / 가실 때에는"이라는 표현이 가정법에 해당하므로 사실은 화자가 사랑의 황홀에 빠진 채 떠올려 보는 망상에 가까운 상황이라는 것이다. 그렇다면 화자는 여성일 수도 있고, 남성일 수도 있겠다. 아니 화자의 성적 정체성은 작품의 해석에서나 공감에서나 전혀 변수가 되지 못한다. 그러니 굳이 어느 하나로 고정할 필요는 없어 보인다. 여성이 말하는 거라 본다면 여성적 어조로, 남성이 말하는 거라 본다면 남성적 어조로 읽으면 될 일이다.

　문화는 하나의 관습이다. 자연스러워 보인다는 것은 일종의 문화적 규범으로 코드화되어 있다는 뜻이기도 하다. 그러나 자연스러워 보이는 것이 곧 자연 그 자체는 아니다. '머리 기른 남자', '바지 입은 여자'가 처음부터 자연스러웠던 것은 아니었다. 자연은 문화화되고 문화는 또 자연화된다. 자연의 문화화와 문화의 자연화가 거듭되는 것이 우리의 역사이고, 자연스러운 것들이 부자연스러운 것으로 바뀌고, 반대로 부자연스러운 것들이 자연스러운 것으로 바뀌는 교체 또한 인간의 역사이다. 그런 교체가 없다는 건 아무런 변화와 발전도 없다는 의미나 마찬가지이다.

남성성/여성성에 대한 우리의 관념도 그렇다. 우리는 곧잘, 가정생활에서나 직장 생활에서나 어떤 말, 행동, 태도 등을 남성성으로 또는 여성성으로 단정하여 몰아가거나 그 둘을 서로 대립적으로 보곤 한다. 그러나 그것이 과연 자연스러운가 하는 의문을 가지는 것만으로도 우리는 과거와 다른 오늘, 오늘과 다른 내일을 만드는 일에 동참하는 셈이 된다.

기다림의 두 가지 태도

환각과 착각의 차이

'환각幻覺'이란 보통 지각知覺의 대상이 없는데도 마치 어떤 대상이 있는 것으로 지각하는 상태를 가리킨다. 없는 냄새를 맡는 '환후幻嗅', 없는 촉감을 느끼는 '환촉幻觸'도 있긴 하지만, 우리에게 친숙한 것은 없는 것을 보는 '환시幻視', 없는 소리를 듣는 '환청幻聽'이다. 조현증과 같은 정신과적 질환의 증상이기도 하다. 환각과 비슷

 여덟 번째 이야기 - 기다림

한 말로 '착각錯覺'이 있다. 잘못된 지각을 한다는 점에서 둘은 비슷하지만, 없는 대상을 있는 것으로 여기는 환각과는 달리, 착각은 실제로 있는 대상을 다른 것으로 오인한다는 점에서 차이가 있다. 또 환각과 달리 착각은 일시적인 현상이고 실수로 저지르는 일이기 때문에 정신 질환으로 규정하지 않는다. 아마도 인간이라면 누구나 착각을 한 경험이 있을 것이다. 무엇인가를 잘못 보는 착시錯視가 있는가 하면 무엇인가를 잘못 듣는 착청錯聽도 있다.

이제 착각 모티프를 시적 발상의 출발점으로 삼고 있는 시조 두 편을 감상해 보기로 하겠다. 하나는 평시조이고 다른 하나는 사설시조로서, 갈래는 살짝 다르지만 묘하게 닮은 꼴을 하고 있다.

(마)
창밖에 워석버석 임이신가 일어서 보니
난초 자란 오솔길에 낙엽은 웬일인고
어즈버 유한한 간장肝腸이 다 끊일까 하노라 〈19수〉.
— 신흠, 〈방옹시여放翁詩余〉

3. (마)와 〈보기〉를 비교하여 감상한 내용으로 적절하지 않은 것은?

─ 보기 ─

벽사창碧紗窓이 어른어른커늘 임만 여겨 풀떡 일어나 뚝딱 나셔 보니

임은 아니오 명월明月이 만정滿庭한데 벽오동碧梧桐 젖은 잎에 봉황鳳凰이 내려앉아 긴 부리를 휘어다가 두 나래에 넣어 두고 슬금슬적 깃 다듬는 그림자로다

때마침 밤일새망정 행여 낮이런들 남 웃길 뻔하여라

— 작자 미상

① (마)의 초장과 〈보기〉의 초장에서는 모두 감각적 자극이 착각을 불러일으키는 원인이 되고 있군.
② (마)의 초장과 〈보기〉의 초장에서는 모두 창밖의 변화에 즉각적으로 반응하는 화자의 모습이 그려지고 있군.
③ (마)의 중장과 〈보기〉의 중장에서는 모두 화자의 착각을 불러일으킨 대상이 확인되고 있군.
④ (마)의 중장에서는 착각을 야기한 대상에 대한 묘사가, 〈보기〉의 중장에서는 착각을 야기한 대상에 대한 비판이 제시되고 있군.
⑤ (마)의 종장에서는 화자의 내면적 고통을 토로하고 있고, 〈보기〉의 종장에서는 타인의 평가와 조소를 의식하고 있군.

- 2017학년도 9월 모의고사 (고어 표기를 현대어로 고침)

착각인가, 환각인가

우선 신흠申欽(1566~1628)의 〈방옹시여放翁詩餘〉라는 연작 시조 중 한 수를 보자. 본래의 문항에서는 다섯 수가 제시되어 있지만 여기에서는 우리가 주목해 볼 만한 한 수만 골랐다. 작품에 대한 감상으로 들어가기 전에 먼저 신흠이라는 인물이 어떤 배경에서 이 작품을 창작했는지를 짚고 넘어가자.

신흠은 1613년에 있었던 계축옥사癸丑獄事에 연루되어 김포로 쫓겨났다. 계축옥사는 광해군 즉위 후 대북파大北派가 왕권 강화를 위해 영창대군永昌大君에게 역모 혐의를 씌워 강화도로 유배 보내

　　　　　　　　　여덟 번째 이야기 - 기다림

고 서인西人과 남인南人 세력을 축출했던 사건이다. 선조로부터 영창대군을 잘 보필하라는 부탁을 받았던 인물 중 하나가 신흠이었고, 자연스럽게 신흠은 광해군의 눈 밖에 날 수밖에 없었다. 유배지는 김포였다. 거기에서 창작했던 연작 시조가 바로 〈방옹시여〉이다. 유배지에서 그는 스스로에게 '방옹放翁'이라는 호를 붙인다. '쫓겨난 늙은이'라는 뜻이니, 자조가 섞여 있는 이름이다. '시여詩餘'란 한시 이외의 시를 뜻하므로, 결국 우리말 노래인 시조를 가리킨다.

〈방옹시여〉는 총 30수로 구성되어 있는데, 전체가 단일한 주제로 일관되지는 않고 상당히 다채로운 정서를 보여 주고 있다. 유배지에서 지었던 만큼 세상으로부터 버림받았다는 낭패감, 세상에 대한 환멸과 시름의 정서가 지배적이다. 그러면서도 한편으로는 자연 속에서 노니는 삶의 즐거움, 취흥을 동반하는 현실 도피 의식, 헤어진 임에 대한 간절한 그리움도 나타난다. 연시조가 아닌 연작 시조로 규정하는 이유도 단일한 주제 의식으로 수렴되지 않는 다채로움 때문이다.

이제 앞의 지문에서 제시한 제19수 〈창밖에 워석버석…〉에는 어떤 정서가 나타나는지 확인해 보자. 초장에서는 창밖에 워석버석하는 소리가 들려 임이 오시는가 하고 일어났다고 했다. '워석버석'은 얇고 뻣뻣한 물건이나 풀기가 센 옷 등이 부스러지거나 서로 크게 스치는 소리이다. 시간적 배경이 명시되지는 않았지만 분위기로 보면 낮보다는 밤이 제격일 듯하다. 중장에서는 무엇을 목격했는지 확인할 수 있다. "난초 자란 지름길"에 낙엽 지는 소리였다. "낙엽은 웬일인고"라는 이 표현에서는 기대에 어긋났다는 탄식이 감지된다.

혹여라도 임이 왔나 하고 기대했는데 다름 아닌 낙엽 지는 소리였던 것이다. 밤인지 낮인지 확실하진 않지만 계절적 배경이 가을이라는 점만은 확실해졌다. '유한한 간장이 다 끊일까 하노라'는 이에 대한 반응이다. 그나마 근근이 유지되던 간장이 이제는 완전히 끊어질 듯하다는 뜻이겠다. 아마 그전에도 이와 같은 착각 때문에 간장이 끊어지는 듯한 고통을 여러 차례 겪은 것으로 보인다.

그렇다면 여기에서 말한 '임'은 과연 누구일까? 자신에게 영창대군을 잘 보살펴 달라고 부탁했던 선대先代 왕 선조일까? 아니면 역모 혐의로 유배당한 영창대군일까? 특정할 수는 없다. 심지어 계축옥사 때 함께 희생당한 여러 신하들일 수도 있다. 그러나 굳이 특정 인물로 국한할 필요도 없다. 유배지에 격리되어 있는 상황임을 감안하여, 만나고 싶지만 만날 수 없는 그 누군가를 그리워하는 마음이 간절하다는 점을 확인하는 것만으로도 노래에 대한 공감은 충분하리라.

다만 우리가 반드시 짚고 넘어가야 하는 사실이 하나 있다. 낙엽 지는 소리는 아무리 청력이 뛰어난 사람도 듣기 힘들다는 점이다. 그러니까 낙엽 지는 소리를 임이 오는 소리로 착각한 것은 청력의 문제를 떠나서 임과의 재회에 대한 기다림이 그만큼 간절했음을 암시한다는 점을 간파할 수 있다. "기다림은 삶을 녹슬게 한다"(황지우의 〈너를 기다리는 동안〉)라는 시구도 있듯이, 녹슬고 있는 삶을 구원할 수 있는 것은 오직 기다림이 끝나는 상황일 수밖에 없다.

여기에 더하여 또 하나, 유배지가 타인과의 자유로운 접촉이 허용되는 공간이 아니었다는 점도 감안해야 한다. 그렇다면 낙엽 지는 소리와 임의 발자국 소리를 분별하지 못하는 이 상황은, 절대

고독이 초래한 정신 착란의 결과라 해도 되리라 생각한다. 달리 말하면 착각의 수준을 넘어 환각의 수준에 도달한 것이라 봐도 무방하다는 것이다.

시적 반전에서 오는 해학

이제 문항의 〈보기〉에 제시된 작품을 보자. 창에 비친 그림자를 보고 임이 오시나 보다 하고 짐작을 하지만 오동나무 잎에 봉황이 내려앉아 깃 다듬는 그림자임을 확인한다. 종장에서는 혼자서 겸연쩍어하는 반응을 드러낸다. 초장에서는 짐작, 중장에서는 사실 확인, 종장에서는 이에 대한 반응이 나타난다는 점에서 〈창밖에 워석버석…〉과 너무나 닮아 있음을 확인할 수 있다. 착각 모티프를 중심으로 시상이 전개되고 있다는 것이다.

그런데 차이가 몇 가지 있다. 우선 이 노래에서는 '소리'가 아닌 '그림자'이다. 벽사창에 어른거리는 그림자를 보고 임이 온 것으로 착각을 했으니 착청이 아닌 착시라 해야겠다. 그리고 중장에서 그것이 착각이었다는 것을 확인하게 되는데, 뜻밖에도 그것은 봉황이 깃을 다듬는 그림자였다. 너무나 돌연하다. 봉황은 실재하지 않는 상상 속의 동물이기 때문이다. 이 순간 우리는 이 노래가 일종의 희작戱作, 즉 장난삼아 쓴 작품에 가깝다는 점을 눈치챌 수 있다. 혹은 착시가 아닌 환시, 착각이 아닌 환각 증상을 보이고 있는 게 아닌가 생각해 볼 수도 있다. 〈창밖에 워석버석…〉에서 제시된 '낙엽 지는 소리'는 현실적으로 듣기가 어렵지만 그래도 '봉황의 깃 다듬는 그림자'에 비하면 훨씬 더 현실적이다. 반전이라 하지 않을 수 없다.

종장에 이르면 또 한 번의 반전이 일어난다. 이 또한 〈창밖에 워석버석…〉 종장에 나타난 화자의 반응과 비교하면 쉽게 확인할 수 있다. 〈창밖에 워석버석…〉 종장에서 화자는 극단적인 과장을 섞어 그야말로 애끊는 아픔을 표현했다. 그런데 이 사설시조에서는 크게 부끄럽고 민망할 뻔했다는, 그러나 그렇지 않아서 다행으로 여기는 화자의 복합적 심리가 엿보인다. 자신이 임 때문에 저지른 경거망동을 남들이 봤을지도 모른다는 불안감과 그 불안감을 잠재우는 안도감을 동시에 표현하고 있는 것이다. 차라리 봉황을 원망하거나 비난하는 목소리가 나타났다면 독자로서는 당황스럽지는 않았을 듯하다. 여태 임을 기다리는 간절한 마음을 보여 주다가 돌연 자신의 체면을 걱정하는 사태, 이건 해학의 효과를 겨냥한 반전이 아닐 수 없다. 앞서 보았던 사설시조 〈임이 오마 하거늘…〉과 매우 유사하다.

이처럼 두 노래는 착각 모티프를 공유하면서도 분위기나 정서는 확연히 구별된다. 그것도 작품 전체가 아니라 중장까지는 거의 쌍둥이인 듯 닮아 있다가, 종장에 이르러서 커다란 차이가 생겼다. 그 차이를 확인하는 동안 문항의 다섯 개 선지 중에서 어떤 것이 적절하지 않은 진술인지도 자연스럽게 확인되었다. 〈벽사창이 어른어른하거늘…〉은 전체적으로 해학적 분위기를 빚어내는 희작에 가까운 작품이므로, 여기에서 어떤 비판의 목소리를 감지하기는 어렵다. 정답은 ④번이다.

인간의 두 얼굴

〈방옹시여〉는 엄숙, 근엄, 진지를 생활 신조로 내세우는 사대부가 지은 작품답다. 창작 배경도 그러하지만 노래 전편에 흐르는 정조도 분위기도 모두 엄숙, 근엄, 진지로 일관한다. 그렇다면 〈벽사창이 어른어른하거늘…〉이라는 사설시조는 과연 못 배운 사람들이 짓고 부른 소박하고 진솔한 노래였을까?

그렇게 단정했던 시절도 있었다. 평시조는 사대부, 사설시조는 평민들의 노래라고 하면서 이분법적으로 단정했던 것이다. 내용상으로는 온갖 벌레나 음식 같은 아주 지극히 일상적인, 심지어 비시적非詩的이라 할 만한 소재부터 19금급의 성적인 묘사까지 나오고, 표현상으로 비웃기나 비꼬기를 겨냥하는 풍자적 표현, 가벼운 웃음을 빚어내는 해학적 표현을 쉽게 만날 수 있는 것이 사설시조의 실상이다. 평시조에서는 보기 어려운 내용과 표현이다.

그러나 '평시조는 사대부, 사설시조는 평민'이라는 식의 이분법은 매우 위험해 보인다. 우선 염두에 두어야 할 것은, 문자를 제대로 익히지 못한 평민들은 시조를 짓는 것 자체가 어려웠다는 점이다. 평시조에 비해 다소 자유롭긴 하지만 사설시조도 엄연히 형식을 갖추고 있고, 거기에는 민요와 같은 하층의 구비문학에서는 볼 수 없는 시어들이 선택되고, 또 그것들이 가지런히 배열되는 경향도 있다. 그래서 사설시조는 사대부 못지않게 문자에 능통했던 중인中人들이 주로 창작, 향유했을 것으로 추정하기도 한다. 그렇다고 해도 사설시조의 작자로 반드시 양반층을 배제할 필요는 없어 보인다. 그 이유는 엄숙, 근엄, 진지를 지향하는 사대부도 밤이 되고 취흥이 오르면 사회적 가면을 벗어던지고 평소에 감추어 두었던 욕망을 솔직하게 표현할 수 있기 때문이다. 아니, 지식인들이기에 더 그럴 수 있다고 이해하는 것이 삶의 진실에 더 가깝다. 결국 사설시조도 시간으로는 낮과 밤을, 공간으로는 진지한 자리와 유쾌한 자리를 구별하면서 사대부들이 평시조와 함께 즐겼던 레퍼토리로 봐도 되겠다. 결국 평시조와 사설시조를 양쪽으로 딱 갈라놓는 이분법적 도식은 인간을 너무 평면적으로 본다는 위험을 안고 있다고 하겠다.

그렇다면 우리가 앞에서 살펴보았던 두 시조 모두 사대부들이 지은 것으로 보아도 무방한데, 다만 둘은 결국 기다림의 두 가지 태도를 대조적으로 보여 준다. 그러나 그것은 모순이 아니다. 어쩌면 〈벽사창이 어른어른하거늘…〉이라는 노래는 〈창밖에 워석버석…〉의 화자가 애상적 정조에 휘말린 자신을 스스로 위안하고자 부른 노래로 보아도 될 정도로 인간 삶의 한 단면을 그려 낸 것이 아닐까 한다. 임의 부재로 인한 비애는 비애대로 느끼지만 그렇다고 거기에 매몰되지만은 않겠다는 결심으로 읽어 내도 될 것이다. 화자는 그 결심을 스스로를 희화화하는 전략을 통해 실현하고자 한 것이다. 이는 물론 지성의 유무나 계층의 고하와 무관하게 우리 인간들이 자신의 상처를 스스로 치유해 나가는 지혜라 해도 무방하리라.

다만 모든 사설시조를 희화화를 비롯한 해학이나 풍자의 미학으로 설명할 수는 없다. 가령 다음의 사설시조는 착각 모티프를 공유하면서도 일말의 웃음기도 배제한 채 진지 일변도로 시상을 전개한다.

시비柴扉에 개 짖거늘 임만 여겨 나가 보니
임은 아니 오고 명월이 만정滿庭한데 일진一陣 추풍에 잎 지는 소리

   여덟 번째 이야기 - 기다림

로다

― 작자 미상

임을 기다린 시간이 오래였고, 낙엽 지는 소리를 임의 발자국 소리로 착각했으며, 가을밤을 배경으로 삼고 있다는 점 등이 앞에서 살펴봤던 노래들과 매우 닮아 있다. 물론 개가 짖는 소리를 매개로 한다는 점이 다르긴 하지만 기본적인 발상은 다르지 않다. 간과하지 말아야 할 것은 화자가 자기 자신을 향한 독백이 아닌, 개를 향한 원망의 목소리를 던지고 있다는 사실이다. 그러기에 이 작품을 읽는 독자로서는 은근한 미소마저 지을 수 없다. 사설시조의 미학을 평시조와 대립되는 구도에서 일반화하여 이해하는 것이 위험하다는 점을 다시 확인할 수 있다. 게다가 미의식과 주제 의식 측면에서 평시조와 다름없는 사설시조 작품이 양적으로 훨씬 많다는 점까지도 고려하면, 이러한 일반화는 적극적으로 경계하는 것이 마땅하겠다.

노래는 부르면 약이 된다. 듣는 것도 힘이 된다. 슬프고 무거운 노래도, 즐겁고 경쾌한 노래도 다 그렇다. 신흠 본인이 이미 〈방옹시여〉 제29수에서 노래의 효용을 그렇게 선언한 바도 있다. "노래 만든 사람 시름도 많았어라 / 말로는 다 못 일러 노래 불러 풀었던가 / 진실로 풀릴 것이면 나도 불러 보리라"라고.

기다림의 시간 의식

시간의 두 가지 의미

그리스인들은 시간의 의미를 두 가지로 달리 인식했다. 그것은 그리스어에서 시간을 뜻하는 단어가 둘이라는 데서 확인할 수 있다. 크로노스(chronos)와 카이로스(kairos)가 그것으로, 크로노스는 모두에게 동일하게 적용되는 객관적인 시간이고, 카이로스는 사람들마다 다르게 인지되는 주관적인 시간이다. 이번에 만날 문항은 바로 이 크로노스와 카이로스의 개념적 관계를 바탕으로 하여 구성되어 있다.

(가)
이 몸 만드실 제 임을 좇아 만드시니
한평생 연분인 줄 하늘 모를 일이런가
나 하나 젊어 있고 임 하나 날 사랑하시니
이 마음 이 사랑 견줄 데 전혀 없다
평생에 원하오되 함께 살자 하였더니
늙어서야 무슨 일로 외따로 떨어져 그리는고
엊그제 임을 모셔 광한전에 올랐더니
그사이에 어찌하여 인간 세상에 내려오니
올 적에 빗은 머리 헝클어진 지 삼 년일세
연지분 있지마는 누굴 위하여 곱게 할꼬
마음에 맺힌 시름 첩첩이 쌓여 있어
짓느니 한숨이요 지느니 눈물이라
인생은 유한한데 시름도 그지없다

무심한 세월은 물 흐르듯 하는구나
염량炎涼이 때를 알아 가는 듯 다시 오니
듣거니 보거니 느낄 일도 많고 많도다
동풍이 건듯 불어 적설을 헤쳐 내니
창밖에 심은 매화 두세 가지 피었구나
가뜩이나 냉담한데 암향은 무슨 일인고
황혼에 달이 좇아 베개맡에 비치니
느꺼운 듯 반가운 듯 임이신가 아니신가
저 매화 꺾어 내어 임 계신 데 보내고저
임이 너를 보고 어떻다 여기실꼬

— 정철, 〈사미인곡〉

24. 〈보기〉를 바탕으로 (가)를 감상한 내용으로 적절하지 않은 것은?

보기

　(가)에는 천상의 시간과 지상의 시간이 모두 나타난다. 천상에서는 지상과 달리 생로병사의 과정 없이 끝없는 사랑이 지속된다. 이러한 시간적 질서는 지상에 내려온 화자를 힘겹게 하는데, 이 과정에서 화자는 지상의 물리적 시간을 심리적으로 변형하여 자신의 심경을 드러낸다.

① 임과의 '연분'을 '하늘'과 연결 짓는 것은, 임과의 사랑이 천상의 시간 질서처럼 끝없이 이어지기를 바라는 마음이 반영된 것이라 볼 수 있겠어.
② '젊어 있고'와 '늙어서야'를 통해 화자가 천상의 시간에서 벗어나 지상의 시간으로 편입되었음을 알 수 있겠어.

③ '삼 년' 전을 '엊그제'로 인식하는 것에서, 임과 함께한 기억이 아직도 선명하게 남아 있어 지상의 물리적 시간이 심리적으로 압축되어 나타나고 있음을 알 수 있겠어.

④ '인생은 유한'과 '무심한 세월'을 통해 지상의 시간적 질서에 따라 소망을 이룰 수 있는 시간이 줄고 있는 것에 대한 불안한 마음을 엿볼 수 있겠어.

⑤ '염량'이 '가는 듯 고쳐' 온다는 인식에서, 임과의 관계 단절에 따른 절망감으로 인해 지상의 물리적 시간이 심리적으로 지연되어 나타나고 있음을 알 수 있겠어.

- 2021학년도 본수능(고어 표기를 현대어로 고침)

내쫓긴 신하와 내쫓긴 여인

위에 주어진 지문은 정철 〈사미인곡〉의 초반부에 해당한다. 정답은 ⑤번이다. ⑤번의 '염량'은 더위〔염炎〕와 서늘함〔양凉〕을 뜻한다. '가는 듯 고쳐 오니'는 금방 다시 돌아온다는 뜻. 계절이 너무도 빨리 바뀐다는 뜻이겠다. 임과의 재회를 기다리고 있는데 시간은 화살같이 빨리 흐른다는 말이다. 그렇다면 이것은 지상의 물리적 시간이 화자의 심리적 시간 차원에서는 지연이 아니라 축약되어 나타나는 것이라 보아야 하는 거다. ⑤번은 '축약'을 '지연'이라는 단어로 교체함으로써 그 자체로 모순된 진술이 되어 버렸다.

정철은 사실 문제적인 인물이다. 관직 생활의 초기는 비교적 순탄했다. 선조가 등극하면서 편애에 가까운 신임을 받았는데, 서인西人의 영수領袖로서 당쟁의 중심에 서 있던 그는 양쪽에서 극단적인 평가를 받았다. 워낙 급진적인 성격이었기에 한쪽에서는 '강직한 군자'라는 칭송을, 반대편에서는 '독선 대마왕, 희대의 아첨꾼'과 같은 식의 비난을 받았던 것이다. 20대 후반에 관직에 진출한 이후 생을 마칠 때까지 자의든 타의든 낙향한 것이 네 차례, 그리고 유배 생활이 한 차례 있을 정도였으니까 얼마나 치열하게 살았는지 짐작할 수 있겠다.

흔히 '양미인곡'으로 묶여 있는 〈사미인곡〉과 〈속미인곡〉은 지천명의 나이에 들어선 그가 전남 담양으로 물러나 그곳에서 기거할 때 지은 작품이다. 동반자였던 율곡栗谷 이이李珥가 죽자 그는 수세에 몰리기 시작했고, 결국 그 이듬해에 동인東人의 탄핵을 받아 담양으로 물러나게 되었던 것이다. 비록 형벌에 해당하는 유배는 면했지만 정철의 입장에서 그것은 법적인 차이였을 뿐 정치적으로는 차이가 없었다. '양미인곡'이 모두 유배 가사의 문맥을 고스란히 담지하고 있는 까닭도 바로 이런 이유 때문일 것이다.

그의 인간됨에 대한 평가와는 별개로 문학적 재능 하나만큼은 인정하지 않을 수 없다. 오죽하면 정철을 한국 문학사를 통틀어 가장 높은 봉우리를 차지하는 문인이라고 하는 목소리가 있겠는가? 그만큼 그의 작품들은 고등학교 교과서와 수능에서 단골로 호출된다. 비유와 상징, 여성적 목소리, 자연물과의 교감 등등이 작품의 깊이와 높이를 두루 보장해 주기 때문이다.

그의 대표작인 〈사미인곡〉이야말로 이런 특성을 강하게 보여 준다. 은거 3년 차에 임금이 다시 자신을 불러 주기를 기다리며 지은 작품인데, 이는 "올 적에 빗은 머리 헝클어진 지 삼 년일세"에서 알 수 있다. 강직했다는 그의 성격을 고려해 보면 임금 곁으로 돌아가고자 하는 간절한 뜻만큼은 진심이었을 것으로 보인다. 이 작품의 두드러진 특징 중 하나는 목소리에 있다. 작가는 한양에 있는 선조 임금을 천상의 옥황상제로, 쫓기다시피 담양으로 내려간 자신을 지상으로 내쳐진 선녀로 설정하여, 정계 복귀에 대한 자신의 간절한 꿈을 절절한 목소리로 읊었다.

물론 이러한 알레고리는 정철의 고유한 발상이 아니다. 〈사미인곡〉을 한문으로 번역하기도 했던 김상숙金相肅은 "임금에게 쫓겨난 외로운 신하[고신孤臣]와 남편에게 쫓겨난 원통한 여인[원녀寃女]은 그 뜻이 같다."라고 한 것으로 보아, 당대의 문인들은 모두 이 유추의 공식을 공유하고 있었던 것으로 보인다. 그리고 이러한 문화적 전통은 중국에서부터 오랫동안 존속해 왔다. 그럼에도 이 작품을 〈속미인곡〉과 더불어 고평하는 데는 유려한 율조와 문체가 떠받치는 공감의 폭 때문이라 하겠다.

담양에 은거하면서 한양으로 복귀할 때를 기약도 없이 기다리는 이 불타는 투지의 인물에게 하루하루는 얼마나 지루했을까? 그런데 3년이 되도록 자신을 호명하는 목소리가 없다. 어느 순간 그 기다림의 시간이 '아니, 벌써 3년!'이 됐다고 느꼈을 것이다. 만일 5년의 기약을 두고 그때를 기다렸다면 '아니, 아직도 3년밖에!' 하고 느끼지 않았겠는가. 그러나 기약이 없었기에, 하루하루는 더디게 더디게 흐르는 시간이지만 3년은 순식간에 흘러가 버린 시간이라는, 시간의 이중성을 겪었을 법하다. 그러면서 동시에 한양에서 임금과 함께 정사를 펼쳤던 그 시절이 바로 엊그제인 듯 여겨졌을 것이다. 감히 표현은 못 했지만 '왜 안 불러 주시나?' 하며 원망하고 있었을 것이고. 홀로 떨어져 나이만 먹고 있는 처지에서 비롯되는 조바심이나 불안감과 같은 비관적 정서도 그 원망의 이면에 엿보인다. ①~④번 선지의 내용을 요약한다면 이런 식으로 정리될 수 있겠다.

물리적 시간과 심리적 시간

크로노스와 카이로스는 각각 객관적 시간과 주관적 시간이기도 하지만, 달리 말하면 물리적 시간과 심리적 시간이기도 하다. 물리적 개념의 시간은 지상의 모든 공간에서 동일한 길이와 동일한 속도로 흐른다. 그러나 심리적 시간은 다르다. 어떤 상황에 처해 있느냐, 시간을 어떤 일에 쓰고 있느냐에 따라 그 속도는 달리 인식되는 것이다. 연인을 기다리는 시간과 연인과 함께하는 시간이 같은 속도일 리 없다. 만일 연인과 함께하는 시간이 더디게 흐른다고 생각된다면 둘의 관계에 심각한 문제가 있는 것 아니겠는가?

인간 심리의 차원에서 인식되는 시간은 인간의 삶을 정면으로 다루는 문학에서도 매우 중요한 화두가 된다. 우리 인간은 시간 그 자체나 시간의 흐름에 대해 여러 태도를 취할 수 있다. 인간의 유한성이나 인생무상을 깨닫기도 하고, 인생의 한계를 인식하여 주어진 시간을 최대한 가치 있게 활용하자는 의지를 드러내기도 하며, 삶의 유한성을 원망하고 한탄할 수도 있다.

이와 관련하여 독일의 철학자이자 인지신경과학자인 에른스트 푀펠(Ernst Pöppel)의 의견은 충분히 주목할 만하다. 그에 따르면 우리가 인지하는 시간은 네 종류로 구분된다. 첫째는 '지속' 혹은 '시간 간격'으로서 하나의 사건이 지속되는 시간이고, 둘째는 '시간의 차례'로서 우리는 어떤 사건들을 선후 관계에 맞추어 인식할 수 있다. 셋째는 '과거와 현재'로서 우리는 대부분 현재의 일과 과거의 일을 구별할 수 있다. 마지막은 '변화'로서 우리는 시간의 흐름에 따라 일어나는 변화를 인지할 수 있다. 이 네 가지 시간관을 바탕으로 〈사미인곡〉의 화자를 이해해 보자.

우선 임과 헤어진 사건이 지속되는 시간은 물리적으로 3년이다. 그리고 임을 모셨던 과거의 사건으로 인해 임과 떨어져 있는 현재의 사건이 생겼다. 종합하면 임과 함께했던 과거의 그 시간은 엊그제처럼 가까이 느껴지는데 임과 다시 만날 기약도 없이 홀로 지내고 있는 3년이라는 시간은 너무도 빠르게 흘러가고 있다는 것이다. 이에 더하여, 시간이 흐를수록 나 또한 늙어 가는 변화가 있으니 그로부터 조바심이 생기고, 혹시라도 과거의 상태로 회귀하지 못한 채 인연이 끝나고 마는 것이 아닌가 하는 불안감이 생겼을 것이다. 아마도 작가가 가장 두려워했던 것은 이 지점이 아닐까 한다. 자신이 과거에 임을 잘못 모셔서 미움을 받아 현재 이별한 상태이지만, 이대로 시간이 흘러 더 늙어 가다 보면 다시 임을 만나기를 바라는 소망이 영원히 이루어지지 못하는 것 아닐까 하는 바로 그 두려움인 것이다.

〈사미인곡〉이 던지는 질문

시간은 하루, 한 달, 한 해 등을 주기로 반복되는 순환성도 있지만, 순차적이고 연속적으로 이어지면서 흘러가는 시간은 영원히 되돌릴 수 없는 불가역성도 있다. 정철이 〈사미인곡〉에서 보여 준 기다림과 불안은 시간의 불가역성에서 비롯된 것이다. 시간의 불가역성은 〈사미인곡〉에서만이 아니라 만나고 헤어지는 인간관계의 모든 굴곡에서 작용한다.

흥미롭게도 〈만전춘별사滿殿春別詞〉는 '만남'과 '헤어짐'이 각각 시간의 불가역성과 접촉하는 두 국면을 대조적으로 보여 준다.

얼음 위에 댓잎 자리 보아 임과 나와 얼어 죽을망정
얼음 위에 댓잎 자리 보아 임과 나와 얼어 죽을망정
정 둔 오늘 밤 더디 새오시라 (1연)

뒤척뒤척 외로운 침상에 어느 잠이 오리오
서창을 열어 보니 도화가 피어 있도다
도화는 시름 없어 봄바람에 웃는구나 봄바람에 웃는구나 (2연)
— 작자 미상, 〈만전춘별사〉

본래 이 노래는 유기적인 질서를 갖춘 노래가 아니지만 두 연의 상황은 아주 다르다. 아주 다른 정도가 아니라 아예 반대 상황이다. 1연에서 화자는 임과 함께 있는 데 반해, 2연에서는 홀로 잠을 이루지 못하고 있다. 1연에서는 황홀의 극치를 누리고자 하는 욕망이 넘쳐흐르는 데 비해, 2연에서는 활짝 핀 도화를 보며 고독의 극치를 경험한다. 두 개의 연에서 화자는 어떻게 시간을 인식하고 있었을까? 당연히 1연에서는 시간이 지나치게 빠른 속도로 흘러가고 있다고 여길 것이다. "더디 새오시라"고 하는, 절규에 가까운 탄식이 그 근거이다. 2연에서는 그 반대일 것이다. 물론 명시적인 근거는 없다. 그러나 정황 자체만으로 충분한 근거가 된다. '임의 현존'과 '임의 부재'가 각각 화자의 시간 인식을 결정하는 사태를 목격할 수 있는 것이다.

인간은 크로노스의 지배를 벗어날 수도 없지만, 카이로스의 질서로부터 자유로울 수도 없는 존재이다. 오늘날의 우리도 여전히 누군가를 만나 사랑하고 누군가와 헤어진 채 재회를 기다리곤 한다. 무엇인가의 매력에 빠져 즐기기도 하고, 강제로 부여받은 임무를 억지로 수행하기도 한다. 이렇게 살아가는 우리에게 〈사미인곡〉을 비롯한 문학 작품들은 다음과 같은 질문을 던지고 있는 것처럼 보인다. "무엇인가가 끝나기를 기다려 본 적 있는가? 혹은 그 시간이 영원히 오지 않기를 바란 적이 있는가? 그때 하염없이 흘러가는 시간은 당신에게 과연 무엇이었던가?"

흥미로운 것은, 그 시간이 무엇이든 간에 우리는 항상 불안감을 안은 채 살아가고 있다는 점이다. 기다리는 그 순간이 오지 않을지도 모른다는 불안감도 있고, 그 순간이 너무나 일찍 도래할 것 같은 불안감도 있으며, 기다렸던 그 순간이 왔을 때는 그것이 언제 끝날지 모른다는 불안감도 있다. 인간의 삶은 그런 점에서 항상 불안감과 동행한다고 볼 수 있다. 불안감은 기대감의 또 다른 얼굴인 셈이다.

꿈

꿈의 무늬들

꿈의 다의성

꿈이라는 말의 다의성

꿈은 원래 잠자는 동안에 여러 가지 사물을 보고 듣는 정신 현상을 가리킨다. 생리적 개념이다. 이와는 달리, 실현하고 싶은 소망이나 이상을 뜻하기도 하고, 반대로 헛된 기대나 허망하게 끝난 일을 뜻하기도 한다. 묘하게도 뿌리는 하나인데 서로 반대되는 뜻으로 쓰인다. 또 어떨 때는 믿을 수 없는 현실 앞에서 이를 부정하고 싶은 마음을 표현하는 말로도 쓰이고, 그 반대로 믿을 수 없을 만큼 커다란 성취를 이루었을 때 그 감격을 표현하는 말로도 쓰인다. 문학에서도 마찬가지. 꿈은 이와 같이 다양한 의미를 지닌 채 소재나 모티프로 자주 동원되면서 인간사의 애환을 그려 내는 주요한 장치로 활용되곤 한다. 그렇다면 의미의 다양성에도 불구하고 어떤 공통점은 분명히 있을 것이라 짐작된다. 그것은 과연 무엇일까?

이번에는 뜻이 서로 다른 꿈이 동시에 포함되어 있는 가사 작품을 지문으로 삼아 만든 문제를 만난다.

(가)
공후배필은 못 바라도 군자호구 원하더니
삼생의 원업怨業이오 월하의 연분으로
장안유협長安遊俠 경박자輕薄子를 ㉠꿈같이 만나 있어
당시의 용심用心하기 살얼음 디디는 듯
삼오이팔 겨우 지나 천연여질 절로 이니
이 얼골 이 태도로 백년기약하였더니

연광年光이 훌훌하고 조물이 다시多猜 하여

봄바람 가을 물이 베오리에 북 지나듯

설빈화안 어디 두고 면목가증面目可憎 되거고나

내 얼골 내 보거니 어느 임이 날 괼소냐

(중략)

옥창에 심은 매화 몇 번이나 피여 진고

겨울밤 차고 찬 제 자최눈 섯거 치고

여름날 길고 길 제 궂은비는 무슨 일고

삼춘화류三春花柳 호시절好時節의 경물이 시름없다

가을 달 방에 들고 실솔蟋蟀이 상床에 울 제

긴 한숨 지는 눈물 속절없이 헴만 많다

아마도 모진 목숨 죽기도 어려울사

도로혀 풀쳐 혜니 이리하여 어이하리

청등을 돌라 놓고 녹기금綠綺琴 빗겨 안아

벽련화碧蓮花 한 곡조를 시름 좇아 섯거 타니

소상야우瀟湘夜雨의 댓소리 섯도는 듯

화표천년華表千年의 별학이 우니는 듯

옥수玉手의 타는 수단 옛 소리 있다마는

부용장芙蓉帳 적막하니 뉘 귀에 들리소니

간장이 구곡되어 굽이굽이 끊쳤어라

차라리 잠을 들어 ⓛ꿈에나 보려 하니

바람의 지는 잎과 풀 속에 우는 짐승

무슨 일 원수로서 잠조차 깨우는다

— 허난설헌, 〈규원가〉

• 다시: 시기가 많음.

• 면목가증: 얼굴 생김이 남에게 미움을 살 만한 데가 있음.

33. ㉠, ㉡에 대한 이해로 가장 적절한 것은?
　　① ㉠은 흐릿한 기억 때문에 혼란스러운 화자의 심정을 나타낸다.
　　② ㉡은 현실에서는 화자가 문제를 해결할 수 없어서 선택한 방법이다.
　　③ ㉠은 임과의 만남에 대한 기대에서, ㉡은 임과의 이별에 대한 망각에서 비롯된다.
　　④ ㉠은 이미 일어난 일에 대해 회상하고, ㉡은 곧 일어날 일에 대해 단정하고 있다.
　　⑤ ㉠은 인연의 우연성에 대한, ㉡은 재회의 필연성에 대한 화자의 우려를 드러내고 있다.

— 2022학년도 9월 모의 수능

〈규원가〉의 두 가지 꿈

〈규원가閨怨歌〉에서 '규원'은 규방의 원망이란 뜻이다. 규방은 부녀자가 거처하는 방을 가리킨다. 그러니까 〈규원가〉는 부녀자가 자신의 방에서 누군가를 원망하는 노래라는 뜻이다. 누구를 원망하고 있는가? 당연히 남편이다. 남편이 어떤 인물이기에 대놓고 원망을 하는가? 옥창玉窓에 심은 매화가 몇 번이나 피고 지도록 돌아오지 않는다고 했으니 몇 년 동안이나 남편을 제대로 만나 본 적이 없었을 것으로 짐작된다. 무슨 사연인가? 지문에 '중략'으로 처리된 부분에서 남편은 "장안長安 유협遊俠 경박자輕薄子"로 묘사되어 있다. 한마디로 한량이라는 의미이다. 말하자면 〈규원가〉는 사별을 한 것도 아닌데 독수공방을 하고 있는 아낙네가 집을 떠난 한량 남편을 원망하는 노래인 셈이다.

아홉 번째 이야기 - 꿈

임에 대한 원망은 과거의 기억을 호출한다. 두 사람의 인연을 "삼생의 원업"이자 "월하의 연분"이라고 했다. 월하노인月下老人은 부부의 연을 맺어 주는 초월적인 존재니까 '월하의 연분'은 궁합이 잘 맞는 부부의 인연을 뜻한다. 화자의 만족감을 함축한 말로 보이는데, '삼생의 원업'이라는 표현을 보면 그렇지만도 않다. 이 표현에는 스스로의 운명을 가련하게 여기는 자기 연민의 정서가 함축되어 있기 때문이다. 삼생은 전생前生, 현생現生, 후생後生이고, 업業은 전생에서 현생으로 일관되게 작용하고 후생에까지 영향력을 가지는 모든 행위의 결과가 누적된 것을 가리킨다. 그 업 중에서 타인과의 원한 관계로 인한 것을 원업怨業이라고 한다. 남편과의 인연을 '삼생의 원업'으로 규정하는 화자의 태도에는 두 사람의 인연이 가연佳緣이 아니라 악연惡緣이라는, 후회로 가득한 한탄이 깔려 있는 셈이다.

그런데 자기 연민의 정서 그 이면에는 일종의 나르시시즘도 엿보인다. '삼오이팔三五二八', 즉 15세, 16세 무렵에는 '천연여질天然麗質'이 절로 일었다고 했다. 자신의 용모에 대한 자부심이 보이는 것이다. 그러나 '설빈화안雪鬢花顔'으로 표현된 그 얼굴은 '베 올에 북 지나듯' 흐른 세월 앞에 '면목가증面目可憎'이 되었다고 했다. '베 올에 북 지나듯'이란 표현은, 베틀에서 베를 짤 때 세로 방향으로 놓인 날줄에다 실타래를 담은 도구인 북을 좌우로 번갈아 던지면서 숙달된 솜씨로 씨줄을 결합하는 동작에서 비롯된 것이다. 한마디로 무척이나 빠르다는 뜻이다. 그런데 젊었을 때 자부심을 가질 만한 용모라면 대체로 세월이 흐른다고 해도 쉽사리 무너지지 않는다는 점을 고려해 보면 이는 자학에 가깝다. 그것도 결국 자기 연민의 연장선에 있다고 보면 될 듯하다. 그런 점에서 제목에도 포함되어 있는 원망의 화살은 남편만이 아니라 세월도 향하고 운명도 향하고, 끝내는 자기 자신을 향한다고 보는 것이 좋겠다.

이런 맥락에서 '꿈'이 두 번 등장한다. 젊었던 시절 남편을 만나 인연을 맺던 그 상황은 "꿈같이 만나 있어"라고 했고, 독수공방을 하고 있는 처지에서 남편을 만나 보고자 하는 소망은 "꿈에나 보려 하니"라고 했다. 전자의 꿈은 믿을 수 없는 현실을 맞닥뜨렸을 때 동원되는 말이다. 그중에서도 그 현실을 부정하고 싶을 때 쓰는 표현이다. 원망의 표현이자 자기 연민의 표현인 것이다. 후자는 또 어떤가? 잠을 잘 때 일어나는 생리 현상으로서의 꿈이다. 현실에서는 이루어질 수 없는 소망이니까 잠을 자면 꾸게 되는 꿈을 통해서라도 한번 만나 보겠다는 뜻이다. 물론 뜻대로 될 리는 없지만, 그것이 최선의 선택이라면, 아니 유일한 방법이라면 시도라도 해 봐야 하는 법. 이렇게 해서 자연스럽게 정답이 ②번임이 확인된다.

그런데 그 뒤에 이어지는 내용을 보면, 안타깝게도 화자는 잠드는 일조차 제대로 할 수 없다는 걸 알 수 있다. 수풀에 우는 짐승들의 울음소리 탓이라고 했다. 그러나 그 소리가 잠을 방해할 정도가 되기는 어려울 테니 그보다 더 근본적인 불면의 원인이 있지 않았을까. 그건 아마도 '장안 유협 경박자'가 어떤 일을 하고 있을지 모른다는 불안감 아니었을까.

꿈, 결핍과 고난의 건너편

우리는 지금까지 작품 속 화자의 상황과 정서를 살펴봤지만, 작가가 누구인지 전혀 고려하지 않았다. 작가 논란이 없지는 않지만,

〈규원가〉는 16세기의 인물 허난설헌許蘭雪軒이 지었다는 것이 정설
이다. 허균許筠의 누이로도 잘 알려져 있다. 남자 형제들의 어깨너
머로 배운 글이었는데 조선시대 여성 중 가장 탁월한 시인이라고
평가받고 있는 인물이다. 27세로 생을 마감하기까지 어린 아들과
딸을 잃었고, 뱃속의 아이까지 잃었으며, 그 와중에 친정에서는 형
제들의 옥사獄事와 유배가 있었다. 이런 생애였는데 남편은 제 역
할을 하지 못하고 가정을 내팽개쳤다. 그리 길지 않은 세월 동안에
이중 삼중의 비극을 겪었던 셈이다.

이때 글 읽기와 글쓰기는 그의 유일한 동반자가 아니었을까. 그
가 쓴 한시는 이미 명문으로 소문이 났었지만 모두 소각하라는 유
언 때문에 세상에서 영원히 사라질 뻔한 위기가 있었다. 다행히 동
생 허균이 명나라 시인에게 건넸던 작품들이 중국에서 인기를 얻
었고 책으로 간행된 덕분에 지금까지 전해지고 있다. 앞서 잠깐 말
했던 나르시시즘도 이처럼 탁월한 그의 재능과 무관하지 않으리
라 짐작된다. 그의 한시 작품 중 거의 절반은 이른바 유선시遊仙詩
로 분류된다. 유선시는 신선 세계에 대한 동경을 바탕으로 현실을
떠나 신선 세계에서 노니는 삶을 주된 내용으로 삼고 있다. 작품의
경향이 이렇게 된 것은 빼어난 재능에도 불구하고 극단적으로 억
압되고 소외된 삶을 살았던 그의 이력이 빚어낸 필연적 결과가 아
닐까 한다.

〈규원가〉는 한시가 아니라 우리말로 된 가사 작품이어서 그의
한시와는 운명이 달랐다. 작가 시비 또한 그의 문집에 실려 있지
않고 《고금가곡古今歌曲》 등의 다른 문헌에 실려 있었기 때문에 일
어난 일이다. 하지만 억압된 삶, 소외된 삶을 그려 내고 있다는 점

만은 분명히 알 수 있다. 그러면 앞에서 살펴보았던 꿈도 달리 볼 여지가 있다.

"꿈같이 만나 있어"에서 '꿈'은 그 만남이 '제발 꿈이었길' 바라는 마음의 표현이라고 했다. 과거를 부정하고 싶은 마음이 담겨 있다. 그러나 거기에서 멈추지 않는다. 과거를 부정하면 현재도 자연스럽게 부정되기 때문이다. 지금 내가 겪고 있는 이 고통도 '제발 꿈이길' 하며 바라는 마음도 감지되는 것이다. 그리고 "꿈에나 보려 하니"에서 꿈은 생리 현상으로서의 꿈이라 했지만, 이는 그 진실성이 심히 의심되는 표현이다. 현실을 강하게 부정하고 싶은 마음이 앞서는 상황임을 고려해야 하기 때문이다. 수사적 진술에 불과할 수도 있다는 것이다. 한 걸음 더 나아가면, '자신이 안고 있는 문제를 해결할 의지가 있기나 할까' 하는 생각도 든다. 물론 아까 봤던 문항의 정답을 부정하는 건 아니다. 어쩌면 화자는, 아니 작가인 허난설헌은 자신이 영위하고 있는 모든 삶을 '헛되고 헛된 꿈이로다' 하며 애써 위로를 하고 있었을지 모를 일이다. 그렇다면 작품에 일관되게 이어지는 자기 연민의 정서는 자기 위로를 동반하고 있었다는 결론에 도달하게 된다.

허난설헌의 〈규원가〉를 읽으면서 한 가지 더 기억해 두어야 할 것은, 이 작품에 나타난 자기 연민의 정서와 비례하여 신의를 저버린 임에 대한 힐난과 원망의 정서 또한 가득하다는 사실이다. 남편을 '장안 유협 경박자'로 취급하는 것도 그렇고, 이 작품의 대미를 장식하는 '박명한 홍안이야 나 같은 이 또 있을까 / 아마도 이 님의 탓으로 살 동 말 동 하여라'라는 표현에는 원망이 노골적으로 드러난다. 사실 16세기 조선 사회에서 부녀자가 남편을 이런 식으로 대

아홉 번째 이야기 - 꿈

놓고 힐난하는 일은 매우 드물었을 것이다. 만일 이 작품을 노래로 만든다면 비애감 섞인 발라드의 잔잔한 선율보다는 저항의 몸짓을 동반하는 록(rock)의 격렬한 선율이 더 잘 어울리지 않을까 하는 생각도 하게 된다. 하긴 록발라드라는 장르도 있으니 그것도 충분히 이 작품에서 뿜어내는 에너지에 어울린다. 그만큼 허난설헌의 생애는 결핍과 고난으로 채워져 있었고, 그로부터 벗어나고자 하는 몸부림도 심했던 것이다.

꿈이라는 말의 뿌리

앞에서 말한 대로 꿈의 의미는 매우 다양하다. 잠잘 때의 생리 현상에 그 뿌리를 대고 있지만 심지어 모순된 의미를 동시에 지니고 있다. 꿈이라는 말이 일상적으로 쓰일 때는 현실과 짝을 이루는 경우가 많은데, 차라리 꿈이길 바라는 현실도 있고, 제발 현실이 되기를 기대하는 꿈도 있다. 또 어떤 경우에는 현실에서 이루지 못할 소망을 임시로 실현하는 가상적 공간으로서의 의미도 있다.

그러면 다시 앞에서 던졌던 질문을 상기해 보자. 꿈이 이렇게 다양한 의미로 쓰인다 해도, 심지어 모순된 의미를 동시에 지니고 있다고 해도 공통점이 없을 리는 없다. 그 공통점은 과연 무엇일까? 그것은 무엇인가를 추구하면서 살게 마련인 인간의 본성을 반영한다는 점이다. 인간은 꿈을 꾼다. 생리 현상으로서의 꿈은 자신의 의지와 무관하지만, 추구하는 목표로서의 꿈은 항상 있게 마련이다. 지금 이대로 충분히 만족한다고 해도, 실은 그 만족이 유지되기를 추구하는 것마저도 하나의 꿈이 되는 셈이다. 지금 이대로 충분히 만족한 삶이 유지되기란 또 얼마나 어려운 일인가?

신세타령과 신명풀이 사이

〈덴동어미화전가〉의 희소성

한글로 창작된 고전시가에서 가장 큰 비중을 차지하는 갈래는 시조이고, 그다음은 가사이다. 그런데 시조와 가사 대부분은 사대부 남성이 지은 작품들이다. 사대부가의 여성 작가도 손에 꼽을 정도이다. 더군다나 중인층을 포함한 평민 여성들은 이름조차 남기지 않았다. 그들은 비귀족층이자 여성이라는 태생적 한계를 이중으로 안고 있는 존재였기 때문이다. 직업상의 필요에 의해 문학 활동에 참여했던 기녀들과는 달리 이런 이중의 억압을 받고 살았던 평민층 여성이 문학 활동에 참여하는 일은 거의 허락되지 않았다. 그런 점에서, 그 희소성 때문에라도 주목하지 않을 수 없는 작품이, 작자 미상이지만 평민층의 한 여성이 지은 것으로 추정되는 〈덴동어미화전가〉이다.

그렇다면 평민층 여성이 지은 작품은 사대부가의 여성이 지은 작품과는 어떤 점에서 다를까? 물론 모든 작품은 제각각 고유한 개성을 가진다는 점에서 일반화하는 것이 위험하긴 하지만, 대체적인 경향은 짚어 낼 수 있을 것이다.

(나)
내 팔자가 사는 대로 내 고생이 닫는 대로
좋은 일도 그뿐이요 그른 일도 그뿐이라
춘삼월 호시절에 화전놀음 와서들랑

꽃빛일랑 곱게 보고 새소리는 좋게 듣고
밝은 달은 예사 보며 맑은 바람 시원하다
좋은 동무 좋은 놀음에 서로 웃고 놀아 보소
사람 눈이 이상하여 제대로 보면 관계찮고
고운 꽃도 새겨 보면 눈이 캄캄 안 보이고
귀도 또한 별일이지 그대로 들으면 괜찮은걸
새소리도 고쳐 듣고 슬픈 마음 절로 나네
마음 심 자가 제일이라 단단하게 맘 잡으면
꽃은 절로 피는 거요 새는 예사 우는 거요
달은 매양 밝은 거요 바람은 일상 부는 거라
마음만 예사 태평하면 예사로 보고 예사로 듣지
보고 듣고 예사하면 고생될 일 별로 없소
앉아 울던 청춘과부 황연대각° 깨달아서
덴동어미 말 들으니 말씀마다 개개 옳아
이내 수심 풀어내어 이리저리 부쳐 보세
이팔청춘 이내 마음 봄 춘 자로 부쳐 보고
화용월태° 이내 얼굴 꽃 화 자로 부쳐 두고
술술 나는 긴 한숨은 세류춘풍 부쳐 두고
밤이나 낮이나 숱한 수심 우는 새나 가져가게
일촌간장 쌓인 근심 도화유수로 씻어 볼까
천만 첩이나 쌓인 설움 웃음 끝에 하나 없네
구곡간장 깊은 설움 그 말끝에 슬슬 풀려
삼동설한 쌓인 눈이 봄 춘 자 만나 슬슬 녹네

— 작자 미상, 〈덴동어미화전가〉

• 황연대각: 환하게 모두 깨달음.
• 화용월태: 아름다운 여인의 얼굴과 맵시를 이르는 말.

40. (나)의 인물에 대한 이해로 가장 적절한 것은?
  ① 덴동어미는 계획적인 삶이 중요하다고 생각하고 있군.
  ② 덴동어미는 본격적으로 화전놀이를 떠날 채비를 하겠군.
  ③ 덴동어미는 청춘과부에게 생명력을 불어넣는 역할을 하는군.
  ④ 청춘과부는 자연의 변화에 무감각한 사람이 되어 버렸군.
  ⑤ 청춘과부는 가난이 사람을 성숙하게 만드는 것이라고 믿게 되
     었군.

— 2012학년도 9월 모의 수능

덴동어미의 인생 유전

문항에 접근하기 전에 대략적인 줄거리를 먼저 소개한다. '덴동어미'는 '불에 덴 아이의 어미'라는 뜻이다. '화전'은 꽃을 얹어 만든 전이다. 제목이 알려 주는 대로 이 노래는 덴동어미가 화전놀이를 가서 말로 풀어놓은 문학적 자서전에 해당한다. 때는 대략 20세기 초입, 지금의 경북 영주인 순흥 지역에서 여인들끼리 화전놀이를 가서 봄을 즐기던 중 한 청춘 과부가 자신의 신세를 한탄하다가 집으로 돌아가려 하자, 덴동어미가 나서서 자신의 인생 유전流轉을 들려준다.

이 여인은 아전의 딸로 태어나 열여섯 살에 시집을 가지만 이듬해 단옷날 친정에 왔을 때 남편이 그네를 타다가 줄이 끊어지는 바람에 떨어져 죽는다. 밤낮으로 슬피 울며 세월을 보내는 이 여인을 가련히 여긴 양가에서는 대략 2~3년 후 상주 지역의 이방 집안으로 개가改嫁를 시킨다. 그럭저럭 행복하게 살던 도중 새로 부임한

246   아홉 번째 이야기 - 꿈

지방관이 관청의 물품을 축냈다는 구실을 내세워 재산을 몰수하자 집안이 풍비박산이 나고, 덴동어미 내외는 떠돌아다니면서 밥을 얻어먹는 형편이 된다. 그러다가 억척스럽게 돈을 모았고 고향으로 돌아가겠다는 꿈도 가졌다. 그러나 그 꿈이 이루어지기도 전에 역병이 돌아 남편은 죽고 만다. 첫 남편의 추락사에 이은 두 번째 남편의 병사病死. 운명은 가혹했다. 덴동어미는 다시 홀로 떠돌아다닌다. 그러다가 이번에는 울산에서 행상行商을 하던 사람을 우연히 만나 부부가 된다. 부부가 사기그릇을 이고 지고 다니면서 행상을 하던 중 어느 주막에서 산사태를 만나 또다시 남편을 여읜다. 일종의 사고사인 셈이다. 덴동어미는 다시 주인집 아낙네의 주선으로 엿장수와 살림을 차린다. 이때가 대략 40대 중후반이었을 텐데, 드디어 사내아이 하나를 낳게 된다. 얼마나 큰 기쁨이었을지, 또 얼마나 지극정성을 쏟았을지 짐작이 간다. 그러나 웬일인가? 당시의 큰 잔치라 할 별신굿이 있어서 큰돈을 벌어 보겠다고 엿을 고던 중에 집에 불이 난다. 덴동어미는 화마火魔로부터 아이를 구해 내지만 네 번째 남편은 이 화마를 피하지 못한다. 분사焚死이다. 그리하여 이 여인에게 남은 것은 덴동이라는 아이와 덴동어미라는 호칭뿐이었고 삶의 의욕까지 모조리 잃게 된다. 하지만 이웃들과 지인들의 위로에 힘입어 다시 일어나 이 아이를 데리고 40여 년 만에 고향으로 돌아온다.

앞에 제시한 지문은 덴동어미가 자신의 인생 유전을 청춘 과부에게 들려준 후 둘이서 주고받는 대화에 해당한다. 지문에는 보이지 않지만, 덴동어미가 청춘 과부에게 들려주는 위로의 말은 "고약한 신명도 못 고치고 고생할 팔자는 못 고치네"로 요약된다. 그것이 지문에서는 "내 팔자가 사는 대로 내 고생이 닫는 대로 / 좋은 일도 그뿐이요 그른 일도 그뿐이라"라는 표현으로 변주되는 셈이다. 꽃이 피고 새가 울고 바람이 불고 달이 뜨는 일, 이런 자연 현상도 있는 그대로 들으면 괜찮은데, 슬픈 눈으로 보고 슬픈 귀로 들으면 사람을 슬프게 만든다는 진리이다. 중요한 것은 마음이다! 아무리 슬픈 일이 있어도 마음만 단단하게 잡으면, 마음만 태평하면 꽃과 새와 바람과 달도 예사로 받아들일 수 있는 법이다! 그 얼마나 소박한 진리인가. 청춘 과부가 덴동어미의 말에 문득 깨달음을 얻고 '구곡간장 깊은 설움'을 풀어낼 수 있었던 것은 바로 그 소박한 진리의 힘 때문이었을 것이다. 그리하여 이제 신세타령은 신명풀이로 나아가게 된다.

한 가지 더 중요한 정보가 있다. 청춘 과부의 신세 한탄, 그 바닥에는 개가냐 수절이냐 하는 일생일대의 고민이 깔려 있었다. 덴동어미는 과연 어떤 입장이었을까? 개가 반대, 수절 지지의 입장을 취한다. 지극히 당연하다. 개가를 해도 정해진 팔자는 못 고친다는 신념을 몸에 새긴 인물이었으니까.

충족감이 부르는 결핍감

이 문항은 두 인물이 어떤 캐릭터를 가지고 있는지, 혹은 두 인물의 관계가 무엇인지를 묻고 있다. 정답은 쉽게 보인다. 청춘 과부에게 덴동어미는 한마디로 인생의 멘토였다. 즉 덴동어미는, 최대의 난제를 맞닥뜨린 채 한없이 무기력해져 있는 젊은 과부에게 세상살이를 보는 안목과 인간의 삶을 보는 지혜를 전하여 스스로 그 무기력에서 벗어나게 해 준 사람이다.

아홉 번째 이야기 - 꿈

이와 관련하여 한 가지 의문이 일어난다. '청춘 과부는 왜 하필 그 좋은 봄날에 자신의 처지를 불우하다고 여기며 신세 한탄을 했을까?' 하는 의문이다. 먹을거리 풍성한 화전놀이는 흥으로 가득한 자리이다. 겨울에는 보지 못했던 꽃과 새가 함께 어울리고 따스한 바람이 부는 풍경이 있다. 세상 만물이 조화를 이룬 듯한 자리였고 모든 것이 충족된 듯한 자리였을 터. 그런 자리에서 청춘 과부는 슬픔을 주체하지 못한다. 왜 그랬을까? 그건 아마도 충족감이 결핍감을 자극하는 이치 때문이었을 것이다. 충족감을 느끼는 순간 아이러니하게도 결핍을 느끼는 게 다름 아닌 인간인 것이다. 군에 입대한 아들을 둔 부모는 맛있는 음식이 눈앞에 있을 때 그 아들을 떠올린다고 했다. 연인과 헤어진 사람들은 눈앞에서 다정하게 손을 잡고 가는 커플들을 볼 때 더욱 외로움을 느끼는 법이다. 그래서였을 것이다. 청춘 과부가 자신의 신세를 한탄했던 것은 바로 그 조화롭고 충족된 세계로부터 자신의 균열과 결핍을 확인했기 때문이었을 것이다.

덴동어미도 이 사실을 알고 있었을 것으로 보인다. 앞서 말한 대로 청춘 과부를 달랜 덴동어미의 말은 매우 소박한 진리를 안고 있다. 커다란 감동을 동반하는 어록이라 하기에는 민망한 수준이다. 그러나 이 소박한 진리가 힘을 가지는 것은, 그것이 그야말로 기구하기 짝이 없는 인생 경험의 총체로부터 귀납적으로 이끌어 낸 진리였기 때문이 아닌가 한다. 그 어떤 형이상학적 관념도 개입되지 않은, 철저하게 실제적인 체험으로부터 산출된 결론이었던 거다. 간난신고艱難辛苦로 압축되는 인생 유전의 주인공 덴동어미는 모를 리 없었을 것이다. 조화롭고 충족된 세계가 한 인간에게는 결핍감을 불러일으킨다는 인간사의 이치를 모를 리 없었을 것이고, 이 가련한 청춘 과부가 왜 하필 지금 이 시점에, 왜 하필 이 자리에서 설움을 쏟아 내고 있는지를 모를 리 없었을 것이다. 청춘 과부가 덴동어미의 말에 동의하면서 '구곡간장 깊은 설움'을 풀어 낼 수 있었던 바탕에는 청춘 과부의 처지에 대한 덴동어미의 공감이 절대적인 조건이었을 텐데, 아마도 그 공감은 '인간은 조화로부터 균열을 발견하고 충족으로부터 결핍을 확인한다.'라는 더 큰 진리에서 비롯되지 않았을까?

공감, 이상적 소통의 비결

청춘 과부와 덴동어미는 같은 마을에 사는 사이니까 평소에도 알고 지냈을 것이다. 그리고 그 두 사람은 이중의 억압을 받는 평민 여성으로서 동질감도 가지고 있었을 법하다. 그러나 그것만으로는 의기투합에 가까운 두 사람의 소통을 설명하기는 어렵다. 화전놀이에 참여한 모든 여성들이 비슷한 처지였을 테니까. 그렇다면 두 사람의 각별한 소통은 청춘 과부로서 설움을 겪었다는 공통된 경험에서 찾아야 하지 않을까 한다. 말하자면 약자끼리의 연대 의식이라 할 만하다. 그러나 더욱 중요한 것이 있다. 그것은 덴동어미가 자신의 인생 유전으로부터 그 청춘 과부가 왜 그 좋은 봄날, 그 흥겨운 잔치에서 설움에 빠져 있는지를 이해하는 공감 능력이다. 이런 경지의 공감이 없었다면 두 사람의 소통은 나이 많고 경험 많은 사람의 헛된 충고로 그쳤을 수도 있다. 그러면서도 두 사람은 처지가 달랐다. 한 사람은 아직 인생 유전을 제대로 겪어 보지 못한 젊은이였고, 또 한 사람은 파란 많은 인생을 겪으면서 인생에 대한 통찰력을 얻은 채 "이제는 돌아와 거울 앞에 선"(서정주의 〈국화 옆에서〉) 원숙미를 자랑하는 어른이었다. 이러한 차이가 있었기에 진정한 소통과 진심 어린 공감이 가능했을 것이다. 이는 사대부가 출신의 여성 작가가 지은 작품에서는 찾아보기 어려운 이 작품의 개성이라고도 하겠다.

공감의 대상은 반드시 같은 처지에 있거나 같은 견해를 가진 사람들에 국한되지 않는다. 자신과 다른 처지에 있는 사람, 자신과 다른 견해를 가진 사람에게도 우리는 공감할 수 있다. 어떤 면에서 진정한 공감은 처지도 견해도 다른 사람들 사이에서 더 적실하게 실현될 수 있는 개념이다. 그것은 공감의 전제 조건인 '소통'이라는 말이 품고 있는 뜻에서도 확인된다. '소통疏通'의 '소疏'는 특이하게도 서로 상반된 뜻을 동시에 품고 있다. '(막힌 것이) 트이다, 통하다'라는 뜻과 '서투르다, 친하지 않다'라는 뜻이 그것이다. 전자의 뜻으로 새겼을 때는, 서로 잘 통하는 사이끼리의 소통으로 이해된다. 그런데 이는 대화라기보다는 사실 독백에 가깝다고 할 수 있다. 이질적인 것들 사이에서 있게 마련인 긴장이 일어나기 어렵기 때문이다. 후자의 뜻으로 새기면 그런 긴장의 의미를 살려서 소통의 더 깊은 의의를 발견할 수 있다. 서툴던 사람들이 서로를 잘 알게 되고, 가깝지 않던 사람이 친숙해지는 것, 이것이 소통이란 말에 담긴 뜻이다. 진정한 소통에는 서로 다른 처지, 서로 다른 견해가 만나고 어울려서 그려 내는 화음이라는 의의가 있는 것이다.

이런 맥락에서 〈덴동어미화전가〉는 '진정한 공감이란 무엇인가?' 하는 질문을 던지고 있다. 동정이나 연민은 흔히 우월감을 바탕으로 타인의 불행을 불쌍히 여기는 마음 정도로 정의할 수 있다.

그래서 동정이나 연민에서 나오는 말은 섣부른 충고나 설교로 이어지기 십상이다. 이는 어떤 면에서 폭력적 소통 구도를 형성한다. 이런 구도는 사실 소통이라 부르기도 민망하다. 반면에 덴동어미가 청춘 과부에게 하는 말에서 확인했듯이, 진정한 공감은 인생사 혹은 인간사에 대한 깊은 통찰력에서 출발한다고 봐도 무방하지 않을까 한다.

시적 거짓의 리얼리티

양반 팔자도 제각각

흔히 사대부라고 하면 강호 자연의 공간에서 심신을 수양하고 과거에 합격하여 이런저런 관직을 거치고 말년에 다시 강호 자연으로 돌아와서 생을 마감하는 인생을 떠올리기 십상이다. 그들에게는 대대로 세습되는 신분이 있었고 그 신분을 든든하게 뒷받침하는 토지 등의 재산이 있었으며, 그 토지를 경작해 주는 인력이 있었기에 가능했던 삶이었다. 특권을 누린 귀족 계층이자 유한계급이라 할 수 있겠다. 당연히 조선시대 사대부들의 시가 문학도 대체로는 그들의 이런 삶을 반영하고 있다.

그런데 조선시대 모든 사대부들의 삶이 그렇지는 않았다. 논밭이 있어도 그것을 경작해 주는 인력이 없는 경우도 있었고, 논밭 자체가 아예 없는 경우도 있었으니까. 특히 임진왜란과 병자호란을 겪고 조선 후기로 넘어가는 시점부터는 사대부 내부에서도 계층 분화가 일어나면서 이른바 '몰락 양반'들이 나타나기 시작했다.

아홉 번째 이야기 - 꿈

이들 몰락 양반은 벼슬은 꿈도 꾸지 못한 채 주로 향촌에 거주하면서 농사일에 직접 나설 수밖에 없었다. 이런 양반들을 통칭 '향촌鄕村 사족' 혹은 '재지在地 사족'이라고 부른다. 쉽게 말하면 '시골 선비'라 하겠다. 양반 팔자도 제각각이었던 셈이다.

(가)
춘일春日이 지지遲遲하여 뻐꾸기가 보채거늘
동린東隣에 쟁기 얻고 서사西舍에 호미 얻고
집 안에 들어가 씨앗을 마련하니
올벼 씨 한 말은 반 넘게 쥐 먹었고
기장 피 조 팥은 서너 되 부쳤거늘
한아寒餓한 식구 이리하여 어이 살리
(중략)
베틀 북도 쓸데없어 빈 벽에 남겨 두고
솥 시루 버려두니 붉은 빛이 다 되었다
세시 삭망 명절 제사는 무엇으로 해 올리며
원근 친척 내빈왕객來賓往客은 어이하여 접대할꼬
이 얼굴 지녀 있어 어려운 일 하고 많다
이 원수 궁귀窮鬼를 어이하여 여의려뇨
술에 후량을 갖추고 이름 불러 전송하여
길한 날 좋은 때에 사방으로 가라 하니
웅얼웅얼 불평하며 원노怨怒하여 이른 말이
어려서나 늙어서나 희로우락喜怒憂樂을 너와 함께하여
죽거나 살거나 여읠 줄이 없었거늘
[A] 어디 가 뉘 말 듣고 가라 하여 이르느뇨
우는 듯 꾸짖는 듯 온가지로 협박커늘

돌이켜 생각하니 네 말도 다 옳도다
무정한 세상은 다 나를 버리거늘
네 혼자 유신하여 나를 아니 버리거든
위협으로 회피하며 잔꾀로 여읠려냐
하늘 삼긴 이내 궁窮을 설마한들 어이하리
빈천도 내 분分이니 서러워해 무엇하리

— 정훈, 〈탄궁가〉

(나)
서산에 돋을볕 비추고 구름은 느지막이 내린다
비 온 뒤 묵은 풀이 뉘 밭이 우거졌던고
두어라 차례 정한 일이니 매는 대로 매리라 〈제1수〉

[B]
면화는 세 다래 네 다래요 이른 벼의 패는 모가 곱난가
오뉴월이 언제 가고 칠월이 반이로다
아마도 하느님 너희 삼길 제 날 위하여 삼기셨다 〈제7수〉

아이는 낚시질 가고 집사람은 절이채 친다
새 밥 익을 때에 새 술을 걸러서라
아마도 밥 들이고 잔 잡을 때에 흥에 겨워 하노라 〈제8수〉

— 위백규, 〈농가〉

33. [A], [B]에 대한 이해로 적절하지 않은 것은?

① [A]에서 '술에 후량'을 갖춘 화자는 의례를 통해 '궁귀'에 대한 예우를 표하고 있다.

② [B]에서 화자는 시간의 경과를 의식하며 '세 다래 네 다래' 열

아홉 번째 이야기 - 꿈

린 '면화'에 대한 만족감을 드러내고 있다.

③ [A]에서 화자는 '이내 궁'과의 관계를, [B]에서 화자는 '너희'와의 관계를 운명적인 것으로 여기는 관점을 취하고 있다.

④ [A]에서 화자는 '옳도다'라는 응답으로 '네 말'을 수용하는 태도를, [B]에서 화자는 '반이로다'라는 감탄으로 '패는 모'에 대한 기대감을 드러내고 있다.

⑤ [A]와 [B]에서 화자는 각각 초월적인 존재인 '하늘'과 '하느님'을 예찬하는 어조를 취하고 있다.

— 2022학년도 본수능

시골 선비 팔자도 제각각

위 문항의 첫 번째 지문으로 제시된 정훈鄭勳(1563~1640)의 〈탄궁가嘆窮歌〉는 말 그대로 '가난을 탄식하는 노래'라는 뜻이다. 가난한 시골 선비가 자신이 얼마나 가난한 삶을 살고 있는지를 생생하게 그려 내고 있다. 그의 궁핍은 가히 절대적이다. 전답이 있긴 한데 농사를 짓자니 쟁기도 호미도 이웃에게 빌려 써야 하는 지경이고, 볍씨는 그마저도 쥐에게 강탈당한 상황이다. 베틀과 북도 쓸데없이 걸려 있다 했으니 옷감을 마련하기도 어렵고, 솥과 시루는 사용한 지 오래되어 녹이 슬었다고 했으니 끼니도 제대로 잇지 못하고 있음을 알겠다. 가옥에 대한 묘사는 생략되어 있지만, 옷과 밥이 이 지경이니 가옥의 형상이 어떠할지는 자연스럽게 짐작된다. 의식주의 절대적 결핍인 셈이다.

사실 사대부들에게는 건축물에 불과한 가옥보다 더 중요한 것이 가문이다. 가문 차원에서 사대부의 가장 기본적인 임무는 내적으로는 봉제사奉祭祀, 외적으로는 접빈객接賓客이다. 각각 조상에게 제사를 올리는 일과 손님을 접대하는 일을 가리킨다. 입고 먹는 것도 어려운 상황에서 봉제사와 접빈객은 엄두도 내지 못했을 것이다. "세시 삭망 명절 제사는 무엇으로 해 올리며 / 원근 친척 내빈 왕객來賓往客은 어이하여 접대할꼬"라는 구절에는 가문 차원의 기본적인 임무를 감당할 수 없다는 낭패감이 집약되어 있다. 사대부로서의 체면이 말이 아니다. 작품에서는 "이 얼굴 지녀 있어 어려운 일 하고 많다"고 했는데, 여기에서 말한 '얼굴'이 바로 체면이고 사회적 위신이다.

여기까지는 독백이라 할 수 있다. 그러다 보니 답답해졌을 것이다. 이 한탄을 들을 수 있는 누군가가 필요해졌으리라. 자신의 신세 한탄을 누군가가 들어준다면 답답함을 조금이라도 덜 수 있을 거라 생각했을 것이다. 그러나 다른 사람에게 가난이라는 자신의 치부를 보여 주는 게 부담스러웠을까? 화자의 선택은 사람이 아니라 '궁귀窮鬼', 즉 '가난 귀신'이었다. 궁귀를 인격화하여 호출하기에 이른 것이다. 사람이었다면 한탄이 지속되었겠지만 가난 귀신을 호출했기에 이제 한탄은 애원으로 바뀐다. 제발 나를 떠나가 달라는 애원이다. 그러나 궁귀의 반론이 만만치 않다. 어렸을 때부터 지금까지 일관되게 함께했던 인연인데 지금에 와서 갑자기 떠나가라는 박대가 웬 말이냐 하는 것이다. 생각해 보니 맞는 말이다. 떠나란다고 떠날 귀신이었다면 진작에 떠났을 것이다. 그렇다면 가난과 나의 인연은 하늘이 맺어 준 운명 아니겠는가. 가난을 원수怨讐로만 여겼는데 이제 보니 나의 분수分數로다. 그러니 난 평생 이렇게 가난하게 살다가 죽는 수밖에 없지 않겠는가. 이것이 화자가 가난 귀신과 나눈 가상의 대화 끝에 이른 결론이었다.

이와 같이 자신을 괴롭히는 어떤 조건을 인격화하여 대화 형식으로 글의 흐름을 이어 가는 문학적 기법은 꽤나 오랜 연원을 가지고 있다. 가장 으뜸으로 손꼽히는 작품은 중국 당나라 때 한유韓愈가 지은 〈송궁문送窮文〉이다. '가난을 떠나 보내는 글'이라는 뜻이다. 이 작품에서 작가는 가난을 인격화하여 문답을 주고받는 과정을 통해 가난은 결코 인위적으로 쫓아낼 수 없는 삶의 조건임을 승인하는 태도를 보여 준다.

우리나라 문인들은 이 작품을 창조적으로 모방하여 가난은 물론 다양한 대상을 호출했다. 고려 때의 문인 이규보李奎報(1168~1241)는 〈구시마문驅詩魔文〉에서 '시의 마귀[詩魔]'를 호출하여 자신을 괴롭힌다고 질책했다. 물론 그 질책의 이면에서는 자신의 문재文才에 대한 자부심을 드러내고 있다. 임제林悌(1549~1587)는 〈송라문送懶文〉에서 '게으름 귀신'과의 문답을 통해 '게으름을 내쫓고자[送懶]' 하면서도 그 이면에 도사리고 있는 자유분방함의 미덕을 은근히 자랑처럼 내세우기도 했다. 그 외에도 어떤 이들은 서신暑神(더위 귀신), 학귀瘧鬼(학질 귀신), 수마睡魔(졸음 마귀)도 불러들였다. 쫓아내고 싶지만 결코 인위적으로 쫓아낼 수 없는 것들이다. 모두 한문으로 쓴 글로서, 대개 작가가 그 대상들과 맺고 있는 인연(?)을 중심으로 자기 성찰을 이끌어 내는 경향을 보여 주는 작품들이다. 정훈의 〈탄궁가〉는 가사 작품으로서는 거의 유일하게 이 전통을 잇고 있다.

한편 위 문항에 두 번째 지문으로 제시된 〈농가農歌〉는 전체가

9수로 구성되어 있어서 〈농가 9장〉이라고도 하는데, 이 또한 시골 선비였던 위백규魏伯珪(1727~1798)의 작품이다. 그중 제7수에 초점을 맞추어 보자. 때는 7월 중순 무렵. 물론 음력일 테니 수확을 앞두고 있는 시점으로, 8월 한가위가 눈앞이다. 솜털의 재료가 되는 면화도 풍성하고 벼의 이삭도 무르익어 있는 장면을 묘사하면서 기대감과 충족감을 드러내고 있다. 이 기대감은 종장에서 극대화된다. 하느님이 면화와 벼를 만든 것은 모두 '나'를 위해서였다는 선언이다. 이 선언에서 하느님께 감사하는 마음도 엿볼 수 있고 하느님을 예찬하는 태도도 감지된다. 〈탄궁가〉와 마찬가지로 사대부들도 옷과 밥에 대해서만큼은 진심이었음을 말해 준다.

〈탄궁가〉와 다른 점도 주목해 볼 만하다. 〈탄궁가〉에서 하늘은 가난과 화자의 인연을 맺어 준 초월적인 존재로 설정되어 있다. 그것이 고마울 리 없다. 오히려 원망의 대상이다. 이것이 두 작품에서 초월적인 존재인 하늘 혹은 하느님을 바라보는 시선의 차이라 하겠다. 시골 선비 팔자도 제각각인 셈이다. 이렇게 해서 ⑤번이 그릇된 진술이라는 점이 확인된다.

시적 진실의 이면

이제 창작 배경을 고려하면서 두 작품에 접근해 보자. 〈탄궁가〉를 지은 정훈은 16세기 중반에 남원 지역에서 태어나 임진왜란과 병자호란을 모두 겪었다. 관직에는 전혀 관심을 가지지 않았지만 강직한 기개가 있어서 인조 대에 일어난 이괄의 난 때에는 스스로 의병을 모아 출전하기도 했다고 한다. 의병을 모았다는 것은 군량미를 확보할 정도로 살림살이가 제법 풍족했음을 보여 주는 방증이

     아홉 번째 이야기 - 꿈

기도 하다. 그렇다면 〈탄궁가〉에 묘사된 절대적 극빈에 가까운 가난이 작가가 실제로 겪은 상황인지 의심이 간다. 전란의 고난을 겪었다 하더라도 토지가 있다면 경작을 해서 살림살이를 어느 정도 유지할 수 있지 않았을까?

이런 의심을 밀고 나가면 혹 이 작품이 작가 자신의 실제 체험이 아니라 주변의 몰락한 양반들의 처지를 대신해서 알려 주는, 약간의 과장이 포함된 보고서가 아닌가 하는 짐작으로도 이어진다. 그렇게 보면 이 작품의 마지막 대목에서 궁귀와 더불어 대화를 하면서 '가난은 결국 하늘이 정해 준 분수이니 그리 알고 살아가자!'고 다짐하는 것은 주변의 몰락한 양반들을 위로하는 메시지로 이해할 수도 있겠다. 물론 객관적인 물증이 없으므로 확언하기는 어렵지만, 문학은 종종 현실을 더 현실적으로 그려 내기 위해 과장을 섞는 경우도 많으므로 이렇게 짐작한다고 해도 큰 잘못은 없을 것이다.

한편 〈농가〉의 작가 위백규는 18세기 영·정조 시기에 지금의 전남 장흥 지역에서 살았던 인물이다. 벼슬에 천거되기도 했지만 모두 사양하고 지역 주민들을 모아 교육하면서 좀 더 나은 향촌 사회를 만들어 가는 데 힘썼다. 굳이 이름을 붙이자면 농촌 계몽주의자라고 할 수도 있겠다. 그런데 이 작품을 보면 농사를 직접 짓는 농민의 목소리가 감지된다. 작가가 직접 농사를 지었는지 여부와 무관하게 목소리는 분명 풍성한 수확을 앞둔 농민의 그것이라 할 수 있는 것이다.

그런데 영·정조 시절을 가리켜 조선의 문화 부흥기라고는 하나, 이것이 곧 백성들의 경제적 상황을 설명해 주는 것은 아니라는 점에 주목해야 한다. 이 시기에도 정치적으로는 벽파僻派와 시파時派

가 첨예하게 대립하는 가운데 당쟁이 지속되었다. 향촌 사회 또한 재지 사족과 농민이 지배-피지배 구도 안에서 경제적 이해관계를 매개로 상호 간에 긴장과 갈등이 높아졌다. 그런 점에서, 작품에서 그려 내고 있는 농촌 마을의 풍경은 하나의 이상향일 수도 있지 않을까 한다. 즉 지주였던 향촌 양반들과 경작자였던 농민들이 이해 利害 다툼을 벌이는 것이 현실이었지만, 이런 현실은 저 멀리 감춘 채 신분의 구별 없이 일심으로 단결하여 갈등 없는 공동체를 일구어 가는 장면을 그려 낸 것으로 볼 수 있지 않을까 한다. 〈농가〉의 제1수에서는 서로 돌아가며 품앗이를 하는 장면이, 제8수에서는 한 가족 구성원들의 한가롭고도 풍족한 일상이 연상되는바, 우리가 비록 지금 고통스러운 세월을 살고 있지만 합심해서 이겨내면 이토록 평화롭고 아름다운 세상을 만들어 낼 수 있다는 소망을 자재資材로 삼아서 건설해 낸 가상의 향촌 공동체라 할 수 있다는 것이다.

그렇다면 〈탄궁가〉와 〈농가〉는 모두 있는 그대로의 실상을 은폐하고 있다는 점에서 일종의 거짓 진술을 하고 있다고도 볼 수 있지 않을까? 그러나 그것이 이 작품들의 문학성을 깎아내리는 것은 절대 아니다. 문학은 어쩌면 거짓말을 통해 삶의 리얼리티를 드러내는 작업이기도 하기 때문이다. 그래서 오히려 이 두 작품은 높은 평가를 받을 수 있는 것이다.

그러면 두 작품에서 드러내는 리얼리티란 무엇일까? 우선 〈탄궁가〉는 '과장'이라는 수사적 기법을 통해 몰락한 향촌 양반들의 고난을 실감 나게 드러냈다고 볼 수 있다. 과장 표현은 그 실제적 양상보다 훨씬 더 확대하거나 현저하게 더 축소함으로써 오히려 현실보다 더 현실 같은 느낌을 자아낸다. 〈농가〉는 이와 정반대다. 현실은 누추하고 비루하지만 그 현실 너머에 있어야 할 이상적인 상황을 마치 그것이 현실인 양 드러냈다고 볼 수 있다. 일종의 '상상의 공동체'이자 '꿈의 공동체'라 할 수 있는 것이다. 요컨대 〈탄궁가〉는 제발 우리에게 없었으면 하고 바라는 현실을, 〈농가〉는 제발 우리에게 있었으면 하고 바라는 현실을 그려 냈다고 할 수 있다. 이런 점에서 두 작품은 거짓된 진술에 불과한 문학이 삶의 리얼리티를 드러낸다는 역설을 보여 주는 좋은 짝이 된다.

시적 거짓과 정치적 거짓의 차이

'거짓'이라고 하면 정치인들이 마이크 앞에 서 있는 장면을 쉽게 떠올릴 수 있다. 항상 그런 것은 아니지만, 그들은 이렇게도 저렇게도 해석될 수 있는 말, 이른바 전략적 모호성이 있는 말을 할 때가 많다. 사실과 허구를 버무리고, 진실과 거짓을 뒤섞기도 한다. 머 잖아 밝혀질 사실을 은폐한 채 왜곡된 정보를 사실인 양 드러내는 경우도 있다. 이러한 정치적 거짓은 자신들의 이익을 위해 진실을 은폐하는, 그래서 남을 기만하고자 하는 기획의 산물이다. 그래도 그들이 거짓말을 한다는 건, 윤리적으로나 정치적으로나 바람직한 상태가 무엇인지를 아는 감각이 있다는 반증이기도 하다. 그런 감각이 있기에 자신을 정당화하려고 애쓰는 것 아니겠는가?

　정치적 거짓이 진실을 은폐하는 데 목적이 있다면, 시적 거짓은 현실을 더 실감 나게 만들어 진실을 더 선명하게 드러내기 위한 수사학적 기획의 산물이다. 진실을 은폐하는 거짓말과 진실을 드러내는 거짓말의 차이인 것이다. 문학은 거짓말을 한다. 그러나 그 거짓말은 진실을 말하기 위한 전략이다. 그러기에 시를 읽는다는 것은 시적 거짓이 어떤 진실을 가리키고 있는지를 아는 일이다. 이는 물론 정치적 거짓을 대하는 태도와도 크게 다르지는 않을 것이다. '당신이 하는 거짓말은 어떤 진실을 은폐하고 있는가?' 하는 질문만 던지면 되는 것이다.

적객謫客이 꾸는 꿈

'인문'의 뜻매김

'인문학人文學'이란 무엇인가? 당연히 '인문에 대한 학문'이다. 그럼 '인문'은 무엇인가? 문자적인 의미로 보면 '사람의 글'을 가리킨다. 그런데 이렇게 뜻을 새기면 낭패를 당하는 경우가 많다. 가령 사람이 아닌 존재가 쓴 글이 있기나 한가, 문자가 발명되기 이전에는 인문이 없었을까, 천문天文이라는 단어는 도대체 무슨 뜻이란 말인가, 과학적 사실을 설명한 글도 인문학의 소관인가 등등의 질문을 수반하게 된다. 따라서 '인문'에서나 '천문'에서나 '문'은 글이 아니라 무늬를 뜻하는 '문紋'과 동의어로 뜻을 새기는 것이 옳다. 천문이 '하늘의 무늬'를 뜻하듯이, 인문은 '인간의 무늬'를 뜻하고, 인문학은 '인간의 무늬를 탐구하는 학문'이라는 뜻이 된다.

그러면 인간의 무늬는 무엇인가? 하늘의 무늬는 해, 달, 별과 같은 천체와 구름 등의 기상 현상으로 나타나듯이, 인간의 무늬는 인류가 지금까지 역사를 꾸려 오면서 만들어 낸 온갖 것들이다. 이 지구를 포함한 우주의 삼라만상에 대한 인간의 생각들, 그 생각들

아홉 번째 이야기 - 꿈

을 바탕으로 삶의 편의를 위해 발명해 낸 문명의 이기들, 그 문명의 이기들을 이용하여 세상을 살아가는 방식들이 모두 인간의 무늬에 해당한다. 이를 통칭하여 우리는 문화文化라 하거니와, 문화의 '문' 또한 그 뜻은 '무늬 문' 자로 새기면 되겠다. 자연 상태에서 오솔길이 스스로 만들어질 리 없기에 조그마한 오솔길도 문화이고, 논이나 밭을 만들어 곡류나 열매를 가꾸는 농사 또한 문화가된다.

문학은 인간의 무늬가 그림처럼 가장 선명하게 새겨져 있는 문화 양식이라 할 수 있다. 문학이 문화인 이상, 그것은 인간의 무늬에 대한 탐구를 주된 과제로 삼는다. 인간의 무늬는 인간의 말과행동, 그리고 그 말과 행동의 근원이 되는 감정과 사상 등으로 구성된다. 결국 문학 작품을 쓰는 일은 인간의 말과 행동, 감정과 사상에 담긴 삶의 무늬를 읽어 내고 그것을 언어라는 기호를 사용하여 표현하는 일이다. 문학 작품을 읽는 일은 그 표현에 담긴 인간의 삶의 무늬를 포착하는 일이라 하겠다.

(다)
의복을 돌아보니 한숨이 절로 난다
남방 염천南方炎天 찌는 날에 빨지 못한 누비바지
땀이 배고 때 오르니 굴뚝 막는 덕석인가
덥고 검기 다 버려도 내음새는 어찌하리
어와 내 일이야 가련이도 되었고나
손잡고 반기는 집 내 아니 가옵더니
등 밀어 내치는 집 구차하게 빌어 있어

옥식진찬玉食珍饌˙ 어디 가고 맥반염장麥飯鹽藏˙ 되었으며

금의화식錦衣華飾˙ 어디 가고 현순백결懸鶉百結˙ 되었는고

이 몸이 살았는가 죽어서 귀신인가

말하니 살았는가 모양은 귀신일다

한숨 끝에 눈물 나고 눈물 끝에 어이없어

도로혀 웃음 나니 미친 사람 되겠구나

어와 보리가을 맥풍麥風이 서늘하다

앞산 뒷산에 황금을 펼쳤으니

지게를 벗어놓고 앞산을 굽어보며

한가히 베는 농부 묻노라 저 농부야

밥 위에 보리 단술 몇 그릇 먹었느냐

청풍에 취한 얼굴 깨본들 무엇하리

연년年年이 풍년 드니 해마다 보리 베어

마당에 두드리고 용정舂精˙에 쓸어내니

일분一分은 밥쌀하고 일분一分은 술쌀하여

밥 먹어 배부르고 술 먹어 취한 후에

함포고복含哺鼓腹하고 격양가擊壤歌를 부르는 양

농가의 좋은 흥미 저런 줄 알았다면

공명을 탐치 말고 농사에 힘쓸 것을

백운白雲이 즐기는 줄 청운靑雲이 알 양이면

꽃 탐하는 벌 나비 그물에 걸렸으랴

— 안조원, 〈만언사萬言詞〉

• 옥식진찬, 금의화식: 좋은 음식과 의복.
• 맥반염장, 현순백결: 빈약한 음식과 누더기 옷.
• 용정: 곡식을 찧음.

보기

　작품의 창작 및 향유 상황을 고려할 때, 유배가사를 단순히 유배지에서의 삶을 그린 가사로 보기는 어렵다. 유배가사는 작가가 유배지에서 풀려날 목적으로 임금에게 자신의 목소리가 전달되기를 기대하며 지은 것이 대부분이다. 따라서 이러한 목적 의식을 가지고 지었다고 가정했을 때, 작품에 대한 이해와 감상이 더욱 정교해지고 풍부해질 수 있다.

---

① 자신을 '벌나비'에 빗댄 것은 자신의 죄를 유혹에 약한 인간 본성의 탓으로 돌리려는 것이 아니었을까?

② 죄에 대한 벌을 충분히 받고 있다는 점을 드러내기 위해 유배지에서의 고난을 과장했을 가능성이 있겠군.

③ 자신을 '미친 사람'이라고 인식한 것은, 유배로 인한 심리적 고통을 전달하기 위한 것으로 볼 수 있지 않을까?

④ '그물에 걸렸다'는 표현을 사용한 것은 작가가 죄를 지으려는 의지가 없었다는 점을 강조하기 위한 전략일 수도 있겠군.

⑤ 공명功名에 대한 욕심이 사라졌다고 하는 것으로 보아, 작가가 유배에서 풀려나면 벼슬길에 다시는 나아가지 않겠군.

— 2004학년도 9월 모의고사

귀양살이의 참상

앞에서 제시한 〈만언사〉라는 유배 가사 작품은 문학이 인간의 무늬를 그려 내는 일이라는 사실을 여실히 보여 준다. 지문에는 작가 이름이 '안조원安肇源'으로 표기되어 있지만, 이후에 여러 고증을 거쳐 작가는 '안도환安道煥'이 맞는 것으로 확정되었다. 안도환은 정조의 총애를 받으면서 왕을 호위하는 대전별감大殿別監이라는 벼슬도 지냈지만 왕의 도장을 훔친 죄로 추자도로 유배되고, 그곳에서 1년 넘게 지낸 후 나로도로 옮겨서 서너 달을 더 이어 가다가 풀려난 인물이다. 사대부가 아니라 중인 출신으로서 이를 수 있는 최고의 자리까지 올랐다가 적객謫客 즉 귀양살이하는 사람이라는 최악의 처지로 몰락했다고 할 수 있겠다. 지문으로 제시된 이 작품의 일부만으로도 알 수 있지만, 작품 전체가 작가가 유배지에서 겪는 온갖 고난과 설움, 가족에 대한 그리움, 자신의 죄에 대한 후회로 가득하다.

유배를 당한 사대부가 지은 작품에는 자신의 정당성을 옹호하고 억울함을 하소연하는 내용이 포함되는 일이 일반적이다. 이에 비해 〈만언사〉에는 이런 내용이 거의 드러나지 않는다. 이는 대개 정치적인 이유와 정무적인 판단이 개입하게 마련인 사대부의 유배형과는 달리, 안도환은 정치적인 배경과 전혀 무관한 범죄 행위를 저질렀기 때문이다. 자신의 행위에 대해 정당성을 옹호하거나 억울함을 하소연할 여지가 아예 없었던 것이다.

위 문항은 〈만언사〉라는 '유배 가사를 왜, 어떻게 지었을까?'를 탐구하도록 유도하고 있다. 유배 가사가 표면적으로는 귀양살이의 고통과 설움을 그려 내는 것으로 보이지만, 실상은 유배형을 결정한 임금을 비롯한 당대 권력자들에게 보내는 메시지라는 점에서 상소문과 같은 역할을 한다는 게 〈보기〉에서 드러내고 있는 정보이다. 그러니까 유배 가사의 표현 하나하나가 독자를 염두에 둔 전략적인 기획의 산물이라는 것이다. 문항의 정답은 ⑤번이다. "공명에 대한 욕심이 사라졌다고 하는 것으로 보아"라고 했는데, 지문 어디에도 이런 진술은 없다. 보리를 수확하는 때를 맞아 밥과 술을 넉넉하게 즐기는 농부들을 보면서 '내가 왜 공명을 탐했을까' 하는 후회를 드러내긴 하지만, 이것을 공명에 대한 욕심이 사라졌다는 선언으로 이해할 수는 없다. ⑤번 선지는 작품의 실상에서 벗어난 정보인 것이다.

이 작품은 두 마디를 한 구로 계산할 경우 전체가 총 3,500여 개에 달하는 구로 이루어져 있다. 가사가 대체로 길긴 하지만 분량을 기준으로 하면 가장 앞자리에 놓일 정도로 분량이 많다. 만 마디의 말이라는 의미를 가진 '만언사萬言詞'를 제목으로 내세운 이유와도 상통한다. 독음은 같지만 한자가 다른 '謾言詞(만언사)'로 표기된 제목도 있는데, '속이는 말, 허풍 떠는 말'이라는 뜻으로 새기면 작품의 실상과 어긋나므로 '길게 늘어진 말'로 그 뜻을 새기는 것이 옳다. 그러면 결국 '萬言詞'와 비슷한 의미가 된다.

이제 지문을 두 개의 단락으로 나누어 읽어 가며 작가의 글쓰기 전략을 살펴보자. 이 지문의 바로 앞에는, 남의 집 처마 밑에 거적때기를 깔고 거처하니 뱀과 지네를 만나기 일쑤이고 끼니마저 제대로 잇지 못하는 처지가 실감 나게 묘사되어 있다. 지문의 처음부터 열세 번째 행인 "도로혀 웃음 나니 미친 사람 되겠구나"까지가 한 단락이 되겠다.

이 단락의 첫 부분에서는 주로 의복에 관한 묘사가 이어진다. 날은 더운데 누비바지를 입고 있다. 제법 두꺼운 옷이다. 땀에 젖었을 텐데 제대로 빨지도 못했다. 냄새는 오죽이나 심했을까? 갈

아입을 만한 여분의 옷도 없었을 테다. 이어서 밥 이야기도 나온다. 이 집 저 집 다니면서 빌어먹고 있다. 보리밥에 짠지 정도가 끼니의 전부일 정도로 열악하다. 지문에 보이지 않는 앞부분까지를 포함하면 의식주가 삼위일체로 결핍된 상황이다. 그러니 눈물이 날 수밖에 없겠다. 눈물이 곧 웃음으로 바뀌기도 하지만, 이 웃음이야말로 자신에 대한 비웃음이겠다. 그러고는 자신을 '귀신'에 빗댄다. 과장 섞인 비유다. 선지 ②에 나온 대로, 죄에 대한 벌을 충분히 받고 있다는 점을 드러내기 위한 전략이라 볼 수 있겠다. '미친 사람'에 빗대기도 한다. 선지 ③의 진술처럼 심리적 고통이 그만큼 크다는 의미로 볼 수 있겠다.

그다음 단락에서는 '보리가을' 이야기가 나온다. 보리는 보통 봄에 수확을 하니 '보리가 익는 가을'이라는 뜻은 어색하다. 여기에서 '가을'은 수확이라는 의미를 가진다. 그러므로 '보리가을'은 보리를 베고 알곡을 거두어들이는 일을 가리키는 말이다. 바야흐로 봄이라는 뜻이다. 농사일을 하는 사람에게 봄은 사실 아주아주 배고픈 계절이다. 보릿고개라는 말이 있다. 햇보리가 나올 때까지의 넘기 힘든 고개라는 뜻이다. 묵은 곡식은 거의 떨어지고 보리는 아직 여물지 않아서 농촌의 식량 사정이 가장 어려운 때를 비유적으로 이르는 말이다.

그런 고개를 넘어 이제 보리밥이라도 먹을 수 있는 때가 됐다. 술도 담글 수 있다. "함포고복含哺鼓腹", 즉 배불리 먹고 배를 두드리고, 요순시절의 태평성대에나 어울리는 "격양가擊壤歌를 부르는 양"하다고 했지만, 이것도 과장일 수 있다. 농사짓는 사람들로서는 환곡도 갚아야 했을 테고 식구는 많았을 테니 그저 배고픔을 면할 정도에 불과했을 것이다. 그래도 이 정도면 소박하지만 확실한 행복 아니겠는가. 그러나 이마저도 귀양살이를 하고 있는 자신에게는 그림의 떡에 불과하다. 그건 전적으로 농부들의 몫이었던 것이다. 이 정도라면 거의 참상에 가깝다 하겠다.

그런 농부들을 보면서 떠오른 생각은 온통 후회뿐. 농부들이 곧 자신을 비추는 거울이 되어 준 것이다. 앞서 말한 과장된 표현도 이 거울 효과를 높이기 위한 글쓰기 전략으로 볼 수 있겠다. 작가의 후회는 "백운白雲이 즐기는 줄 청운靑雲이 알 양이면 / 꽃 탐하는 벌 나비 그물에 걸렸으랴"라는 표현으로 드러난다. 여기에서 '백운'은 농부들을, '청운'은 낮은 직급이나마 벼슬살이를 했던 자신을 빗대는 표현이겠다. '내가 농부들의 즐거움을 알았다면 괜한 욕심에 사로잡혀 유혹에 넘어갔겠는가' 하는 후회이다. 누군가가 그물을 쳐 놓고 기다리고 있었고, 자신은 먹이를 찾다가 우연히 그물에 걸려든 벌 또는 나비나 다름없다는 변명이다.

적객의 삶, 그 다채로운 무늬

이제 이 작품에는 어떤 인간의 무늬가 나타나는지 살펴보자. 이를 위해 먼저 매슬로(A. Maslow)라는 심리학자가 그린 인간의 무늬를 한번 짚고 넘어가야겠다. 그는 인간이 가지는 욕구를 생리적 욕구, 안전의 욕구, 애정과 소속의 욕구, 존중의 욕구, 자아실현의 욕구로 위계화한 바 있다. 생리적 욕구와 안전의 욕구는 모든 생명체가 예외 없이 추구한다. 위계의 최하위에 자리하는 욕구이다. 그 윗자리를 차지하는 애정과 소속의 욕구, 그리고 존중의 욕구는 인간을 포함한 일부 종들만, 그리고 최상위를 차지하는 자아실현의 욕구는 오직 인간만이 가진다.

〈만언사〉의 화자는 이상의 다섯 가지 욕구 중 그 어느 것도 충족되지 않은 상태이다. 당연하다. 아래쪽에 위치한 욕구가 먼저 충족된 다음에야 다음 위계로 올라갈 수 있기 때문이다. 의식주가 절대적인 결핍 상태에 있는데, 애정과 소속의 욕구가 충족될 리 없다. 당연히 자신의 능력을 발휘할 기회는 박탈당한 상태이다. 삶을 영위한다는 말조차 사치스러울 정도이고, 오직 버틸 따름이다.

그럼에도 우리가 주목해 볼 만한 것이 있다. 그것은 의식주의 절대적 결핍을 겪고 있는 와중임에도 과거에 저지른 일에 대해 후회하고 한탄하는 태도이다. 양심이 결여된 쾌락을 즐겼다는 후회이고, 노동이 결여된 부를 노렸다는 한탄이다. 죄를 저지르도록 유혹한 사람과 유배를 보낸 임금에 대한 원망은 보이지 않는다. 인간이 아닌 다른 동물에게서 볼 수 없는 자아 성찰의 결과라 하겠다.

자아 성찰, 인간이 인간답기 위해서 반드시 가져야 하고 가질 수 있는 능력 아닐까? 그렇다면 이것이야말로 '인간의 무늬'이자 '인간다운 무늬'라 하겠다. 죄를 저지르는 마음의 무늬가 고울 리 없지만, 그 죄를 저지른 데 대한 성찰과 그 성찰에 견인되는 후회라는 무늬는 고울 수 있다. 그 이면에는 용서를 구하는 마음이 깔려 있을 것이기 때문이다. 온갖 패악질을 저지르고도 그것이 정당했다고 강변하는 사람도 많다. 심지어 지켜보는 이가 많은 가운데서 죄를 짓고도 증인들의 거짓말 때문에 자신이 누명을 쓴 것이라며 억울함을 호소하는 사람도 있다. 강변도 호소도 인간이기에 할 수 있다는 점에서 그 또한 인간적인 일이지만, 곁에서 지켜보는 눈에 그것은 추해 보인다. 이들에 비하면 자신의 섣부른 욕심을 후회

   아홉 번째 이야기 - 꿈

하고 용서를 구하는 이는 얼마나 인간적인가!

신학자인 아브라함 요수아 헤셸은 이런 말을 했다. "우리는 구원받기 위해 기도하는 것이 아니다. 우리는 기도함으로써 우리 자신이 구원받을 만한 가치가 있는 사람이 되려는 것이다."라고. 이 말을 본뜨면, "우리는 용서받기 위해 후회하는 것이 아니다. 우리는 후회함으로써 우리 자신이 용서받을 만한 가치가 있는 사람이 되려는 것이다."라는 문장이 만들어진다. 이 또한 충분히 납득할 만하지 않는가. 여기에서 '용서받을 만한 가치'는 '구원받을 만한 가치'와 마찬가지로 인간다움의 선명한 단면일 터이다.

또 하나 우리가 주목할 만한 것은, 유배에서 풀려나는 꿈을 버리지 않았다는 점이다. 앞에서 살펴본 문항의 발상도 그렇지만, 이 작품은 예상 독자를 염두에 둔 전략적인 기획에 의해 작성된 것이다. 비록 형식적으로는 상소문이 아니지만, 어쩌면 임금을 궁극적인 독자로 상정했을 수 있다. 그렇다면 고생을 과장하고 잘못을 후회하는 태도는 일종의 작위적인 포즈에 불과한 것으로 볼 수도 있겠다. 그런데 실은 그런 작위적 포즈마저 인간이기 때문에 취할 수 있는 것으로 볼 수도 있다. 그것은 왜 필요했을까? 당연히 적객 신세에서 벗어나기를 바라는 꿈 때문이었겠다. 절대적 한계상황에서도 희망의 끈을 놓지 않는 존재, 이마저도 우리는 인간의 인간다운 무늬라 보아야 하지 않겠는가.

이처럼 〈만언사〉에는 한 죄인의 다채로운 무늬가 실감 나게 아로새겨져 있다. 고운 무늬, 흉한 무늬가 두루 새겨져 있는 것이다. 그래서였을 것이다. 이 작품은 가족들의 손을 거쳐 상궁으로 있던 친지들에게도 전해졌고 궁녀들에게도 베스트셀러가 되었으며, 끝내 임금도 읽고 감동했다고 한다. 그 결과는 해배解配 명령이었다. 궁녀들도 임금도 인간의 무늬를 읽어 내는 안목을 가지고 있었기에 가능했던 일이 아니었을까.

우리가 일상적으로 겪는 몸과 마음의 경험, 그것을 그려 내면 무늬가 된다. 꼭 자랑할 만한 일일 필요도 없다. 오히려 부끄러운 일, 양심에 어긋난 일을 성찰의 흔적과 함께 기록으로 남기면 더욱 고운 꿈의 무늬로 둔갑하게 된다. 꿈은 인간다움을 보여 주는 증거이기 때문이다.

변신의 꿈

이룰 수 없는 꿈, 변신

인간을 가리켜 만물의 영장靈長이라고 한다. 영장은 사전에서 "영묘한 힘을 가진 우두머리"라는 뜻으로 풀이하고 있다. 영묘하다는 건 신령스럽고 기묘하다는 뜻이다. 인간이 만물의 영장이라는 명제에는 이 지구를 포함하여 온 우주를 지배하는 인간의 자부심이 듬뿍 배어 있다. 그런데 한편으로 이 말은, 오히려 '동물들의 입장에서 바라본 인간들의 기이한 행태'를 부각하고 있지 않나 하는 생각도 든다. 문화와 문명을 발달시키고 누리는 일이 인간들에게는 그야말로 자연스러운 일상이지만, 동물들의 눈에는 신령스러워 보일 수도, 기묘해 보일 수도 있지 않겠는가?

사실 만물의 영장이라고는 하지만 인간은 한계가 너무나 뚜렷한 생명체에 불과하다. 그러하기에 인간은 다른 생명체나 사물로 변신하는 꿈을 꾸기도 한다. 인간의 육체가 비인간의 몸으로 변신하는 것은 환상이나 공상에 불과하지만, 그 근원에는 인간이 추구하는 꿈과, 그 꿈의 좌절과, 그 좌절을 극복하려는 의지가 도사리고 있다.

인간들의 꿈과 좌절과 의지에서 비롯되는 강렬한 변신의 욕망을 문학이 외면할 리 없다. 그래서일 것이다. 시간으로는 고금을 불문하고 공간으로는 동서를 초월하여, 인류가 창조해 낸 문학 작품에는 변신 모티프가 두루 나타난다. 그리스 신화에는 모든 남성들의 구애를 거부하여 끝내 월계수로 변신하는 다프네(Daphne) 이야기가 있다. 노벨상 수상 작가인 한강의 작품 〈내 여자의 열매〉라는 소설에는 삭막한 도회적 환경에서 자유를 추구하다가 아파트의 화분에서 식물로 변하는 한 여자가 나온다. 두 작품에서도 우리는 변신 모티프가 꿈과 좌절과 의지의 산물로서 자리 잡고 있다는 공통점을 발견할 수 있다.

소설만이 아니라 시에서도 변신은 무수히 많이 나타난다. 우리가 살필 〈춘면곡春眠曲〉도 그중의 하나이다.

삼경에 못 든 잠을 사경 말에 비로소 들어
상사相思하던 우리 임을 꿈 가운데 해후하니
시름과 한恨 못다 일러 한바탕 꿈 흩어지니
아리따운 고운 얼굴 곁에 얼핏 앉았는 듯
어화 아뜩하다 꿈을 생시 삼고지고
잠 못 들어 탄식하고 바삐 일어나 바라보니
구름산은 첩첩하여 천리몽千里夢을 가려 있고

흰 달은 창창하여 두 마음을 비추었다

좋은 기약 막혀 있고 세월이 하도 할사

엊그제 꽃이 버들 곁에 붉었더니

그 결에 훌훌하여* 잎에 가득 가을 소리라

새벽 서리 지는 달에 외기러기 슬피 울 제

반가운 임의 소식 행여 올까 바라더니

아득한 구름 밖에 빈 소리뿐이로다

지리하다 이 이별이 언제면 다시 볼까

어화 내 일이야 나도 모를 일이로다

이리저리 그리면서 어이 그리 못 가는고

약수弱水* 삼천 리 멀단 말이 이런 곳을 일렀구나

[A]

산 머리에 조각달 되어 임의 낯에 비추고자

바위 위에 오동 되어 임의 무릎 베고자

빈산에 잘새 되어 북창北窓에 가 울고자

지붕 위 아침 햇살에 제비 되어 날고지고

옥창玉窓의 앵두화에 나비 되어 날고지고

태산이 평지 되도록 금강이 다 마르도록

평생 슬픈 회포 어디에 견주리오

— 작자 미상, 〈춘면곡春眠曲〉

• 훌훌하여: 시간이 빨리 지나가서.
• 약수: 신선이 사는 땅에 있다는 강 이름.

33. 〈보기〉를 참고하여 [A]를 감상한 내용으로 적절하지 않은 것은?

보기

시조나 가사에는, 임과 헤어져 있는 화자가 어떤 특정한 자

연물로 다시 태어나서 임의 곁에 머물고 싶다는 진술이 흔히 나
타난다. 이러한 진술은 화자의 소망을 강조하기 위한 관습적
표현인데, 그 속에는 당대인들의 세계관이 투영되어 있다. 인
간과 자연이 깊은 관련을 맺으며 조화를 이룬다는 인식, 현세의
인연이 후세로 이어질 수 있다는 순환적 인식 등이 그것이다.
시가에 담긴 이러한 인식은 화자가 현실의 고난이나 결핍을 극
복하는 데 도움을 준다.

① 관습적인 표현을 활용한 것은 개인적 정서를 보편적인 것으로
  느끼게 하는 데 효과적이었겠어.
② 비슷한 의미 구조를 지니는 구절을 거듭 제시함으로써 화자의
  소망이 간절함을 강조하고 있어.
③ '오동', '제비', '나비' 등이 사용된 데서, 인간과 자연이 관련되어
  있다는 화자의 인식을 엿볼 수 있어.
④ '조각달'이나 '잘새' 같은 소재에는 '임'과 함께 크고 넓은 세계로
  도약하려는 화자의 희망이 담겨 있어.
⑤ 자연물로 변해서라도 '임'과 만나려 하는 것을 보니 화자가 '임'과
  만나기 어려운 상황에 놓여 있음을 알 수 있어.

— 2009학년도 본수능(지문과 선지의 '님'을 '임'으로 고침)

임을 만나기 위해서라면

제목의 '춘면春眠'은 봄날의 노곤한 졸음이나 잠을 뜻한다. 지문으
로 제시된 대목의 앞부분에서는 사대부 남성으로 추정되는 화자의
하루 일과가 펼쳐진다. 그는 봄날 늦잠에서 깨어난다. 봄철의 황홀

한 분위기에 취해 술을 몇 잔 마신다. 그 취흥을 못 이겨 말을 타고 기생집을 찾아간다. 그곳에서 놀다 보니 달도 떠올랐고 분위기에도 취한다. 술에 취한 것은 당연지사. 그런 상황에서 한 미인을 만난다. 악기도 연주하고 노래도 부르는데 그 자태에 홀딱 반한다. 깊고 진한 연분을 맺는다. 그러나 이별의 시간을 피할 수는 없는 법. 집으로 돌아오니 온통 그 여인 생각뿐이다. 문항과 함께 제시된 지문은 이런 상황에서 오매불망 잠도 제대로 못 이룬 채 그 여인을 그리워하는 내용으로 점철되어 있다.

문항의 〈보기〉에서 설명하는 내용은 바로 변신 모티프의 시적 역할이다. 앞에서 변신의 욕망이 꿈이 좌절되었을 때 그 좌절을 극복하려는 의지에서 나온다고 했는데, 〈보기〉에서는 꿈이라는 말 대신 '소망', 좌절이라는 말 대신 '고난'이나 '결핍'을 쓰고 있다. 여기에 더하여 인간과 자연의 깊은 관련성을 언급하는데, 이는 주로 자연물로 변신이 이루어진다는 사실에 주목한 정보이다. 또 현세의 인연이 후세로 이어질 수 있다는 순환적 인식도 언급하고 있는데, 이는 현생에서 이룰 수 없는 꿈을 후생에서라도 이루어야겠다는, 어쩌면 체념과 의지가 공존하는 역설적 상황을 염두에 둔 것으로 보인다. 다만 이 부가적인 정보는 우리가 보고 있는 이 문항의 선지가 적절한지 아닌지를 판단하는 데는 전혀 개입하지 않는다.

지문 중 [A]에서는 조각달, 오동나무, 잘새, 제비, 나비가 변신의 대상으로 제시되어 있다. 조각달은 임의 얼굴을 비롯한 몸에 빛으로 가 닿을 수 있다는 발상에서 나온 것이다. 시각적이다. 그 소망의 밀도로 보면 심지어 촉각적이라는 느낌도 없지 않다. 오동나무가 되어 임의 무릎을 베겠다는 건 무슨 의미인가? 오동나무는 거문고나 가야금을 만드는 재료이다. 거문고나 가야금은 무릎 위에 걸쳐 놓고 연주하는 악기라는 사실을 고려하면, 이는 임과 접촉할 수 있는 가능성을 염두에 둔 발상이다. 역시 촉각적이다. 잘새는 밤이 되어 자려고 둥지를 찾아드는 새를 가리킨다. 어두운 밤에 울음을 울어 임의 귀에 가 닿으려는 의지의 소산이리라. 청각적이다. 제비가 되고 나비가 되겠다는 발상은 임의 시선에 포착되고 싶다는 의지에서 나왔을 것이다. 시각적이다. 임을 만나기 위해서라면 그 어떤 자연물이어도 상관없다는 간절함이 보이고, 그 어떤 감각이라도 이용하고자 하는 의지가 보인다.

이제 문항의 선지를 보면 어느 정도 정답이 보일 것이다. '조각달'이나 '잘새' 같은 소재가 임과 함께 크고 넓은 세계로 도약하려는 화자의 희망이 담겨 있다는 건 표면적으로는 아주 그럴싸해 보인다. 그러나 이는 〈보기〉의 그 어떤 정보와도 연결되지 않은 진술이고, 작품의 맥락에도 전혀 어울리지 않는다. 생뚱맞다. 제시된 지문에는 그저 시각이든 촉각이든 청각이든 임의 감각을 자극하여 자신의 존재를 알리고 싶은 간절한 마음만 드러날 뿐이다. 그러나 안타깝게도 그것은 어디까지나 현실에서 만날 수 없는 임을 만나기 위한 대안적인 선택일 따름이다.

변신의 또 다른 의미를 찾아서

정답을 확인하는 것과 별도로, 이 작품을 읽으면 이런 의문이 저절로 일어난다. 마음만 먹으면 언제든지 찾아갈 수 있는 상대인데, 왜 화자는 이제 다시 볼 수 없는 상황으로 인식하고 있을까? 봄에 늦잠을 자다가 깨어난 한 남자가 갑자기 봄날의 풍경에 흥취를 느껴 술을 마신 김에 기생집을 찾아갔다가 거기에서 만난 기생과 깊은 인연을 맺은 후 헤어진 상황 아닌가. 그런데 왜 화자가 마치 영원한 이별을 한 것처럼 받아들이는지를 알려 주는 정보는 없다. 그러고 보면 이 화자의 간절한 그리움은 작위적인 엄살처럼 보이기도 한다. 시적 상황의 개연성이 다소 약해 보이는 것이다.

그런데도 이 노래가 조선 후기의 인기 있는 레퍼토리였다는 사실이 여러 기록을 통해 확인된다. 특히 조선 후기의 문헌인 이하곤李夏坤의 《남유록南遊錄》에서는 이 노래를 듣고 많은 이들이 눈물을 흘렸다는 기록도 있다. 이본도 10종이 넘는다. 이본이 다양하다는 것은 입에서 입으로 널리 전파되었다는 뜻이기도 하다. 심지어 이 노래는 작가도 분명하지 않다. 이희징李喜徵(1647~?)이 지었다는 기록도 있지만, 나학찬羅學川(1658~1731)이 지었다는 기록도 공존한다. 그러나 조선 후기 유흥 공간에서 〈상사별곡相思別曲〉과 더불어 매우 높은 인기를 구가한 작품인 것만은 분명하다.

작가도 사대부 남성으로 추정되고, 그의 분신이라 할 화자도 사대부 남성인 이 작품에서는 고전시가에 산재되어 있는 변신 모티프도 나타나지만 〈정석가〉식 표현도 보인다. 오랜 시간이 흘렀다는 뜻으로 "태산이 평지 되도록 금강이 다 마르도록"이라는 표현이 나온다. 다만 이 맥락에서는 '영원히'라는 의미가 아니라 임을 못 만난 시간이 아주 오래 지속되었다는 뜻이어서 앞에서 살펴본 바와는 약간 다른 쓰임새다. 그렇기는 해도 발상과 표현 자체는 앞에서 살펴본 바와 다르지 않다. 적어도 중인 이상의 지식인층에서 애용된 표현의 레퍼토리임을 알 수 있는 것이다.

누군가를 보고 싶어서 몸부림치는 간절함을 묘사한 대목만 뚝

아홉 번째 이야기 - 꿈

떼어 놓고 보면 많은 이들이 공감할 여지는 많다. 비록 표현은 상투적이고 정감은 통속적이지만, 바로 그러한 이유 때문에 눈물샘을 자극하는 대중성을 갖춘 노래로 볼 수도 있겠다.

그렇다면 이제 이 작품의 결함일 수도 있는 상황적 개연성의 공백을 상상으로 채워볼까 한다. 그러기 위해서는 화자의 정체를 먼저 알아 둘 필요가 있겠다. 앞에서 화자는 사대부 남성으로 추정된다고 했지만, 지문에 포함되지 않은 부분에 확실한 증거가 있다. 그것은 제시된 지문에 바로 이어지는 "서중유옥안書中有玉顔은 나도 잠깐 들었더니 / 마음을 고쳐먹고 강개를 다시 내어 / 장부의 공명을 일로 좇아 알리로다"라는 구절이다. 여기에서 '서중유옥안'은 책 속에 아름다운 여인의 얼굴이 있다는 뜻이다. 이 말은 두 가지 서로 다른 의미로 해석될 수 있다. 하나는 글공부를 하려고 책을 펴도 아름다운 여인의 얼굴이 아른거려서 집중할 수가 없다는 뜻이고, 다른 하나는 열심히 책을 읽어 출세하면 아름다운 여인은 저절로 얻을 수 있다는 뜻이다. 맥락을 고려하면 후자가 더 잘 어울린다. '이제부터 마음을 고쳐먹고 열심히 과거 공부를 하여 입신양명을 이루리라.' 하고 다짐하는 실마리가 되어야 하기 때문이다. 화자가 중인도 아니고 평민은 더더욱 아니라는 걸 알 수 있다. 덧붙여, 마지막 구절은 한 이본에 나온 표현을 참조하면 뜻이 확실해진다. 그 이본에서는 "장부의 공업功業을 끝끝내 이룬 후에 그제야 임을 다시 만나 백년을 살려 하노라"로 끝맺는다. 이와 같은 취지라면 화자는 그토록 그리워하던 그 여인을 만나기 위한 하나의 과정으로 '입신양명'을 상정하고 있다는 것도 알 수 있다.

이제부터 상황적 개연성의 공백을 채우는 본격적인 추정이다.

화자는 한때 입신양명을 위해 학업에 정진했을 것이다. 과거에 나섰지만 여러 차례 실패를 맛보았을 것이다. 그 좌절감 때문에 한동안 학업과 거리를 두고 있었던 것으로 보인다. 봄날에 늦잠을 잤다는 진술이 그 단서이다. 학업에 정진하는 사람이 늦잠을 잘 리는 없지 않겠는가. 이어지는 정보는 잠에서 깨어났다는 것이다. 여기서부터는 작품의 내용을 곧이곧대로 받아들이지 않고 좀 더 과감하게 꿈속 상황으로 이해해 보면 어떨까. 술을 마시고 취흥에 겨워 기생집을 찾아가고 거기에서 인연을 맺고 헤어져 돌아와 하염없이 그리워하는 일련의 과정을 모두 꿈으로 간주해 보자는 것이다. 그러면 아까 던졌던 의문, 즉 마음만 먹으면 언제든지 찾아갈 수 있는 상대를 왜 다시 볼 수 없는 사람인 양 표현한 시적 상황이 설정되었을까 하는 의문은 풀린다. 그것은 꿈속 상황이었기 때문이다. 제목이 봄날의 졸음이나 잠을 뜻하는 '춘면'을 포함하고 있어서 잠을 깼다는 점에만 주목하기 쉽지만, 사실은 '춘면'이 봄날의 꿈을 뜻하는 '춘몽'의 다른 표현이 아닐까 하는 것이다.

그렇다면 이본의 마지막 구절 "장부의 공업功業을 끝끝내 이룬 후에 그제야 임을 다시 만나 백년을 살려 하노라."까지 고려하여 이 노래의 상황 맥락을 다음과 같이 재구성해 볼 수 있겠다.

학업을 멀리한 채 살던 중 어느 봄날 나는 늦잠을 자다가 꿈을 꾸었네. 꿈속에서 춘흥을 못 이겨 기생집을 찾아갔다가 아름다운 여인을 만나 깊은 인연을 맺었네. 꿈은 잠에서 깨어나면서 끝났지만 그 후로도 오랫동안 꿈속의 그 여인을 간절히 그리워했네. 어차피 그 여인은 지금 당장 만날 수 없는 임, 그렇다면 다시 학업에 전념하여 과거에 급제하고 이름을 드날린 후 그와 같이 아름다운 여인을 만나 백 년을 누리리.

잠을 깼다고 했지만 잠을 깬 것처럼 느꼈을 뿐, 그것은 본격적으로 꿈의 서사가 시작되는 시점이고, 집으로 돌아왔다고 했지만 그것이야말로 꿈의 서사가 끝나고 현실로 돌아왔음을 은유한 것으로 본 것이다. 이렇게 보면 이 노래는 〈구운몽〉과 같이 입몽入夢과 각몽覺夢의 구조를 갖춘 몽유夢遊 서사의 형식을 갖추고 있는 셈이다. 다만 몽유 서사에 비해 입몽과 각몽의 표지가 뚜렷하지 않다는 차이만 있을 뿐이다.

이와 같은 추정이 전혀 근거가 없다고 단정할 수 없는 것은 다음과 같은 작자 미상의 작품이 있기 때문이다.

춘면春眠을 늦게 깨어 죽창을 열고 보니

뜨락에 꽃은 작작灼灼하여 가는 나비 머무르고 언덕애 버들은 의의依依하여 성긴 내를 띠었어라 호탕한 미친 흥을 부질없이 자아내어 백마금편白馬金鞭으로 야유원 찾아 가니 화향花香은 옷에 스미고 월색月色이 만정滿庭한데 취객인 듯 광객인 듯 배회하며 둘러보아 흥이 겨워 머무는 듯 유정히 섰노라니 비취색 기와 붉은색 난간 높은 집에 녹의홍상 한 미인이 사창을 반만 열고 옥안玉顔을 잠깐 들고 달 밝은 야삼경에 전전반측 잠 못 이뤄 바람에 소식 전하던 임을 만나 적년積年 기루던 회포 반이나마 이루려니 베갯머리 저 실솔이 짝 잃고 탄식하여 귀뚤귀뚤 우는 소리에 놀라 깨니 곁의 임은 간 곳 없고 임 잡았던 손으로 귀뚜리만 때릴 듯이 쥐어 있다

야속타 저 귀뚤아 너도 짝을 잃고 울 양이면 너나 혼자 울 일이지 남의 단잠을 깨우느냐

사설시조인 듯 잡가인 듯 모호한 이 작품은 늦잠을 자다가 깨어 봄철의 풍경에 압도되어 야유원冶遊園, 곧 기생집을 찾아가서 아름다운 여인을 만난다는 서사를 〈춘면곡〉과 공유한다. 그러면서도 그 여인과 회포를 풀려다가 귀뚜라미 울음소리에 꿈에서 깬다는 각몽 표지가 선명하다. 그렇다면 〈춘면곡〉에서도 본래는 이런 각몽 표지가 있었다가 전승되는 과정에서 무슨 이유에서인지 사라졌다고 보아도 되지 않을까 한다.

만일 이처럼 한 남성 사대부의 연애사를 몽중 사건으로 읽으면, 이 작품은 이중의 변신 모티프를 안고 있는 것으로 볼 수도 있겠다. 그리워하던 여인을 만날 수 없는 상황에서 그 여인을 만나기 위한 방법으로 선택한 가상의 변신이 있는가 하면, 학업을 팽개쳤던 남성이 꿈을 통해 입신양명에 대한 의지를 가진 남성으로 거듭난다는 비유적 의미의 변신이 있었던 것이다.

어떤 변신을 꿈꿀 것인가

변신은 아주 오래된 문화적 전통이다. 우리 문화에서만 그러했던 것이 아니고 이 세상 거의 모든 문화권에서 두루 나타나는 전 지구적인 전통이다. 세상 모든 인간이 인간 아닌 다른 개체로 변신하고 싶다는 소망을 가진다는 뜻이기도 하다. 물론 그것은 절대로 성사될 수 없다. 그러나 인간이 또 다른 유형의 인간으로 변신하는 것은 어떤가? 게으른 인간이 부지런한 인간으로, 불친절한 인간이 친절한 인간으로, 이기적인 인간이 이타적인 인간으로 변신하는 일, 그것은 쉬운 일도 아니지만 불가능한 일도 아니다.

새가 되어 자유롭게 날고 싶다는 변신의 꿈은 실현 불가능하지

　　　　　　　　　　　　　　　아홉 번째 이야기 - 꿈

만, 그것은 그것대로 인간다운 꿈이다. 혹은 빛나는 얼굴을 가진 배우처럼 멋진 얼굴을 가지고 싶다는 꿈은 실현이 매우 어렵긴 하지만 또한 인간다운 꿈이다. 그러나 부지런한 인간이 되어야겠다, 타인에게 친절해져야겠다, 손해를 보더라도 남을 배려해야겠다는 꿈은 그보다 훨씬 더 실현하기 쉬운 변신의 꿈이다. 다만 그렇게 되기 위해서는 통절한 자기 성찰이 선행되어야 한다는 어려운 조건이 있다는 건 함정이다.

자연

자연으로 가는
길 위의 발자국

자연물에 투영된 마음 1

서정시의 정체

문학의 갈래를 서정, 서사, 극, 교술敎述로 나누는 분류법은 매우 안정적이다. 서정은 시, 서사는 소설, 극은 희곡, 교술은 수필로 바꾸어 이해해도 무방하다. 이 중에서 '서정抒情'이라는 갈래 명칭은 정서情緖를 드러낸다는 뜻을 품고 있다. 정서(emotion)는 감정(feeling)과 유사하면서도 다르다. 어떤 대상이나 상황을 경험할 때 즉흥적이고 순간적으로 일어나는 마음 상태가 감정이라면, 정서는 그 즉흥적이고 순간적인 감정이 어떤 질서를 갖춘 상태에 가깝다. 그렇다면 서정시는 시인 자신의 감정이 아니라 그 감정에 질서를 부여한 결과인 정서를 표현한 것으로 이해할 수 있다. 다른 갈래에서도 인물이나 작가의 정서는 매우 중요한 요소이지만 시에서는 정서가 핵심이다. 서정시라는 합성어가 우리한테 익숙하게 통용되는 이유이기도 하다. 우리 고전시가사에서 무수히 많은 서정시를 대표하는 것은 시조이다.

교훈적인 시조 작품들이 적지 않지만, 시조는 대부분 화자의 정서를 드러내는 서정시에 속한다. 서정시의 핵심은 화자의 정서라고 했지만, 대중가요에서 흔하게 볼 수 있는 것처럼 '슬프다', '기쁘다', '화가 난다'와 같이 정서를 명시하는 시어가 포함되어 있다면 그것은 시적 품격 면에서 다소 처지는 작품으로 평가해도 무방하다. 시적 긴장도가 떨어져서 감흥을 주기 어렵기 때문이다. 즉 '노골적으로'가 아니라 간접적으로, 우회적으로 드러내야 한다는 것이다. 간접적, 우회적으로 정서를 드러낸 시어는 자연스럽게 함축

 열 번째 이야기 - 자연

적인 의미를 갖게 된다. 표면적인 의미와 함축적인 의미의 적절한 거리, 그것이 바로 시적 긴장이다. 독자들은 그 함축적 시어의 의미를 파악하는 과정에서 지적 긴장을 경험하게 된다. 그리고 그것이 해소되는 순간 지적 쾌락과 시적 감흥을 동시에 느끼게 된다. 다음은 이러한 서정시의 원리를 품은 문제이다.

(가)
천만리千萬里 머나먼 길에 고운 임 여의옵고
내 마음 둘 데 없어 냇가에 앉았으니
저 물도 내 안 같아서 울어 밤길 가노라

— 왕방연

(나)
청초靑草 우거진 골에 자느냐 누었느냐
홍안紅顔*을 어디 두고 백골白骨만 묻혔느냐
잔 잡아 권할 이 없으니 그를 슬퍼하노라

— 임제

* 홍안 : 젊어서 혈색이 좋은 얼굴.

39. (가), (나)에 대한 이해로 적절하지 않은 것은?
  ① (가)의 '천만리千萬里 머나먼 길에 고운 임 여의옵고'는 과장된 표현을 통해 '임'과 이별한 상황을 강조하고 있다.
  ② (가)의 '저 물도 내 안 같아서'는 인간과 자연물의 동일시를 통해 화자의 슬픔을 표현하고 있다.
  ③ (가)의 '밤길 가노라'는 캄캄한 '밤'의 속성을 통해 화자의 암담한

심경을 표현하고 있다.

④ (나)의 '홍안紅顔을 어디 두고 백골白骨만 묻혔느냐'는 시어의 대비를 통해 화자의 무상감을 드러내고 있다.

⑤ (나)의 '잔 잡아 권할 이 없으니'는 각박한 세태의 제시를 통해 속세에서 벗어나고자 하는 염원을 드러내고 있다.

— 2014학년도 수능(고어 표기를 현대어로 고침)

함축적 의미를 찾아서

지문의 (가)는 왕방연王邦衍, (나)는 임제林悌의 시조 작품이다. 그리고 문항은 두 작품의 주요 시어에 담긴 함축적 의미를 적절하게 해석했는지를 확인하도록 요청하고 있다. 정답은 ⑤번. '잔 잡아 권할 이 없으니'가 각박한 세태를 의미한다는 진술은 얼핏 그럴듯해 보이지만, 속세에서 벗어나고자 하는 염원은 보이지 않는다. 게다가 '잔 잡아 권할 이 없으니'가 각박한 세태를 의미하는 것도 아니다. 상상에도 개연성은 있어야 하는 법. 잔을 잡아 술을 권할 만한 사람이 이미 죽어서 무덤에 묻혔다는 뜻이니까 여기에서 각박한 세태를 읽어 낸다면 심각한 오류라 하겠다. 이처럼 이 문항은 작품의 문맥을 고려하지 않고 특정한 시구를 표면적으로만 판단하여 그 의미를 착각하게 되면 작품 이해와 감상에 지대한 장애가 초래된다는 점을 간접적으로 알려 주고 있다.

이제 나머지 선지를 중심으로 시어의 함축적 의미를 읽어 나가 보자. 먼저 과장 표현의 함축적 의미에 초점을 맞추어 선지 ①을 보도록 하겠다. '천만리 머나먼 길에 고운 님 여의옵고'에서 '천만

　　　　　　　　　　　　열 번째 이야기 - 자연

리'는 삼천리에 불과한 한반도에서는 성립하기 어려운 물리적 거리이다. 오직 심리적으로만 성립될 수 있다. 그러니 천만리라는 말은 과장일 수밖에 없다. 과장은 무엇인가를 강조하기 위한 표현이다. 당연히 여기에서는 '고운 님'과 화자 자신의 거리감을 강조한다. 사실보다 훨씬 크게 드러낸다는 점에서 과장 표현 역시 간접적이고 우회적인 표현 방법이다. 감정이나 정서는 추상적인 실체인데 그것을 다른 사람들이 쉽게 감지할 수 있도록 하는 방법 중의 하나가 바로 과장이라 할 수 있다.

선지 ②와 ③은 객관적 상관물이라는 개념과 밀착되어 있다. '저 물도 내 안 같아서'라고 했으니 당연히 인간과 자연물의 동일시에 해당한다. '밤길'이 어두움이라는 이미지를 가진다는 점을 고려해 보면 화자의 암담한 심경이 투영된 표현임을 쉽게 알 수 있다. 이 구절에서 만일 화자가 '나는 무지 슬프도다'라고 표현했다고 가정해 보자. 갑자기 시적 긴장이 뚝 떨어지지 않겠는가? 객관적 상관물 개념이 유효한 것은 바로 이런 이유 때문이다. 객관적 상관물이란 작가가 표현하려는 자신의 정서나 감정, 사상 등을 표현할 때 빗대는 어떤 사물이나 상황을 가리킨다. 감정이나 정서는 추상적일 뿐만 아니라 주관적이어서 다른 사람들이 감지하기 어렵다. 다른 사람들이 감지하기 어려운 것을 쉽게 감지하도록 만들어 주기에 객관적이라 할 수 있고, 화자의 감정과 정서에 대응되기에 상관물이라 할 수 있는 것이다. 이 작품에서는 울면서 밤길을 흘러가는 '저 물'이 바로 객관적 상관물에 해당한다.

선지 ④는 '홍안'과 '백골'의 대비를 초점화하고 있다. 백골白骨은 죽은 사람의 몸이 썩은 후 남게 된 뼈를 가리킨다. 홍안紅顔은 글자 그대로 풀이하면 붉은 얼굴이지만, 젊어서 혈색이 좋은 미인의 얼굴이라는 뜻으로 통용된다. 그러니까 여기에는 젊음과 늙음, 생명과 죽음의 대비가 성립된다. 그리고 이 대비로 인해 무상감이 부각되는 것이다. 세상에 변하지 않는 것은 없다, 인간도 그렇다, 하는 인생무상 말이다. '홍안'과 '백골'이라는 어휘를 통해 대비 혹은 대조가 새로운 의미를 파생시키는 수사적 장치라는 것을 알 수 있다. 당연히 여기에서도 시적 긴장이 생성되는 것이다.

서정시는 이처럼 다양한 표현 기법을 통해 시적 긴장을 생성한다. 앞에서 말한 과장, 객관적 상관물, 대비 혹은 대조도 그러하고, 두 작품에서는 확인할 수 없었지만 비유 또한 시적 긴장을 낳는 대표적인 표현 기법이다. 서정시를 읽는 재미는 이런 표현 기법들이 겨냥하는 시적 긴장을 느끼는 데 있으며, 그것은 달리 말하면 사전적인 의미, 표면적인 의미를 넘어선 함축적 의미를 발견하는 데 있다고도 할 수 있겠다.

맥락적 의미를 찾아서

지금까지 우리는 두 시조 작품이 언제, 어떤 상황에서 썼는지를 모르는 상태에서 오직 작품 그 자체의 내재적 문맥에만 초점을 맞추어 살펴봤다. 이 작품들의 창작 배경을 알면 또 다른 면모도 드러나는데, 지금부터는 외재적 맥락을 동원해서 작품에 접근해 보자.

먼저 왕방연의 시조 〈천만리 머나먼 길에…〉는 계유정난癸酉靖難이라는 조선 초기의 역사적 사건을 배경으로 한다. 널리 알려져 있듯이 계유정난은 수양대군이 자신의 조카인 어린 단종을 내치고 스스로 왕좌를 차지한 사건. 나중에 '세조'라는 묘호를 얻게 되는

　　　　　　　　열 번째 이야기 - 자연

그 문제적 인물이 바로 수양대군이고, 단종은 세조에 의해 강원도 영월로 유배를 가게 된다.

이 사건은 워낙 흥미진진해서 드라마나 영화로 몇 차례 제작되기도 했다. 그중 하나로 1980년에 문화방송에서 방영된 일일연속극의 제목이 〈고운 님 여의옵고〉이다. 드라마의 제목이 어디에서 왔는지 알 수 있다. 제목만 보면 단종이 주인공일 듯한데, 당시 한 일간지에 실린 이 드라마 광고 카피에는 "조선왕조 7대 임금 수양"이 타이틀처럼 박혀 있어서, 실상은 수양대군이 왕권을 차지하는 서사가 중심일 것이라 짐작게 한다.

중요한 것은 단종이 영월로 유배 갈 때 호송 책임을 맡았던 이가 당시 금부도사禁府都事였던 왕방연이라는 사실이다. 〈천만리 머나먼 길에…〉는 그가 영월에 단종을 모신 후 되돌아오는 길에서 지은 것으로 알려져 있다. 당시 이 정변에 대한 다양한 정치적 입장이 있었겠지만, 왕좌에서 내쫓긴 어린 왕족에 대한 연민을 느끼고 있었던 것으로 보아, 왕방연은 아마도 계유정난의 정당성을 믿지 못하는 입장이었을 것으로 짐작된다. 그러니까 흔쾌히 맡은 임무가 아니다 보니 '고운 임'인 단종을 유배지에 데려다 놓고 되돌아오는 발걸음이 가벼울 리 없었고, 그 암울한 심정을 '저 물'에 빗대어 노래한 것으로 이해할 수 있는 것이다.

물에 대해서는 좀 더 깊이 들어가 보자. 물의 원형적 이미지는 다채롭다. 그것은 흘러간다는 점에서 시간을 은유하기도 하고 인간의 역사를 은유하기도 한다. 또한 생명의 원천이자 동시에 '죽음의 귀로'로 상징화되기도 한다. 이런 원형적 이미지와 약간 거리를 둔 채 여기에서는 울음과 동반되는 눈물의 이미지로 형상화되었다. 그러기에 울음과 눈물을 자극하는 상황을 그려 낸 작품들에서 자주 호출되는 것이 물, 특히 흐르는 물이다.

추성진秋城鎭 호루胡樓 밖에 울어 예는 저 시내야
무엇 하리라 주야晝夜에 흐르느냐
임 향한 내 뜻을 좇아 그칠 줄을 모르나다

— 윤선도, 〈견회요〉(제3수)

〈견회요遣懷謠〉는 윤선도尹善道가 권신 이이첨李爾瞻의 횡포를 규탄하는 상소를 올렸다가 오히려 함경도 경원으로 유배당했던 시기에 지은 전체 다섯 수로 된 연시조이다. 유배를 당한 대개의 사대부가 그러하듯이 윤선도 또한 정당한 명분을 품고 행했던 일이 부당한 처사로 인해 형벌을 받게 되었다고 믿었을 테니, 이 노래에서 두드러진 정서 역시 억울함이다. 국경 가까운 변방으로 내쳐진 처지였으니 그 억울함은 더더욱 컸을 것이다. 억울함을 느끼는 심리에 대응되는 신체적 반응은 눈물이다. 이 노래에서 "울어 예는 저 시내"는 화자의 분신이자 화자가 느끼는 억울함을 표상한다. 왕방연의 시조에서와 별반 다름없다.

눈물은 두 줄기로 낙하한다. 흘러내리면서 얼굴을 3분할하는 경계를 만든다. 애원哀怨과 오열嗚咽과 처창悽悵의 선율을 가리켜 계면조界面調라 하거니와, 이는 눈물이 3분할한 얼굴을 가리키는 데서 나온 이름이다. 만일 왕방연의 시조나 윤선도의 〈견회요〉를 연주나 창으로 연행한다면 마땅히 계면조가 어울리리라.

두 번째 시조 〈청초 우거진 골에…〉는 조선의 탁월한 풍류남

                           열 번째 이야기 - 자연

아 임제가 지었다. 술과 거문고와 글, 이 세 가지가 특기였던 호방한 성격의 소유자여서, 곳곳에서 재미있는 에피소드를 많이 남겼던 또 하나의 문제적 인물이다. 끈적끈적한 메시지를 담아 당대의 명기 한우에게 보냈던 〈한우가寒雨歌〉(165쪽)의 작가이기도 하다. 그랬던 인물이 서도병마사西都兵馬使라는 직책을 받아 부임하는 길에 황진이의 무덤을 찾아가서 지은 시조가 바로 〈청초 우거진 골에…〉이다. 이런 사실을 대입해서 읽어 보면 '홍안'이 어떤 의미인지, '잔 잡아 권할 이'는 또 어떤 맥락에서 나온 건지 더욱 분명해진다. 황진이와 동시대에 살았다면 아마 두 사람은 둘도 없는 관계를 맺었을지도 모를 일이다.

후일담도 있다. 이 시조는 사회적 물의를 일으킨다. 사대부의 체통을 크게 손상시켰다는 거다. 그래서 임제는 파직을 당했다고 한다. 과거에 합격하고 이런저런 벼슬도 했지만, 그것이 속물들의 싸움판이자 잔치판이라는 걸 알고는 벼슬에 환멸을 느꼈던 인물이었으니, 임제는 그 파직 통고를 오히려 반겼을지도 모를 일이다.

성격이 호방했던 임제는 한편으로는 섬세한 감수성의 소유자이기도 했다. 그의 감수성을 아주 잘 보여 주는 한시 한 편이 있다. 제목은 〈말 없는 이별[無語別]〉이다.

열다섯의 아리따운 아가씨가
차마 수줍어 말없이 이별했네
돌아와 중문을 닫아걸고
배꽃에 걸린 달을 보며 우네[25]

나이 열다섯의 아리따운 아가씨가 우연히 멋진 사내를 만나 반하고 말았다. 그러나 부끄러움 때문에 아무 말도 못 하고 집으로 돌아왔다. 집에 와서는 중문을 닫아걸었다. 제법 규모가 있는 집의 처녀였던 모양이다. 행여라도 남에게 들킬까 저어했던 것이다. 마음을 빼앗아 간 낯선 외간 남자에게 말 한마디 건네지 못한 아쉬움을 어느 누구에게 하소연할 것인가. 그마저도 또 부끄러운 일일 테니까. 그러니 배꽃에 걸린 달을 보며 울음으로 하소연할 수밖에 없었던 것이다.

4행 20자의 시구에 불과하지만, 드라마의 한 대목을 압축해 놓은 듯한 서사도 보이고 미장센(mise-en-scène) 또한 아주 인상적이다. 이런 감수성의 소유자였기에 이미 죽어 백골이 된 명기名妓에게도 시를 헌정할 수 있었던 것이 아니었을까. 임제는 이처럼 호방과 섬세를 양수겸장으로 구비했던 인물이었던 것이다.

자연물에 투영된 마음 2

자연물에 대한 시적 관심의 비밀

시조에서는 새, 꽃, 나무, 달과 별 등등 자연물이 많이 등장한다. 시조를 지은 사람들이 유독 자연에 대한 관심이 많아서였을까? 당연히 그렇다고 볼 수도 있겠다. 그러나 세상의 모든 서정시에는 자연물이 흔하게 등장한다. 심지어 문명의 최첨단을 달리는 21세기 오늘날에도 새, 꽃, 나무, 달과 별이 소재로 등장하는 시는 아주 쉽게 찾아볼 수 있다. 그렇다면 자연물은 시조 작가들만의 관심사가 아닌, 세상 모든 시인들의 관심사라 해도 무방할 것이다.

이처럼 시에 자연물이 많이 등장하는 이유는 무엇일까? 이유야 많겠지만 시의 핵심, 특히 서정시의 핵심이 정서 표현이기 때문이라는 이유를 빼놓을 수는 없겠다. 어떤 사물을 건조하게 나열만 해 놓은 시가 없지는 않지만, 이를 서정시라고 할 수는 없다. 서정시는 무엇보다도 명시적으로든 암시적으로든 정서가 나타나 있어야 생명을 얻는다. 그럼 정서의 주체는 누구인가? 당연히 시의 화자, 즉 시에서 말을 하는 목소리의 주인이다.

앞에서 말한 대로 정서는 감정이 질서화된 상태를 가리킨다. 감정은 즉흥적이고 즉자적이어서 혼잡도는 높고 세련도는 낮다. 이러한 감정에 질서를 부여하면 정서가 되는 것이다. 감정을 질서화하는 방법에는 여러 가지가 있겠지만, 외부의 자연물을 소재로 동원하는 것이 대표적인 방법이다. 자연물에 대한 시적 관심이 높은 이유 중 하나이다.

(가)
이화梨花에 월백月白하고 은한銀漢이 삼경三更인 제
일지춘심一枝春心을 자규子規야 알랴마는
다정多情도 병病인 양하여 잠 못 들어 하노라

— 이조년, 〈다정가多情歌〉

(나)
귀뚜리 저 귀뚜리 어여쁘다 저 귀뚜리
어인 귀뚜리 지는 달 새는 밤에 긴 소리 짧은 소리 절절節節이 슬

픈 소리 제 혼자 울어 예어 사창紗窓 여윈 잠을 살뜰히도 깨우는고야

　　두어라 제 비록 미물微物이나 무인 동방無人洞房의 내 뜻 알 이는

저뿐인가 하노라

— 작자 미상, 사설시조

57. (가)의 '자규'와 (나)의 '귀뚜리', 그 어느 것의 시적 기능으로도 볼
　　수 없는 것은?
　　① 화자의 정서 변화에 촉매 역할을 한다.
　　② 소리로써 화자의 정서를 불러일으킨다.
　　③ 화자가 자신의 처지를 확인하게 해 준다.
　　④ 화자의 마음을 청자에게 전달하는 구실을 한다.
　　⑤ 작품 내의 상황과 분위기를 조성하는 데 개입한다.

— 2006학년도 6월 모의 수능

작품이 독자의 공감을 얻는 길

지문의 첫 번째 시조에 나오는 '자규'는 두견이 혹은 두견새라고도 하고, 접동새라고도 한다. 두 번째 시조에 나오는 '귀뚜리', 즉 귀뚜라미는 곤충이다. 한자어로는 '실솔蟋蟀'이라고도 한다. 첫 번째 시조는 흔히 종장에 있는 "다정도 병인 양하여"에 착안해서 〈다정가〉라는 별칭으로 부르고 있으니, 두 번째 시조도 편의상 〈실솔가〉로 칭하도록 하자. 〈다정가〉의 '자규'와 〈실솔가〉의 '귀뚜리'가 과연 어떤 역할을 하는가가 이 문항의 질문이다. 답은 ④번이다. 두 작품에서 청자는 보이지 않는다. 화자의 독백으로 일관하고 있는 것이다. 참고로 ⑤번은 너무나 당연해서 고심해 볼 필요조차 없다.

시에 어떤 소재가 동원되는 순간 그것은 시의 내적 상황과 분위기를 조성하는 데 개입하지 않을 수가 없기 때문이다. 만약 그런 시가 있다면 그건 완성도가 아주 낮은 하품이라 하겠다.

〈다정가〉의 초장에서 '이화'는 배꽃, '은한'은 은하수, '삼경'은 지금의 밤 11시~1시에 해당하는 시간이다. 1년 중에서는 봄, 하루 중에서는 한밤중이다. 한밤중에 하얀 배꽃이 하얀 달빛을 받은 채 피어 있는 풍경은 마치 넓은 스크린에 펼쳐지는 영화의 한 장면을 보는 것 같은 인상을 준다. 중장은 "일지춘심을 자규야 알랴마는"이라 했다. '한 가닥 나뭇가지에 매달린 봄날의 심회를 자규가 알겠는가마는'이라는 뜻이다. 그런데 다양한 이본들을 함께 보면 이 구절은 '자규야 알지마는'으로 읽는 것이 더 합당해 보이기도 한다. 이러나저러나 간에 자규의 울음소리도 환기된다. 시각과 청각이 어우러져 있는 것이다. 그렇다면 '일지춘심'의 그 마음은 누구의 것일까? 종장에서 정 때문에 병이 들 정도이고, 그 병 때문에 잠을 이루지 못한다 했으니, 아무래도 '춘심'의 주인은 화자라 보는 것이 합당하다. 화자는 아무래도 방에서 잠을 청하다가 실패하고서는 밖으로 나와 마루에서 봄밤의 풍경을 응시하고 있는 것으로 짐작된다.

결국 이 시조에서는 화자의 쓸쓸함, 고독함, 그리움 등의 정서가 감지된다. 자정이 되도록 잠을 이루지 못하는 사정을 헤아려 보면, 사실 화자는 그전부터 쓸쓸함, 고독함, 그리움 등의 감정을 품고 있었을 것으로 보인다. 그런데 때마침 이화와 은하수, 자규가 한데 어울린 봄밤의 풍경이 고즈넉한 분위기를 빚어내고 애상적인 정서를 부추긴다. 화자가 이들 자연물과 교감하고 있다는 표지이다. 화자의 정서 변화에 촉매 역할을 한다는 ①번 선지가 바로 이런 사실을 명시하고 있는 것이다. 만일 시인이 화자의 입을 빌려 "아! 외롭다.", "그 사람이 그립구나."와 같은 식으로 말했다면, 그건 감정의 표출에 불과했을 터. 그런 감정을 이화, 달빛, 은하수, 자규 등의 자연물을 통해 표현하였기에 질서화되었다고 할 수 있는 것이고, 그래서 그 정서는 독자의 공감을 이끌어 내는 힘을 발휘할 수 있는 것이다.

　이제 〈실솔가〉를 살펴보자. 초장의 '어여쁘다'라는 시어는 중의적이다. 이 중의성은 중장에 묘사된 상황 때문에 발생한다. '여윈 잠'이라 했으니 깊이 든 잠도 아니고 비몽사몽인 상태라 봐야겠다. 그마저도 어렵사리 든 잠이었을 테다. 종장을 보니 화자는 무인동방無人洞房, 곧 아무도 없는 빈방에서 홀로 지내는 여인이다. 남성이 아닌 여성이라고 볼 수 있는 이유 중 하나는 '사창紗窓'이라는 표현 때문이다. 이는 본래 '얇은 비단을 바른 창'을 뜻하지만 관습적으로는 여인이 기거하는 방의 창문을 가리킨다. 아마도 사랑하는 이와 함께하지 못하는 자신의 처량한 신세 때문에 불면의 밤을 보내고 있었을 거라 짐작된다.

　이런 상황을 염두에 두고 '어여쁘다'에 담긴 의미를 추측해 보자. 먼저 조선시대에 일반적으로 쓰인 의미를 존중하면 '불쌍하기도 하여라'와 같이 읽을 수도 있다. 이것은 '저 귀뚜라미도 나와 같이 혼자서 이 밤을 쓸쓸하게 울고 있는 처량한 신세로구나.' 하는, 자연물에 자신의 감정을 투영한 표현이 되는 것이다. 이와는 달리 오늘날에도 통용되는 의미로 보면 '참 어여쁘기도 하여라'로 읽을 수도 있다. 그러면 일종의 반어가 되겠다. 깊은 잠을 들 수 없는 상황에서 어렵사리 든 잠을 깨웠으니 그 울음소리가 달가울 리 없었겠으니 말이다. 그 연장선상에서 "살뜰히도 깨우는고야"라는 또 하나의 반어가 나왔을 것이다. 어떻게 읽어도 자연물에 자신의 감정을 투영하는 것으로 이해할 수 있다.

〈실솔가〉의 화자는 〈다정가〉의 화자와 마찬가지로 이미 쓸쓸하고 고독한 감정을 가지고 있었을 것이다. 같이 있어야 할 그 누군가가 곁에 없었으니까. 그런 상황에서 귀뚜라미의 울음소리를 들었고, 그것이 촉발하는 분위기에 젖어 들었던 것이다. 그 결과 자신과 귀뚜라미를 나란히 병렬하여 조화로운 풍경 하나를 그려 낸다. 귀뚜라미의 울음소리와 만난 감정이 질서를 갖추게 된 것이다. 그 결과 정서가 성립되고, 화자의 정서에 대한 독자의 공감을 얻게 된다.

문화적 맥락을 대입해 보면

이제 맥락을 고려하여 작품에 접근해 보자. 〈다정가〉는 표면적으로 아주 아름다운 봄밤의 풍경을 배경으로 화자의 애상적인 목소리를 담아낸 작품이다. 그런데 작가인 이조년李兆年의 생애를 고려해 보면 단순한 개인적 감회를 넘어선, 나라를 걱정하고 임금을 연모하는 노래로도 읽을 수 있다. 이조년은 성품이 강직했다고 한다. 그래서였는지, 고려 말의 혼란한 정국에서 충혜왕이 국사에 소홀함을 한탄하며 스스로 낙향한 사실이 있다. 만일 이 시기에 〈다정가〉를 지은 것이라면, 종장의 "다정도 병인 양하여"는 왕이나 국가의 운명에 대한 걱정으로 볼 수도 있다. 그렇다면 봄밤의 황홀한 풍경을 배경으로 표출되는 애상과는 거리가 있다고 해야겠다.

이러한 방향으로 감상하는 것이 전혀 무망한 일이 아니라는 점을 뒷받침하는 소재는 바로 '자규'이다. 앞에서 언급한 바 있듯이 자규는 복위를 도모하다 이루지 못한 촉蜀나라 망제望帝의 넋이 환생한 새로, 나라의 위태로운 운명을 걱정한다는 상징적 의미를 갖는다.

이런 맥락에 따르면 '일지춘심을 자규가 알고 있다'는 쪽으로 해석하는 게 더 온당해 보인다. 그렇다면 이 시조는 고려의 기울어져 가는 국운과 무능하고 방탕한 통치자에 대한 염려를 담고 있는 노래로 간주할 수 있게 된다. 이처럼 자규, 즉 접동새가 '국운의 쇠퇴' 혹은 '국가의 패망'이라는 문화 코드를 함축하고 있다는 점을 고려하면, 〈다정가〉는 개인적 센티멘털리즘을 넘어선 경지에 놓이게 되는 것이다.

한편 귀뚜라미는 가을을 대표하는 곤충으로 각인되어 있다. 공자가 편찬한 《시경詩經》의 〈실솔〉 장에는 "귀뚜라미가 대청에서 울고 짐수레가 쉬게 되었구나."라는 구절이 있다. 귀뚜라미가 울기 시작하는 9월은 거의 모든 농사가 마무리된 시점이니 한 해 중에서 가장 풍성하고 한가한 때라는 뜻이다. 〈실솔〉 장은 이때를 즐겨야 한다고 하는 취지의 노래이다. 귀뚜라미가 1년 중 가장 풍요로운 계절인 가을을 알리는 문화적 상징으로 자리 잡고 있음을 보여준다. 그렇다면 풍요의 계절 가을의 이미지와 환유적으로 연합해 있는 귀뚜라미가 쓸쓸하고 외롭게 지내는 화자의 심회를 자극하고 있다는 역설적인 시적 구도를 확인하게 된다. 가장 풍성하고 가장 한가한 때 화자는 오히려 쓸쓸함과 외로움의 한 극단을 경험하는 셈이기 때문이다.

     열 번째 이야기 - 자연

요컨대 귀뚜라미는 가을이라는 '풍요의 시간'과 홀로 지키고 있는 빈방이라는 '적막의 공간'을 배경으로 삼아 화자의 심리적 고독감을 부각하는 데 제격인 소재였다. 그러하기에 "가을 달 방에 들고 실솔蟋蟀이 상床에 울 제 / 긴 한숨 지는 눈물 속절없이 헴만 많다"(237쪽, 허난설헌의 〈규원가〉)에서나 "임 그린 상사몽이 실솔의 넋이 되어 / 가을철 깊은 밤에 임의 방에 들었다가"(75쪽, 박효관의 〈임 그린 상사몽이…〉)에서처럼 화자의 고독한 처지를 부각한 작품에서 두루 등장하곤 한다. 이쯤 되면 문화적 상징의 수준으로 상승해 있었다 해도 무방할 것이다.

사람과 함께 사물을 보는 능력

〈진도 아리랑〉에는 이런 구절이 있다. "청천 하늘에 잔별도 많고 우리네 가슴엔 수심도 많네." 우리네 가슴에 수심이 많다는 말을 하는 데 하늘의 별을 동원한다. 사랑스러운 손주를 보면서 할머니들은 말한다. "꽃도 매일 보면 지겨운데 우리 손주는 매일 봐도 예쁘다." 손주가 예쁘다는 말을 하는 데 굳이 꽃을 등장시킨다. 왜 그럴까? 어떤 대상을 설명하거나 묘사할 때 다른 것과 비교 혹은 대조를 하면 그 성질이나 특성이 훨씬 더 잘 드러나기 때문이다.

그러나 이런 설명은 수사법적 관심에 불과하다. 그보다 더 깊은 곳에 자리하는 인간의 본성적 습관에 주목해 볼 필요가 있다. 그것은 어떤 대상이 감정이나 감상, 감흥을 자극할 때, 그 감정, 감상, 감흥이 놓인 자리를 함께 포착하는 습관이다. 그 자리를 구성하는 사물, 그 사물의 빛깔과 형상과 소리, 냄새까지도 함께 포착하는 것이다. 그 사물과 함께 감정, 감상, 감흥이 표현되면 훨씬 더 정련되고 세련된 경지로 나아가게 되고, 그 감정이나 감상, 감흥이 말하는 당사자의 처지에서 비롯된다면 더더욱 이 효과는 커진다. 이 정도라면 습관을 넘어 능력의 수준으로 상승했다고 봐야 할 것이다. 그것은 사냥감을 발견했을 때 오직 그 사냥감만이 아니라 지형적 조건과 시간적 조건도 살피고 날씨도 고려해야 사냥에 성공할 확률이 높아지는 것과 마찬가지이다.

시인은 이런 능력이 남다르게 뛰어난 사람이지만, 이것이 꼭 시인에게만 부여된 특별한 능력은 아니다. 낫 놓고 기역자도 모르지만 〈진도 아리랑〉 같은 노래를 불렀던 우리 조상들을 보면 알 수 있다. 인간은 누구나 그런 능력을 가지고 있는 것이다. 그 자리를 이루는 사물이 꼭 자연물일 필요도 없다. 버스의 엔진음일 수도 있고, 빌딩의 창을 채우는 불빛일 수도 있으며, 편의점 테이블에 남겨진 찌그러진 캔일 수도 있다. 자신의 처지와 닮은 것은 닮은 대로, 대비되는 것은 대비되는 대로 이들 사물을 함께 포착하는 눈이 있다면, 우리는 누구나 시인의 자질을 갖추고 있다고 봐도 무방하다. 시인으로 사는 일은 어렵다. 그러나 시인처럼 사는 일은 누구나 가능한 것이다.

자연물의 인격화

교육자 이황

조선시대 문인들은 대부분 양반 출신이다. 양반과 거의 동의어로 쓰이는 말이 사대부이다. 사대부는 선비를 뜻하는 '사士'와 벼슬아치를 뜻하는 '대부大夫'를 합쳐서 부르는 말이다. 선비란 벼슬자리에 나아가기 전에 공부를 하면서 수기修己 즉 자기 수양을 하는 사람이고, 대부는 치인治人 곧 백성을 다스리는 사람이다. 수기와 치인, 이 두 가지는 사대부들이 평생을 두고 하는 일이다. 수기를 하다가 치인을 하고, 치인을 하다가 정치적 풍파에 의해 자발적으로나 강제적으로나 다시 수기를 하면서 평생을 보내는 거다. 수기는 대개 세속의 건너편이라는 이미지가 강한 자연 공간에서 이루어진다.

퇴계退溪 이황李滉 또한 여느 사대부들과 마찬가지로 이런 일로 평생을 보냈다. 그런데 그의 생애를 보면 좀 색다른 면이 있다. 그것은 무수히 많은 제자를 길러 낸 교육자이기도 했다는 점이다. 지금도 경북 안동에 가면 도산서원陶山書院이 있다. 이런저런 벼슬도 했지만, 명종 즉위년이었던 1545년에 을사사화乙巳士禍와 같은 정치적 사건을 지켜보면서 환로宦路에서는 별달리 큰 보람을 찾지 못했던 듯하다. 그러다가 끝내 스스로 낙향하여 서당을 지어 많은 후학들을 양성한다. 그 후학들이 퇴계 사후에 서당 주변에 위패를 모시는 사당 등을 더 지어 도산서원으로 확장한다. 퇴계는 서당에서 후학들을 가르칠 때 그들과 더불어 부를 노래를 짓는다. '언지言志'에 포함되는 6수, '언학言學'에 해당하는 6수를 각각 지었는데, 오늘날 이를 합쳐 〈도산십이곡陶山十二曲〉이라고 지칭하곤 한다. 언지는 자연 속에서 노니는 즐거움을, 언학은 자연 속에서 학문하는 즐거움을 표현한 노래이다.

(나)

[A]
　연하煙霞로 집을 삼고 풍월風月로 벗을 삼아
　태평성대太平聖代에 병病으로 늙어 가네
　이 중에 바라는 일은 허물이나 없고자

[B]
　순풍淳風이 죽다 하니 진실眞實로 거짓말이
　인성人性이 어지다 하니 진실眞實로 옳은 말이
　천하天下에 허다영재許多英才를 속여 말씀할까

[C]
　천운대天雲臺 돌아 들어 완락재玩樂齋 소쇄瀟灑한데
　만권생애萬卷生涯로 낙사樂事가 무궁無窮하여라
　이 중에 왕래풍류往來風流를 일러 무엇 할꼬

[D]
　청산靑山은 어찌하여 만고萬古에 푸르르며
　유수流水는 어찌하여 주야晝夜에 그치지 않는고
　우리도 그치지 마라 만고상청萬古常靑하리라

[E]
　우부愚夫도 알며 하거니 그 아니 쉬운가
　성인聖人도 못다 하시니 그 아니 어려운가
　쉽거나 어렵거나 중에 늙는 줄을 몰라라

— 이황, 〈도산십이곡陶山十二曲〉

- 연하煙霞: 안개와 노을.
- 순풍淳風: 순박한 풍속.
- 소쇄瀟灑: 기운이 맑고 깨끗함.

41. (나)를 읽고 감상한 내용으로 적절하지 않은 것은?

　① [A]의 '연하煙霞'와 '풍월風月'은 향유 대상으로서의 자연물로 보이고, [D]의 '청산靑山'과 '유수流水'는 깨달음을 주는 자연물로 보여.

　② [B]의 '허다영재許多英才'는 [A]의 '허물이나 없고자' 하는 화자

의 삶의 태도를 현학적이라고 비판할 것 같아.
③ [C]의 '낙사樂事가 무궁無窮'에는 자족적 태도가 드러나 있는데,
  이는 [E]에 나타나듯이 '늙는 줄'도 잊고 학문을 추구하며 살아
  가는 것에 자연스럽게 연결된다고 봐.
④ [D]에서 말하는 '그치지 마라'의 내용은 [C]의 '만권생애萬卷生
  涯'와도 관련되는 것 같아.
⑤ [E]의 '우부愚夫도 알며 하거니'는 [B]의 중장처럼 누구나 '어진
  인성人性'을 지니고 있으니 그로부터 자기 수양이 가능함을 말
  하는 것으로 보여.

— 2005학년도 본수능(고어 표기를 현대어로 고침)

언지와 언학의 경계

지문에서는 〈도산십이곡〉 12수 중에서 다섯 수를 가려 뽑아 배치
하였다. 문항을 보면, 다섯 개 선지 중 하나가 유독 도드라져 보인
다. ②번이다. 화자의 태도를 비판하는 인물이 한 작품 내에 등장
한다는 설정 자체가 매우 작위적이지 않은가? '허물이나 없'는 삶
을 추구하는 태도는 상식적으로 생각해도 겸손의 표현으로 보이는
데, 이를 현학적이라 비판하는 건 어불성설에 가깝지 않은가? 그
래서 답은 쉽게 찾을 수 있다.

그렇다면 각 수를 '언지'와 '언학'으로 구별해 보자. 어떤 것이
자연 속에서 노니는 즐거움에 해당하고, 어떤 것이 자연 속에서 학
문하는 즐거움에 해당하는지 구별할 수 있겠는가? 섬세하게 읽지
않으면 변별이 쉽지 않다.

먼저 [A]를 보자. 연하煙霞 즉 안개와 노을로 집을 삼고, 풍월風

月 즉 바람과 달로 벗을 삼는다 했다. 그리고 태평성대를 누리며 늙어 가면서 허물이나 없었으면 하는 바람이 나타나 있다. 학문하는 자세와 무관하지는 않다고 하더라도 학문에 대한 뜻이 뚜렷하게 드러나지는 않는다. 그러니까 이건 '언지'라 할 수 있겠다.

[B]는 어떤가? 순풍淳風이 죽었다는 말은 거짓말이고 인성人性이 어질다는 말은 옳은 말이라 했다. 사회나 인간에 초점을 맞추고 있으므로 자연과는 거리가 있어 보인다. 그렇지만 자연이 결국 인간과 다르지 않고 인간을 자연의 일부로 보는 시선에서라면, 순박한 풍속과 어진 인성에 기초한 인간 사회 또한 자연과 다르지 않다고 볼 수 있다. 따라서 [B]도 자연 속에서 노니는 즐거움, 즉 '언지'에 해당한다고 볼 수 있겠다.

[C]의 종장에는 '왕래풍류往來風流'에 대한 만족감이 표현되어 있다. 얼핏 보면 자연 속에서 노니는 즐거움이 나타난다고도 볼 수 있다. 그러나 중장의 '만권생애萬卷生涯'에 주목해야 한다. 평생에 걸쳐 만 권을 읽는 일, 즉 학문이라 할 수 있는 것이다. 이런 점에서 [C]는 '언학'에 포함될 수 있겠다.

[D]에서는 만고에 푸르른 청산靑山과 주야에 그치지 않는 유수流水를 본받자는 취지의 표현이 나타나 있다. 특히 종장을 보면 우리도 유수처럼 그치지 말고 청산처럼 변함없이 푸르게 살겠다는 의지가 확연하게 나타난다. 자연 속에서 그저 청산과 유수를 즐기며 소일하는 즐거움을 노래했다면 언지에 포함할 수 있겠지만, 여기에서 청산과 유수는 배움의 자세, 공부하는 자세, 학문하는 자세의 모범이라는 발상이 깔려 있다.

[E] 또한 [D]와 마찬가지로 배우고, 익히고, 공부하는 자세를 보

여 준다. 어리석은 사람도 하는 일, 그러나 성인도 미처 다 하지 못하는 일, 그래서 쉬우면서도 어려운 일, 그것이 바로 공부이고 학문이다. 그래도 우리는 그 일을 하지 않을 수 없다. 이는 퇴계가 도산서당을 세운 근본적인 취지이기도 했다.

그러면 이렇게 볼 수도 있겠다. 언지의 자연물은 향유의 대상이고 언학의 자연물은 인간의 도리를 깨우쳐 주고 가르침을 주는 스승과 같은 역할을 한다고 말이다. 그러니까 언지에 해당하는 [A]에서 연하와 풍월은 즐기는 대상이고, 언학에 해당하는 [D]에서 청산과 유수는 인간들이 견지해야 할 삶의 자세를 담지한 자연물이다. 우리도 청산과 유수처럼 꾸준히 공부해야 하느니라, 하는 메시지를 주고 있는 것이다. [C]와 [E] 또한 모두 언학에 속한다고 했다. 그래서 여기에서는 모두 공부하는 즐거움과 연결해서 이해하면 된다. 낙사樂事, 즉 즐거운 일이 무궁하다는 만족감의 근원도 '만권생애'로 표현한 공부에서 오는 것이고, '그것을 늙어 가면서도 얼마든지 할 수 있으니 이 얼마나 좋은 일이냐' 하는 목소리가 배어 있다는 것이다.

자연물의 인격화에 담긴 철학

이황은 조선시대 유학자 중 학문의 가장 높은 봉우리를 차지하는 인물로 평가받고 있다. 조선시대 유교는 흔히 성리학性理學으로 불리곤 하는데, 성리학은 우주의 생성과 구조, 인간 심성의 구조, 인간의 사회 윤리 등에 대해 깊은 통찰을 보여 주는 학문이다. 그 통찰의 근저에는 '이理'와 '기氣'라는 개념이 있다. 이 두 개념에 초점을 맞춘 것이 바로 이기철학이다. 다소 가볍게 도식화하자면, 우주

만물의 보편적이고 항구적인 속성을 '이'로, 수시로 달라지는 가변적인 속성을 '기'로 구별한다. 이황의 〈도산십이곡〉은 그중에서도 특히 '이'에 대한 관심이 응집되어 있다고도 할 수 있다. 그렇게 보면, 자연의 일부인 인간이 자연 속에서 노니는 것도 인간의 본성이요, 세상에 대한 호기심을 바탕으로 우주와 자연, 인간 삶의 궁극적 가치에 대해 탐구하는 것도 인간의 본성이라는 논리가 나온다. 물론 여기에서 '노닌다'는 말이 그저 단순히 계곡에 발 담그고 마시고 취하는 식의, 다소 한가하거나 방탕해 보이는 놀이와 구별된다는 사실은 잘 알 것이다.

매란국죽梅蘭菊竹을 사군자四君子로 지칭하곤 한다. 이황도 당연히 사군자를 칭송했지만, 매화에 대한 사랑은 거의 병적이었다. 그는 매화를 소재로 한 한시를 매우 많이 지었고, 그 가운데 91수를 엮어 '매화시첩'을 남겼다. 분재로 가꾸던 매화를 아낀 나머지 임종 전에 남긴 유언이 "매화에 물을 주어라."였다고 할 정도다. 매화를 하나의 식물로만 보았다면 있을 수 없는 일이었을 테다. 가히 매화벽梅花癖이라 할 만하다.

그렇다면 이황은 매화나무, 그리고 그 가지 끝에 맺히는 매화꽃에서 인간의 도리를 읽어 낸 안목으로 〈도산십이곡〉을 지은 것은 아니었을까? 서리가 내리는 계절에 찬 기운에 맞서 오연하게 꽃을 피운다 하여 국화를 '오상고절傲霜孤節'이라고 했는데, 매화는 '아치고절雅致高節'이라고 하여 그 덕을 찬미했다. 아담한 풍치와 높은 절개라는 뜻이다. 추위가 아직 다 가시지 않은 시절에 기필코 꽃을 피워 내는 그 기세를 추앙하는 말이다. 매화꽃은 또한 '빙자옥질氷姿玉質' 혹은 '선자옥질仙姿玉質'이라고도 했다. '빙자옥질'은 '얼음 같이 맑고 깨끗한 살결과 옥같이 아름다운 자질'이라는 의미이고, '선자옥질'은 '신선의 자태에 옥의 바탕'이라는 뜻이다. '선자옥질'은 몸과 마음이 매우 아름다운 사람을 일컫기도 한다. 이황의 매화 사랑은 어쩌면 이처럼 매화의 생태적 특성에서 이상적인 인간상을 발견한 데서 비롯된 것이었을 테다. 그리고 그것이야말로 인간의 보편적이면서도 항구적인 속성이어야 한다는 당위적 신념을 지니고 있었으리라.

〈도산십이곡〉에는 그의 이러한 당위적 신념이 응축되어 있다. 그중에서도 밀도가 가장 높은 구절은 단연코 '언지' 제6수에 나오는 "어약연비魚躍鳶飛 운영천광雲影天光이야 어느 끝이 있으리"일 터.《시경》등 중국의 여러 경전에 뿌리를 두고 있는 '어약연비 운영천광'은 문면상 "물고기는 뛰어오르고 솔개는 날아다니며 구름 그림자가 지고 하늘에는 빛이 있도다."로 풀이된다. 이 무슨 뜻인가? 물고기와 솔개, 그림자와 빛이 병렬되고 있다. 시야를 확장해 보면, 지상과 천상의 병렬이 보인다. 지상은 물고기와 그림자의 공간이고, 천상은 솔개와 빛의 공간이다. 그러나 이런 병렬만으로는 이 구절의 함축이 제대로 보이지 않는다.

그렇다면 단순 병렬을 넘어 의미적 연관망을 만들어 보자. 아마도 "물고기가 뛰어오르니 솔개가 날아다니며 구름 그림자가 지니 하늘에는 빛이 있도다."로 읽는 독법이 대안이 될 것이다. 지상에 존재하는 것들과 천상에 존재하는 것들의 연관망이 드러난다. 바다나 강물에 물고기가 많이 뛰어오를수록 솔개의 날갯짓 또한 바빠진다. 빛이 강해질수록 그림자도 짙어진다. 천상과 지상이라는 공간을 배경으로 하여, 물고기와 솔개라는 존재의 생태적 연관망이 보이고, 그림자와 빛이라는 현상의 물리적 연관망이 보이는 것이다. 그러니 이 구절은 생태적으로나 물리적으로나 하나의 온전한 질서 속에서 이 우주의 삼라만상이 조화를 이룬 경지를 가리킨다. 이황은 이 세상과 자연과 인간이 온 우주적 질서 속에서 조화로운 통일을 이루는 것으로 보았던 것이다. 낙관주의적 세계관의 한 절정이라 할 만하다.

위기가 없었던 것은 아니지만 이황의 환로宦路는 비교적 순탄했고, 귀향 후에는 학자로서 덕망이 높았다. 한마디로 세상과 심각한 불화를 겪은 적이 없다. 삶의 여정이 이러했기에 〈도산십이곡〉의 '언지'가 이런 낙관주의적 세계관이 응축된 구절로 마무리되는 것은 지극히 자연스럽다. 매화로 대표되는 자연물이 이상적인 인간상의 덕목을 담지하고 있다고 본 것도 자연과 인간에 대한 도저한 낙관주의적 관점의 산물이리라.

우리가 자연물을 애호하는 까닭

현대의 우리는 도심 속에서 자연과 떨어져 있는 듯한 삶을 살아간다. 그러나 도심의 한 자리를 차지하고 있는 나무를 보며 마음의 위안을 얻고, 아파트 베란다에서 작고 여린 화분을 가꾸며 생명의 경이로움을 느끼는 순간들이 있다. 이는 우리가 여전히 자연과 깊이 연결되어 있음을 증명한다. 그리고 세상의 지식이 손끝에서 검색되는 이 시대에도, 우리는 여전히 책을 펴고, 오래된 사상 속에서 진리를 찾으려고 한다. 그렇다면 우리는 그 삶 자체로 퇴계가 파악한 인간관의 유력한 증거물인 셈이다.

이러한 우리의 태도는, 비록 시대는 변했어도 인간 본연의 성찰과 탐구의 본능이 변하지 않았음을 말해 준다. 퇴계를 비롯한 사대 부들이 추구했던 수기修己와 치인治人의 가치가 고색창연한 유물이 아니라는 것이다. 그것은 문명의 찬란한 이기를 누리는 지금 이 순 간에도, 우리가 진정한 자아를 찾고자 할 때, 타인들과 어떻게 조 화롭게 살아가야 할지 고민할 때 항상 다가서는 화두이다. 그렇다 면 우리가 걸어가는 길은 어쩌면 퇴계가 걸어간 길과 크게 다르지 않을 것이다. 그것은 한편으로는 자연을 마주하고 자연과 교감하 며, 한편으로는 끊임없이 자신을 되돌아보며, 인간다움의 본질을 탐구하는 길이다.

자연 공간의 정치성

자연 애호 본능

‘녹색 갈증’이라는 말이 있다. ‘biophilia’를 번역한 것이다. ‘생명애’ 혹은 ‘생명 사랑’으로 번역될 수도 있겠다. 녹색 갈증은 한마디로 인 간의 자연 회귀 본능, 자연 친화 본능을 뜻한다. 녹색으로 표상되는 자연을 좋아하고, 그 속에서 살고자 하는 갈증이 인간의 본능이라 는 것이다. 미국의 진화심리학자 에드워드 윌슨(E. Wilson)이 주창한 바, 인간이 진화하면서 정신과 육체가 자연이라는 생태 공간에 최 적화되었고, 자연을 애호하는 DNA를 지니게 되었다는 설명이다.

녹색 갈증은 도시 생활에서 피로감과 스트레스를 느끼는 현대 인들에게 확연히 나타난다. 도시를 떠나 자연이 보존되어 있는 다 른 지역으로 여행을 떠나는 것은 물론이고, 꽃이나 나무를 심고 가꾸는 일도 녹색 갈증의 한 증거라 하겠다. 일조권과 조망권을 두고 다툼이 일어나는 것도 녹색 갈증과 무관하지 않고, 아파트 단지 내부나 도심 곳곳에 녹지가 포함된 공원을 만드는 일도 녹색 갈증 해소를 위한 사례이다.

그렇다면 도시화와 무관했던 시대에 살았던 사람들은 녹색 갈증이 없었을까? 그들은 본래부터 녹색의 자연 공간에서 살았기에 갈증을 느끼지 못했을까? 그렇지는 않았을 것이다. 앞에서 말한 대로 그것은 본능이니까. 우리 고전시가에는 자연물을 소재로, 자연 공간을 배경으로 삼는 작품이 많고, 이들 자연물과 자연 공간에 대한 애호가 뚜렷하게 드러나는 작품들이 커다란 비중을 차지한다. 그래서 한국 고전시가의 특성 중 하나로 자연 친화적 성격을 꼽기도 한다. 그런데 자연이 순수하게 인간의 손길이 닿지 않은 것/곳의 의미를 넘어 그것이 정치적 성격을 띠는 경우가 많다는 것도 우리 시가의 한 특성이다. 자연 공간의 정치성인 셈이다.

여기 〈청산별곡〉과 〈어부사시사〉를 엮어 자연 공간을 정치적으로 해석하는 시각이 담긴 문항이 있다.

(가)
살어리 살어리랏다 청산에 살어리랏다
머루랑 다래랑 먹고 청산에 살어리랏다
　　알리알리 알라셩 알라리 알라

울어라 울어라 새여 자고 일어나 울어라 새여
너보다 시름 많은 나도 자고 일어나 우니로라

　　얄리얄리 얄라셩 얄라리 얄라

가던 새 가던 새 보았느냐 물 아래 가던 새 보았느냐
이끼 묻은 쟁기일랑 가지고 물 아래 가던 새 보았느냐
　　얄리얄리 얄라셩 얄라리 얄라

이렁공 저렁공 하여 낮을랑 지내왔는데
　[ⓛ]　밤을랑 또 어찌하리라
　　얄리얄리 얄라셩 얄리 얄라

— 〈청산별곡青山別曲〉

(나)
　　　　추秋·2
수국水國에 가을이 드니 고기마다 살져 있다
닻 들어라 닻 들어라
만경징파萬頃澄波에 싫도록 안겨 보자
지국총 지국총 어사와
인간人間을 돌아보니 멀수록 더욱 좋다

　　　　추秋·4
기러기 떴는 밖에 못 보던 뫼 뵈는고야
이어라 이어라
낚시질도 하려니와 취醉한 것 이 흥興이라
지국총 지국총 어사와
석양夕陽이 눈부시니 천산千山이 금수錦繡로다

- 윤선도, 〈어부사시사漁父四時詞〉

33. 〈보기〉를 참조할 때, (가)와 (나)에 대한 설명으로 적절한 것은?

보기

갑 : 차라리 강으로 달려가 물고기 뱃속에 장사 지낼지언정, 어찌 희고 흰 결백한 몸으로 세속의 티끌과 먼지를 뒤집어쓰겠는가?

을 : 강물이 맑으면 내 갓끈을 씻고, 강물이 흐리면 내 발을 씻으리라.

① (가)의 화자가 '을'이라면, 현실을 개혁하고자 하는 것으로 볼 수 있다.

② (가)의 화자가 '갑'이라면, 현실에 대한 집착을 버리지 못한 것으로 볼 수 있다.

③ (나)의 화자가 '을'이라면, 현실에 얽매이지 않고 유유자적하는 것으로 볼 수 있다.

④ (나)의 화자가 '갑'이라면, 현실에 적응하여 분수를 지키며 사는 것으로 볼 수 있다.

⑤ (가)와 (나)의 화자가 '갑'이라면, 현실과 이상의 조화를 추구하는 것으로 볼 수 있다.

— 2000학년도 본수능(고어 표기를 현대어로 고침)

굴원을 찾아서

이 문항은 작품 자체에 대한 이해만으로는 해결이 안 되는 구조이다. 〈보기〉에서 나타난 세계관 혹은 처세관을 연결하여 작품에 접근하도록 유도하는 구조를 취하고 있는 것이다. 서로 다른 관점에 대한 이해가 선행되어야 하고, 이 관점을 바탕으로 작품에 접근하라는 요청인 셈이다. 지문에 있는 작품도 작품이지만, 이 문항은 〈보기〉의 두 문장이 결정적인 역할을 한다. 이 두 문장은 중국 초나라 때의 인물 굴원屈原의 고사에 뿌리를 두고 있다. 이에 대해서는 잠시 후에 설명하기로 하고, 여기에서는 그 차이만 짚고 넘어가자. 갑은 "차라리 강으로 달려가 물고기 뱃속에 장사 지낼지언정, 어찌 희고 흰 결백한 몸으로 세속의 티끌과 먼지를 뒤집어쓰겠는가?"라고 했다. 일체의 타협을 거부하는 순도 높은 근본주의자의 결기가 보인다. 반면 을은 "강물이 맑으면 내 갓끈을 씻고, 강물이 흐리면 내 발을 씻으리라."라고 말했다. 상황에 따라 일희일비하지 않고 그 상황에 따라 처신하리라, 이런 의미이겠다.

그러면 선지에서 참과 거짓의 윤곽이 대략 보일 것이다. 우선 갑의 근본주의적 성향과 모순되는 것은 ④번과 ⑤번이다. 그리고 을의 시류 추수적 성향과 모순되는 것은 ①번과 ⑤번이다. ②번은 약간의 고민이 필요해 보인다. ②번에서 갑이 현실에 대한 집착을 버리지 못한다고 했는데, 현실과 타협하지 않는 성격이니까 집착도 읽어 낼 수 있긴 하다. 그러나 집착한다는 것은 스스로 속세를 떠나겠다는 의지와는 오히려 상반된다. 이에 비해 ③은 아주 자연스럽다. (나)의 화자는 속세의 현실에 얽매이지 않고 자연 속에서 유유자적하는 삶을 누리고 있으며, 충분한 만족감을 느끼고 있기 때문이다.

이제 앞서 언급했던 굴원의 고사를 살펴보자. '어복충혼魚腹忠魂'이라는 말이 있다. '어복'은 물고기의 뱃속을 뜻하고, '충혼'은 말 그대로 충성스러운 혼백을 뜻한다. 굴원의 고사는 이 말이 생겨난 배경이기도 하다.

중국 춘추시대 초楚나라가 진秦나라에 의해 멸망당할 위기에 처해 있던 때, 조정은 진나라 친화적인 신하들로 둘러싸여 있었다. 이런 배경에서 나라의 운명을 걱정했던 충신 굴원이 참소를 당해 양자강의 어느 유역으로 유배를 간다. 유배지에서 하는 일이란 하릴없이 배회하는 것뿐. 그런데 한 어부가 굴원을 알아보고는 어찌하여 여기에 왔느냐고 묻는다. 굴원은 이렇게 답한다.

세상은 온통 흐려 있는데
나 홀로 맑아 있고,
사람들은 죄다 취해 있는데
나 홀로 깨어 있네.[26]

그랬더니 어부가 세상이 흐리면 흐린 대로 어울려 살면 된다고 말한다. 이런저런 대화가 오간 후에 끝내 굴원은 한마디 말을 던진다.

차라리 상수[湘流]에 뛰어들어
물고기 배 속에 장사를 치르겠소.
어찌 희디흰 깨끗한 몸으로
세속의 티끌을 뒤집어쓰겠소?[27]

앞서 본 문항의 〈보기〉에 제시된 '갑'이 한 말이다. 이 말에 포함되어 있는 '물고기 배 속', 즉 '어복'이라는 말에서 '어복충혼'이

                                        열 번째 이야기 - 자연

라는 말이 생겨났다. 멸망의 위기에 처해 있는 조국의 암담한 현실 앞에서, 조국을 다른 나라에 넘기려는 신하들에 대한 반감, 그 신하들에게 둘러싸여 앞날을 내다보지 못하는 임금에 대한 염려가 내포되어 있는 말이다. 그랬더니 어부가 이렇게 대답한다.

> 창랑의 물이 맑으면
> 갓끈을 씻고,
> 창랑의 물이 흐리면
> 발을 닦으리.[28]

바로 〈보기〉의 '을'이 한 말이다.

이상은 굴원이 지은 〈어부사漁父辭〉라는 작품의 내용이다. 굴원이 비타협적인 근본주의자의 결기를 보여 주고 있다면, 어부는 타협주의자 혹은 시류주의자의 유연성을 보여 준다 하겠다. 긍정적으로 보면 달관의 경지이다. 여기에서 어부는 실존 인물이 아니라 굴원이 가상적으로 설정한 인물이다. 굴원의 내적 갈등을 보여 주기 위한 설정이라 하겠다.

〈보기〉에서 '갑'과 '을'은 모두 '강'을 내세우고 있지만, 사실 〈어부사〉 원문을 참조하면 그 내포적 의미는 다르게 읽힌다. 〈어부사〉에 따르면 굴원은 '상수'에 가서 물고기 뱃속에 장사를 지낸다고 했는데, '갑'이 말한 강은 속세의 반대편에 있는 자연 공간을 뜻한다. 굴원은 결국 물에 빠져 자결하는 길을 택한다. 세상과의 불화, 시국과의 불화 끝에 선택한 아주 격렬한 저항으로 봐도 되겠다. 반면에 어부는 '창랑'의 물결, 즉 큰 바다의 물결이라 했는데, '을'이 말한

강은 온갖 인간들이 모여 사는 속세 그 자체에 해당한다.

누가 더 옳다고 생각하는가? 평범하게 살아가는 우리 대부분은 어부의 처세관 쪽에 기울어져 있을 것이다. 그러나 그렇다고 해도 굴원의 결기 있는 사고와 행동의 가치가 부정되는 것은 아니다. 다만 평범한 사람들이 도달하기 어려운 경지에 있을 뿐이다.

녹색 갈증, 세속에 대한 환멸의 다른 이름

이제 작품에 초점을 맞추어 보자. 〈청산별곡〉은 널리 알려진 대로 청산에 살고 싶다고 절규하는 듯한 노래이다. 머루와 다래를 먹고 산다는 게 결코 낭만적인 분위기를 자아내지는 않는다. 머루와 다래 따위로 연명을 하면서라도 청산에 살고 싶다는 의지의 강렬한 표현이기 때문이다. 뿐만 아니라 2연에서는 한밤중에 울고 있는 새에게 제발 자고 나서 울어 달라고 다그친다. '너보다 시름 많은 나도 이 밤중에는 울지 않으니 너도 제발 이 밤중에는 울지 말고 나처럼 자고 나서 울어 다오.' 이것이 새에게 하는 당부이다 (142~145쪽). 4연을 보면 화자가 밤을 얼마나 두려워하고 있는지도 확인할 수 있다. 낮은 그럭저럭 지냈다 하더라도 외롭기 그지없는 이 밤은 또 어떻게 보낼까 하는 그런 두려움 말이다. 이처럼 청산은 화자가 기꺼이 자발적으로 선택한 삶의 공간이 아니라는 점을 알 수 있다. 그러니 '화자는 실연당한 사람이다, 유랑민이다, 혼탁한 세상으로부터 도피한 지식인이다' 하는 식의 추정도 많다. 누구인지는 알 수 없지만, 적어도 화자가 세속의 삶에 대해 환멸을 느끼고 있다는 점만은 분명해 보인다.

〈어부사시사〉를 보자. 바다에서 볼 수 있는 온갖 풍경을 파노라

마처럼 그려 내고 있는 가운데, 은근히 세속에 대한 태도를 드러내고 있다는 점에 주목해야 한다. 지문 중 '추 2'의 종장을 보자. '인간을 돌아보니 멀수록 더욱 좋다'라고 했다. 여기에서 '인간'은 사람이 아니라 인간 세상을 뜻한다. 역시 속세에 대한 환멸을 엿볼 수 있다. 자발적 격리라고 할 수 있겠다. 염세주의 선언이나 다름없다. 그리고 '추 4'의 중장에는 '취取한 것이 이 흥이라'고 말하고 있다. 즉 속세와 격리된 자연 공간에서 그야말로 유유자적 흥을 즐기고 있는 것이다. 그러니까 여기에서 말하는 어부는 고기 잡는 일을 생업으로 삼는 사람일 리 없다. 재미 삼아 고기를 낚는 낚시꾼이겠다. 생업으로 고기를 잡는 노동을 하는 사람의 눈에 이렇게 아름다운 경치가 들어올 리도 없고 흥이 일어날 리도 없다.

그렇다면 윤선도는 그 아늑하고 조화로운 자연 공간에 노닐면서도 염세주의 선언을 했을까? 이를 이해하기 위해서는 그의 생애를 먼저 알아야 한다. 곡절 많은 인생이라 요약도 어렵다.

호남 지역의 거부 집안에서 태어난 그는 광해군 시절이었던 나이 서른에 이이첨 등을 탄핵하는 상소를 올렸다가 유배를 당한다. 인조반정仁祖反正을 계기로 약 7년간의 유배에서 풀려나 고향 해남에서 은거하던 중 인조의 부름을 받아 다시 환로에 나선다. 그러다가 정치적 반대파들의 질시로 다시 낙향한다. 병자호란이 발발한 쉰 살에는 국난 극복에도 진심이었다. 인조가 강화도로 피신한다는 소식을 듣고 집안의 종들과 함께 배를 타고 길을 나선다. 도중에 강화도가 이미 함락되었음을 알고 다시 인조가 머무르고 있는 남한산성을 향한다. 그러다가 이번에는 이미 한양으로 돌아갔다는 소식을 접한다. 이에 기울어지는 국운을 한탄하며 세상을 등지기로 하고 배를 돌려 제주를 향해 가던 중 보길도의 매력에 빠져 그곳에서 여생을 보내기로 한다. '연꽃 마을'이라는 뜻을 가진 '부용동芙蓉洞'이라는 이름도 붙인다.

난리가 끝난 후 인조의 부름을 받지만 응하지 않는다. 그런데 바로 그 이유로 또 한 번 유배를 당한다. 이때가 50대 초반 시절이다. 짧은 유배 생활을 마친 후 다시 보길도로 귀환하여 정착한다. 정자는 물론 집도 여러 채 짓고, 심지어 인공 연못도 만들어 호화로운 생활을 이어 간다. 참고로, 이 당시에 지은 〈만흥漫興〉의 제2수에 나오는 표현 "보리밥 풋나물을 알맞게 먹은 후에 바위 끝 물가에 슬카지 노니노라"는 반은 진실이고 반은 허상이었던 셈이다. 그러다가 효종이 죽었을 때의 대비大妃 복상服喪 문제를 둘러싼 논쟁에 휘말려 일흔이 넘은 나이에 또다시 유배형을 받고는 여든한 살에서야 해배된다.

대략 17년에 달하는 세 차례의 유배 생활은 세상과 불화할 수밖에 없었던 비타협주의자 윤선도의 생애를 압축적으로 보여 준다. 그렇다면 그로 하여금 속세의 정치 현실과 자발적으로 거리를 두게 한 동인은 과연 무엇이겠는가? 호남 지역에서 최고로 풍족한 물적 토대를 갖춘 가문의 적통을 이었고 봉림대군과 인평대군의 사부가 될 정도의 학덕이 있었으며, 명작의 반열에 놓이는 수많은 문학 작품을 써 낸 문재文才의 소유자이기도 했던 인물. 그러나 현실 정치에서 그는 패배자였다. 정치적 승패가 명징하게 갈린 상황에서 그는 정치적 반대파들이 일삼은 음모와 참언讒言의 피해자라고 호소하고 싶었을 테고, 자신은 대의명분에 따라 직언이나 간언을 했을 뿐이라고 억울해했을 것이다. 자신에게 유배형을 내린 임금을 원망하는 목소리는 차마 숨기고 있지만, 그런 마음이 왜 없었겠는가? 그에게 환로는 곧 환해풍파宦海風波, 즉 환로의 바다에서 만난 바람과 파도였다. 사정이 이러하다 보니 그는 인간 세상에 환멸의 화살을 보낼 수밖에 없었을 것이다.

〈어부사시사〉는 윤선도가 마지막 유배를 가기 전 60대 중반쯤, 그러니까 생애의 한 절정에서 지었던 노래이다(정확히 말하면 창작은 아니고, 전대부터 전해 내려오던, 그러나 그 뜻이 울퉁불퉁하던 노래들을 오밀조밀하게 다듬은 것이다). 굴원이 그러했던 것처럼 자신을 괴롭혔던 속세의 정치 현실에 대해 환멸을 느끼지 않았다면, 그것이 오히려 이상한 일 아니겠는가. 〈어부사시사〉는 철저한 염세주의자의 시선이 뚜렷하게 투영된 작품인 것이다.

이처럼 〈어부사시사〉의 자연은 이황의 〈도산십이곡〉의 자연과 대조적이라 할 만큼 이질적이다. 〈도산십이곡〉의 자연이 우주적 질서 속에서 인간과 조화를 이루고 있고 그 자체로도 조화로운 세상이라면, 〈어부사시사〉의 자연은 세속의 반대항으로서 인간 세상에 대한 환멸을 함축하고 있다. 도저한 낙관주의자와 철저한 염세주의자의 눈에 비친 자연이 같을 리 없다. 사대부들에게 자연이 수기修己의 공간이라고는 하나, 적어도 〈어부사시사〉에서는 그런 흔적을 발견하기 어렵다.

현실 너머에 대한 동경은 인간의 본성에 가깝다. 이른바 피안彼岸 지향성이라고도 하고 낙원 의식이라고도 한다. 세상을 보는 낙관적 시선과 염세적 시선의 차이에도 불구하고, 이 두 작품은 자연 공간을 이상향 혹은 낙원으로 그려 낸다는 공통점을 가지고 있다. 이 작품들에 대한 공감대는 아마도 여기에 있지 않을까? 실제로 그런 공간들은 아무 결핍도 없는 곳은 아닐 것이다. 배가 고플 수도 있고, 짐승의 습격을 걱정해야 할 수도 있다. 그러나 인간은 항상 그런 꿈을 꾸게 마련이고, 바로 그 꿈을 노래하고 있다는 점이 우리가 이런 노래들에 공감할 수 있는 근거가 된다. 그 꿈은 녹색 갈증의 다른 이름이자, 세속에 대한 환멸의 다른 이름이다.

앞에서 녹색 갈증은 생명에 대한 본능적 애호라고 했지만, 이건 어디까지나 생태학적 관점의 정의라고 할 수 있다. 이와는 달리 시조를 비롯한 고전시가에서 작가가 드러내는 자연 애호, 자연 숭배 성향은 정치적 선택의 차원에서 이해될 필요도 있다. 가장 비정치적이라 할 만한 자연 공간이 정치성을 이처럼 은밀히 내포하고 있었던 셈이다.

오늘날에도 도시 생활에 대한 환멸을 느끼고 자연 속에 은거하는 삶을 선택하는 사람들이 없지 않다. 이는 단순히 환경의 변화가 아니라, 자신이 속한 사회와 체제에 대한 깊은 성찰과 그로부터의 탈출을 의미하기도 한다. 그런 선택이 어떤 의미를 가질지는 단언하기 어렵다. 그러나 한 가지 분명한 것은, 문항의 〈보기〉에 제시된 '갑'과 '을'의 말에 담긴 처세관이 오늘날의 우리에게도 여전히 중요한 정치적 선택지로 남아 있다는 점이다.

자연 공간의 상투적 심상

이발소 그림의 풍경

혹시 '이발소 그림'이라는 말을 들어 보았는가? 예전에 주로 남자

    열 번째 이야기 - 자연

들이 출입하는 이발소에는 항상 그림이 걸려 있었다. 화면은 거의 예외 없이 농경 문화의 흔적을 담은 이미지들이 채우고 있다. 가령 농부가 소에 쟁기를 연결하여 밭을 갈고, 밭 옆으로는 시냇물이 흘러가고, 그 뒤로는 소박한 초가가 몇 채 보이는, 그런 그림들이다. 여기에 유명한 문인들의 시구가 적혀 있는 경우도 있다. 대개 누군가 그린 그림을 대량으로 복제해서 판매한 것이 이발소 장식용으로 걸리게 된 것이다. 그리하여 창의성은 별로 없고 상투적인 이미지로 가득찬 풍경화를 '이발소 그림'이라고 이르게 된 것이다. 이런 이발소 그림을 언급하는 것은 다음에 볼 문항 때문이다.

(다)
수간모옥數間茅屋*을 벽계수碧溪水 앞에 두고
송죽松竹 울울리鬱鬱裏*에 풍월주인風月主人 되었어라.
엊그제 겨울 지나 새 봄이 돌아오니
도화桃花 행화杏花는 석양리夕陽裏에 피어 있고
녹양방초綠楊芳草는 세우細雨 중에 푸르도다.
칼로 말아 낸가 붓으로 그려 낸가
조화신공造化神功이 물물物物마다 헌사롭다.
수풀에 우는 새는 춘기를 못내 겨워 소리마다 교태로다.
물아일체物我一體어니 흥이야 다를소냐.
시비柴扉에 걸어 보고 정자에 앉아 보니
소요음영逍遙吟詠*하여 산일山日이 적적한데
한중진미閒中眞味를 알 이 없이 혼자로다.

—정극인, 〈상춘곡賞春曲〉

• 수간모옥: 몇 칸 초가집.

- 울울리: 우거진 숲.
- 소요음영: 천천히 거닐며 나직이 읊조림.

40. (다)의 정경을 그림으로 표현하려 할 때, 고려할 내용으로 적절하지 않은 것은?

① 초가집은 작게 그려서 청빈한 삶을 표현해야겠어.

② 꾀꼬리가 울고 있는 모습을 넣어 청각적 이미지도 살려야겠어.

③ 시를 주고받는 인물들을 배치해 풍류를 즐기는 선비의 모습을 나타내야겠어.

④ 초가집 주위에는 소나무와 대나무를 둘러 세속과 단절된 분위기를 그려야겠어.

⑤ 복사꽃과 살구꽃이 만발한 모습을 통해 화사하면서도 여유로운 분위기를 자아내야겠어.

— 2002학년도 본수능

〈상춘곡〉을 위한 변명

주어진 지문의 몇몇 시어에 주목해 본다. '수간모옥'은 초가집, '벽계수'는 푸른 계곡물, '송죽'은 소나무와 대나무, '도화'와 '행화'는 복숭아꽃과 살구꽃, '석양'은 말 그대로 저녁이 다가오는 무렵의 햇빛, '녹양방초'는 푸른 버드나무와 향기로운 풀, '세우'는 가랑비. '수풀에 우는 새'도 나온다. 황홀하기도 하고 우아하기도 하다. 이 모든 풍경을 작가는, 아니 화자는 '혼자'서 즐기고 있다. 고적해 보이기도 한다. '상춘객'이라는 말도 있지만 그야말로 봄 경치를 바라보며 즐기는 화자의 모습이 선하게 그려지고, 마치 독자인 내가 상춘객이나 된 듯한 느낌을 자아낸다.

이렇게 확인해 보니 금방 답이 보인다. 답은 ③번. 화자가 "한중진미를 알 이 없이 혼자로다"라고 했으니 여러 선비들을 등장시킨 그림은 어울리지 않는다. 다만 선지 ②에서 '꾀꼬리' 운운하고 있는데 지문에서는 보이지 않는다. 아마도 '수풀에 우는 새'를 대표하는 조류로 선택되었을 것이다. 꾀꼬리가 4~5월에 날아오는 철새라는 사실을 안다면 당황스럽지는 않겠지만, 이런 생태학적 지식이 없다면 정답을 찾는 데 고심이 있을 수 있다.

정답을 찾는 것은 비교적 쉽다. '이렇게 쉬운 문제가 수능에 나온다고?'라면서 의아해할 수도 있다. 그러나 이 문항은 난도와 무관하게 매우 중요한 함의를 갖고 있다.

〈상춘곡〉 또한 상투적인 혹은 진부한 이미지로 가득 차 있다. 계곡, 소나무와 대나무, 버드나무, 복숭아꽃과 살구꽃, 새 울음소리, 가랑비 등등 시골에서 흔히 볼 수 있는 자연물이다. 봄이라는 말만 듣고도 거의 자동적으로 떠올릴 수 있는 상투적인 이미지들이다. 초가나 쟁기 등의 인공적 문명들도 보이지만, 거의 자연화된 문화적 표지標識들이다. 이쯤이면 자동화된 기억 인출이라 해도 무방할 정도다. 특히나 여기에서 석양 운운하다가 난데없이 가랑비를 언급하는 대목에 주목해 보라. 그러면 이 작품에서 묘사하고 있는 풍경이 어느 하루에 관찰한 실제적인 풍경이 아니라, 봄과 관련된 여러 가지 상투적 이미지를 모자이크식으로 조합한 것이라는 결론에 자연스럽게 도달하게 된다.

그렇다면 〈상춘곡〉은 예술적 완성도가 떨어지는 작품일까? 창의성 혹은 독창성을 예술의 생명으로 간주하는 현대적 관점에서 보면 그럴 수도 있다. 그러나 〈상춘곡〉이 창작되고 유통되던 그 당시의 문학적 관습을 고려하면 그것은 일방적인 재단일 수도 있다.

그러면, 그 당시의 문학적 관습이란 과연 무엇일까? 이를 이해하기 위해서는 우리가 종종 감탄사처럼 내뱉는 '그림 같다'라는 말을 떠올려 볼 필요가 있겠다. 어떤 경우에 쓰는 말인가? 보통은 아름다운 풍경을 봤을 때이다. 우리 머릿속에 하나의 그림이 있고, 그 그림에 견주어 실제 풍경을 보는 것이다. 우리 머릿속에 있는 그 그림은 일종의 관념에 불과하다. 여러 구체적이고 구상적인 풍경들로부터 추상하여 머릿속에 자리하게 된 관념이고, 추상화 과정을 거쳤기에 실제 풍경이 아닌 것이다. 다만 감각적인 실체로부터 출발했기에 생생한 느낌을 주긴 한다. 그렇긴 해도 관념 속에서 재구성되는 과정에서 여러 개별적이고 실제적인 이미지는 사라지고 추상적인 이미지만 남게 되는 것이다.

그 당시의 문학적 관습이란 바로 이런 추상에 의한 이미지 구성을 의미한다. 한마디로 익숙한 것들의 조합, 낯익은 것들의 공유를 통해 동경을 재생산하는 것이라 할 수 있다. 학과 소나무, 물결이 조화를 이루는 동양화의 세계를 떠올려 봐도 좋겠다. 동양화에서처럼 〈상춘곡〉은 관념적으로 설정된 조화의 풍경이고, 그것은 사대부들이 지향하던 삶과 이념이 투영된 작품이라 할 수 있다. 당시 사람들이 생각했던 '봄'과 그 '봄의 아름다움'에 대한 관념을 당시 문인들이 추구했던 이상적인 삶으로 추상화하여 드러낸 것이다.

그렇다면 〈상춘곡〉에 묘사된 사물들의 이미지에 대해 '상투적이다' 혹은 '진부하다'라는 식으로 내린 평가는 수정되어야 마땅하다. 그러면 어떻게 달리 평가해야 할까? 아마도 '이상적 풍경에 대한 동경을 자극한다' 정도가 알맞을 듯하다. 꽃이나 새는 여름에도 가을에도 있다. 꽃이나 새가 봄철이라는 시간과 어울린다는 것은 자연의 질서와 무관한 우리의 '자연스러운' 관념일 뿐이다. 그러기에 봄날의 풍경을 도화지에 그리라고 하면 우리는 꽃과 새를 그릴 것이다. 그것이 우리가 생각하는 봄철의 이상적 풍경이니까. 〈상춘곡〉의 작가 또한 그러했던 것이다. 〈상춘곡〉은 봄철의 실경을 보고 언어로 그린 그림이 아니라 자동으로 연상되는 이미지를 상상하여 묘사한 그림이라 할 수 있는 것이다.

심상과 상상

이쯤에서 '심상心象/心像'과 '상상想像'의 한자 표기에 주목해 보는 것도 의미가 있겠다. 심상의 '상'은 '코끼리 상象'을 쓰기도, '모양 상像'을 쓰기도 하지만, '코끼리 상' 자체에 '모양'이라는 뜻도 있다. '상상'은 '생각할 상'과 '모양 상'으로 구성되어 있는데, '모양 상'에는 '닮다'라는 뜻도 있다.

그렇다면 코끼리와 모양이 어떤 의미 관계이길래 이런 통용이 생겼을까? 오랜 옛날에 중국 사람들은 죽은 지 오래된 코끼리의 뼈만을 보고도 살아 있는 코끼리의 형상을 그려 보곤 했다고 한다. '상상'이란 말의 유래에 대한 유력한 설명이다. '원래의 모양을 생각해 본다, 떠올려 본다'는 뜻이다. 그러니까 온전한 형체를 시각적으로 직접 확인해 보지 않은 채, 아니 확인해 볼 수 없으므로, 그 윤곽을 짐작하게 하는 단서를 바탕으로 온전한 실체를 마음속에 재생해 본다는 뜻이 되는 것이다. 물론 오늘날 이미지의 뜻은 매우 넓어졌다. 시각만이 아니라 청각, 후각, 촉각, 미각 등 감각으로 감지되는 모든 대상에 두루 적용된다.

이미지가 없는 시詩가 없을 정도로 시에서는 이미지가 매우 중요한 역할을 한다. 이미지는 감각을 통해 획득한 현상이 마음속에서 재생된 것을 가리킨다. 우리말로 '심상心象'이라고 하지만, 이는 영어 단어 'image'의 번역어이다. 그런데 이 단어와 어원을 공유하는 단어가 바로 상상 혹은 상상력으로 번역되곤 하는 'imagination'이다. 당연히 'imagine'이라는 동사에서 파생된 것이다. 이미지를 떠올리는 행위가 상상이라는 것을 직관적으로 알 수 있다.

〈고향의 봄〉이라는 노래를 모르는 이 드물 것이다. "나의 살던 고향은 꽃피는 산골 / 복숭아꽃 살구꽃 아기 진달래"로 시작된다. 물론 요즘엔 도시에서 출생한 인구가 워낙 많다 보니 이 노래에 공감하지 못하는 사람들도 있을 줄 안다. 그러나 농촌이나 다른 시골 출신이라면, 이 노랫말에서 묘사한 풍경이 매우 익숙할 것이다. 하지만 주의해야 할 것이 있다. 그것은 복숭아꽃과 살구꽃, 아기 진달래가 피는 시기가 비슷하긴 해도 동시에 피어 있는 풍경을 접하는 건 매우 희귀하다는 사실이다. 〈고향의 봄〉의 노랫말 또한 익숙한 상상에 따른 관념일 뿐이다. 그럼에도 우리는 공감할 수 있다. 심지어 대도시의 아파트에서 나고 자라 꽃 피는 산골에 대한 경험이 없다 하더라도 그렇다. 이와 마찬가지로 우리는 〈상춘곡〉에 묘사된 봄철 풍경에도 충분히 공감할 수 있다.

동경의 힘

〈상춘곡〉에는 어떤 결핍감도 나타나지 않는다. 고통도 보이지 않는다. 화자는 자신이 살고 있는 공간을 온전한 낙원처럼 묘사한다. 여기에 이 작품의 매력이 있다. 누구나 꿈꾸는 이상적인 공간, 그

것이 곧 낙원 아니겠는가? 그래서 〈상춘곡〉으로 대표되는 강호가
도江湖歌道 계열의 작품들에서 시간은 요순시절, 공간은 무릉도원
으로 표상된다. 우리는 모두 이상향에 대한 향수를 가지고 있다.
그리고 향수는 동경으로 치환되기도 한다. 동경을 공유하는 사람
들끼리는 동질감이나 동류의식을 느끼기도 한다. 〈상춘곡〉은 인간
심리의 밑바닥에 깔려 있는 이상향에 대한 동경을 자극하고 있었
던 것이다. 도시화된 세상에서 〈상춘곡〉에 묘사된 풍경은 실제로
접하기 어렵다. 그러나 바로 그렇기 때문에 그것을 그리워하게 하
고 동경하게 만드는 힘을 가지고 있다. "저 푸른 초원 위에 그림 같
은 집을 짓고 사랑하는 우리 임과 한 백 년 살고 싶어"라는 1970년
대의 노래가 아직도 생명력을 유지하고 있는 이유이기도 하고, 도
시를 떠나 자연 속에서 홀로 살고 있는 사람들의 삶을 보여 주는
TV 프로그램의 인기가 시들지 않는 이유이기도 하다. 냉장고가 없
어도, 에어컨이 없어도 그 주인공들은 어떤 결핍도 느끼지 않는 것
처럼 그려진다.

　〈상춘곡〉이 보여 주는 이상적인 자연의 풍경은 아득한 과거의
낭만에 불과한 것일까? 그렇지는 않을 것이다. 복잡한 도회지에서
분주하게 살아가는 대부분의 사람들이 왜 이 작품이 제시하는 평
온한 삶의 모습을 동경하게 되는가 하는 질문이 자연스럽게 떠오
르는 걸 보면, 우리가 잊고 살아가는 어떤 본질적인 가치에 대한
질문을 유발하는 자극물로 이 작품을 받아들일 수 있을 것이다.

연행 문학으로서의
한국 고전시가

시와 노래 사이

문학은 다양한 기준으로 분류될 수 있지만, 그중에서 언어의 매체
적 특성을 기준으로 구비문학과 기록문학으로 분류하는 것도 아주
일반적인 방법이다. 구비문학은 청각적 기호인 음성언어로, 기록
문학은 시각적 기호인 문자언어로 창작, 연행, 전승되는 문학을 가
리킨다. 이에 따라 우리 시가詩歌 문학사에서 창작, 연행演行, 전승
이 모두 음성언어로 이루어지는 민요民謠나 무가巫歌를 제외하고,
나머지 대부분의 역사적 장르들, 즉 향가鄕歌, 속요俗謠, 시조時調,
가사歌辭 등은 다음과 같이 기록문학으로 분류되곤 한다.

그런데 과거에 시가 작품들이 향유되었던 양상에 주목해 보면
구비문학적 요소가 의외로 강했다는 점을 확인할 수 있다.

한반도에 한자漢字가 유입된 시기는 대략 4세기 무렵이다. 고구

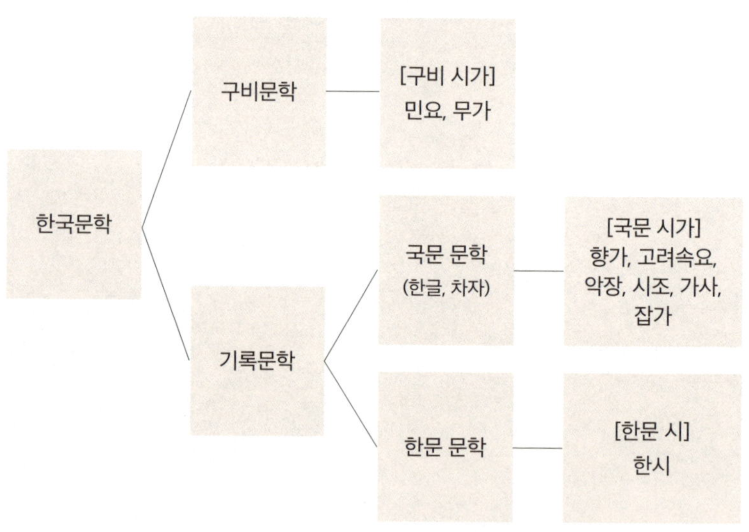

려 소수림왕 2년(372)에 태학太學을 세우고 유학儒學을 가르쳤으므로 한자는 그 이전에 유입되었을 것이다. 장수왕 2년(414)에 세운 광개토왕비廣開土王碑의 한문 문장은 당시 지배층 사이에 한자가 널리 통용되었음을 보여 준다. 당연히 그 이전에 우리 조상들이 향유했던 문학은 순수한 구비문학이었을 것이다. 문자가 없었으므로 입말, 곧 음성언어로 노래를 지어 부르고 이야기를 지어서 다른 이에게 전하는 식이었을 것이다.

한자가 전래되기 이전의 작품인 〈공무도하가公無渡河歌〉, 〈황조가黃鳥歌〉, 〈구지가龜旨歌〉는 모두 원래 우리말 노래였지만, 그 노랫말은 후대에 한자로 번역되어 전한다. 〈공무도하가〉를 전하는 《고금주古今注》(중국 진晉나라의 최표崔豹 편찬)와 〈황조가〉를 전하는 《삼국사기三國史記》(1145년경 김부식 등 편찬)에는 작가를 명시하면서도 구술로 연행된 사정을 함께 제시하고 있다. 두 작품 모두 원래는 민요처럼 불리다가 설화 문맥 속으로 편입된 것으로 보는 시각이 일반적이다. 〈구지가〉의 경우, 하늘에서 아홉 족장[구간九干]과 그 백성들에게 알려 준 노래라는 《삼국유사三國遺事》(1281년 일연一然 편찬)의 기록을 믿는다면 이 노래의 저작권은 천상에 귀속된다 하겠지만, 백성들이 막대기로 땅을 두드리며 함께 부르는 것으로 묘사되어 있다. 입으로 불렀던 노래이기에 〈공무도하가〉, 〈황조가〉, 〈구지가〉 모두 '노래'를 뜻하는 '가歌' 자가 제목에 붙었던 것이다.

그렇다면 한자가 유입된 이후에는 어떠했을까? 그 실상을 살펴보면, 문자의 활용 여부를 기준으로 구비문학과 기록문학으로 나누는 이분법적 분류가 다소 기계적이라는 점을 확인할 수 있다.

옛 시는 어떻게 향유되었을까?

널리 알려진 대로, 주로 신라시대 때 향유되었던 향가는 향찰鄕札로 기록한, 즉 우리말을 한자의 음과 뜻을 빌려 표기한 차자借字 문학이다. 문자로 기록되었으므로 당연히 기록문학에 해당한다. 그런데 향가 작품들을 소개하는 고려 후기의 문헌 《삼국유사》에는 '지어 불렀다'라는 식의 서술이 곳곳에 보인다.

(서동은) 신라 진평왕의 셋째 공주 선화가 매우 아름답다는 말을 듣고는 머리를 깎고 신라의 수도로 가서 동네 아이들에게 마를 나누어 주면서 아이들과 친하게 지냈다. 그러고는 노래를 지어 아이들을 꾀어 부르게 했다.

　　　— 〈서동요〉의 배경 설화

세 화랑의 무리가 금강산[풍악산楓岳山]에 놀이를 가려는데 혜성이 심대성心大星을 침범했다. 화랑의 무리들은 꺼림칙하게 여겨 가는 것을 그만두려고 했다. 그때 융천사融天師가 노래를 지어 부르니 혜성의 변괴가 즉시 사라지고 일본의 군사가 저희 나라로 물러가 도리어 복이 되었다.

　　　— 〈혜성가〉의 배경 설화

다들 나서지 못하고 있는데 옆에서 암소를 끌고 지나가던 노인이 그 꽃을 꺾어 와서 가사歌詞도 지어 부인에게 함께 바쳤다.

　　　— 〈헌화가〉의 배경 설화

　　　　　　　　　　　　　　　　　　　덧붙이는 이야기

　　월명사는 또 죽은 누이동생을 위해 재齋를 올리면서 향가를 지어 제사를 지내는데, 문득 회오리바람이 일어나더니 종이돈[지전紙錢]을 날려 서쪽으로 사라지게 했다.

　　　　— 〈제망매가〉의 배경 설화

　　처용이 밖에서 집에 돌아와 두 사람이 자고 있는 것을 보고는 노래를 지어 부르고 춤을 추다가 물러났다.

　　　　— 〈처용가〉의 배경 설화

　　모든 노래가 즉흥적으로 창작된 것은 아니라고 하더라도 입으로 가창歌唱된 것만은 확실하다. 위 《삼국유사》 구절들 중 〈헌화가獻花歌〉와 〈제망매가祭亡妹歌〉 배경 설화에는 '불렀다'라는 명시적 표현이 없지만, '지어'라는 서술만으로도 가창을 암시하기에는 충분하다. 충담사忠談師라는 작가만 확실하고 창작 배경은 알려지지 않은 〈찬기파랑가讚耆婆郎歌〉는 경덕왕까지도 그 뜻이 매우 높다고 평가할 정도로 당대에 매우 유명한 작품이었다. 그렇다면 그 노래가 창작된 이후 궁중으로 흘러 들어가기까지 어느 정도 시간이 걸렸을 텐데, 그 시간 동안 향찰로 기록되고 전파되는 경로와는 별도로 음성언어로 연행되고 전파되는 경로도 가졌을 것으로 짐작된다. 궁중에서 임금과 신하들이 한자리에 모여 이 노래를 외우거나 읊조리는 풍경을 연상해 볼 만하다.

　　흥미로운 점은 한문 표기의 관례에 따라 띄어쓰기를 하지 않는 《삼국유사》에서도 〈제망매가〉 등 향가 작품을 소개할 때만은 띄어쓰기를 하고 있다는 사실이다. 노랫말의 의미를 분명히 드러내면서

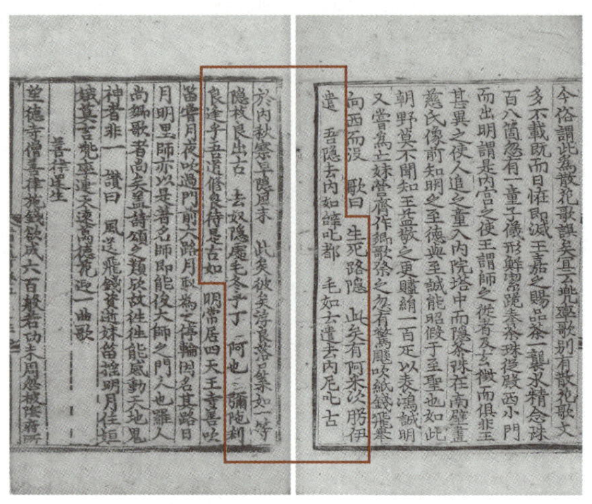

《삼국유사》에 기록된 〈제망매가〉 (붉은색 선 표시 부분)

낭송할 때의 율격, 가창할 때의 가락에 따른 휴지休止를 지면에서는 띄어쓰기로 나타내었을 것으로 짐작된다. 이후 고려시대에 이르러 문헌에 기록될 때까지도 이와 같은 방식으로 향유되었을 것이다. 물론 이 과정에서 약간의 변개變改가 있었을 것도 충분히 짐작할 수 있다.

한편 고려 때의 승려 균여均如(923~973)의 행적을 그린 《균여전》(1075년 혁련정赫連挺 저술)에도 균여가 지은 향가가 소개되는데, 여기에서도 입으로 노래를 읊고 귀로 듣는다는 기록을 곳곳에서 볼 수 있다.

노래가 사람의 입으로 퍼져 나갔는데 종종 담장 벽에 써 놓았다.

우리나라 선비가 [향가를] 들을 때는 노래 속으로 빠져들어 쉽게 암송한다. [중략] 마음에서 마음으로 이어 외워서 먼저 보현보살의 코끼

 덧붙이는 이야기

리 탄 모습을 뵙고, 입에서 입으로 연달아 읊어서 나중에 미륵보살의 용화세계를 만날 것이다.

담장 벽에 '기록'하는 방법도 함께 소개되어 있긴 하지만, 고려 때에도 향가는 '듣고 외우고 읊조리는' 방식으로 향유되었음을 알 수 있다. 즉 음성언어로 실현되고 존재했던 것이다. 한자 유입 이전과 마찬가지로 향가의 제목에 '가歌' 자가 붙은 경우가 많은 이유이다.

고려속요도 이와 같은 사정은 크게 다르지 않다. 궁중에서 임금과 신하가 함께 향유했던 고려속요는 본래 그 뿌리가 민요에 있기 때문에 태생적으로 구비문학적 성격을 지닐 수밖에 없다. 고려속요에는 민요에서처럼 개인적 생활과 감정이 선명하게 보이며, 유려한 율조律調의 사설辭說, 애정과 관련된 진솔한 감정 표현, 반복과 병렬에 의한 사설의 짜임새, 여음餘音 혹은 후렴後斂의 삽입, 여러 연이 중첩되어 한 작품을 이루는 분연체分聯體 형식 등도 고스란히 나타난다. 〈서경별곡西京別曲〉은 여러 노래에서 사설을 가져와 구성한 것으로 짐작되기에 '합가合歌'로 규정하기도 하는데, 이 작품에 보이는 비유기적非有機的 시상詩想 전개는 민요에서도 흔하게 발견될 뿐만 아니라 궁중으로 흘러 들어가 속악俗樂으로 향유되는 과정에서 생겨난 구비 전승의 산물로도 볼 수 있다.

고려속요는 조선조에 이르러 한글이 창제되기를 기다려서야 우리말 가사가 문자로 기록될 수 있었으므로, 이때까지는 명실상부하게 구술로 연행된 구비문학이었던 셈이다. 그리고 음악으로 연행되었기에 정간보井間譜라는 악보에 기록되어 지금까지 전해 내려

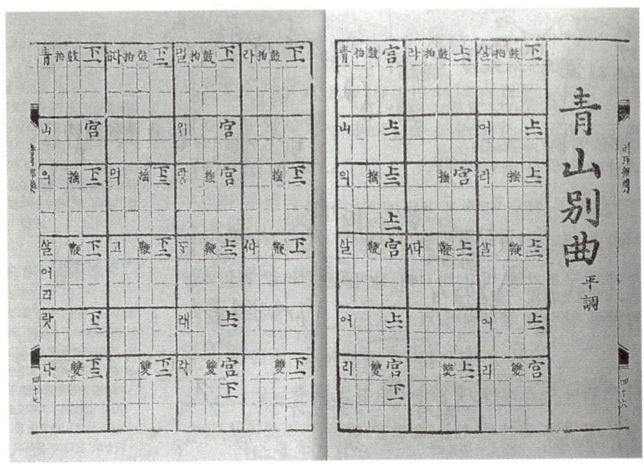

《시용향악보時用鄕樂譜》에 정간보로 기록된 〈청산별곡〉

온다. 궁중에서는 남녀 간 애정에 대한 노랫말이 군신君臣 간의 도리에 대한 내용으로 치환되어 이해되었을 것이고, 규칙적으로 반복되는 여음구 혹은 후렴구는 연행 현장의 정서와 분위기를 고조시키는 데 기여했을 것이다.

고려속요가 고려의 궁중에서만 향유되었던 것은 아니다. 본래부터 민간에서 향유되기도 했지만, 후대에는 조선시대 사대부들이 즐기는 주요 레퍼토리이기도 했다. 예컨대 추강秋江 남효온南孝溫(1454~1492)의 글을 모은 《추강집》 제6권의 〈송경록松京錄〉에는 다음과 같은 기록이 실려 있다.

북쌍련암에 이르러서는 바람이 더욱 거세지고 찬비가 얼어 눈이 되어 누른 낙엽과 뒤섞여 공중에 날렸다. 창을 열고 바다를 바라보니, 마치 신령이 기운을 일으키는 듯하여 정중正中과 자용子容이 크게 기뻐

　　　　　　　　　　　　　　덧붙이는 이야기

하였다. 정중이 〈청산별곡〉의 첫 번째 곡을 타니, 주지승인 성호性浩도 크게 기뻐하여 포도즙을 걸러 내와 우리들의 마른 목을 적셔 주었다.

〈송경록〉은 '송경'으로 불렸던 지금의 개성 근처를 유람하는 중에 겪은 일을 기록한 것인데, 산행 도중에 일행 중 하나가 〈청산별곡〉을 연주했다는 기록이 보인다. 여기에는 '연주했다'는 정보만 보이지만 맥락으로 보아 노래를 '불렀음'을 짐작하는 것도 어렵지 않다. 이처럼 〈청산별곡〉을 비롯한 고려속요는 궁중음악이었을 뿐 아니라 사대부들의 개인적 레퍼토리로도 인기가 높았음을 알 수 있다. 고려속요는 향가와 마찬가지로 후대의 어느 시점에 문자로 정착된 채 전승되었지만, 이처럼 구비문학으로 존속했던 시기가 있었다는 점은 분명하다.

고려 후기에 등장한 경기체가景幾體歌는 대부분 작가가 알려져 있다. 경기체가 장르를 대표하는 〈한림별곡翰林別曲〉은 한림제유翰林諸儒, 즉 한림원의 여러 유학자들이 지었다는 명시적인 기록으로 볼 때 치밀한 전략 아래 창작된 기록문학임이 분명하다. 그런데 '조선왕조실록'이나 《용재총화慵齋叢話》(1525년 성현成俔 편찬)에 전하는 다음 기록들은 〈한림별곡〉 또한 가창을 통해 향유된 구비문학임을 확실하게 보여 준다.

> 임금이 주육酒肉을 [예문관에] 내려 주고 이어서 명하였다.
> "너희들이 〈한림별곡〉을 창창唱하면서 즐기라."
> ―《태종실록》(태종 13년 1413년 7월 18일 기사)

새로 급제하여 홍문관·예문관·교서관에 신참들이 처음 들어오면
[중략] 주연酒宴을 할 때마다 신참에게 진수성찬을 요구했다. [중략]
춘추관과 여러 겸관兼官을 초청해 전례에 따라 주연을 베풀어 대접하
고, 한밤중이 되어 손님들이 가면 다시 선배들을 초청해 자리를 마련
하는데, [중략] 아래 사람부터 위 사람으로 각자 순서대로 술잔을 돌리
고 차례대로 일어나 춤추는데 혼자 춤을 추면 벌주를 먹였다. 새벽이
되어 상관장이 주연에서 일어나면 참석한 자들 모두 박수를 치고 춤
추면서 〈한림별곡〉을 불렀는데, 그럴 때면 맑은 노래와 매미 소리 사
이에 개구리 소리가 섞여 들기도 했다. 동이 트면 흩어져 갔다.

— 성현, 《용재총화》(제4권)

당대의 엘리트 관료들이 모인 술자리에서 도도한 흥을 섞어 참
석자들이 합창으로 〈한림별곡〉을 부르는 장면이 묘사되어 있다. 특
히 〈한림별곡〉이 잔치를 마치는 일종의 피날레 곡이라는 점도 흥미
롭다. 엄숙하고 근엄하고 진지하기만 할 것 같은 고위 관료들이 모
든 긴장을 내려놓고 즐기는 술자리를 마무리하는 합창곡으로 선택
된 레퍼토리가 〈한림별곡〉이었다는 점은 이 노래의 공동체성과 함
께 구술성을 명백히 보여 준다 하겠다.

향가나 고려속요, 경기체가에서 발견되는 이러한 구비문학적
특성들은 조선시대에 광범위하게 향유된 시조에도 이어지면서 우
리 시가사詩歌史의 한 전통으로 자리 잡아 왔다. 오늘날에도 시조는
창으로 연행되곤 하므로 그 연행 현장의 기록은 굳이 일일이 소개
할 필요도 없겠다.

시조는 개인 문집보다는 《청구영언靑丘永言》, 《해동가요海東歌

 덧붙이는 이야기

謠》, 《가곡원류歌曲源流》 등 조선 후기의 가집歌集에 수록된 작품이
훨씬 더 많다. 가집에 수록되기까지는 구술로 연행되고 구비로 전
승되었을 것이다. 같은 작품이라도 수록된 가집에 따라 작가가 달
리 명시되거나 크고 작은 표현의 차이가 보이는 것은 불완전한 기
억력에 의존한 채 연행되고 전승되었던 사정에서 비롯된다.

'닐러 무삼하리오'와 같이 여러 작품에 자주 나오는 다양한 공
식구公式句들, 즉 상투적 표현들은 시조가 구비문학임을 뒷받침하
는 전형적인 증거이다. 시조는 짧은 정형시이기 때문에 즉흥적인
창작이 쉬웠고, 여러 명이 모인 자리에서 서로 주고받으며 노래로
연행되었다. 시조에 상투적인 구절이 있는 것은 그것이 즉흥적인
창작과 연행에 용이하기 때문이다. 시조는 문집에 기록으로 남겨
후대에 전승되기도 했지만, 구술에 의한 연행이 곧 전파와 전승의
과정이기도 했다. 그런 면에서 시조는 한시와 같은 순수한 기록문
학과는 구별되어야 하며, 구비문학적 자질을 충분히 갖춘 것으로
볼 수 있다.

시조와 함께 조선시대 시가사의 양대 산맥을 이루는 가사 또한
구비문학으로서의 위상을 지니고 있다. 한 편의 분량이 시조에 비
해 압도적으로 많으므로 창작이나 전승은 기록에 의존했을 것으로
보인다. 그러나 다음의 기록들은 가사가 연행의 국면에서는 구술
에 의존하고 있음을 보여 준다.

> 정 송강鄭松江은 우리말 노래를 잘 지었으니, 〈사미인곡思美人曲〉
> 및 〈권주사勸酒辭〉는 모두 그 곡조가 맑고 씩씩하여 들을 만하다.
> ― 허균, 《성소부부고》(제25권)의 〈성수시화〉

'관동별곡' 노랫가락 두루두루 퍼졌는데
정 송강의 맑은 풍모 선계仙界로 가고 없네

— 김상헌, 《청음집》(제3권)

〈관동별곡〉, 〈사미인곡〉, 〈속미인곡〉 세 편은 [중략] 가곡은 더욱 절
묘하여 옛날이나 지금이나 매번 들으매 목청을 빼어 높게 읊으면 성
운聲韻이 청초하고 뜻이 초연하고 상쾌하다.

— 이선, 《지호집》(제6권)

모두 송강松江 정철鄭澈의 가사에 대한 평이긴 하지만, 사대부
들이 가비歌婢, 즉 노래를 담당하는 시녀를 두고 가사를 향유했다
고 한 기록까지 보태어 감안하면 가사가 구술로 연행되었음을 충
분히 확인할 수 있다. 다만 읊조림에 가까운 음영吟詠, 곡조에 얹어
부르는 가창歌唱 등 그 향유 방식은 작품에 따라, 상황에 따라 약간
씩 달랐을 것으로 보인다.

이제 한국 시가사의 끝자리에 놓이는 잡가를 보자. 민요, 판소
리, 한시 등등에서 사설을 차용하여 마치 모자이크 무늬처럼 엮어
짠 잡가의 노랫말은 굳이 작가를 밝히기에는 민망한 수준이다. 그
만큼 독창성을 찾기가 어렵다는 의미이다. 대신 철저하게 통속적
감성을 환기하는 데 초점이 놓인다. 그리하여 조선 후기 상업 문화
의 발달에 따라 부흥하게 된 도시의 유흥 문화에서 철저하게 대중
적 흥행을 추구하는 새로운 레퍼토리로 등장하게 된다. 잡가를 일
러 우리나라 최초의 대중가요라 하는 것도 이런 이유에서이다. 그
러니 잡가가 지닌 구비문학적 성격은 굳이 두말할 필요가 없다.

  덧붙이는 이야기

고대가요, 향가, 고려속요, 경기체가, 시조, 가사, 잡가는 이처럼 구비문학으로 향유되었다. 우리가 이들 시가 장르들을 '시詩' 대신에 '시가詩歌'라고 칭하면서 '노래'라는 점을 강조하는 데는 이러한 사정이 깔려 있다. '시가'는 '시와 노래'라는 물리적 단순 병렬을 넘어, 시로 된 노래, 시가 된 노래, 노래로 된 시, 노래가 된 시 등등. 화학적 결합을 함축하는 뜻으로 새기는 것이 합당하겠다.

그런데 이들 장르에 속하는 작품들이 구비문학에 속한다 하더라도 그 정체성에는 편차가 있다. 개인이 창작한 작품이 많은 향가는 구비문학적 특성이 주로 연행의 국면에서 나타나지만, 민요에 뿌리를 대고 있는 고려속요는 창작·연행, 전승 등 모든 국면에서 구비문학적 특성이 발휘된다. 고려속요 작품을 창작한 이가 누구인지 알 수 없는 것도 그만큼 구비문학적 특성이 강하기 때문이다. 경기체가는 개인 창작과 집단 창작이 기록에 의해 이루어지더라도 구술 연행을 통해 향유되었다. 시조는 창작·연행·전승의 모든 국면에서, 가사는 주로 연행의 국면에서 구비적 특성이 드러난다. 잡가는 구술 연행, 구술 전승의 양상을 뚜렷하게 보여 준다.

아울러 작품의 제목에 '가歌', '요謠', '곡曲'이 포함되는 경우가 많다는 특징을 통해서도 그 정체성의 편차를 확인할 수 있다. '가'는 수련을 통해 음악적 역량을 어느 정도 갖춘 사람이 부르는 노래, '요'는 특별한 수련 없이 누구나 부를 수 있는 노래, '곡'은 곡조(tune)나 멜로디(melody)의 힘이 우세하여 악기 연주를 동반하는 노래를 가리키는 것으로 볼 수 있다. 물론 이 세 가지 개념이 엄밀하게 구별된 채 통용된 것은 아니다. 그러므로 '고전시가'라는 말에서 '가'는 '요'와 '곡'을 모두 포함하는 개념으로도 볼 수 있다. 그렇지만 '가', '요', '곡'을 선택하여 제목을 붙일 때에는 이런 차이가 어느 정도는 고려되었으리라고 짐작된다.

구비문학과 기록문학의 이분법에 따라 기록문학으로 분류되었던 많은 장르와 작품들은, 이런 관점에서라면 구비문학으로 귀속시켜야 마땅하다. 물론 향가, 속요, 경기체가, 시조, 가사, 잡가는 모두 기록문화의 영향을 많이 받았기에 순수한 구비문학이라 하기는 어렵다. 어느 정도는 기록문학으로서의 성격도 가진다는 점을 인정해야 할 것이다. 그러나 순수한 기록문학인 것처럼 간주해서는 안 되고, 최소한 그 구비적 특성만은 존중하면서 접근하는 것이 마땅하다. 굳이 '노래'를 뜻하는 '가'를 덧붙여 '시가'라는 말을 쓰는 이유만 생각해도 그 당위는 충분하다 하겠다.

옛 시의 특성은 무엇일까?

앞에서, 우리 역사에서 명멸했던 여러 시가詩歌 장르들이 대부분 구비문학적 성격이 짙었다는 사실을 다소 장황하게 언급한 데는 이유가 있다. 그것은 이런 특성으로부터 파생되는 몇 가지 또 다른 성격을 확인하기 위해서이다.

첫째, 고전시가는 입으로 향유된, 즉 연행演行을 통해 존립해 온 연행 문학이라는 점이다. 순수 구비문학은 사설 구성(composition), 연행(performance), 전승(transmission)의 세 국면, 즉 한 작품의 성립에서 후대로의 전수에 이르는 전 과정의 성격을 포괄적으로 내포한 용어이다. 다시 말해 구술로 창작되고, 구술로 연행되며, 구술로 전승되

     덧붙이는 이야기

는 문학이 구비문학이다. 물론 이들 과정은 동시에 발생하기도 하고, 시차를 두고 이루어지기도 한다. 이에 비해 연행문학은 순수 구비문학의 세 가지 요건 중 사설 구성과 전승이 문자에 의존해서 이루어지더라도 연행 국면에서 의도적인 말과 몸짓을 기본적인 실현 방식으로 삼고 있는 문학 일반을 총칭하는 개념으로 쓰인다. 연주演奏, 연기演技, 연출演出 등의 단어에서 확인되듯이, '연演'에는 계획에 따라 무언가를 의도적으로 만들거나 실행하여 그 영향이 미치도록 한다는 뜻이 들어 있는데, 이를 고려하면 연행문학의 개념을 더욱 쉽게 이해할 수 있다.

이처럼 기록문학에 대응되는 범주로 구비문학 대신 연행문학을 설정하면, 연행의 최소한적 요건인 청중 또는 관중, 즉 청관중聽觀衆이라는 존재의 의미와 가치를 보다 명시적으로 드러낼 수 있다는 장점이 있다. 연행은 넓게 보아 '특정한 장소에서 주어진 상황에 따라 계획적으로 일어나는 특정한 행동 혹은 일련의 행동'으로 정의할 수 있다. 이러한 정의에서 알 수 있는 바는, 일반적으로 연행의 주체와 그 대상이 모두 물리적으로 직간접적인 관계를 맺고 있다는 점이다. 연행이란 항상 그것을 보거나 들어 주는 특정한 청관중을 위한 것이다. 청관중이 없는 상태에서 혼자서 노래를 부르는 상황은 어떤가? 그것은 자기 자신이 청관중이 되는 경우에 해당한다. 구비문학을 연행문학이라는 관점에서 접근하면, 연행의 주체뿐만 아니라 청관중을 포함한 연행 환경 전반에 대한 통찰을 통해 그 의미와 가치에 대한 관심을 불러일으킨다는 이점이 있다.

둘째, 순수 구비문학에 해당하는 민요와 마찬가지로 우리의 고전시가는 표현의 상투성이 강하다는 점이다. 표현의 상투성은 주로 공식적 표현구(formulaic phrase)에서 두드러지게 나타난다. 공식적 표현구란 여러 작품에 두루 나타나는, 통사적으로나 형태적으로 유사한 구조를 가진 구절을 가리킨다. 우리 시가 작품에서 흔하게 나타나는 'aaba 구조'의 병렬 표현이 대표적인 예라 할 수 있다. 'aaba 구조'란 '가시리 가시리잇고 버리고 가시리잇고'와 같이 같은 말이 두 차례 반복된 후 다른 말이 한 번 나오고 다시 앞에서 반복된 말이 한 번 더 나오는 통사 구조를 가리키는데, 이런 표현들은 장르를 불문하고 다양한 작품에서 자주 나타난다. 공식적 표현구는 작품을 짓는 데 필요한 창안의 에너지를 아껴 줌으로써 즉흥적인 창작을 용이하게 하고, 암기에 드는 노력을 절감시켜 줌으로써 연행 국면에서는 기억을 되살려 사설을 유창하게 이어 가는 데도 유리한 조건이 된다. 노래를 듣는 사람의 입장에서는, 시선을 집중하여 심각하게 몰입해야 하기에 인지적으로 부담이 큰 문자 문학의 향유와는 달리, 연행 현장에서 인지적 부담 없이 즉흥적·직관적으로 그 의미를 받아들이고 분위기에 젖어들 수 있는 정서적 몰입의 조건이 된다.

셋째, 표현의 상투성이 강하다는 특성의 연장선상에서 공동체성이 강하다는 점도 지적할 수 있겠다. 표현의 공식성은 특정한 소재가 표상하는 이미지의 공식성으로도 나타난다. 가령 소나무는 계절의 변화에도 사시사철 푸른 솔잎으로 인해 절개나 지조를 상징하는 소재로 자주 등장한다. 그런데 사계절의 변화가 뚜렷하지 않은 지역에서 살아가는 다른 지역, 예컨대 동남아시아의 독자 입장에서는 그것이 절개나 지조를 상징하는 소재라는 점을 수긍하기 어려울 것이다. 소나무만이 아니라 대부분의 나무가 사철 푸른

덧붙이는 이야기

잎을 달고 있기 때문이다. 이와 달리 우리는, 〈애국가〉에서 예찬한 것처럼 소나무가 "철갑을 두른 듯 바람서리 불변함"이라는 미덕을 가진다는 점을 지극히 자연스럽게 받아들인다. 이처럼 우리 고전시가에서는 수목, 화초, 조류, 천체, 산과 물, 안개나 구름 등의 소재들이 비유적 혹은 상징적 이미지와 더불어 이차적으로 파생된 추상적 의미가 있고, 이것이 공동체 구성원들에 의해 자동적으로 공유된 채 소통된다는 특성이 있다.

이러한 사실은 곧 소나무와 같은 자연물이나 자연현상이 우리 공동체에서 사회적 표상을 지니고 있음을 말해 준다. 사회적 표상은 사회적 의사소통과 상호작용에서 사람들이 사물이나 현상에 대해 공유·공용하는 전형적 의미나 상징, 기호 및 설명 체계를 제공해 주며, 동시에 세상사 및 과거의 역사적 사실에 대해 전형적 해석 양식을 부여해 준다. 그리하여 사회적 표상은 공동체 구성원 간의 의사소통을 용이하게 만든다. 고전시가에 등장하는 소재가 사회적 표상을 지니는 경향이 있다는 것은, 노래를 짓고 부르는 한 개인의 천재적 영감에 기반한 독창성보다는 그 노래를 항유하는 공동체 구성원들이 공유하는 공통 감각과 공동의 인지에 기반한 이해理解 공유가 고전시가의 중요한 존립 조건임을 암시한다. 공동체를 의미하는 'community'와 의사소통을 뜻하는 'communication'이 어원을 같이하는 이유도 여기에서 확인할 수 있다.

그렇다면 한 걸음 더 나아가 '우리 시가 작품에서 작가 혹은 시인 개념이 성립할까?'라는 질문도 던져 볼 만하다. 문자는 권력이다. 문자를 가진 자는 갖지 못한 자를 배척하고 자신들을 스스로 우위에 놓는다. 한시漢詩를 포함한 한문학은 문자 권력의 소산이다. 당연히 한문학에서는 저자/작가(author) 개념이 성립되고 여기에 저작권/권위(authority) 개념이 동반된다. 그러나 구비문학에 가까운 국문 시가에서는 이들 개념이 성립되기 어렵다. 당시 문학의 향유자들은 직업적 전문성을 앞세우지 않았고, 그들에게 시가는 기본적인 소양이자 생활 문화였다. 시인詩人이라는 개념도 실상은 근대 낭만주의 문학관文學觀의 산물이다. 문필을 업으로 삼는 사람을 뜻하는 문인文人이라는 말도 마찬가지이다. 고전시가 문학에서 그들은 직업적 전문성을 가진 사람들이 아니라 문학적 소양을 가진 문학 활동 참여자이거나 연행자들이었다. 나아가 구비성을 지니는 시가문학에서는 '글쓴이' 개념마저도 성립될 수 없다. 굳이 그 정체성에 어울리는 개념을 찾는다면 '지은이'가 더 적실하다.

우리나라에서 문학 작품을 가장 많이 창작한 작가는 '미상未詳'이라는 우스갯소리가 있다. 교과서 등에서 작품을 소개할 때 작가를 특정할 수 없다는 뜻으로 '작자 미상'이라고 표기되는 경우가 많은 데서 나온 이야기이다. 이러한 사정도 고전시가가 말로 지어지고 노래로 연행되고 말과 노래로 전승된 역사적 사실 때문이다. 그런데 '작자 미상'이라는 규정은 '있어야 할 것이 없다'는 결핍의 한 표시로 이해되기에 불편한 느낌을 자아내는 것도 사실이다. 그렇다면 '작자 미상'보다 차라리 '우리 민족 전체'가 실상에 더 어울리는 작가 표시일 것이다. 그리고 그것은 노래로 존재했던 고전시가의 자연스러운 정체성으로 보아야 할 것이다.

이렇게 규정해 보면 우리의 고전시가를 과도하게 구비문학으로만 몰아가는 형국이 아닌가 하는 반문이 있을 수 있겠다. 당연히 우리의 고전시가는 구비문학이기만 한 것은 아니다. 무엇보다 우리의 고전시가를 짓고 불렀던 사람들이 대부분 문자와 문장에 대한 소양을 필수로 삼았던 사회적 상층 계급 출신이었고, 그들의 상당수가 작가의 몫을 감당하는 이름을 남기고 있다는 것은 역사적 사실이기 때문이다. 향가는 주로 신라 당대의 상층 지식인인 화랑이나 승려들이 지었으며, 고려속요는 궁중에서 연행될 정도로 당대의 귀족들이 즐겼던 장르였다. 시조와 가사의 경우 그 향유층의 중심부에는 조선의 사대부들이 자리 잡고 있었다. 이들은 사회적 상층 계급에 속한 지식인들로서, 한자와 한문에 대한 문식성 혹은 문해력을 충분히 갖추고 있었기에 한시를 포함한 여러 장르의 한문학 작품도 많이 남겼다. 그들은 한자만으로도 충분히 문학 활동을 할 수 있었던 이른바 '식자층'이었던 것이다. 그들이 창작한 한문학 작품은 작가들의 개성을 보여 주는 창의적 발상과 표현들이 가득하다. 민요와 같은 순수 구비문학과는 대조적인 성격을 보여 주는 것이다.

그렇다면 한문으로 문자 활동을 하던 이들이 그것과는 별개로 우리말로 된 작품을 향유한 것은 무엇 때문일까?《구운몽九雲夢》의 저자 김만중金萬重은 일찍이 이런 질문에 명쾌하고도 단호한 답을 한 바 있다.

사람의 마음이 입으로 나온 것이 말이요, 말에 절주節奏[리듬]가 붙은 것이 노래[歌]·시詩·문文·부賦이다. 사방의 말이 비록 같지는 않더라도 진실로 말할 수 있는 사람이 각각 그 말에 따라서 절주를 맞춘다면 모두 천지를 감동케 하고 귀신과 통할 수가 있으니, 이는 유독 중국만이 그런 것은 아니다. 지금 우리나라의 시문詩文은 자기 말을 버려 두고 다른 나라 말을 배워서 표현한 것이니, 설사 아주 비슷하다 하더

라도 이는 단지 앵무새가 사람의 말을 하는 격이다. 여항閭巷에서 초
동급부樵童汲婦들이 '에야디야' 하며 서로 주고받는 노래가 비록 저속
하다 하여도, 만일 그 진가를 따진다면 정녕 학사學士, 대부大夫들의
이른바 시부詩賦라고 하는 것과 더불어 논할 수는 없다.

　— 김만중,《서포만필》(하)

　송강 정철의 가사 〈관동별곡〉, 〈사미인곡〉, 〈속미인곡〉 세 편
을, 그중에서도 우리말의 가락을 최대치로 살려 쓴 〈속미인곡〉을
높이 평가하는 맥락에서 언급된 위의 말은, 조선 후기에 어느 정도
널리 퍼졌던 이른바 '민족어문학론' 혹은 '우리말 시가론'으로 이어
지는 궤도 위에 놓여 있다. 당시의 사대부들은 대체로 '읊을 수는
있되 노래할 수는 없는[可詠而不可歌]' 한시의 한계를 절감하고 있었
다. 이중언어 구사자나 다름없던 그들에게 우리말 노래는 엄밀하
게 보아 한시의 대체재가 아니라 보완재였다 할지라도, 한시가 갖
지 못하는 이와 같은 미덕을 너끈하게 지니고 있었던 것이다.
　사정이 그러했기에 고전시가는 순수 구비문학의 특성인 순박성
과 투박함, 비유기성을 넘어선 정교함과 세련됨을 보여 주기도 한
다. 이는 문자문화가 추구하는 정교성을 버리지 않고 오히려 이를
감싸안은 결과라 할 것이다. 그렇다면 문자문화의 정교성을 내포
한 구비성을 우리 고전시가의 또 하나의 뚜렷한 특성으로 내세워
도 무방하다 하겠다.

　　　　　　　　　　　　　　　　　　　　　　덧붙이는 이야기

1 "新蒭濁酒如湩白 / 大碗麥飯高一尺 / 飯罷取耞登場立 / 雙肩漆澤翻日赤 / 呼邪作聲擧趾齊 / 須臾麥穗都狼藉 / 雜歌互答聲轉高 / 但見屋角紛飛麥 / 觀其氣色樂莫樂 / 了不以心爲形役 / 樂園樂郊不遠有 / 何苦去作風塵客."

2 최지녀 편역,《다산의 풍경: 정약용 시 선집》, 돌베개, 2008.

3 임동석 역주,《도연명의 〈도화원기〉: 도연명집 2》, 동서문화사, 2010.

4 "立我烝民 / 莫匪爾極 / 不識不知 / 順帝之則."

5 "日出而作 / 日入而息 / 鑿井而飮 / 耕田而食 / 帝力于我何有哉."

6 주 10의 〈남산 송백松柏 울울총총…〉에서처럼 어진 임금의 치세로 태평성대의 즐거움을 누리고자 하는 소망을 담아내는 작품에서는 이와 연관된 시어들이 환유적 질서를 이루면서 배열되는 경우가 많다.

7 이런 점에서 정철의 다음 시조는 확연히 결이 다르다. 이 시조의 창작 배경은 적어도 유배에 준하는 상황은 아니었을 것으로 짐작된다.

> 내 마음 베어내어 저 달을 만들고저
> 구만리 장천에 번듯이 걸려 있어
> 고운 임 계신 곳에 가 비추어나 보리라

8 엽기성을 보여 주는 다음 작품에서는 화자 자신의 변신이 아니라 타인의 죽은 영혼이 다른 사물로 전생하기를 소망하는 발상이 나타나 있다. 작품에서 '들보'는 남자의 생식기나 그 부근에 병이 생겼을 때 샅에 차는 헝겊이다.

> 새악씨 서방 못 맞아 애쓰다가 죽은 영혼
> 건 삼밭 뚝삼 되어 용문산 개골사의 이 빠진 늙은 중놈 들보 베나 되었다가

이따금 땀 나 붙을 적에 슬근슬근 슬근슬근 슬쩍여 볼까 하노라

9 "木頭雕作小唐鷄 / 筋子拈來壁上棲 / 此鳥膠膠報時節 / 慈顔始似日平西."

10 임금의 만수무강을 기원하는 맥락을 가진 다음의 사설시조에서도 이와 유사한 표현이 나타난다.

남산 송백松柏 울울총총 한강 유수流水 호호양양浩浩洋洋

주상전하는 이 산수같이 산붕수갈山崩水渴토록 성수무강聖壽無疆하사 천천만만세를 태평으로 누리시면

우리도 일민逸民이 되어 강구연월康衢煙月 격양가擊壤歌를 하오리라

이 시조의 중장에 있는 '산붕수갈'은 '산이 무너지고 물이 마른다'는 뜻이다. '동해물과 백두산이 마르고 닳도록'이라는 표현의 한자어식 표현이라 할 만하다. 참고로 이 시조는 약간의 표현을 달리한 채 판소리 단가 중 하나인 〈진국명산鎭國名山〉의 일부로 포함되어 있다.

11 이 표현의 뿌리가 깊고도 넓다는 사실은 속담에서 자주 나타난다는 점에서도 알 수 있다. '까마귀 대가리 희거든', '밑 빠진 동이에 물 고이거든', '가마에 삶은 개가 멍멍 짖거든', '용마 갈기 사이에 뿔이 나거든', '간장이 쉬고 소금이 곰팡 난다' 등이 대표적인 사례이다.

12 대표적인 작품으로 임제林悌의 〈패강곡浿江曲〉이 있다. 패강은 지금의 대동강이다.

이별하는 사람들 날마다 버들 꺾어   離人日日折楊柳

천 가지 다 꺾어도 가는 임 못 잡았네   折盡千枝人莫留

어여쁜 아가씨들 눈물 탓이런가   紅袖翠娥多少淚

부연 물결 지는 해도 수심에 겨워 있네   烟波落日古今愁

13 "我有一端綺 / 拂拭光凌亂 / 對織雙鳳凰 / 文章何燦爛 / 幾年篋中藏 / 今朝持贈郎 / 不惜作君袴 / 莫作他人裳."(제3수)

"精金凝寶氣 / 鏤作半月光 / 嫁時舅姑贈 / 繫在紅羅裳 / 今日贈君行 / 願君爲雜佩 / 不惜棄道上 / 莫結新人帶."(제4수)

허경진 역(2019), 『허난설헌 시집』, 평민사.

14 정재호 편(2002), 『한국 속가 전집』6, 다운샘.

15 "翩翩黃鳥 / 雌雄相依 / 念我之獨 / 誰其與歸."

16 공선옥 외,《라일락 피면》, 창비, 2007.

17 '잔월효성'은 오래도록 불면을 암시하는 상투적 징표로 통용되곤 했다. 조선 후기의 소설 〈상사동기相思洞記〉(일명 〈영영전英英傳〉)에서는 3년을 아무런 소식도 전하지 못했던 남자 주인공에게 영영이 편지를 전하는데, 이 편지에 있는 '새벽 별'과 '이지러진 달'이 각각 '효성'과 '잔월'을 풀이한 말이다.

"오래도록 거문고를 타지 않으니 거문고 갑에는 거미줄이 생기고 화장 거울을 공연히 간직하고 있으니 경대에는 먼지만 가득합니다. 지는 해와 저녁 하늘은 저의 한을 돋우는데, 새벽 별과 이지러진 달인들 제 마음을 염려하겠습니까?" 이상구 역주, 〈상사동기〉,《17세기 애정 전기 소설》, 월인, 1999, 194쪽.

18 임동권,《한국민요집 2》, 집문당. 1993.

19 이희승 저, 정호웅 편,《이희승 수필 선집》, 지식을만드는지식, 2017.

20 박두세 저, 한석수 역주,《요로원야화기》, 박문사, 2010. 이하 동일.

21 정재호·이창희 역주,《잡가》, 고려대학교 민족문화연구원, 2003.

22 전경욱 역주,《민속극》, 고려대학교 민족문화연구원, 1993.

23 유승 외 번역,《Chunhyangga - 영역본 춘향가》, 민속원, 2005.

24 박명薄命한 첩의 하소연을 담은 작품을 가리킨다. 고려 말엽의 문인 이곡은 이태백의 〈첩박명〉에 운을 붙여 〈첩박명妾薄命 용태백운用太白韻〉 2수를 지었다. 다음은 그중 한 수이다. 한국고전번역원 홈페이지(https://www.itkc.or.kr) 참조.

첩은 본래 한미한 집안의 딸로	妾本寒門子
가시나무 비녀 꽂고 초가집에 살았지요	荊釵居白屋
아름다운 자질을 타고난지라	美質天所生
두 뺨이 붉은 옥과 같아서	兩臉如頳玉
스스로 경국지색이라 믿고선	自倚傾國艶
세상 사람들과 사귀질 않았지요	乃與世人疎

오릉의 많은 젊은 자제들이	五陵多年少
지나가다 모두 수레를 멈췄지만	過者皆停車
미소 하나라도 어찌 가벼이 흘릴까	一笑肯輕賣
천금을 준다 해도 응하지 않았죠	千金且不收
그러다가 스스로 때를 놓치고선	以此自愆期
세월만 강물처럼 흘려보냈죠	歲月長江流
어젯밤엔 서풍이 불더니	西風昨夜至
이슬 맺힌 풀숲에서 베짱이 우네요	莎雞鳴露草
고운 얼굴 언제 시들까 두려워요	紅顔恐消歇
때는 한번 가면 다시 아니 오지요	時過不再好.

25 "十五越溪女 / 羞人無語別 / 歸來掩重門 / 泣向梨花月."

26 "擧世皆濁 / 我獨淸 / 衆人皆醉 / 我獨醒."

27 "寧赴湘流 / 葬於江魚之腹中 / 安能以皓皓之白 / 而蒙世俗之塵埃乎."

28 "滄浪之水淸兮 / 可以濯吾纓 / 滄浪之水濁兮 / 可以濯吾足."

＊ 이 책에서 인용한 고전시가 작품은 다음의 저서를 출처로 삼았다.

- 임형택·고미숙 엮음, 《한국고전시가선》, 창작과 비평사, 1997.
- 김명준 편, 《고려 속요 집성》(개정판), 도서출판 다운샘, 2008.
- 김흥규 외 편, 《고시조 대전》, 고려대 민족문화연구원, 2012.
- 최강현 역주, 《가사 I》, 고려대 민족문화연구소, 1993.
- 김성배 외 편저, 《주해 가사문학전집》, 민속원, 2001.
- 정재호·이창희 역주, 《잡가》, 고려대 민족문화연구소, 2003.

고전시가 작품 찾아보기